Les morts solitaires

Du même auteur,
aux Éditions J'ai lu

Les hommes de paille, *J'ai lu* 7407

Michael Marshall

Les morts solitaires

Traduit de l'anglais
par Jean-Paul Mourlon et Évelyne Chatelain

J'AI LU

Titre original :
THE LONELY DEAD

Yakima, Washington

Nous avions rendez-vous sur le parking du centre commercial de Yakima, une petite ville de l'État de Washington, sur la côte Pacifique. J'emploie le terme de « ville » car c'est ce que Yakima prétend être, et de « centre commercial », pour la seule raison qu'on y fait ses courses à l'écart de l'extérieur. En trois heures, seules deux personnes s'y étaient risquées, des ados en maillot de footballeur. De toute évidence, ni l'un ni l'autre n'avaient les moyens de remettre le lieu à flot. Ils étaient d'ailleurs repartis les mains vides. Au deuxième étage, d'énormes calicots de toile annonçaient des réductions. Le rezde-chaussée était désert : mauvais signe.

J'étais dans la voiture, à siffler des cocktails que j'achetais au café d'en face – le seul commerce de l'avenue qui semblait croire à l'avenir. Les boutiques voisines paraissaient avoir déjà confectionné un panneau « À louer », histoire de mettre de côté quelques dollars quand surviendrait l'inévitable. Dans mon ennui, je croyais entendre le maire tambouriner sur son grand bureau luisant, perdant pied dans la sclérose de sa ville. N'empêche, cette localité survivrait – même un bled aussi mort avait besoin d'un détaillant de pneus et d'un quota de fastfoods –, mais elle avait peu de chances d'enrichir qui que ce soit. Monter à Seattle ou descendre à Portland, voilà ce qui venait d'emblée à l'esprit. Qu'est-ce qu'on pouvait bien fabriquer à Yakima ? Je n'en avais pas la moindre idée.

John Zandt arriva au volant d'un gros GMC rouge, crasseux et pas franchement récent. À voir l'état du flanc droit, on aurait dit qu'un troupeau de vaches avait voulu le défoncer. Il roula au pas sur le parking, jusqu'au niveau de ma Ford Generic flambant neuve. Nous baissâmes nos vitres. L'air était froid.

— Salut, Ward ! C'est tout ce que tu as trouvé, à l'agence de location ? Dans le genre « je veux me faire remarquer », tu ne pouvais pas faire mieux.

— Va te faire foutre ! Ce n'est pas possible d'être aussi en retard ! répliquai-je. Et où t'es-tu dégoté cette bagnole de péquenot ?

— Je l'ai volée sur le parking de l'aéroport, avoua-t-il. Allons-y.

Je sortis de la voiture en laissant les clés sur le tableau de bord. Hertz se remettrait de sa perte. Personne ne pourrait me retrouver à partir de l'identité que j'avais donnée à Spokane. En grimpant dans le camion de Zandt, j'aperçus deux armes sur le plancher. J'en pris une, l'examinai, puis la fourrai dans ma poche.

— C'est loin ?

— Près d'une heure de route. Ensuite, il faudra marcher.

Zandt sortit du parking, suivit l'avenue et dépassa le nouveau centre commercial, qui avait contribué à la ruine du premier sans paraître en avoir profité lui-même. Il tourna à droite pour emprunter la 82 en traversant Union Gap, longea des bâtiments, puis il n'y eut plus que la route. À Toppenish, il fit une brutale embardée et enquilla sur la 97 en direction du sud-ouest. Désormais il n'y aurait plus rien avant un patelin nommé Goldendale, quatre-vingts kilomètres plus loin. Ensuite, on roulerait une trentaine de bornes jusqu'à l'un des tronçons les moins attrayants du fleuve Columbia, en amont du barrage Dalles.

La veille, j'avais passé la soirée en compagnie d'un barman assez loquace du Rodney's Lounge, le prétendu bar du plus grand hôtel de Yakima. Je savais que nous nous trouvions dans la réserve des Yakama, et que sur cent trente kilomètres il n'y avait rien de part et d'autre de la route, les autochtones s'entassant dans deux ou trois villages délabrés. Je savais aussi qu'Union Gap s'appelait autrefois Yakima, avant que la compagnie de chemin de fer ne contraigne les Indiens à déplacer leur campement un peu plus haut, en venant à bout de leurs réticences par des promesses de terres gratuites et des pots-de-vin qui divisèrent la tribu comme jamais la faim et le froid n'auraient pu y parvenir. Je savais enfin que, juste en amont du barrage, tonnaient autrefois les chutes de Celilo, lieu sauvage et sacré où les hommes pêchaient le saumon depuis des millénaires. Ces chutes étaient désormais silencieuses, enterrées sous les eaux gonflées du barrage. Les Yakama attendaient encore des dédommagements pour compenser la perte de leur territoire ancestral. D'ailleurs, ils attendraient sans doute jusqu'à la fin des temps. Comme tout le monde, je ne savais trop qu'en penser. Le barman était amérindien, mais il arborait des cheveux blonds très courts, hérissés, comme une pop-star des années quatre-vingt, et beaucoup de maquillage. Je ne savais trop quoi penser de cela non plus.

Sur le tableau de bord, Zandt avait scotché une carte cornée, maculée de taches de graisse ; elle semblait avoir longuement séjourné dans les poches d'un gars aux mains crasseuses. Une petite croix était tracée au centre d'une grande zone vide, près d'une ligne bleue sinueuse appelée Dry Creek.

— D'où vient l'info ?

— Un message enregistré sur une ligne à caractère anonyme, pour citoyens délateurs. La transcription aurait dû finir à la poubelle – le type était vraiment bourré et assez incohérent – mais Nina l'a repérée.

— Par quel miracle ?

— Parce qu'elle n'est pas du genre à écarter a priori un témoignage qui paraît invraisemblable.

— Et comment tu es remonté jusqu'au type ?

— Les lignes anonymes ne sont pas aussi anonymes que le FBI le raconte. Nina a retrouvé l'origine de l'appel, un bar dans le Dakota du Sud. J'y suis allé et j'ai attendu que le gars se pointe de nouveau. Ça ne s'est pas fait tout de suite.

— Et puis ?

— Il s'appelle Joseph. Il est originaire de Harrah, un bled à quelques bornes de Yakima. Tu sais qu'on est dans une réserve ?

— C'est trop sinistre pour être autre chose. On a été si bienveillants avec les Indiens que c'est un mystère qu'ils ne nous aiment pas davantage.

— C'est pourtant là qu'ils habitaient, Ward. C'est pas notre faute si on se croirait sur la lune. Bref, la semaine dernière, Joseph a rendu visite à sa famille, et il est allé vadrouiller dans la nature. Plusieurs jours d'affilée. J'ajoute que d'après son allure, il doit boire comme un trou. Mais il s'est montré catégorique sur ce qu'il avait vu.

— Pourquoi il n'a pas alerté la police ?

— Je ne crois pas qu'il ait de bons rapports avec les flics du coin. C'est pour ça qu'il était dans le Dakota.

— Mais il a vu ta jolie barbiche toute neuve et il a décidé de te faire confiance.

Zandt hocha la tête :

— J'espérais que tu ne l'avais pas remarquée.

— Oh, que si !

— Nina aime bien.

— Elle aime aussi les sacs à main en cuir. Ça ne veut pas dire que tu dois t'en coller un sur la tête. Où est Joseph ?

— Parti. Il a deux cents dollars en poche, et je ne crois pas qu'il parlera à qui que ce soit. Il a assez eu la trouille comme ça. Il a cru voir un spectre.

Zandt secoua la tête, comme s'il trouvait cela parfaitement idiot.

Je détournai les yeux avant qu'il puisse surprendre l'expression de mon visage.

Une demi-heure après avoir traversé Toppenish, on se serait cru sur une autre planète. Peut-être venait-on ici autrefois pour une bonne raison – mais plus maintenant. Pas d'arbres, rien que des collines anguleuses, des canyons peu profonds, de maigres buissons et des herbes jaunâtres parmi des plaques de neige. Des rochers gris, ou d'un brun terne, qui auraient pu inspirer une aquarelle sans âme accrochée dans un couloir. Le ciel était d'un gris encore plus sombre, les nuages s'effilochaient sur les collines et les vallées comme une mousse blanchâtre.

Zandt gardait les yeux fixés sur la pendule. Au bout d'une quinzaine de kilomètres, il roula plus lentement, tout en observant le bas-côté. Dès qu'il repéra ce qu'il cherchait, il s'arrêta.

— C'est tout près.

Il braqua très sec et emprunta une piste cahoteuse que je n'avais même pas remarquée, dévalant la colline puis remontant le long d'un piton rocheux. De toute évidence, personne ne s'était aventuré ici depuis longtemps. Au bout de quelques centaines de mètres, la piste grimpa raide et je m'accrochai à mon siège des deux mains.

— C'est là ? demandai-je en regardant autour de moi.

— Non, il va falloir marcher.

— Je ne suis pas très porté sur la randonnée.

— Ça ne m'étonne pas.

Il extirpa de sa veste un appareil qui ressemblait à un agenda électronique dernier cri surplombé d'un gros renflement.

— GPS ?

Il opina de la tête :

— Je veux être capable de retrouver mon chemin.

Zandt enregistra la position du camion et désigna la colline du doigt. C'était le même paysage que nous avions parcouru tout l'après-midi, sauf qu'il n'y avait plus de route.

— Allons-y.

Nous suivîmes la piste jusqu'à ce qu'elle disparaisse, puis marchâmes à travers le néant jusqu'à une autre colline dont la pente escarpée menait à un canyon. Nous descendîmes au milieu d'un brouillard qui ne cessait de croître, avant de remonter de l'autre côté. Ensuite, le sol était plat sur une bonne distance, rocheux et nu, exception faite de plaques d'herbes et d'arbrisseaux d'un bleu-vert maladif. Pas d'arbres.

— Qu'est-ce que c'est ? s'exclama Zandt en donnant un coup de pied dans une plante.

— Je crois que c'est de la sauge, mais, à dire vrai, je ne connais rien à la flore des hautes plaines.

— Une foutue saloperie.

— C'est bien vrai.

Nous continuâmes d'avancer, tandis que la brume nous entourait. John consultait son gadget de temps en temps, mais notre marche ne semblait nous mener nulle part. Le temps était froid et sec. Je tentai d'imaginer que des gens avaient vécu là, en vain. Le lieu donnait l'impression de ne pas vouloir se laisser importuner.

Au bout d'un long moment, je regardai ma montre : 16 heures passées, le jour déclinait déjà. Un vent sournois s'était levé. Au milieu du brouillard, le soleil n'était plus qu'une pièce d'argent qui commençait à ternir.

— Je sais, lança John avant même que j'ouvre la bouche. Je n'ai que la croix sur la carte. On y est presque.

— Jamais vu un coin pareil de toute ma vie !

Nous continuâmes quand même. Le brouillard s'était épaissi jusqu'à former une chape qui, parfois, s'ouvrait brusquement en un tunnel que le soleil éclairait de l'intérieur, comme une vision aux reflets dorés. Nous cheminions le long d'une crête basse, au pied d'une autre colline qui grimpait ; à gauche, s'amorçait la bouche d'un canyon.

On n'avait pas l'air de toucher au but, mais je ne dis rien ; je n'avais nulle part où aller.

Pour finir, John s'arrêta.

— Quelle connerie ! lâcha-t-il, exaspéré.

Il paraissait à cran, sous l'emprise d'une fureur menaçante. Les cernes sous ses yeux trahissaient des nuits sans sommeil. J'espérais que son contact aurait la bonne idée de ne pas retourner trop vite dans ce bar du Dakota.

— Ton machin est rétro-éclairé ?

— Évidemment.

— Alors on aura le temps, dis-je en me remettant en marche.

— Ward, je ne crois pas que ça en vaille la peine. Même à vol d'oiseau, on est à trois quarts d'heure de la route, peut-être plus. On a fait le tour de toute la zone indiquée par la croix.

— Où a-t-il dessiné ce plan ?

— Dans le bar, répondit Zandt d'une voix qui perçait difficilement le brouillard.

— En d'autres termes, une semaine après, et à des centaines de kilomètres. Il était bourré ?

— Il a dit qu'il était sûr de l'endroit.

— Oui, comme il était sûr de tenir l'alcool. Tu croyais les témoins quand tu étais flic ?

— Bien sûr que non !

Il sortit son téléphone portable et le considéra d'un air mauvais :

— Pas de réseau. On n'est plus sur la carte, Ward.

— En effet. Mais...

Je m'interrompis : on aurait dit que le monde s'évaporait.

— Qu'est-ce que c'est, bon Dieu ?

Il arriva à ma hauteur et nous restâmes là, côte à côte, un instant. Puis il vit, lui aussi.

— Nom de Dieu !

Un homme se tenait devant nous, juste assez loin pour que sa silhouette paraisse un peu floue dans le brouillard. Son complet gris et ses chaussures noires juraient avec le décor. On entendait sa veste battre dans le vent. Il avait une allure décidée, comme s'il savait où il allait. Et pourtant, il ne bougeait pas.

J'avançai d'un pas puis m'arrêtai ; je pensai prendre mon arme, y renonçai, puis la sortis quand même.

Nous nous approchâmes de l'homme en nous écartant un peu l'un de l'autre.

On lui aurait donné soixante ans, avec ses cheveux gris récemment coupés, désormais collés sur sa tête. Il avait les mains et le visage d'une drôle de couleur, blanc strié de bleu et de rose vif, voire d'un brun rougeâtre. Une profonde entaille lui traversait le cou jusqu'à l'oreille gauche ; le couteau en avait arraché un bout, lui donnant un aspect bancal. Il n'avait plus de lèvre supérieure. L'odeur n'avait encore rien d'insupportable : il avait fait très froid.

Zandt contourna le corps et brandit son agenda électronique pour prendre des photos.

— Regarde !

Je le rejoignis, en restant à distance sans même m'en rendre compte, comme si l'homme allait poursuivre sa route. Une barre de métal – deux mètres de haut et cinq centimètres de diamètre – avait été plantée dans le sol. On l'y avait attaché, c'était cela qui lui donnait l'air de marcher. Dans quelque temps, son corps s'effondrerait, ses vêtements se désagrégeraient, la tige rouillerait.

— Bon Dieu ! répétai-je.

Zandt hocha la tête, apparemment à court de commentaires. Il fouilla la veste et les poches du pantalon, en vain.

Je reculai de quelques pas. En tenant compte du brouillard, on comprenait que la position du corps avait été choisie avec soin. La colline le dissimulait aux regards ; on ne pouvait le voir que de tout près, c'est-à-dire depuis un point d'observation où on n'avait aucune raison de se trouver.

Zandt fixa l'horizon.

— Il a dit qu'il y en avait deux.

— Réjouissante perspective.

— Mais il n'a pas précisé où.

— On dirait qu'il était censé aller quelque part, observai-je en penchant la tête vers le mort.

Nous suivîmes la direction qu'il semblait indiquer. Au bout d'une cinquantaine de mètres, nous distinguâmes l'entrée d'un canyon. Puis autre chose.

Assise au bord du ravin, elle devait avoir à peu près le même âge que l'homme, mais, vu l'état de sa peau, c'était difficile d'en jurer. Elle avait les coudes sur les genoux, le visage posé dans les mains. Une pose naturelle, donnée sans doute au corps avant qu'il ne raidisse. Seule fausse note, sa chevelure, dénouée et dressée en touffes grises. On aurait dit que des corbeaux s'étaient mis au travail puis avaient renoncé. Elle regardait devant elle, avec ses yeux vides et creux.

Zandt ne prit que deux photos, puis releva les coordonnées de la localisation du cadavre.

— Bon, dit-il. Allons-nous-en.

Je lui emboîtai le pas, m'arrêtai, sans savoir ce que je ressentais puis la regardai encore. Quelque chose dans sa posture m'intriguait.

— Ward, allons-nous-en ! Il fera noir bientôt !

Sans l'écouter, je m'approchai de la morte, m'accroupis d'aussi près que possible, levai les yeux dans la même direction qu'elle. Elle avait la tête penchée un peu en avant, comme pour contempler le canyon.

Il ne fut pas facile d'y accéder. Je commençai par descendre en marchant, mais je dus vite m'aider de mes mains. J'entendis Zandt jurer, puis me suivre ;

heureusement, il eut la bonne idée de garder quelques mètres de distance : les rochers qu'il délogeait tombèrent loin de moi.

Une fois en bas, c'était comme en haut, mais davantage de rochers, un peu plus de végétation, quelques arbres courtauds. Le brouillard se dissipait vaguement tandis que le ciel se teintait d'un bleu plus sombre.

Puis j'aperçus un chemin devant moi, souvenir d'un petit ruisseau. Je le remontai sur une brève distance, et fus surpris de découvrir une vaste étendue. Zandt me rejoignit devant une forme trapue dissimulée derrière un affleurement rocheux.

À première vue, on ne savait pas trop ce que c'était. Puis on devinait une petite cabane, tout contre le flanc du canyon.

Nous nous avançâmes en restant à trois mètres l'un de l'autre. C'était une très vieille cabane en rondin, aux gros troncs gris avec des taches encore brunes. Des planches avaient été clouées de l'intérieur sur les fenêtres. La porte était fermée par un cadenas qui paraissait récent. Quelqu'un s'y était jadis acharné avec une hache ou une pelle. On apercevait, dans les traces des coups, des formes qui ressemblaient à des lettres.

Zandt sortit son arme et, de l'autre main, prit quelques clichés. Les fenêtres. Les murs. La porte.

Il rangea l'appareil dans sa poche et me dévisagea. Je hochai la tête.

Je m'avançai, donnai un coup de pied dans la porte. Zandt se tenait derrière moi, arme pointée.

J'entrai. Les fenêtres étaient obturées, il faisait sombre, mais l'ouverture de la porte laissait passer de la lumière. Je sentis mes cheveux se dresser sur ma tête.

Trois cadavres étaient assis sur un banc, effondrés contre le mur. L'un n'était plus qu'un squelette, les deux autres, tout noirs, émettaient une odeur infecte.

Le premier n'avait plus de bras, le ventre du second avait éclaté voilà peu de temps. D'autres corps étaient regroupés, il y en avait au moins deux autres le long d'un mur. À les voir, aucun n'était mort récemment. Quelques-uns avaient des bouts de peau, de la chair qui pendouillait des os. D'un crâne dépassait le torse d'une poupée en plastique, dont les cheveux étaient gris de poussière.

À mesure que mes yeux s'habituaient à la pénombre, je vis d'autres corps desséchés, bien rangés en un petit tas le long du mur de gauche. Je le remuai du bout du pied et distinguai une couche d'os en dessous : elle était très épaisse.

Nous restâmes les bras ballants, à battre des paupières.

— Ce sont eux ? demanda Zandt.

— Les Hommes de Paille ? Peut-être. Mais certains cadavres sont là depuis très, très longtemps.

Zandt aurait voulu tout retourner, mais un regard me suffit pour comprendre qu'on ne trouverait rien. Ici, quand on tuait quelqu'un, on pouvait prendre tout son temps. Et, en plus, je ne voulais pas rester là. Plus le temps passait, plus on avait l'impression que la cabane respirait avec lenteur, exhalant un air rance. Je voulais sortir.

Je regagnai le seuil, en me retournant vers l'intérieur. Maintenant, j'étais moins surpris par la couleur des arbres. Ils avaient absorbé beaucoup, beaucoup de choses ignobles, qui les maintenaient humides, vivants. Ce qui s'était passé ici s'était déroulé sur une longue période. L'œuvre de plus d'une personne, peut-être de plus d'une génération. Était-ce simplement un repaire où abandonner les corps, ou bien leur présence silencieuse, leurs postures indiquaient-elles qu'on s'était livré à des activités plus nébuleuses ? Je songeai à cette immense région, avec ses espaces désertiques, et me demandai si c'était le seul endroit de ce genre.

Zandt sortit à son tour, puis s'arrêta net en contemplant quelque chose par-dessus mon épaule.

Je fis demi-tour. Il était à une dizaine de mètres, de l'autre côté du canyon, placé de telle façon qu'on l'apercevait en sortant de la cabane.

Le corps était beaucoup plus récent. On n'avait pas pris la peine de le disposer comme le couple que nous avions trouvé un peu plus haut ; on l'avait simplement jeté à terre. Il avait les bras étendus et une jambe repliée. Quelque chose de brun lui avait été cloué sur la poitrine, bien au milieu : on ne pouvait pas le manquer. La vacuité presque irréelle de la bouche béante m'apprit ce que c'était.

— C'est le type ? C'est Joseph ?

Zandt n'eut pas besoin de répondre.

Nous revînmes au camion après une longue marche et roulâmes en silence sur l'autoroute menant à Portland. À l'aéroport, nous prîmes des vols différents.

Nous ne nous revîmes qu'un mois plus tard, alors que tout avait changé.

PREMIÈRE PARTIE

HAVRES FROIDS

Je crois vraiment,
Sans les avoir trouvés,
Qu'il y a peut-être
Des mots qui sont des choses.

BYRON,
Le Pèlerinage de Childe Harold

CHAPITRE 1

Il n'y a jamais de parking quand il le faudrait. Vous êtes là, fonçant à toute allure, la forêt des deux côtés, franchissant sans effort des côtes en pente douce et des descentes escarpées ; des rangées de bouleaux encadrent des perspectives fugitives d'une telle beauté enneigée que vous ne les voyez même pas, tout en pensant qu'au sortir du prochain virage vous tomberez forcément sur un endroit où vous pourrez vous garer, mais bizarrement il n'y en a jamais. On est milieu janvier, par un mardi après-midi nuageux, ce qui vous paraît étrange, car c'est un curieux moment : vous êtes seul sur la route, vous pourriez arrêter la voiture sur le bas-côté, mais ça ne vous semble pas correct. Ce n'est qu'un véhicule de location et il vous indiffère, mais c'est le dernier que vous conduirez, et vous ne voulez pas l'abandonner. Simple question d'ordre. Vous voulez que la voiture soit garée. Pour être en paix. Vous comprenez brusquement que c'est bien là le problème – un bon résumé de l'existence. Il n'y a jamais d'endroit où se reposer quand on en a besoin.

Merde.

Tom appuya sur la pédale de frein avec quelques secondes de retard, et beaucoup trop fort. La voiture dérapa sur une dizaine de mètres, fit un tête-à-queue puis s'arrêta en plein milieu de la chaussée, comme poussée par une main géante. Il resta immobile un moment, le cou brûlant. De l'air froid entrait par la vitre, avec le croassement d'un oiseau. Sinon, tout n'était que silence, Dieu merci. S'il y avait eu quelqu'un d'autre sur la route, ça se serait mal passé, ce qui n'aurait pas manqué de sel ; mais là encore, il ne le voulait pas. Il était déjà assez mal vu comme ça.

Il manœuvra le véhicule pour se retrouver dans la bonne direction, puis revint lentement en marche arrière vers le parking ; Sarah aurait su faire demi-tour directement, mais pas lui. Du moins n'en était-il pas sûr, aussi préféra-t-il s'en abstenir. Comme toujours. Cache tes faiblesses. Garde tes secrets. Ne cours jamais le risque de passer pour un imbécile, même si ça te donne l'air d'un idiot, et d'un lâche, de surcroît.

Il s'avança dans le petit parking, écrasant dix bons centimètres d'une neige que le vent avait balayée de la route. L'endroit correspondait au point de départ d'une piste de randonnée, fermée pendant la mauvaise saison. Ce n'est qu'une fois la voiture à l'arrêt que Tom se rendit compte que ses mains tremblaient violemment. Il s'empara de la bouteille sur le siège passager et but une longue gorgée, puis il regarda un instant dans le rétroviseur, mais n'y vit, comme il y s'attendait, qu'une peau livide, des cheveux bruns, des joues bouffies, un début de double menton. Le camouflage de l'âge mûr.

Ouvrant la portière, Tom laissa tomber la clé de contact dans le vide-poches. Pas la peine de se faire remarquer. Il s'extirpa du véhicule, glissa aussitôt sur une pierre et s'étala de tout son long.

Se redressant à genoux, il nota qu'une de ses paumes était entaillée ; son front et sa joue droite semblaient saigner un peu. Sa cheville lui faisait mal. De minuscules fragments de silex lui piquaient le visage ; ahuri, le souffle coupé, il reprit ses esprits.

Il sortit son sac à dos du coffre, qu'il referma avec un claquement sec, ce qui lui fit comprendre qu'après tout il éprouvait quelque chose pour la voiture. Il veilla à verrouiller les portières, puis enjamba la barrière de rondins et s'avança entre les arbres, dans la direction opposée à celle de la piste.

L'oiseau, ou un de ses congénères, faisait toujours autant de vacarme. Tom tenta de lui intimer silence, d'abord par des paroles puis par de simples cris. Le volatile se tut, mais ne tarda pas à recommencer. Tom comprit : ici, il n'était jamais qu'un animal bruyant, qui n'avait aucun droit de donner des ordres.

Il laissa donc l'oiseau tranquille et chercha surtout à ne pas tomber.

Avancer était difficile, la pente était raide. Tom comprit vite pourquoi il n'existait pas d'aires de repos : la forêt n'avait rien de paisible. Elle n'était pas là pour que chacun en profite : pas de chemins balisés, de lieux où s'attarder, de boutiques à hamburgers, aucun de ces médiateurs traditionnels entre le cru et le cuit. C'était parfait. Ses besoins était réduits, et assurés. Il n'y avait pratiquement que de l'alcool dans le sac à dos ; il rangea les bouteilles de façon qu'elles ne se heurtent pas. Il avait le ventre vide, la gnôle exceptée. Il doutait déjà que la vodka fût un mode de vie. Elle n'était pas faite pour les petites natures, en tout cas. Il faut savoir accepter de se sentir très mal. Il y parvenait plus ou moins, il se montrait courageux.

Au bout de deux heures, il estima qu'il n'avait parcouru que cinq kilomètres à peine, bien qu'il ne fût plus entouré que d'épicéas et de cèdres. Le sol était désormais dépourvu de neige, mais aussi couvert de branches mortes et de buissons agressifs qui s'accrochaient à son jean et à sa veste. Les arbres étaient grands, paisibles, ils poussaient où ils voulaient. De temps à autre, il arrivait au bord d'un ruisseau. Au début, il les franchissait d'un bond mais, comme sa cheville le faisait souffrir, il se mit à effectuer des détours pour trouver des endroits plus faciles à traverser. Il marmonnait mais la plupart du temps il restait silencieux, pour épargner son souffle. Achevant la bouteille, il la laissa tomber et continua d'avancer. Quelques centaines de mètres plus loin, il regretta son geste et, faisant demi-tour, entreprit de la retrouver – en vain. Il devenait peu à peu complètement ivre, complètement perdu. Il marchait toujours d'un bon pas. L'examen des cartes lui avait montré que même les routes menant à des chantiers de bûcherons étaient rares dans la région, mais il savait par une expérience certes acquise dans les villes qu'il possédait un assez bon sens de l'orientation. Et aussi à quel point il était faible, à quel point une impulsion pouvait le conduire là où il ne voulait pas aller – avant de disparaître d'un seul coup et de l'abandonner, du sang sur les paumes. C'était bien pourquoi il lui était essentiel de se perdre. Sinon, il changerait d'avis, se dégonflerait, ferait traîner les choses et se planterait ; et il n'y a sans doute rien de plus dérisoire que de rater son propre suicide.

Tom Kozelek était venu dans le Nord-Ouest sans plan aucun, sinon le désir d'être ailleurs qu'à Los Angeles. Il avait choisi Seattle parce qu'il s'y était rendu récemment pour affaires et connaissait un bon hôtel. Il y passa une seule nuit, puis partit en voiture vers les Cascade Mountains : un endroit bizarre, avec des sommets, des vallées vertigineuses, des rochers déchiquetés aux multiples nuances de gris, et même un peu d'Histoire, du genre « et ils coupèrent encore beaucoup d'arbres ». Mais guère de routes, et les montagnes toujours à distance, au point qu'on pourrait croire qu'elles n'existent pas. Pendant deux jours, il erra vaguement d'une petite ville glacée à l'autre, passant ses soirées dans une chambre de motel, la télé éteinte. Il téléphona chez lui – ce qui avait été chez lui. On répondit à son appel, ce qui ne fit qu'aggraver les choses. La conversation avec sa femme et ses enfants fut brève, sans cris – c'était plus horrible encore. Quelquefois, rien n'est pire que de se montrer raisonnable, parce que, si chacun se comporte en adulte alors que le monde est en miettes, où aller, ensuite ?

Pour finir, il arriva dans une ville nommée Sheffer et s'y installa. L'endroit se réduisait à une avenue principale et à cinq rues perpendiculaires qui prenaient fin très vite au pied des collines couvertes de sapins ; mais un ou deux endroits proposant un lit et un petit déjeuner, un café hippie où l'on trouvait de bons flocons d'avoine, et cinq exemplaires d'occasion de *Sur la route de Madison* laissaient penser que des gens venaient là de leur plein gré. Sans oublier un petit musée ferroviaire (fermé) et un bout de voie ferrée abandonnée le long de la grand-route, où s'entassaient les carcasses de vieux wagons à la rouille pittoresque. On était hors saison, la ville somnolait, les gens du coin sortaient du décor en ôtant des toiles d'araignée de leurs cheveux. Quatre jours avant d'entamer sa marche à travers les bois, Tom se retrouva au comptoir du Big Frank, le moins anodin des trois bars de l'endroit, à contempler à la télé un reportage sur un sport étranger dont il ne comprenait guère les règles, à la fois agité et apaisé à l'idée d'être ainsi perdu en territoire indien. Il avait quarantetrois ans, des cartes de crédit, une voiture à sa disposition. Il n'était pas limité par ce que l'on aurait pu connaître ou espérer de lui. S'il l'avait voulu, il aurait pu prétendre qu'il s'appelait Lance, qu'il était un ancien pilote de chasse devenu milliardaire grâce à Internet, ou un chorégraphe de jazz fusion nommé Bewildergob. Personne ne l'aurait contredit. Il pouvait raconter ce qu'il voulait – mais il comprit aussi que précisément il ne voulait rien du tout.

Plus rien ne changerait jamais. Il avait franchi la ligne.

Tom but jusqu'à en avoir la cervelle vide. L'idée lui vint aussi vite qu'une flèche tirée par un archer. Il se rendit compte qu'il existait un moyen de rendre les choses, sinon meilleures, du moins gérables. D'escamoter les problèmes. Il commanda une autre bière et alla s'asseoir dans un coin pour y réfléchir de plus près.

Il avait déjà pensé au suicide, comme tout le monde, mais jamais sérieusement ; un coup d'œil rapide, pour s'assurer que c'était une idée ridicule. Pas cette fois-ci. Il ne s'agissait pas d'un geste théâtral mais d'une décision rationnelle. Sa situation n'avait rien d'irrévocable. Son mariage était terminé mais il avait encore des amis. Il pourrait se trouver un nouveau boulot de concepteur de sites Internet pour d'autres. Dénicher un appartement. Laver son linge. Avoir un four à micro-ondes bien à lui. Dans un an, tout paraîtrait peut-être différent. Et alors ? Il serait toujours le même Tom, un homme aux maigres talents qui remettait tout au lendemain, lentement dilaté par l'âge comme par une pompe à vélo. Il serait toujours celui qui en était arrivé là. La vie était suffisamment moche comme ça – et si on découvrait le reste ? Les choix qu'il aurait souhaités n'appartenaient plus qu'au passé.

Alors, pourquoi ne pas en finir ? Tirer l'échelle, espérer que la réincarnation existait, tenter de faire un meilleur usage de sa prochaine existence...

Pourquoi pas ? Après tout, pourquoi pas ?

Il but jusqu'à la fermeture, puis tenta de bavarder avec les deux jeunes barmen tandis qu'ils le poussaient sans cérémonie vers la porte. L'un ne trahissait que l'ennui, l'autre un vague dégoût. Tom se rendit compte qu'il n'était sans doute guère plus jeune que leurs pères, sans doute des montagnards à la mâchoire carrée qui buvaient du bourbon une fois par mois. La porte fut vigoureusement refermée derrière lui. Comme il repartait en titubant vers le motel, il songea qu'il n'avait plus à se soucier de ce qu'ils pourraient penser de lui. Son nouveau projet le plaçait sur un plan supérieur. Il n'en avait rien à foutre. Il était si agacé qu'il fit demi-tour et revint vers le bar, comptant expliquer à ces deux crétins que s'il y avait peut-être de bons moments pour les gamins de vingt ans, c'était beaucoup moins gai pour les hommes d'âge mûr ; qu'un jour ils perdraient leurs abdos, oublieraient comment aimer, sans plus savoir qui ils étaient. Il avait l'impression que ce serait pour eux une leçon profitable. C'était d'ailleurs la seule qu'il pût leur offrir, de toute façon, et il tenait à ce qu'ils en bénéficient. Mais le temps qu'il arrive au bar, celui-ci était plongé dans l'obscurité. Il frappa à la porte un moment, en se disant qu'ils étaient peut-être encore à l'intérieur, mais surtout parce qu'il voulait cogner sur quelque chose. Puis il fut brusquement inondé de lumière. Se retournant, il aperçut une voiture de police garée dans la rue derrière lui. Un jeune type en uniforme s'appuyait sur une aile, les bras croisés.

— Je crois que c'est fermé, monsieur, dit-il.

Tom ouvrit la bouche, se rendit compte qu'il aurait trop à dire, et rien qui tienne debout. Il leva les bras, non pour se rendre, mais en une sorte de prière muette. Bizarrement, l'autre sembla comprendre, hocha la tête sans répondre, remonta dans la voiture et s'en fut. Tom rentra à son motel, avançant lentement au milieu de la grand-rue, sous le clignotement méditatif et résolu des feux de circulation, sans la moindre voiture en vue.

Le lendemain matin, il réfléchit longuement à tout ça. Ses options étaient limitées. Il n'y avait pas d'armurerie en ville, et il ne voulait pas rouler pour en chercher une. Même en partant du principe qu'on le laisserait acheter une arme à feu, elle lui aurait fichu la trouille. Sauter d'une falaise, à supposer qu'il en déniche une, était également exclu. L'idée était de toute évidence contre-révolutionnaire. Même si son esprit était bien décidé, son corps pouvait se montrer le plus fort, auquel cas il aurait un long trajet à parcourir jusqu'à la voiture, avec l'impression d'être le pire imbécile de la planète. Oui, je voulais me jeter de la falaise, c'est ça. Non, ça n'a pas marché. Désolé. Mais le paysage était superbe. Fais attention où tu marches. Tom ne voulait pas finir en cadavre disloqué qui serait retrouvé, photographié et renvoyé chez lui. Il ne voulait pas être brisé, mais effacé.

Le dimanche, il était chez Henry, le plus sympathique restaurant de la ville, devant un énorme hamburger, quand il entendit quelque chose qui mit tout en place. Un vieux briscard du coin se délectait à effrayer un couple de retraités de Winnebago en leur expliquant à quel point les bois étaient vastes et impénétrables. La répétition d'un chiffre attira l'attention de Tom. Soixante-treize.

Le couple se regarda et hocha la tête, très impressionné. Puis l'homme dit, de l'air du gars qui a trouvé la faille dans un raisonnement :

— Des grands ou des petits ? Quelle taille ils avaient, ces avions ?

— De toutes sortes, répondit le vieux schnock d'un ton un peu irrité. Des grands, des petits, des civils, des militaires... Les avions s'écrasent tout le temps, c'est un fait. Ce que je veux dire, c'est que de tous ceux tombés dans la région depuis la fin de la guerre, il y en a soixante-treize qu'on n'a jamais retrouvés.

C'est vrai ? songea Tom.

Il repoussa son hamburger, paya et partit acheter autant d'alcool qu'il pourrait en porter.

Tom fut surpris par la rapidité avec laquelle tombait la nuit. Il trébuchait plus qu'il ne marchait ; les muscles de ses cuisses et de ses mollets s'étaient transformés en plomb. Il n'avait fait qu'une douzaine de kilomètres, quinze au plus, mais il était épuisé. L'idée lui vint que s'il avait passé plus de temps dans un gymnase, il aurait été en meilleure forme pour mourir. Cela le fit rire, jusqu'à ce que sa bouche se remplisse de salive et qu'il soit contraint s'arrêter pour s'empêcher de vomir, plus ivre que jamais. Tout en se reposant un peu, les mains posées sur les genoux, à observer les taches flottantes qui passaient devant ses yeux, il réfléchit à la suite des événements. Il était déjà complètement perdu. Tout au long de l'après-midi, le terrain était devenu de plus en plus montagneux, raide, traître et glissant. Quand la nuit viendrait, il ferait vraiment noir, le genre d'obscurité qui engloutirait un gars de la ville. Il ôta son sac à dos et y chercha sa lampe de poche. En l'allumant, il comprit que la lumière n'était pas la seule à changer. Le brouillard se levait, il faisait aussi incroyablement froid. Pour le moment, la sueur qui lui coulait sur la peau se transformait en eau glacée, mais quand il serait gelé jusqu'aux os, ce serait difficile à supporter. Ce qui signifiait qu'il devait continuer à marcher.

Il fit pivoter sa cheville pour la réchauffer un peu, obliqua et avança péniblement. La forêt était tranquille : les oiseaux avaient croassé tout leur saoul avant de rentrer chez eux. S'agissant des autres animaux, Tom ne savait pas trop. Il avait déjà passé beaucoup de temps à ne pas penser aux ours. Tom ne croyait pas avoir l'air très menaçant pour tout grand mammifère qu'il pourrait rencontrer par hasard, et il n'emportait aucune nourriture qui puisse les attirer, mais peut-être que tout ça était bidon. Peut-être attendaient-ils les gens pour les attaquer, rien que par plaisir. En tout cas, il ne voulait pas y réfléchir. La torche comportait deux positions de réglage, lumineux et atténué ; il ne tarda pas à s'en tenir à la première. Le brouillard s'épaississait, lui renvoyant de plus en plus de lumière en plein visage, ce qui lui donnait le vertige. Et les ombres prenaient une allure inquiétante. En plein jour, les forêts sont des lieux amicaux, elles vous rappellent les promenades dominicales, les feuilles qui bruissent, la grosse main tiède de vos parents ou celle que vous tendiez à vos enfants. De nuit, elles tombent le masque, elles vous disent : « Va donc te trouver une grotte, homme-singe, ici ce n'est pas pour toi. »

Tom décida donc de rester insensible au brouillard, de s'assommer la cervelle à la vodka et de marcher toujours. Il se persuada que les craquements et les bruissements qu'il entendait étaient le fruit de son imagination. On pouvait continuer à avancer, en sûreté, dans un inconfort modéré mais sans plus : marcher jusqu'à ce qu'il fasse nuit noire et que le temps semble se réduire à rien, jusqu'à ce que la peur se replie sur elle-même, puis enfle peu à peu ; et il marcha de plus en plus vite, pour échapper à quelque chose qu'il portait en lui.

Sa chute le prit au dépourvu. Il était occupé à franchir une longue rangée de buissons, ce qui provoquait un nouvel accès de hoquets qui lui faisaient tressauter la tête, quand brusquement il n'eut plus rien sous le pied. Son corps fut projeté en avant, sans qu'il puisse garder l'équilibre.

Il dévala d'un seul coup une pente très raide, jambes écartées, battant des bras. Il alla donner tout droit contre un petit arbre, et en perdit sa torche et sa bouteille, non sans se heurter à tous les rochers rencontrés en route. Cela dura peu de temps et se termina par une réception à plat ventre qui lui coupa ce qui lui restait de souffle.

Tom eut un grognement de désespoir. Quand il en fut capable, il roula sur le dos. Sa douleur à la poitrine était si intense qu'il eut un sifflement involontaire. Cela lui faisait beaucoup plus mal que sa chute dans le parking, comme si on lui avait planté une lance dans le flanc droit et qu'on encourageait un enfant à en extirper la pointe. Ses testicules le torturaient, cela montait d'un petit creux brûlant dans son basventre.

Au bout d'un moment, il se redressa, se passa une main hésitante sur le flanc, sans vouloir regarder, au cas où. Rien. Il distingua la torche à trois mètres de lui, luisant faiblement dans la futaie, et rampa dans la boue pour la récupérer. Il voyait un peu double, mais comme c'était le cas depuis quelques heures, il ne s'en inquiéta pas outre mesure.

Retrouver la torche lui donna le sentiment d'avancer dans la bonne direction. Il semblait être tombé dans une vaste ravine rocheuse qui, au printemps, devait accueillir un ruisseau mais n'abritait plus qu'un mince filet d'eau, qu'il entendait devant lui, à quelques mètres. Sinon, tout était tranquille. Tout à fait tranquille, et très froid.

Tom estima qu'il était allé assez loin. Cette nuit même ferait l'affaire. Après tout, pas besoin d'attendre demain. L'heure de la sortie sonnait simplement un peu en avance, voilà tout.

Il recula, le dos contre un rocher. Puis il plaça le sac entre ses genoux et l'ouvrit. Une bouteille au moins s'était brisée ; le fond était trempé, l'odeur lui monta au visage. Allumant la torche, il constata que mieux valait ne pas y fourrer la main. Il préféra donc en retourner le contenu sur le sol. Cela prit un moment, mais il finit par trouver les boîtes de somnifères.

Tout en extirpant péniblement chaque comprimé de son emballage plastique, avant de les déposer en tas sur une feuille morte près de lui, il mena à bien une check-list intérieure.

Perdu, vérifié. Ivre, vérifié. Bon Dieu oui. Plutôt deux fois qu'une, souligné en rouge.

Il avait payé sa note d'hôtel, en mentionnant au passage qu'il retournait à Seattle. Vérifié.

Pour se promener dehors par un froid pareil, il fallait être complètement cinglé, et on était hors saison, en milieu de semaine. De plus, il s'était tenu à l'écart des pistes connues. Vérifié.

Pop, un comprimé. Pop, un autre. Il contempla la pile. Ça suffirait ? Autant être sûr. Il continua. Une overdose n'était pas signe de faiblesse si on s'y prenait comme lui. C'était viril.

Ah ouais.

La voiture serait peut-être retrouvée demain, et dans un jour ou deux quelqu'un enquêterait. Pas à pied, mais en hélico, un survol décousu, au mieux. Lors de sa dernière journée à Sheffer, Tom avait acheté des vêtements et un sac à dos aux couleurs automnales pour que d'en haut on ait encore moins de chances de l'apercevoir. S'il avait aussi banqué pour de bonnes chaussures de marche, sa cheville lui aurait fait moins mal, mais sur le moment cela semblait ne pas en valoir la peine. Comme quoi on doit toujours avoir l'équipement qu'il faut.

En tout cas, check-list générale. Vérifier les vérifications.

À mesure que les comprimés s'entassaient, il fut surpris de constater qu'il n'avait pas peur. Il avait pensé que la proximité de l'acte le ferait paniquer, qu'il chercherait à combattre la mort, mais il se rendit compte qu'il se sentait simplement très, très las. Quelque part sur le trajet entre la voiture et cette ravine, il avait perdu tout sentiment de sa propre existence. Ce n'était plus qu'un événement, ici et maintenant. Il faisait noir, il était tard. Tout était parfait. Tout allait bien.

Tom avait déjà froid, ses doigts étaient gauches et gourds. Il avala les comprimés, à raison de deux à la fois, qu'il fit passer avec de l'alcool. Il en perdit quelques-uns, mais il n'en manquait pas. Il en prit beaucoup, en marmonnant dans la pénombre. Adieu, Sarah, trouve-toi quelqu'un d'autre. Adieu, William, adieu, Lucy. Vous allez me haïr, je le sais, mais de toute façon vous en seriez vite venus à me détester.

À un certain moment, il parut accepter l'idée qu'il avait désormais dépassé la dose mortelle, après quoi tout devint beaucoup plus facile, à vrai dire. La forêt paraissait un peu moins froide. Tout devint flou et liquide tandis qu'il restait assis à tanguer dans le noir complet. Il avait froid et n'avait pas froid, il était mortellement las et parfaitement éveillé. La peur tournoyait dans les buissons mais restait hors d'atteinte, jusqu'à ce qu'il ne prenne plus la peine de se fourrer des choses dans la bouche. Vouloir suivre ses pensées, c'était comme marcher seul dans une rue déserte où tous les magasins fermaient l'un après l'autre.

Quand ses paupières commencèrent à battre, il tenta de garder les yeux ouverts, non par désespoir, mais un peu comme un enfant cherche à repousser le sommeil tout en sachant qu'il ne pourra le combattre. Lorsqu'ils se fermèrent enfin, il eut la tête un peu plus légère pendant un moment, puis tout sembla disparaître derrière un voile gris. Pendant un bref instant, il crut rêver, comme s'il s'inclinait lentement vers l'arrière, puis plus rien. Adieu.

Il ne s'attendait pas à se réveiller en pleine nuit, encore ivre, le corps parcouru de frissons. Il ne s'attendait pas à être toujours en vie, ravagé de douleurs. Et il ne s'attendait certainement pas à voir quelque chose au-dessus de lui, quelque chose d'énorme, à l'odeur de viande putréfiée.

CHAPITRE 2

Le restaurant était une grande salle divisée en deux sections : des tables au milieu, des alcôves sur trois côtés. À l'entrée de chacune étaient accrochées de petites lanternes qui ne marchaient plus. Les murs étaient ornés de grandes fresques dans le genre rétro : beaucoup de bleu, de rose pâle, de lignes noires écaillées. À l'entrée, de hautes fenêtres festonnées donnaient sur un parking envahi de feuilles mortes, et je regardai un moment le vent jouer avec elles. Je me trouvais à ma place habituelle, dans l'une des alcôves du fond. La banquette n'était pas trop près de la table, on ne sentait pas trop serré. Le menu était plein de calembours subtils, et de hamburgers, de burritos, de salades du chef et de chili – bref, mon genre de truc.

Tout bien considéré, c'était l'endroit idéal pour dîner, à un détail près. Le service était nul. J'attendais depuis longtemps, personne n'était venu me saluer, m'assurer que je faisais partie de la maison ou m'offrir de l'eau glacée que je ne boirais pas. Et en fait, ce n'était pas seulement le personnel qui déconnait. À mon arrivée, j'avais constaté que quelqu'un avait renversé presque toutes les chaises au centre de la salle, ce qui faisait désordre. Je les avais remises en place, mais après tout ce n'était pas mon boulot. Pas plus d'ailleurs que de remplacer les ampoules. Je songeai à passer à la cuisine, mais je savais que ça ne servirait à rien. C'était encore plus calme, là-bas, et plus sombre.

Je me penchai sur ma table en me demandant ce que je pouvais bien foutre là. Attendre trois jours un bol de chili, c'est long.

Je savais beaucoup de choses sur les villes de ce genre, parce que j'y avais passé le plus clair de mon temps ces derniers mois. J'avais erré en tous sens sur des kilomètres de campagnes paumées et de prairies, dans les États les plus mornes du pays. Au début, je descendais dans des motels puis, un après-midi, je voulus retirer de l'argent dans un distributeur et découvris que je ne possédais plus rien. C'est étonnant à quel point un petit rectangle aux couleurs vives peut influer sur votre bien-être, votre sentiment d'identité. Vous ne commencez à le comprendre que lorsque la machine recrache la carte de crédit et vous dit non – et ça ne signifie pas maintenant, pas plus tard, mais plus jamais ; cela vous rappelle tout d'un coup que la carte n'a jamais été un athanor magique produisant de l'or, mais un bout de plastique dont, légalement, vous n'êtes même pas le propriétaire. Je restai là, dans un parking du New Jersey, à la retourner entre mes doigts, jusqu'à ce qu'une femme dans un 4 × 4 chargé de trois enfants obèses me dise de dégager. Elle-même avait une carte, sûre qu'elle remplirait sa fonction. Je l'enviai pour ça – pas pour ses mômes, moches comme le péché.

Je revins à ma voiture et y montai avant de contempler un moment l'extérieur à travers le pare-brise. Il me restait dix-huit dollars, un peu de monnaie, un réservoir à moitié plein. Rien d'autre. Rien.

— Alors, Bobby, qu'est-ce qu'on va faire ?

Il ne répondit pas : il était mort. C'était mon meilleur ami, l'une des rares personnes qui aient compté pour moi. Il était mort dans un endroit appelé les Halls, alors que nous tentions de capturer un psychopathe qui se faisait appeler l'Homme Debout. Les Halls avaient été détruits par une explosion qui avait désintégré Bobby en même temps. Depuis, il était devenu un interlocuteur imprévisible. Parfois, il disait ce que j'avais besoin d'entendre : oui, Ward, c'est peut-être un bon endroit pour passer la nuit, ou : oui, j'avais bien besoin d'une autre bière, ou encore : oui, on a fait de notre mieux pour retrouver les gens qui avaient tué mes parents.

Puis il restait silencieux pendant de longs moments. Des semaines, parfois. Je ne savais pas où il allait pendant ce temps, quels changements survenus dans mon esprit faisaient que je ne pouvais plus l'entendre. Et je ne l'entendais que dans ma tête, je le savais.

Pour finir, je quittai le parking, et me trouvai, à trois villes de là, un boulot de plongeur de restaurant et d'éplucheur de patates. Le cuisinier équatorien me laissa dormir sur son plancher pendant deux jours à l'issue desquels j'avais assez d'argent liquide pour louer une chambre, pourvu bien sûr que j'accepte de la partager avec les punaises, le bruit et la poussière, et de ne pas manger. Travailler à la cuisine, c'est pas mal pour les gens qui sont dans ma situation, bien qu'on se lasse vite de la clientèle. Les relations entre l'Équatorien et moi prirent fin une semaine plus tard, quand je tentai de prendre part à son petit trafic de coke auprès des autres membres du personnel et de certains résidents du lieu, jeunes ou moins jeunes, qui le soir venaient frapper à la porte de service. À l'aube, je quittai la ville à toute allure, saignant abondamment, avec la sensation d'être un parfait imbécile.

Le lendemain matin, en Virginie-Occidentale, je prenais un peu de repos à la terrasse d'un Burger King, saignant toujours, mais moins, quand j'entendis dans ma tête une voix qui répondait enfin à une question posée neuf jours plus tôt. J'allai me nettoyer dans les toilettes, m'offris un petit déjeuner mondialiste de matériaux d'allure alimentaire, et partis tout droit vers l'Arizona. Arrivé là, je repérai une résidence à Flagstaff, ce qui prit du temps parce que je n'y étais venu qu'une fois, passablement ivre, et en avais perdu l'adresse. Pendant vingtquatre heures, j'observai l'endroit avec soin avant de sortir mon petit rectangle de plastique désormais inutile et d'en faire usage pour entrer.

Et c'est ainsi que, cinq jours durant, je vécus dans la maison de Bobby Nygard.

Une fois que j'eus fait le tour des lieux, assuré que personne n'était venu cambrioler – si c'était le cas, ils avaient tout laissé en place, dont un matériel informatique valant des dizaines de milliers de dollars –, je commençai par me connecter au Net. Il y avait un certain temps que je ne m'y étais pas risqué, plus ou moins convaincu que toute tentative en ce sens serait remarquée quelque part et lancerait des gens à mes trousses. Bobby avait été un expert de l'effaçage des traces sur Internet ; en me servant de son système je serais en sécurité, au moins pour un petit moment.

J'examinai d'abord mon compte bancaire, constatai qu'on l'avait fermé ; son contenu avait disparu. Un autre compte dans une autre banque était toujours ouvert mais vide. C'est là qu'avait été transféré l'argent de l'héritage de mes parents. Quelqu'un l'avait nettoyé, en n'y laissant qu'un seul cent.

Je me déconnectai et restai là, la tête vide. Je n'étais pas franchement surpris, mais c'était quand même une très mauvaise nouvelle et j'avais envie de frapper quelqu'un. J'allai à la cuisine, pris une soucoupe pour me servir de cendrier et contemplai longuement la rue par la fenêtre. C'est alors que j'entendis Bobby. Il m'avait toujours cassé les pieds pour que je cesse de fumer et n'avait pas changé d'avis. Ce qui ne m'empêcha pas d'achever ma cigarette. C'était bon d'entendre la voix de quelqu'un, même si elle me gonflait, même si c'était la mienne.

Je restai dans la maison. Elle paraissait sûre et j'étais fatigué de bouger. Avec ses boîtes de conserve dans les placards, je n'avais pas à sortir. Je passai beaucoup de temps à lire les notes et les manuels de Bobby, puis fouillai les lieux, du sol au plafond, aussi respectueusement que je pus. Je découvris un ensemble de fausses identités dont je m'emparai, sachant que Bobby avait dû les acheter à quelqu'un en qui il avait confiance. Je trouvai également près de six mille dollars en liquide, cachés à la cave dans un boîtier d'ordinateur. Je m'assis pour les contempler un moment, pas fier de les avoir trouvés, et encore moins de ce que j'allais en faire. Bobby avait une mère ; je l'avais retrouvée un mois plus tôt pour lui apprendre sa mort. Ivre, elle m'avait jeté des choses à la tête, sans que j'aie su si c'était sa réaction à la nouvelle – ils n'étaient pas très intimes – ou sa pratique habituelle. Sans doute le magot aurait-il dû lui revenir, mais tant pis. C'était sans doute de l'argent sale, et je sentais que Bobby m'aurait approuvé. De toute façon, ce serait comme ça et pas autrement.

Quelques jours plus tard, je quittai les lieux, avec des vêtements à lui qui m'allaient plus ou moins, et chargé d'un petit sac contenant l'argent. J'avais aussi un de ses ordinateurs portables, ayant dû fourguer le mien quelque temps auparavant. Au milieu de la rue, je me retournai pour regarder la demeure, en me demandant combien de temps il faudrait pour que quelqu'un décide de la visiter. Des semaines, probablement. Beaucoup plus longtemps, même, tant que les factures seraient payées par prélèvement direct et que quelque chose ne sauterait pas en provoquant un incendie. Je me demandai aussi combien de chambres ou de maisons, dans tout le pays, étaient comme ça : une fois leurs occupants disparus, les machines continuaient à tourner toutes seules, sans personne pour s'en occuper.

Après cela, je m'arrêtai dans bien des lieux semblables. Parfois je puisais dans le magot de Bobby pour séjourner dans un endroit qui me rappelait qu'autrefois j'avais eu une vie, du genre chaîne d'hôtels de grande ville, où le matin il faut téléphoner à la réception pour se souvenir dans quel État on se trouve. Sinon, je prenais ce qui me tombait sous la main. Des motels aux fenêtres clouées de planches, à la sortie des villes, des bureaux de zone commerciale dont les vitres avaient viré au gris ; tout ce qui était oublié, négligé et portait un panneau *Entrée interdite,* seule chose qui puisse vaguement vous empêcher d'y pénétrer – avec la crainte de tomber sur quelqu'un qui pourrait recourir à la violence pour défendre son asile temporaire. Fort heureusement, je faisais moi-même partie du lot, si bien qu'une telle perspective ne m'inquiétait guère. Il y eut quelques confrontations, mais ceux qui ne possèdent rien se laissent facilement intimider, pourvu qu'on sache garder son calme et leur faire croire qu'on n'est pas comme eux.

John Zandt avait également survécu à l'explosion. Il m'appela un soir et nous nous retrouvâmes à Yakima. Nina rédigea un rapport interne au FBI sur ce que nous y avions vu et alerta le bureau local du Bureau mais cela parut ne déboucher sur rien. Nous étions seuls, en pleine cambrousse, ce qui nous permit de comprendre que la conspiration que nous avions découverte avait le bras plus long que nous ne pensions.

Ensuite, je m'essoufflai. Mes progrès, si on peut dire, se firent de plus en plus lents, jusqu'à ce que j'échoue à Relent, Idaho. J'avais un téléphone portable enregistré sous un faux nom, l'ordinateur d'un mort et une réserve d'argent sale qui commençait à fondre. Mes côtes me faisaient encore mal là où le couteau d'un dealer les avait frappées.

Mes parents auraient été fiers de moi.

Pour finir, je quittai le restaurant abandonné et entrai dans ce qui passait pour la rue principale de Relent. Les promesses du menu m'avaient donné faim et je n'avais en poche que quelques bâtonnets de bœuf teriyaki. Je dénichai un bar appelé le Cambridge, tenu par un couple d'âge mûr, très affable. Leur menu était moins appétissant que l'autre, toutefois, et je m'en tins donc à du scotch et à une quelconque bière locale qui donnait l'impression d'avoir été extraite des murs de vieux bâtiments mais se laissait boire une fois qu'on en avait consommé trois ou quatre. Je comptais m'en aller ensuite, mais il se mit à pleuvoir, un déluge qui s'en venait battre les vitres du bar ; on aurait cru que quelqu'un jetait des poignées de gravier. Je restai donc assis, effondré sur mon siège, à manger des olives sur un rythme lent mais soutenu, jusqu'à ce que je commence à redouter la crise de foie et que mes doigts aient pris une vague couleur verte.

À 21 heures, j'étais vraiment ivre. Une heure plus tard, ça ne s'était pas arrangé. Une jeune femme exaltée, aux cheveux frisés, chantait sur une petite scène des chansons dont le sens m'échappait. Je sentais que le monde avait été dur avec elle et sympathisais jusqu'à un certain point, mais sa voix me donnait mal à la tête. Il était temps d'aller voir ailleurs. Où ? Et il pleuvait toujours. De temps à autre, des gens entraient : à les voir, on aurait cru qu'ils venaient de sortir de l'océan tout habillés.

Au bout d'un moment, l'un d'eux retint mon attention : grand, mince, il alla s'asseoir seul à une table du fond. Je me rendis compte que je gardais l'œil sur lui dans le miroir derrière le comptoir. L'éclairage avait baissé au point d'en devenir ténébreux et je ne voyais pas bien le visage du gars, mais un picotement dans le cuir chevelu me disait qu'il regardait dans ma direction plus souvent que le hasard ne l'aurait permis. Je me levai pour aller aux gogues, ce qui était inutile, mais quand je passai à sa hauteur il avait tourné la tête, ostensiblement, pour regarder dehors.

Aux toilettes, je fis couler de l'eau que je me passai sur le visage. Il se pouvait simplement que ce type ait remarqué un étranger ; je pensais toutefois qu'il y avait plus que ça. Il existait une fenêtre très haute, mais rien pour y grimper, sinon un lavabo qui n'avait pas l'air de pouvoir supporter mon poids, et mes épaules avaient peu de chances de passer à travers.

Je décidai qu'il faudrait que j'affronte le gars. S'il devait se passer quelque chose, mieux vaudrait que ce soit dans un lieu public.

Quand je revins, la table était vide.

Maudissant ma paranoïa, je revins au bar et bus une gorgée de ma bière, désormais tiède. La chanteuse avait été rejointe par une amie dont la chevelure n'avait rien à lui envier. J'adressai un signe au barman et le patron m'apporta la note, qui n'était pas du genre coup de fusil. Je bavardai avec lui quelques instants et laissai un gros pourboire. Mon père m'a très bien élevé.

Dehors, il faisait encore plus froid que je ne l'aurais cru. Je faillis faire demi-tour, pour voir si, peut-être, ils pourraient m'adopter ou du moins me laisser dormir dans le bar, mais chaque fois qu'une porte se ferme derrière moi, je n'ai pas l'impression de pouvoir retourner en arrière. Pour me protéger de la pluie, je restai près des vitrines en avançant dans la rue déserte. J'aurais pu rentrer en voiture les yeux fermés, sans mettre en danger qui que ce soit, sinon moi-même.

Il me fallut une minute ou deux avant de comprendre que la raideur de mon dos voulait me dire quelque chose.

Je fis demi-tour. Il n'était pas facile d'y voir, mais j'aperçus quelqu'un dans l'encadrement d'une porte, à mi-chemin du trajet menant au bar. Je ne distinguais pas son visage et il ne bougeait pas, mais personne ne pouvait être dehors ce soir-là rien que pour le paysage.

— Je peux vous aider ?

Pas de réponse. Je glissai ma main dans ma veste. Bien entendu, j'avais laissé mon arme dans la voiture. Qui pouvait en avoir besoin à Relent, Idaho ?

— Qui vous envoie ?

Le gars sortit de l'ombre sur le trottoir. Il dit quelque chose que la pluie emporta.

J'étais las, ivre, j'avais la trouille. Tout me disait de dégager. Mais non. S'ils pouvaient me gauler ici, ils pourraient me gauler partout. Voilà à quoi se réduisait ma vie, désormais. Cela se produirait n'importe où, tôt ou tard. D'un seul coup, tout ce que j'ignorais, tout ce que je n'avais pas, fut là devant moi ; je me sentais vide, glacé intérieurement.

Je courus vers lui.

Il recula de quelques pas, mais pas assez vite. Je lui étais tombé dessus avant qu'il ait compris ce qui lui arrivait, et je me mis à le frapper. Je savais que j'aurais dû arrêter, que peut-être il connaissait des choses que je devrais savoir, mais je m'en foutais. J'y allais de la tête et des deux mains, si bien que nous tombâmes tous deux à terre. Je le repoussai pour me redresser, lui lancer un coup de pied, puis me penchai pour le saisir par les cheveux et le relever, prêt à lui cogner la tête par terre jusqu'à ce que tout soit terminé. J'étais vaguement conscient d'un bruit derrière moi, mais je ne fis pas le rapport jusqu'à ce qu'on me tire en arrière et que je comprenne quel idiot j'étais d'avoir cru qu'ils enverraient un seul homme et pas toute une bande, que ce dont j'aurais dû être surpris, c'est que l'un d'eux ne tire pas pour en finir.

Quelqu'un me saisit, en m'immobilisant chaque bras. Quelqu'un d'autre était agenouillé près du gars que j'avais frappé, en essayant de lui maintenir la tête au-dessus du sol trempé de pluie. Son visage était couvert de sang, mais je remarquai qu'il était beaucoup plus jeune que je l'avais cru, une vingtaine d'années, vingt-cinq au plus. Une femme le soutenait. Elle leva les yeux et je me rendis compte que c'était la patronne du Cambridge.

— Sale con ! dit-elle.

— Vous êtes un grand costaud, hein ? dit une voix derrière mon oreille droite, et je me tordis le cou pour constater que c'était le mari de la femme.

— Qu'est-ce qui se passe, merde ?

Deux ou trois personnes se trouvant au bar m'entouraient.

— Il m'observait au bar. Il était là à m'attendre.

La femme se dressa :

— Ricky est gay, dit-elle.

— Comment ? haletai-je, le visage brûlant.

Son époux me lâcha le bras :

— Vous vouliez lui donner une leçon ? Vous avez un problème avec les gens comme Ricky ?

Il s'éloigna d'un pas, comme si j'étais contagieux.

— Écoutez...

Ils n'en avaient aucune intention. Les chanteuses frisées avaient aidé le gars à se relever et le ramenaient vers le bar. La femme me jeta de nouveau un regard mauvais, parut vouloir dire quelque chose, puis se contenta de secouer la tête. Jamais je ne m'étais senti aussi petit. Elle partit avec les autres, la main posée sur le dos du jeune, et je compris beaucoup trop tard que Ricky était son fils.

Je me retrouvai seul avec son mari.

— Je ne savais pas, dis-je.

— Vous auriez pu lui demander.

— Vous n'avez aucune idée de ce qu'est ma vie.

— Non, en effet. Et je ne veux pas le savoir. Je ne sais pas non plus où vous logez. Mais vous devriez vous en aller. Vous n'êtes pas le bienvenu ici.

Il repartit vers le bar et, comme il en ouvrait la porte, se tourna pour ajouter :

— Je doute que vous soyez le bienvenu où que ce soit ! La porte se referma avec bruit, puis il n'y eut plus que la pluie.

Nietzsche disait que les hommes et les femmes de caractère connaissent des expériences typiques, des événements qu'ils semblent destinés à reproduire sans fin, dont ils peuvent dire : « Oui, c'est comme ça. » Du moins je crois que c'est lui, mais ça pourrait être Homer Simpson. En tout cas, l'un et l'autre pensaient sans doute à des choses plus positives que de se battre dans des endroits dont jamais personne n'a entendu parler ou d'imposer sa propre paranoïa à des gens qui ne le méritent pas. Chose incroyable, j'avais fait la même chose le soir des funérailles de mes parents, en sortant une arme dans le bar d'un hôtel, en flanquant la trouille à un groupe d'hommes d'affaires, et à moi aussi, par la même occasion.

Relent, Idaho, me montra enfin que ce n'était pas une façon de vivre. Comme me l'avait dit trois mois auparavant une fille qui savait par expérience de quoi l'Homme Debout était capable, il n'existait qu'une personne pour le boulot que je devais faire. Il fallait que je cesse de courir et me mette en chasse.

Le lendemain, à 16 heures, j'étais à San Francisco, et en fin de soirée j'avais enfin une piste.

CHAPITRE 3

L'aube trouva Tom blotti au pied d'un arbre, le regard fou, et gelé. Elle tenta de le renvoyer d'où il venait, mais il s'y refusa fermement. Il n'allait quand même pas se voir dénier le droit à un petit matin, même s'il ne s'était pas attendu à le voir.

Quand il était revenu à lui pendant la nuit, tout s'était passé très vite. Son esprit avait trouvé la pédale de fuite et appuyé dessus de tout son poids. Le tout accompagné du pénible sentiment qu'il s'était vraiment bousillé, mais alors l'odeur se fit de nouveau sentir : l'aire linguistique de son cerveau s'éveilla comme une sirène – UN OURS ! UN OURS ! UN OURS ! – et il fila comme une flèche.

Au début, il rampa sur les mains et les genoux, mais la crainte des griffes le remit sur pied. Il ricocha contre les parois de la ravine jusqu'à ce qu'il atteigne la forêt, puis remonta à toute allure la bordure boueuse et s'enfuit.

Ne pas regarder en arrière lui fut facile : il ne voulait pas voir. Des rapports lui parvenaient de lointains avant-postes – une tête en morceaux, une cheville qui hurlait, une torche disparue –, mais il n'en tint aucun compte et progressa dans l'obscurité en trébuchant. Toutes les douleurs n'étaient rien, comparées à ce que ce serait d'être dévoré par un OURS ! Il se précipita d'une manière qui court-circuitait tout ce que son espèce avait appris depuis l'avant-dernier âge glaciaire. Il courut comme un animal, poussé par une pure magie corporelle, il rebondit à travers des buissons, par-dessus des troncs, et finit par arriver dans un endroit où les arbres se raréfiaient.

Comme il avançait à tâtons, Tom remarqua qu'il avait neigé, bien après que l'information lui eut été transmise par les lourds crissements sous ses pieds. Cela, combiné aux gifles des branches, au geignement de ses poumons, formait une telle cacophonie qu'il lui fallut un moment pour se rendre compte que c'étaient les seuls bruits qu'il entendait. Rien d'autre, même en retenant son souffle pour mettre un terme à ses halètements. Sa poitrine le brûlait.

Il recula un peu pour se placer près d'un gros arbre. Essayer d'y grimper ne servirait à rien. L'ours serait beaucoup plus doué que lui en ce domaine, d'autant plus que le plantigrade ne serait pas sur le point de s'évanouir.

Il écouta. Tout restait tranquille.

Puis il crut avoir entendu quelque chose.

C'était en bas, au fond, parmi la noirceur d'encre et les ombres glacées. Un craquement de branchages.

Son corps se figea, accablé, mais il ne put bouger. Il avait couru par panique, et il ne lui restait plus que la terreur. Laquelle ne savait pas comment actionner ses membres.

Il resta là, immobile, mais n'entendit plus le bruit.

Pour finir, il tourna sur lui-même, en un cercle complet, aux aguets. Rien. Il ne voyait que de la neige et des ombres. Il n'entendait que des bruits d'eau qui goutte, un bruissement très doux quand une poignée de neige tombait d'une branche. Il ne savait que faire.

Il resta donc où il était.

Vers 6 heures du matin, il se sentit dans un état épouvantable. Une bosse sur sa tempe droite – sans doute due à sa seconde chute – lui donnait l'impression de tourbillonner. Ses côtes, sur le flanc droit, étaient atrocement douloureuses, qu'il remue ou non.

La température glaciale portait l'effet au carré, jusqu'à l'inquantifiable. Il comprit que jamais il n'avait eu vraiment froid – et qu'il aurait préféré que ça continue. Pendant la nuit, il en était arrivé à un point où chaque centimètre de sa peau lui semblait être couvert d'insectes, et il avait passé les heures suivantes à tenter de bouger, en se déplaçant en silence d'une manière qui, espérait-il, demeurerait invisible. Il agitait les orteils, ou du moins s'y efforçait. Il lui était de plus en plus difficile d'en sentir la réaction. Tom gardait les mains enfoncées sous ses aisselles, il les en sortait parfois pour apporter une maigre chaleur à son visage et à ses oreilles en les frottant. Il somnola plusieurs fois, jamais longtemps. Il avait bien trop peur pour se rendre compte qu'à un moment il avait cessé de vouloir mourir.

Il se sentait également pris de nausées, de haut-le-cœur, visité par ces lambeaux de souvenirs que vous laisse un suicide raté, avec l'impression que des secteurs essentiels de son système étaient hors d'usage. Le foie ? Les reins ? Il ne se rappelait pas. Dans un cas comme dans l'autre, ça n'était pas bon signe. Il avait compris très tôt pourquoi il était toujours en vie. C'était collé sur sa veste : une substance glacée, avec des débris de comprimés. Il avait vomi pendant son sommeil. Il était trop ivre. Son corps avait rejeté une partie de ce qui le faisait souffrir et qui était reparti avant d'avoir l'occasion d'agir. Qu'il soit resté assis bien droit l'avait aussi empêché d'étouffer à cette occasion.

À mesure que l'air alentour semblait se dilater pour permettre aux couleurs de revenir dans la platitude monochrome de la nuit, Tom commença à admettre qu'il allait survivre un jour de plus. Il ne savait pas ce qui se passerait ensuite. Il était mort de trouille, furieux contre lui-même, contre la vie et, plus que tout, monumentalement furieux contre le vieux con de Chez Henry. Si on voulait flanquer la frousse aux gens, quel meilleur moyen que de parler d'ours ?

Comme il sortait en titubant de derrière un arbre, Tom se rendit compte d'une chose. L'idée de s'en retourner gifler ce vieil enfoiré était la première à l'exciter depuis bien longtemps.

La neige n'était pas très épaisse, mais il lui fut facile de retourner sur ses pas en descendant la colline. En bas, il dut affronter des buissons enchevêtrés, couverts de givre. Il se retourna, en prenant garde à sa cheville enflée, et leva les yeux. Il se souvenait vaguement d'être venu de la droite. Il lui fallait donc tourner à gauche. Cela le conduirait à travers la partie la plus épaisse de la futaie – non, merci. Il fit un détour par un secteur plus élevé, marchant sur des rochers et escaladant des troncs d'un pas hésitant, jusqu'à ce qu'il puisse prendre la bonne direction.

Il n'avait pas d'idée précise de la distance qu'il avait pu parcourir en courant. Dans la belle lumière de « Un bon jour pour mourir + 1 », il ne savait même pas pourquoi il revenait sur ses pas. Cela tenait plus chaud que de rester debout, et s'il devait marcher, mieux valait avoir une destination, une vraie pour le moment, non pas l'endroit vague et sombre vers lequel il se dirigeait la veille en trébuchant. Il était encore là, et il restait sans doute suffisamment de choses dans son sac à dos pour le décider. Tom n'était plus trop sûr de ce que lui inspirait le projet, mais au moins il pourrait retrouver le sac.

Il marcha pendant vingt minutes. Le froid fondait ses innombrables tourments en une énorme douleur. Il passa une bonne part du temps à marmonner qu'il faisait vraiment froid, ce qui était inutile mais bizarrement réconfortant. Il s'arrêtait fréquemment, tournait la tête dans l'espoir de reconnaître son chemin et aussi pour s'assurer que l'environnement était dépourvu d'ours. Il allait renoncer quand il entendit quelque chose qui ressemblait à un bruit d'eau qui coule.

Il abandonna le chemin pour s'engager à travers la futaie, très prudemment. Une chute de plus, et il ne pourrait plus marcher du tout.

De l'autre côté des buissons, s'étendait une zone plus dégagée, puis une ravine. La sienne, espéra-t-il, bien qu'elle ne ressemblât pas à ce dont il se souvenait. Bien sûr, il n'y était entré que dans le noir, sans avoir le temps de l'observer avant de se retrouver au fond. Toutefois, ce qu'il avait pu apercevoir avec la torche montrait qu'elle était assez large : environ cinq mètres à l'endroit de sa chute. Ce qu'il voyait devant lui n'en mesurait guère que quatre, tout en étant beaucoup plus profond. Les bords en étaient très raides, bien trop pour qu'il songe à descendre.

Il devait avoir dépassé sa position de la veille.

Il jeta un coup d'œil sur sa droite, vers la direction qu'il devrait prendre. Des arbres et des buissons d'allure coriace grimpaient sur les parois. Il pouvait revenir au prix d'un détour, mais ce serait long. À gauche, ça paraissait plus dégagé, mais c'était la mauvaise direction. Et la pente était raide, qui plus est.

Bon Dieu, songea-t-il, lassé. Son estomac était plein de lames de rasoir, sa tête d'une avalanche de verre. Avait-il vraiment besoin du sac ? C'était peut-être l'odeur de l'alcool qui avait attiré l'ours. Peut-être était-il encore là, à attendre. Et complètement ivre. Tom resta sur place, ne sachant quelle décision prendre.

Trouve le sac, se dit-il. Qu'est-ce que tu pourrais faire d'autre ?

Il avança péniblement le long de la ravine. Elle commença à se rétrécir, mais pas assez pour qu'il puisse la franchir d'un bond. Vingt ans plus tôt, peut-être aurait-il essayé de sauter trois mètres. Aujourd'hui, non, d'autant plus que les deux bords étaient boueux et rocheux, qu'il n'y avait pas assez de place pour prendre de l'élan et que sa cheville était en compote. Il se heurta à un bosquet d'arbres qu'il contourna sur la gauche, avant de revenir vers la ravine.

Tom s'arrêta. Un arbre était étendu au travers, tombé depuis l'autre côté, et la chance avait voulu qu'il surplombe le vide.

Tom se dirigea vers lui en boitillant. Le tronc était assez grand, sans doute un peu moins d'un mètre de diamètre. Le bois paraissait en bon état. Pour voir, il tordit une branche, qui rebondit vivement, ce qui indiquait que l'arbre n'était pas tombé depuis très longtemps. Il ne serait donc pas pourri. Enfin, peut-être. Il n'aurait que quelques mètres à parcourir, et non des centaines.

Bon – mais quelques mètres pendant lesquels il n'y aurait rien en dessous de lui, sinon un espace vide, et, encore en dessous, des rochers acérés. Quelques mètres sur un tronc pas très large, peut-être glissant, sans doute couvert de neige. Quelques mètres difficiles, même s'il n'avait pas eu la cheville en si mauvais état.

La tête de Tom tournoya un instant, comme si un dépôt d'alcool oublié lui parvenait tardivement au cerveau. Quand le monde cessa de tourner, il s'avança jusqu'à l'arbre et posa son bon pied dessus. Le tronc ne bougea pas. Il était gros, solide, il pourrait supporter son poids.

Il avança d'un rien, non sans balayer un peu de neige. Intéressant, songea-t-il, voyant aussitôt la possibilité qui s'offrait : ne marche pas, glisse dessus. Comme ça, tu n'auras pas à mettre un pied devant l'autre, ce qui sera moins risqué, et enlever la neige rendra le pas suivant moins glissant. Il leva l'autre pied et le posa sur le tronc.

Il resta ainsi un instant, jugeant de son équilibre. Puis il s'avança, fit glisser son pied gauche d'une trentaine de centimètres, avança d'autant la jambe droite.

Il se sentit en sécurité. Il se trouvait encore au-dessus du sol, certes, mais c'était un bon départ. Du pied gauche, de quelques centimètres. Puis le droit. Et de nouveau le gauche, juste au bord.

Plus il te faudra de pas, plus tu auras de chances de tomber.

— C'est toi, le patron ? s'exclama Tom à voix haute. Il avança un peu le pied gauche, puis le droit, pour qu'il soit à la même hauteur. Il était désormais en l'air. Il ne savait trop où regarder. Pas en bas, manifestement. Pas en haut. Donc droit devant lui. Pardessus la ravine – non, non, pas par là. Non, merde.

À gauche. Vers là où tu vas.

Il tourna la tête. Bonne idée – l'autre côté n'était vraiment pas si loin que ça. Il fit de nouveau glisser son pied gauche. Puis le droit. Puis le gauche. Puis le droit. Il était désormais au milieu du tronc.

Il s'avança encore. Son pied heurta un nœud, il se cogna la jambe, crut d'abord que ça irait, mais il n'en était rien. Le reste de son corps était d'un seul coup indécis. Son torse s'affaissa lourdement en arrière. Il sentit, en dessous, la masse de la planète entière qui semblait vouloir qu'il la rejoigne.

À gauche. Regarde à gauche. L'espace d'un instant, il crut flotter, mais ne tomba pas. Il se reprit, s'immobilisa, contempla l'extrémité du tronc, à demi dissimulée dans les buissons couverts de neige, et il avança.

Il glissa une fois de plus, dépassa le milieu de l'arbre, glissa de nouveau, avec une étrange allégresse. Il avait l'impression d'être un personnage de jeu vidéo, le jour de Noël. Mais pour une fois...

Il glissa, tira, glissa, tira et ne tomba pas.

Il glissa de côté une dernière fois et se retrouva toujours sur le tronc, mais au-dessus du sol. Il s'accorda une pause, désormais en sécurité. Il regarda la ravine, avec l'impression d'être suspendu en l'air, puis marcha sur le sol.

L'espace d'un instant, la terre, elle aussi, parut immatérielle, comme si elle pouvait osciller, se renverser et disparaître. Il fit un nouveau pas, sur un sol enfin ferme. Il avait réussi.

Un coup d'œil à l'autre côté confirma ce qu'il soupçonnait : il était dur d'aller dans l'une ou l'autre direction. Tandis qu'ici, ce serait une vraie promenade – enfin, relativement.

Trois mètres, et non des centaines.

— Merci, dit-il dans le silence.

La voix ne répondit pas. Au-dessus de lui, le ciel virait au gris.

Tom marcha dix minutes, errant farouchement près du bord. Pour le monde, son petit monde, ici sous les arbres, tout allait bien. Chose incroyable, il paraissait faire plus froid, mais il pourrait le supporter. Il ne fut pas surpris d'apercevoir son sac à dos, plus bas, couvert de neige. La chance lui était revenue, voilà tout. Pour une fois, l'univers s'occupait de lui. Il s'accrocha à un petit arbre, se pencha en avant et contempla l'objet, rayonnant. La neige autour était toute chamboulée, sans doute par ses mains et ses pieds quand il avait voulu s'enfuir.

Et il n'y avait pas d'ours.

Il continua d'avancer, près du bord de la ravine, jusqu'à ce qu'il trouve un endroit où il pourrait descendre. Il remarqua des branches brisées et se dit que c'était sans doute là qu'il était tombé pendant la nuit. La seconde descente fut bien meilleure, avec simplement une petite glissade un peu précipitée à la fin. Il avait enfin atteint le fond, sur ses pieds. Avec le sentiment de refermer une sorte de cercle, il se dirigea en boitant vers le sac.

Celui-ci était ouvert, du verre luisait à l'intérieur. Une bouteille vide gisait à côté. Il y avait aussi quelques emballages dispersés et une poignée de comprimés, d'un bleu irréel. Le tout dans une sorte de petit nid, avec une paroi rocheuse derrière, le ruisseau un peu devant, des buissons des deux côtés. Tom contempla le tout et eut l'impression d'être un fantôme.

Au même moment, sa bouche se remplit de salive, et son estomac se tortilla en tous sens.

Il recula d'un pas en toute hâte, sans vouloir être trop près du sac, de peur qu'il ne le ramène à la nuit précédente. Puis il s'assit brusquement ; le choc se répercuta le long de son échine tandis que les buissons oscillaient devant ses yeux en clignotant.

Après quelques minutes à respirer profondément, la douleur s'apaisa un peu. C'était peut-être la gueule de bois, ou bien la vue des comprimés, qui suscitait un « plus jamais ça » de la part d'un cerveau bizarrement situé dans ses tripes. En fait, ce pouvait être, tout simplement, une faim de loup. Son corps s'était transformé en une sorte de tour de Babel : tout ce qui se trouvait en dessous de sa tête lui faisait l'effet d'avoir été remplacé par le système gastro-intestinal d'une autre espèce, fonctionnel mais incompatible avec le sien ; il disait des choses, et bruyamment, mais Tom ne comprenait pas quoi.

Oh, qu'il se sentait mal.

Il s'affaissa vers l'avant sans le vouloir. Il s'était mis à trembler de froid, très fort. Avec un frisson de peur véritable, il comprit qu'il se sentait brisé, amoché, tout au fond de luimême. Il leva les yeux vers le ciel et vit qu'il s'était encore assombri, d'un gris de plomb parsemé de taches. On aurait dit qu'il allait neiger de nouveau, et cette fois sérieusement.

Qu'allait-il décider ?

Même s'il restait suffisamment de comprimés, Tom ne pensait pas pouvoir les avaler. Ni faire quoi que ce soit, d'ailleurs. Sinon rester assis – mais comment, alors qu'il se sentait si mal ? Au moins la vodka lui réchaufferait l'intérieur. Cette perspective n'avait rien d'attrayant – à la lumière d'une relative sobriété, il était prêt à admettre qu'il la préférait avec du tonic et une tranche de citron, en quantité modérée et *dans un endroit chaud* – mais il n'avait rien d'autre. Meurs comme un homme, s'était-il dit, ou quelque chose comme ça. Il ne parvenait pas à se souvenir de ce qu'il avait pensé à Sheffer. Tout ça paraissait très loin.

Il s'avança à genoux, un bras sur l'estomac, comme si ça pouvait être utile, et tendit vers le sac une main qui tremblait violemment. Les frissons, les bons vieux frissons qui vous prennent quand on a passé la nuit dehors. Rien de pire. Pourvu que ce ne soit pas le signe que tout son système crépitait en lançant des étincelles, comme un câble électrique sectionné.

Il toucha le bord du sac et s'arrêta.

Tom retira sa main. Il y avait quelque chose de bizarre. Des taches de quelque chose sur le verre brisé, à l'entrée du sac. Elles avaient été de couleur vive puis avaient pris un aspect terne qu'il reconnut sans peine. Il y en avait beaucoup sur le dos de sa main.

Du sang ?

Il se rapprocha en grimaçant. Ça ressemblait bel et bien à du sang séché. Il leva la paume vers le haut : pas d'entailles supplémentaires. Il l'aurait senti, même par ce froid. Tom était également à peu près sûr que ça ne datait pas de la nuit précédente. Il lui aurait été inutile d'approcher la main du verre brisé.

Il prit le sac par le fond et le souleva. Des objets tombèrent en s'entrechoquant. Des morceaux de verre soudés ensemble par le froid. Une boîte entière de comprimés dont il ne s'était pas servi. Des fragments végétaux, sans doute accumulés au cours des errances de la veille. Ah ! une dernière bouteille, intacte.

Et quelques taches rouge-brun de plus sur un bout de verre.

Tom le ramassa avec soin. Du sang. Pas le sien, il en était certain. Il avait retourné le sac la nuit précédente, pour trouver ce dont il avait besoin. Il n'y avait pas plongé la main.

Mais l'ours, si.

L'animal n'avait pu sentir d'odeur de nourriture – il n'y en avait pas dans le sac, il n'y en avait jamais eu – mais celle de l'alcool devait être suffocante. Peut-être la connaissait-il déjà, à force d'avoir fouillé dans les poubelles à la sortie des petites villes. Et c'est sans doute pourquoi il n'avait pas pourchassé Tom : il était trop occupé à se servir à boire.

Tom jeta le débris de verre en toute hâte. La réalité de ce qui s'était passé pendant la nuit était jusque-là restée scellée derrière la gueule de bois, l'obscurité, quelques courtes bouffées de sommeil. Mais pas cette fois. C'était là, droit devant lui.

Il avait bien failli être attaqué par un ours.

Bon Dieu.

Il se remit sur pied. Ce n'était pas un endroit où s'attarder. Pas question d'être là quand un fauve énorme sentirait de nouveau l'odeur et déciderait de venir voir de plus près. Tom s'empara de la bouteille intacte et la fourra dans le sac. Puis, comme il s'apprêtait à partir, il remarqua quelque chose dans le buisson sur sa droite.

Il lui fallut un moment pour bien voir. Des poils très longs, d'un brun sombre. Quelques mèches épaisses, prises dans les branches.

Il tenta d'imaginer un ours : ces poils de quinze à vingt centimètres de long... Les ours pouvaient-ils être hirsutes à ce point ?

Tom éprouva brusquement une très forte envie de se trouver ailleurs, même si c'était très difficile.

Il quitta le nid qu'il occupait la nuit précédente, regarda autour de lui, en quête de sa torche. C'est alors qu'il vit les traces de pas dans la neige et comprit qu'il n'avait pas eu affaire à un ours.

CHAPITRE 4

À 8 heures juste, dans le nord d'Hollywood, l'agent de police Steve Ryan attendait, dans une voiture de patrouille, que Chris Peterson retraverse la rue avec du café. Il prenait son temps, parce qu'il s'empiffrait en douce au comptoir en croyant que Ryan ne s'en rendait pas compte ; mais au bout de deux ans, on a appris bien des choses sur celui avec qui on partage une voiture. Chris se livrait à ce petit manège chaque jour depuis six semaines, parce que sa femme était lancée dans un improbable régime magique, ce qui voulait dire qu'il n'y avait absolument rien de comestible dans la maison. Il était plus ou moins embringué dans l'affaire – peux pas manger ci, peux pas manger ça, peux pas manger grandchose, et pas tout au même moment. Il en était donc réduit à tricher en engloutissant une pâtisserie juste avant de prendre son service, et ça se voyait : il revenait en jetant un coup d'œil dans la rue avant d'essuyer des doigts collants sur son pantalon ; désormais, il était toujours prêt à aller chercher les cafés, alors qu'avant il fallait le virer de la voiture à grands coups de pied. Mais Ryan ne comptait pas faire d'histoires là-dessus. Il savait comment ça se passait. Il attendit, battant des paupières à cause de la lumière qui filtrait à travers le pare-brise, heureux d'avoir cinq minutes de plus pour se remettre les idées en place. Il se sentait fatigué, ses yeux étaient secs, ses épaules lui faisaient mal. Il avait palabré avec Monica jusqu'à 3 heures du matin. Le même sujet que d'habitude, discuté comme d'habitude, et comme d'habitude ne menant nulle part. Non qu'il n'ait pas voulu d'enfants, au contraire. C'était simplement qu'ils essayaient depuis plus de deux ans et que la chose commençait à devenir lassante. Devoir s'y livrer à des horaires précis – et uniquement à ces moments-là, le désir se réduisant à presque rien le reste du temps – perdait vite toute apparence de plaisir. Ça devenait un boulot, et il en avait déjà un. Certes, il n'avait pas beaucoup progressé dans la police, mais au moins il avait des espoirs. Il s'était lié d'amitié avec certains inspecteurs. Sans s'imposer, juste en écoutant, en essayant de comprendre ce qu'ils faisaient, ce qu'ils pensaient. Que ça n'ait jamais marché pour son père ne signifiait pas qu'il en irait de même pour lui. Ça pouvait arriver. Il l'avait vu. Être au bon endroit au bon moment, deux mains menottées en guise de trophée, et on peut être intégré dans une équipe. D'un seul coup, vous n'êtes plus simplement un pantin dans une voiture, à guetter les fenêtres et à interrompre les querelles domestiques (Ryan en connaissait un rayon sur les épouses et il en avait beaucoup appris sur les maris), à poursuivre les fumeurs de crack dans les ruelles tandis que leurs copains s'esclaffent et vous conspuent en vous jetant des bouteilles. D'un seul coup, vous faites partie d'une unité, et là, vous avez des chances de pouvoir abandonner l'uniforme. Il suffisait d'avoir de la chance et de travailler dur, et dans ces deux domaines Ryan ne craignait pas grand-chose. Non, le plus épuisant, c'était quand le boulot ne servait à rien, quand la chance ne pointait jamais son nez, sans qu'on puisse expliquer ça à quelqu'un pour qui le monde devait être tel qu'il devait être, et non comme il était. Monica s'énervait quand ils en discutaient et il ne pouvait le lui reprocher. Lui aussi en était déprimé. Il voulait être père, il l'avait toujours voulu. Bon Dieu, il songeait même à ces foutues histoires d'insémination.

Il l'avait dit la veille, ça avait aidé un peu, alors qu'ils savaient qu'ils ne pouvaient pas se le payer, si bien que tout le truc tournait en rond. Il avait expliqué qu'en faisant des économies, en se privant de vacances pendant deux ou trois ans, que s'il était promu... Elle avait dit non, il avait dit oui, peut-être. Elle s'était mise à pleurer... et ainsi de suite jusqu'à ce qu'il ne sache plus quoi dire, qu'il soit 3 heures du matin et qu'il lui faille vraiment aller au lit. Quand il était parti ce matin, elle n'avait pas semblé très causante. Sans doute étaitelle lessivée. Il lui téléphonerait un peu plus tard pour s'assurer qu'elle allait bien. Pourvu qu'il puisse décoller d'ici – qu'est-ce qui prenait si longtemps à Chris, merde ? Depuis qu'il y était, il aurait largement eu le temps d'engloutir un petit déjeuner complet. Se penchant, Ryan l'aperçut au comptoir, à se fourrer quelque chose dans la bouche. Il sourit. Et alors ? Qu'il mange ! Pour le moment, la radio restait silencieuse. Non que la ville soit à court de crimes au point qu'on les renvoie chez eux sans salaire : ça paraissait peu probable.

— Bonjour, dit une voix.

Tournant la tête, Ryan avisa un type sur le trottoir, tout près de la voiture, vêtu d'un pantalon de jogging vert et d'un gilet gris. Des cheveux courts, la peau bronzée, de petites lunettes rondes. Il avait l'air d'un de ces gars qu'on voit chanter au coin des rues – pas du tout d'un homme s'apprêtant à sortir une arme qu'il dissimulait dans son dos. Il tua Steve Ryan de deux balles dans la tête.

Le temps que Nina arrive, l'endroit avait été interdit d'accès et la foule s'était déjà agglutinée. Beaucoup de types en civil, beaucoup de flics, rassemblés en petits groupes, pleins d'une fureur impuissante, loin du banc où un gars en uniforme, aux cheveux roux, de grande taille, était assis, les yeux fixés sur le trottoir. Deux officiers l'entouraient : une femme qui avait posé la main sur son épaule, un homme qui lui parlait. Autant de gestes de bonne volonté, mais qui avaient peu de chances de remonter le moral de Peterson. Son coéquipier avait été abattu tandis qu'il était en face, à se remplir la panse.

Nina se gara et traversa la rue en hâte, constatant que Monroe était déjà là et qu'on le haranguait. Deux flics levèrent le bras en l'apercevant, mais elle avait déjà sorti sa carte :

— Nina Baynam, dit-elle. Fédés.

C'était un mot qu'elle employait volontiers, et parfois cela changeait tout. Mais pas ce matin, de toute évidence ;« FBI » n'était plus un terme qui imposait le respect, bien avant Waco et tous les plantages subséquents. Le langage corporel des deux flics ne transmettait qu'un message : qu'est-ce que vous foutez ici ?

Nina se posait la même question. Elle se dirigea vers Monroe, qui, abandonnant ses interlocuteurs, lui dit, d'un ton sec et précipité :

— Deux témoins. L'un a vu la scène depuis une chambre au premier étage (il désigna du doigt, de l'autre côté de la rue, un bâtiment d'allure délabrée avec des pancartes proposant des locations à la semaine, à des tarifs bizarrement bas),l'autre buvait un café. Ryan et Peterson arrivent à 7 h 30, Peterson traverse la rue tandis que son collègue reste dans la voiture. Ryan ferme parfois les yeux. Il ne voit pas un type aux cheveux courts, avec des lunettes, très mince, vêtu de vert et de brun, ou de brun et de gris, descendre de là et s'approcher du véhicule en gardant une main dans le dos.

Monroe ébaucha un nouveau signe de la main, cette fois en direction d'un parking légèrement surélevé menant à l'entrée du Knights, un motel à étage.

— Le type se dirige tout droit vers la voiture de patrouille, dit quelque chose et tire. Puis il disparaît.

— Comment ? demanda Nina. Le coéquipier du gars était à une dizaine de mètres !

Monroe eut un mouvement de menton en direction d'une petite ruelle un peu plus loin :

— Il a disparu à la vitesse du son ! On a retrouvé l'arme là-bas. Le temps que Peterson entende les coups de feu, voie ce qui était arrivé à Ryan et se mette à courir, il était trop tard. Le tireur s'était volatilisé.

Il s'avança vers le motel. Nina lui emboîta le pas.

— Personne ne sait rien sur Ryan, sinon que c'était un bon flic. Pas le plus doué, voué à l'uniforme pour le restant de ses jours, mais qui faisait bien son boulot. Rien n'indique qu'il en ait croqué ou qu'il ait trempé dans quoi que ce soit. On a pensé qu'on avait affaire à un simple tueur de flics jusqu'à ce que quelqu'un discute avec le manager du motel.

L'entrée du Knights était assez large pour qu'on y pénètre en voiture. Ce qui n'aurait d'ailleurs pas eu de sens, car l'intérieur n'abritait qu'une petite cour minable où se dressaient les restes d'une fontaine en ciment depuis longtemps défunte, et quelques plantes qui s'efforçaient de montrer que la vie peut triompher partout, sans avoir l'air d'y croire. Sur la droite, un abri en parpaings abritait un distributeur de Coca. Les flics s'affairaient de l'autre côté, et ils reculèrent de mauvais gré quand Monroe, suivi de Nina, entra dans le bureau à porte vitrée sur la droite, avec l'expression des gens qu'on empêche de faire un boulot leur revenant de droit. Quatre autres flics étaient déjà dans la pièce, avec un gros type en jean usé et tee-shirt blanc.

— Répétez-nous ce que vous leur avez dit, lui lança Monroe.

Charles était grand, dégarni, avec des cheveux coupés courts et des épaules d'ancien boxeur : en règle générale, quand il posait une question, les gens se hâtaient de répondre.

— Je ne sais rien ! geignit l'homme. Quand la fille du 12 est partie, elle m'a dit qu'il y avait du bruit dans la chambre à côté. C'était il y a deux jours. J'en ai parlé à vos collègues parce qu'ils m'ont déclaré que le tireur avait des cheveux courts et des lunettes, et je me suis dit qu'en fait il ressemblait un peu au gars du 11.

Nina hocha la tête tout en contemplant un magazine à demi dissimulé derrière le comptoir. Le manager s'en aperçut et parut trouver ça très excitant.

— J'adore ce genre de truc, lâcha-t-elle. Ça me donne envie de baiser la planète entière. Ça vous dirait, ici, tout de suite ? L'autre détourna les yeux.

— C'est bien ce que je pensais. En attendant, donnez-nous les clés du 10, du 11 et du 12.

Monroe les prit et adressa un signe à trois flics, qui les suivirent, Nina et lui, quand ils sortirent du bureau.

La chambre 11 était quatre portes plus loin, sur la droite. Deux des policiers reçurent les clés du 10 et du 12.

Ils sortirent leurs armes, puis ouvrirent les portes sans bruit et se glissèrent à l'intérieur.

Tous deux ressortirent quelques instants plus tard. L'un secoua la tête, l'autre dit :

— J'ai entendu quelque chose, peut-être quelqu'un qui parlait.

— Trois zones, intervint le premier. Séjour, salle de bains, chambre à l'arrière.

— Très bien, acquiesça Monroe.

L'espace d'un instant, Nina crut qu'il songeait à donner la dernière clé au troisième homme, puis se rendrait compte que ça ferait mauvais effet. C'est à cause de ce genre de trucs que les flics de base n'aimaient guère les gars du FBI. Elle sortit son arme, qu'elle tint des deux mains, loin du corps, en veillant bien à ce que personne ne la voie grimacer. Cela faisait trois mois, maintenant, et son bras droit lui posait toujours des problèmes. Deux médecins et trois kinés lui avaient affirmé que tout allait bien. Nina pensait que peut-être c'était la petite cicatrice ronde, en haut du torse, à droite, qui voulait s'exprimer, dire qu'elle connaissait tout des armes à feu et ne voulait plus en entendre parler. Dans ce cas, ce serait dur. Les agents du FBI sont tenus d'être armés en permanence. Elle-même dormait avec son arme sous son lit.

Monroe s'arrêta devant la porte, Nina juste derrière lui. Il enjoignit aux flics d'être prêts à les suivre, en leur laissant un peu de temps. Les autres hochèrent la tête. Ils semblaient plus décidés qu'elle – mais après tout, c'est ça, être un mec. Si jamais ils trahissaient la moindre faiblesse devant un collègue, plus personne ne voudrait d'eux.

Monroe glissa la clé dans la serrure, la tourna, attendit une seconde, puis poussa la porte, qui s'ouvrit sur une chambre plongée dans l'obscurité. Les rideaux étaient encore tirés. Il faisait chaud.

— Nous sommes le FBI, lança-t-il d'une voix ferme. Posez vos armes et sortez les mains en l'air. Il n'y aura pas d'autre avertissement.

Ils attendirent. Silence. La vieille devinette, les options opposées : ou bien il n'y avait personne, tout était cool et déjà terminé, ou bien se cachait là un type très méchant qui s'était mis dans l'idée de descendre un flic.

Nina était en position. Elle entra.

Épaisse pénombre. Air lourd. Vraiment, vraiment chaud, comme si quelqu'un avait coupé l'air conditionné vingt-quatre heures plus tôt. Pièce carrée, contenant un sofa délabré, deux fauteuils, un bureau, une vieille télé d'âge préhistorique. Pas d'effets personnels en vue. Une lumière clignotante venant de la porte entrouverte au coin, du côté de la cour.

Un bruit assez faible, sans doute une autre télé.

Mais qui la regarde ?

Nina se déplaça sur le côté pour laisser entrer Monroe, qui s'avança en silence, faisant signe de la main aux flics de rester où ils étaient. Une fois qu'il fut devant la porte donnant sur l'autre pièce, elle alla sans bruit jusqu'au placard et l'ouvrit sans cesser de tenir son arme près du corps.

Vide, hormis l'odeur de poussière. Même pas fermé. Elle tourna sur le pied droit pour faire face de nouveau à la pièce, eut un signe de tête à l'adresse de Monroe. À l'entrée, les flics demeuraient silencieux, prêts à intervenir. Charles s'avança, Nina le suivit, à un mètre cinquante derrière lui. Elle s'arrêta.

Tout se réduit à maintenant.

Monroe pousse doucement la porte de la main gauche. Le battant s'ouvre, révèle le mur de la chambre, une lumière grisbleu clignotante, le bruit se fait un peu plus fort. Il a un côté chuintant, aigu, par-dessus un bourdonnement grave. La télé, pas de doute. Parfois les gens allument le poste pour avoir un peu de compagnie. Après ils sortent et oublient d'éteindre. Ils se disent : et alors, c'est pas moi qui paie.

Monroe progresse d'un pas, ce qui le mène sur le seuil de la pièce. Il avance encore et se tourne rapidement, arme pointée vers une zone que Nina ne peut pas apercevoir.

Mais elle voit son dos s'affaisser.

Un autre long moment.

— Madame ? questionne-t-il.

L'estomac de Nina se crispe. Elle entend Monroe déglutir la bouche ouverte – un petit bruit sec. Il contemple quelque chose. Il est tendu, prêt à tirer. Il avance encore, semble se baisser et regarder en l'air. Puis il fait un pas de côté et disparaît. Petit silence, suivi d'un bruissement, puis de nouveau le silence.

— Nina, finit-il par dire, viens.

Elle savait que cela signifiait : elle seule, et elle fit donc signe aux autres de garder leur position. Elle baissa un peu l'autre bras, sans pour autant lâcher son arme.

Il faisait encore plus chaud dans la chambre à coucher. L'odeur était forte. La télé était fixée au mur par un support de métal, il en venait un faible gargouillis. Monroe était de l'autre côté du lit, qui était très grand.

Une femme y était assise, à regarder la télé. Proche de la trentaine, de longs cheveux bruns. Elle resta immobile quand Nina entra, parce qu'elle était morte. Assise bien droit, la tête un peu inclinée en avant, vêtue d'un pyjama usagé, bleu avec des motifs à fleurs. Son estomac commençait à se distendre. Son visage ressemblait à du plâtre peint, ses yeux étaient ouverts, comme sa bouche, dans laquelle on avait placé quelque chose.

— Bon Dieu ! s'écria Nina.

Elle se pencha. L'objet pouvait mesurer un demi-centimètre d'épaisseur, cinq centimètres de large, plusieurs de long – mais on ne le saurait que quand on l'aurait enlevé. Il était d'un métal brillant, avec une minuscule étiquette portant des chiffres et de tout petits caractères.

— Qu'est-ce que c'est, nom de Dieu ? demanda Monroe d'une voix rauque.

Il avait le front en sueur.

— Je n'en sais rien, répondit Nina.

Une demi-heure plus tard, elle sortit. La première vague de médecins légistes était arrivée, et avec les rideaux toujours tirés, la chaleur, on se serait cru dans un placard bondé. Nina veilla à passer les lieux au peigne fin, ce qui est toujours plus facile quand on est sûr de ne pas se faire tirer dessus, puis quitta la chambre. Monroe était resté sur place. Il faudrait l'arrivée des photographes pour le tirer de là.

Pas d'autres corps dans la pièce. Le bruissement entendu par Nina, c'était Monroe examinant la salle de bains. Là encore, pas d'effets personnels, aucun des vêtements que la femme devait porter en arrivant. On ne débarque pas en pyjama dans un motel, même au Knights. Et il aurait dû y avoir des objets de toilette, un sac à main. Des moyens d'identification. Les flics épluchaient déjà les listes des personnes disparues, mais quelque chose disait à Nina que ça ne donnerait rien avant un bout de temps.

Elle sortit dans une cour ensoleillée, pleine d'autres flics et de badauds qui pensaient pouvoir jeter un coup d'œil rapide sur le lieu du crime avant de retrouver leurs existences anonymes, mais qui allaient passer beaucoup d'heures à répondre à quelques questions. Ce soir, ils verraient, à la télévision, l'endroit où ils avaient dormi et dont les médias répéteraient le nom sans fin, jusqu'à ce qu'on finisse par s'en souvenir pendant des années, peut-être des décennies. Personne n'oublierait ce jour, et surtout pas la femme que Nina aperçut en sortant dans le parking. Deux de ses collègues s'efforçaient de la retenir. Elle se prénommait Monica : en arrivant, elle avait découvert que le corps de son mari avait déjà été emmené à la morgue et elle hurlait à l'adresse de Peterson, toujours assis sur son banc, parce qu'il n'y avait rien d'autre à faire.

Ce n'est que lorsque Nina se retrouva assez loin de la cohue qu'elle sortit son téléphone portable, en se plaçant à un endroit où on ne pourrait l'entendre. Elle composa le numéro de John Zandt. Au bout de douze sonneries, comme il ne répondait pas, elle fut aiguillée sur le répondeur.

— C'est moi, dit-elle à la machine. Je sais que tu ne veux plus entendre parler de ça, mais j'aurais besoin de ton aide.

Elle hésita, ne sachant trop que dire, puis ajouta :

— J'espère que tu vas bien.

Puis elle coupa la communication et resta là, indécise. L'espace d'un instant, elle eut l'impression de ressentir des picotements dans la nuque, comme si quelqu'un l'observait.

Elle fit volte-face, mais il n'y avait personne. Du moins, personne qu'elle puisse voir.

Peu après 14 heures, elle était assise, à touiller son café, tandis que son patron parlait au téléphone. Ils étaient à la terrasse d'un café miteux tout proche du Knights. Toutes les voitures de patrouille étaient parties, sauf une, mais d'où elle était Nina apercevait quatre véhicules banalisés qui prenaient part à l'enquête. Elle vit aussi qu'on emportait divers éléments de la chambre 11 pour les analyser en détail. On avait établi qu'elle avait été louée cinq jours plus tôt et payée d'avance, en liquide. Nina espérait qu'on interrogeait toujours le patron, de préférence dans un endroit brûlant et mal aéré, et que les gars prenaient leur temps.

Monroe mit un terme à la communication :

— C'est fait, dit-il avec une évidente satisfaction. Olbrich rassemble une force d'intervention regroupant toutes les agences, nous compris. Il va falloir que ça roule. Il y a beaucoup de flics furieux aux environs, et je ne voudrais pas me faire prendre à rôder autour d'une maison cette nuit.

— Descendre un flic en plein jour... même pour un cinglé, c'est quand même osé !

— Il va falloir aller vite, reprit Monroe. On a affaire à un type qui ne se contrôle plus. On devra s'y mettre en vitesse.

Nina roula des yeux. Qui ne se contrôlait plus... qui suppliait qu'on l'arrête. Et pourtant, qui restait introuvable. La seule véritable enquête de profilage à laquelle elle ait pris part – officiellement du moins –, c'était l'histoire du Garçon de Courses, en 1999-2000, déjà sous la direction de Charles Monroe. Puis Monroe était passé à d'autres tâches, plus loin, plus haut.

— La question, c'est : est-ce qu'il y en aura d'autres ?

— Ça se pourrait, oui. C'est bien ce que je suis en train de me demander. À moins que nous...

— Non, je veux dire : est-ce qu'il y en a déjà eu des comme ça ? Si c'est la fin, comme tu le penses, où est le début ? Qu'est-ce qui a amené ce gars ici ? D'où vient-il ?

— Il y a des gens qui y travaillent. La police de Los Angeles vérifie tout en ce moment.

— Et on ne sait toujours pas qui elle est.

— Pas de sac à main, pas d'affaires personnelles hormis son vieux pyjama, le connard derrière le bureau dit ne l'avoir jamais vue avant. On préparera une photo une fois qu'ils l'auront nettoyée un peu : des gens s'en iront dans les rues avec ça, dès la fin de l'après-midi. Tu sais ce qu'elle avait dans la bouche ?

Nina fit non de la tête. Elle avait déjà vu bien des cadavres, dont certains dans un tel état qu'elle devait édifier un mur dans son esprit pour que leur souvenir ne lui revienne pas à l'improviste. Mais mettre quelque chose dans la bouche de la victime... c'était autre chose. Les mutilations sexuelles, ça n'avait rien de surprenant. S'en prendre à certaines parties du corps – les yeux, la bouche, les mains – ressemblait davantage à une sorte de profanation sociale. Le sexuel était d'ordre privé, une agression personnelle ; publique, elle voulait dire : « Regarde, univers, ce que j'ai fait ! » C'était dirigé vers l'extérieur, une sorte d'opération magique destinée à changer le monde.

— Un disque dur, dit Monroe. Un petit, comme dans un portable. L'un des techniciens s'en est rendu compte avant même qu'on l'enlève.

— Pas d'empreintes ?

— Aucune. Mais quelqu'un au labo s'occupe de voir ce qu'il peut donner. Il y a un numéro de série, pour commencer. Il est venu de quelque part, on l'a acheté quelque part. Et, bien sûr, il est peut-être resté quelque chose dessus. On le saura ce soir.

Il surprit l'expression de Nina :

— Il l'a laissé là pour une raison bien précise. Remettonsnous au boulot.

Il se leva, composant déjà du pouce un nouveau numéro sur son portable. Clic, clic, clic. Nina n'aurait pas voulu être à la place du téléphone de Charles Monroe. Il fallait avoir de sacrés abdos.

Elle but le reste de son café, bien consciente qu'il la regardait d'un œil critique :

— Quoi donc, Charles ?

— Comment va ton bras ?

— Bien, répondit-elle d'un ton irrité.

En fait, il ne voulait pas parler de ça. Il entendait lui rappeler qu'ils devaient bosser, et les raisons pour lesquelles leurs relations professionnelles n'avaient cessé de se dégrader.

— Il est comme neuf, ajouta-t-elle.

Il fit mine de vouloir dire quelque chose, mais à ce moment son portable sonna et, faisant demi-tour, il s'éloigna. Quelqu'un était en train d'apprendre quel sacré flic était Monroe ; à quel point il contrôlait les choses, à quel point il les dominait.

Tout en le suivant, Nina, pour la vingtième fois, vérifia son propre portable. Il y avait enfin un message texte de Zandt.

Je suis en Floride.

— Bon Dieu de merde ! marmonna-t-elle, avant de remettre l'appareil dans son sac et d'avancer dans la chaleur.

CHAPITRE 5

Je m'installai à l'Armada, en plein centre de San Francisco, pas loin d'Union Square. L'endroit était agréablement coûteux, et un type vêtu en soldat espagnol se tenait devant, sur le trottoir. Les touristes qui passaient se prenaient mutuellement en photo avec lui, sans doute pour pouvoir dire, une fois rentrés, que c'étaient eux, là, avec un gars en costume, devant un hôtel où en fait ils n'étaient pas descendus. Le temps que je m'installe, il était trop tard pour le gros truc que j'avais prévu, aussi allai-je me promener.

Tout en marchant, je réfléchis à ce que je savais, qui se réduisait à ça : j'avais eu tort sur à peu près tout, s'agissant de ma vie. J'avais cru être le fils de Don et Beth Hopkins, qui menaient en Californie du Nord une vie bien rangée et raisonnablement fastidieuse. Ils tondaient la pelouse, lavaient la voiture, achetaient assez de biens matériels pour que les dieux du commerce continuent à leur sourire. Mon père s'était lancé dans l'immobilier et, après mon départ de la maison, avait continué à vendre des demeures de luxe – jusqu'à ce que ma mère et lui meurent dans un accident de voiture. Mais le lendemain de leurs funérailles, quand j'étais passé chez eux pour essayer de comprendre ce que j'étais censé faire, j'avais trouvé un message, caché de manière à ne pouvoir attirer l'attention que de quelqu'un qui connaissait très bien mon père.

Il disait que mes parents n'étaient pas morts.

C'était le genre de nouvelle que tout le monde voudrait apprendre. Cela suffit à me convaincre de passer le reste de l'après-midi à fouiller la demeure. Je trouvai la cassette vidéo que mon père avait dissimulée dans le magnétoscope de son cabinet de travail, ce qui me permit de découvrir à quel point je me trompais sur ma propre vie – ou à quel point on m'avait dupé.

J'avais cru être fils unique. Un passage de la cassette montrait que j'avais un frère du même âge que moi, délibérément abandonné, vers la fin des années 1960.

J'avais cru que la mort de mes parents était accidentelle. Il n'en était rien, et ils n'étaient pas mes parents. Ils avaient été assassinés par le groupe auquel avait appartenu mon vrai père, trente-cinq ans plus tôt : les Hommes de Paille. Ils prétendaient être les seuls membres de l'humanité non infectés par un virus faisant passer la conscience sociale avant l'individualisme glacé qu'ils croyaient inhérent à notre espèce. Qu'ils le pensent réellement, ou qu'il s'agisse d'un simple prétexte à des actes de violence et de destruction aveugles, cela demeurait incertain. Ce qui était clair, en revanche, c'est que le groupe ne manquait ni d'argent ni de relations. Il était également évident que leur tueur, qui se faisait appeler l'Homme Debout, mais qu'il était plus exact d'appeler Paul, le frère que j'avais perdu, était un individu infiniment dangereux. La veille de la mort de Bobby Nygard, nous avions regardé ensemble une vidéo d'origine gouvernementale, compilation des pires atrocités commises dans le monde au cours des vingt dernières années : fusillades, explosions, meurtres de masse. Nous avions aperçu l'Homme Debout à l'arrière-plan d'un certain nombre de ces événements. De plus, il avait servi de fournisseur aux occupants des Halls, un groupe d'hommes – et de femmes, avais-je cru comprendre – impliqués dans des meurtres en série méthodiques et répétés. Et pour couronner le tout, c'était mon jumeau.

Les premiers pas avaient été faciles. J'entamai mes recherches à cent cinquante kilomètres de Relent, assis dans un café avec un ordinateur portable. J'avais horreur de penser que quelqu'un puisse croire que j'écrivais un roman et ne cessais de jeter des regards mauvais aux gens qui me lançaient des sourires encourageants, mais j'avais besoin d'accéder au Net. Il fallait d'abord que je sache dans quelle ville mon jumeau avait été abandonné. Paul m'avait envoyé un message dans lequel il affirmait qu'il s'agissait de San Francisco, mais je n'étais pas disposé à le croire sans preuves. Je n'avais rien, sinon un bref passage à la fin de la cassette que m'avait laissée mon père et que j'avais transcrite sur un DVD.

Ce passage était en trois parties. La première montrait un voyage en train. Rien ne permettait de situer l'endroit, mais je connaissais assez mon père pour savoir qu'il n'avait pas intégré ce fragment rien que pour la couleur locale. L'allure délavée du film 8 mm transféré sur cassette, comme la coiffure et les vêtements de ma mère, m'avaient aidé à le dater, ce qui me fut d'autant plus facile que je pouvais m'y contempler, alors âgé de deux ans. Mon idée était donc que cette première partie avait pour fonction de signaler qu'un voyage avait eu lieu – assez loin de chez nous pour qu'il faille prendre le train, mais pas assez pour y aller en avion. Je n'avais plus qu'à choisir entre trente et quarante villes de Californie du Nord ou de l'Oregon.

La cassette montrait ensuite une large rue dans un quartier commerçant. La caméra suivait ma mère marchant sur le trottoir, tenant, comme la fin du film le montrait, les mains de deux petits garçons. Il n'y avait pas grand-chose d'autre à voir, hormis quelques exemples des modes de la fin des années 1960, vêtements ou voitures, et de fugitives devantures qui vous amenaient à vous demander comment diable on pouvait acheter quoi que ce soit à cette époque. Rien de remarquable, sauf...

Je figeai l'image. À droite de la rue, un grand magasin, en face d'une pelouse. Je pus en discerner le nom. Hannington's.

Dix minutes de recherches sur le Web m'apprirent qu'il n'y avait plus, aux États-Unis, de boutique de ce nom encore en activité, du moins aucune qui se soit fait connaître sur le Net.

Il me fallut donc renoncer momentanément aux méthodes scientifiques et en revenir à la fin du film.

Je me connectai à divers sites consacrés au « San Francisco d'hier » et passai un certain temps à éplucher des évocations du passé de la ville. Mes yeux commençaient à se brouiller quand je trouvai enfin une référence à ce qui, pour une petite fille aujourd'hui adulte, était un rituel du samedi matin : sa mère, depuis longtemps décédée, l'emmenait contempler des corsages hors de prix, dans une boutique appelée Harrington's. Elles ne pouvaient se les offrir et se contentaient donc de regarder. Je me rendis compte que je ne pouvais pas réfléchir à ça très longtemps.

J'en revins à l'image et vis qu'en effet j'avais pu mal lire le nom. L'angle de prise de vue n'était pas bon et le soleil avait surexposé le film, ce qu'on ne pouvait prévoir lors du tournage. De brèves vérifications m'apprirent qu'il n'y avait plus non plus de Harrington en activité, sur la côte ouest ou ailleurs. Il semblait très improbable que deux grands magasins aux noms presque identiques aient l'un et l'autre fermé leurs portes ; des recherches supplémentaires m'apprirent que l'établissement se trouvait autrefois sur Fenwick Street et qu'il avait connu un gros succès en son temps. Assez gros, sans doute, pour que mon père pense qu'il durerait toujours.

J'avais donc estimé que c'était bien San Francisco. De toute évidence, mon frère était capable de dire la vérité.

Fenwick Street se situait à dix minutes de marche de l'hôtel. Les rues étaient pleines de promeneurs et de gens qui faisaient leurs courses, jetant des ombres très longues sur des trottoirs immaculés. On avait élargi la rue, tout ou presque avait changé au niveau des rez-de-chaussée, mais je vis sans peine que j'étais au bon endroit.

Quand je parvins en face de l'énorme bâtiment qui avait autrefois abrité Harrington, j e m'arrêtai. Des gens m'esquivèrent, comme des feuilles mortes contournant un rocher dans un ruisseau. Le magasin d'autrefois avait été divisé en deux et abritait désormais un GAP et une vaste boutique de produits de beauté dont des femmes de tous âges émergeaient, l'air ravi, en tenant de très, très petits sacs dans chaque main. Les étages supérieurs semblaient accueillir des cabinets d'avocats.

Mes yeux furent attirés par le trottoir juste devant moi. Je ne me souvenais pas d'y avoir marché, et pourtant si. Je tenais la main de ma mère. Mon père nous avait filmés. Elle et lui étaient morts, mais l'endroit était toujours là, et moi avec. J'étais désormais plus âgé qu'eux à l'époque, mais j'avais alors le même âge que les mômes que je voyais passer à ma hauteur dans des poussettes : de petits êtres si différents de moi qu'il m'était difficile de croire que j'en avais été un.

C'est bizarre, le temps.

Le lendemain matin, j'étais au téléphone dès 9 h 05. À 10 h 30, je savais qu'on n'obtient pas de renseignements des Services sociaux au débotté. Au bout d'un moment, j'avais passé tant de temps à naviguer d'un interlocuteur à l'autre que je craignis qu'on finisse par me renvoyer à moi-même – ce qui, je le savais, me ferait péter les plombs. Je sortis donc pour m'y rendre à pied.

Moins de cinq minutes après, je regrettais déjà de ne pas m'en être tenu au téléphone. Rien de tel que la salle d'attente d'une agence publique pour vous rappeler quelle chance vous avez. Vous entrez dans un non-endroit, où le temps n'existe pas. Vous vous asseyez sur une chaise fatiguée, d'un bleu ou d'un vert crasseux qui ne seront jamais la couleur favorite de personne. Vous contemplez des pancartes qui n'ont rien à voir avec vous, des communiqués très vagues ignorant les règles de la ponctuation. Vous attendez jusqu'à en oublier ce que vous étiez venu faire, jusqu'à devenir une pierre oubliée là, mille ans plus tôt, par un glacier négligent. Vous êtes là. C'est tout ce que vous savez. Pour le reste, vous êtes dépouillé de tout sentiment d'individualité, de l'idée que vous pourriez être différent des gens présents dans la pièce, sinon par la nature de votre problème particulier, et vous devenez donc ce problème, dont vous vous fabriquez une identité, jusqu'à ce qu'elle enfle et suppure, et devienne tout ce que vous êtes. Dans notre espèce, nous tolérons la présence des autres, mais pas d'aussi près, dans de telles circonstances. Quand nous nous sentons si petits, nous devenons de simples rangées d'yeux secs et agités, en haïssant ceux qui nous entourent et en souhaitant sincèrement que le gars devant meure brusquement, histoire de gagner une place dans la file.

Ou peut-être que je me faisais des idées.

Je passai beaucoup de temps à attendre avant de pouvoir simplement exposer mes désirs à quelqu'un. Il fallut ensuite un certain temps pour surmonter le fait que je n'avais pas de véritable adresse et que le gars accepte celle de l'Armada. J'expliquai que j'avais un frère qui, pensais-je, avait été pris en charge par leurs services à San Francisco, dans la seconde moitié des années 1960, sans doute aux alentours de 1967, que je croyais qu'il se prénommait Paul, et que j'essayais de le retrouver ; je n'avais pas d'autre information, sinon que peut-être il portait un sweater avec son nom brodé dessus. L'autre nota tout ça, mais à son regard on voyait que la journée allait être longue. Enfin, il me tendit un numéro et je fus renvoyé dans le troupeau grouillant et toussotant des problèmes, des geignements et des psychoses.

Deux cents millénaires plus tard, mon tour arriva enfin. On m'invita à suivre un long couloir menant à une pièce tout au fond, où une Noire d'âge mûr était assise derrière un bureau envahi de papiers. Une pancarte annonçait qu'elle s'appelait Mme Muriel Dupree. Derrière elle, le mur était couvert d'affiches dont un mot sur trois était souligné, vous garantissant la confidentialité.

— Je ne peux pas vous aider, m'annonça-t-elle avant même que je m'asseye.

— Et pourquoi ? demandai-je en m'asseyant quand même.

— Parce que c'était il y a trop longtemps, expliqua-t-elle en montrant un papier devant elle. Selon vous, il s'agissait de votre frère, aux environs de 1967. C'était bien avant que je sois là, et que beaucoup de choses n'arrivent. Celle-là, par exemple.

Elle esquissa un signe de tête en direction d'un ordinateur d'âge antédiluvien.

— Tout cela n'a été informatisé qu'il y a une vingtaine d'années, puis il y a eu en 1982 un incendie qui a détruit les bandes et les dossiers au sous-sol, si bien que nous avons perdu la plupart des informations antérieures à cette date. Même si des documents écrits avaient survécu, il n'y aurait pas eu grand-chose, et vous auriez eu plus de chances de trouver Dieu que de les dénicher aujourd'hui. Je ne parle pas personnellement, bien sûr. Peut-être l'avez-vous déjà trouvé, ce qui est bien.

Elle vit que j'étais déçu et haussa les épaules :

— Les choses étaient différentes, alors. Aujourd'hui, on définit un plan d'adoption, on rédige des arrangements légalement contraignants, et tout le monde comprend qu'un enfant n'est pas une sorte de toile vierge, qu'il a besoin de disposer d'informations sur son propre passé, etc. Mais alors, c'était plutôt du genre : « Bon, tu as été recueilli ou adopté, bienvenue dans une vie nouvelle. Ne regarde pas en arrière, il n'y a rien de bien à y trouver. » Les gens changeaient les prénoms des gamins, leurs anniversaires, tout ça. Vous savez comment ça se passait autrefois ?

Je fis non de la tête. Je l'ignorais, et d'ailleurs j e m'en moquais éperdument, mais de toute évidence Mme Dupree me considérait comme une pause bienvenue entre deux personnes qui l'agoniraient d'injures.

— Il y a longtemps, ils prenaient les orphelins des villes pour les emmener en train sur les deux côtes. Ils s'arrêtaient à chaque gare, en pleine campagne, et les enfants étaient exposés sur le quai, dans l'espoir qu'un fermier ayant un peu de place – et manquant de bras, bien sûr, c'était donnant donnant – en prendrait un ou deux. Voilà l'enfant, nourrissez-le, et terminé. Tout ce qu'il y avait avant n'existe plus. Je ne veux pas dire que c'était encore comme ça dans les années 1960, attention, mais un peu quand même. Une fois sur deux, on ne disait pas aux mômes qu'ils avaient été adoptés. Ou les parents attendaient qu'ils soient assez grands, en gros arrivés à l'âge adulte, et ça les bousillait de découvrir que papa maman étaient à des centaines de kilomètres lors de leur naissance. Ce n'était pas un bon système, nous le savons aujourd'hui, mais à l'époque on croyait bien faire, et beaucoup de ces enfants ont eu des vies heureuses et productives. Vous allez bien ?

— Oui, répondis-je en levant les yeux de mes mains, que j'avais inspectées en me demandant si j'aurais jamais une vie de ce genre. Je ne m'attendais pas à me heurter si vite à un mur. Et... c'est très important.

— Je le sais. Je comprends.

Je secouai la tête en souhaitant être ailleurs :

— Non, j'en ai peur. Mais merci de m'avoir accordé votre temps.

Je me levai et me dirigeai vers la porte. J'avais la main sur la poignée quand elle demanda :

— Vous êtes malade ?

Je me tournai vers elle, perplexe. L'espace d'un instant, je crus qu'elle pensait à quelque chose de précis.

— Que voulez-vous dire ?

— Vous avez découvert que votre condition médicale est telle que quelqu'un d'autre doit l'apprendre, parce qu'il pourrait être dans le même cas ?

Je la regardai droit dans les yeux et songeai à mentir.

— Non. Moi, ça va. Mais il y a quelque chose qui ne va pas du tout chez lui.

Je la laissai assise derrière son bureau et, retraversant le long couloir, revins dans le monde extérieur, où je pourrais fumer, respirer de l'air frais, et où mon problème ne serait plus qu'une partie de ce que j'étais.

— Alors, Bobby, et maintenant ?

Silence. Il avait disparu, une fois de plus. Quelque part dans le monde des esprits, avec une bière et un grand sourire, flanquant la trouille aux autres fantômes.

On était en fin d'après-midi. J'allai boire une bière moi aussi, assis à une table en terrasse de l'Espresso, un café juste au coin de mon hôtel. Mes pieds étaient douloureux et pleins d'os. San Francisco est un endroit assez agréable mais, franchement, il y a beaucoup trop de collines.

Vu le foirage complet de la matinée, j'avais fait la seule chose à laquelle je puisse penser. Peut-être, me disais-je, peutêtre, Paul n'était-il même pas entré dans le système. Peut-être avait-il été ramassé dans la rue, recueilli par une quelconque femme de boutiquier au grand cœur. Je savais que c'était un fantasme, né du récit de Mme Dupree sur les trains d'orphelins du Midwest, mais je ne voyais pas d'autre issue, et il me fallait le retrouver. J'avais dérivé trop longtemps. C'était mon boulot, celui de personne d'autre.

En l'absence de toute référence visuelle utile, je tentai une autre méthode. Je savais que mes parents n'étaient pas du genre à jeter un enfant aux loups. Il était probable qu'ils l'avaient laissé dans un lieu qu'ils jugeaient sans danger, où il y avait suffisamment de piétons. Ils étaient à pied. On ne peut pas marcher au-delà d'une certaine limite quand on est avec des gamins de deux ans. Il était donc possible qu'il me faille chercher un quartier fréquenté, accessible à pied depuis Union Square, et d'où ils seraient partis. Au pire, ce serait un lieu du même genre, mais situé sur une ligne de tramway.

J'achetai une carte et je marchai. Et je ne trouvai rien, ce qui voulait dire que je n'avais plus nulle part où aller. J'avais essayé, quelques semaines plus tôt, de répondre à un e-mail que Paul m'avait envoyé. Le message m'était revenu moins d'une heure plus tard – adresse inconnue, jamais entendu parler, impossible à localiser. Les siens étaient des proclamations à mon intention, pas des tentatives pour communiquer. Là non plus, pas de piste.

Je finis ma bière et franchis les quelques mètres qui me séparaient de l'hôtel. Comme je traversais l'entrée, j'entendis quelqu'un appeler mon nom. Je me retournai lentement.

Un jeune type à l'accueil tenait un bout un papier :

— Un message pour vous.

Ça paraissait très improbable. Personne ne savait qui j'étais. Les rares personnes avec qui j'aurais été heureux d'entrer en contact auraient appelé sur mon portable. J'allai jusqu'au bureau, avec le sentiment d'avoir une cible épinglée dans le dos.

Je remerciai le gars, pris le bout de papier et m'éloignai. Quand je l'ouvris, je lus ceci :

Cette dame pourrait vous aider. Si elle le veut.

Il y avait le numéro de téléphone de cette inconnue, et le nom de la personne qui m'avait laissé le message : Mme Muriel Dupree.

Un coup de fil, une visite sur le Net, une douche rapide, puis je redescendis et hélai un taxi devant l'hôtel. Il me fallut un moment avant d'en trouver un qui accepte un tel trajet – de l'autre côté de la baie et encore un peu plus loin, et encore beaucoup plus loin. Celui que je finis par convaincre entendait bien qu'en échange je serve d'auditoire à une longue série de diatribes. Fort heureusement, il était lui-même trop empêtré dans sa propre dialectique pour que j'aie à lui donner la réplique. Je me contentai de grogner et de dire « C'est vrai » tout en regardant par la vitre à mesure que la ville, puis ses faubourgs, passaient à notre hauteur.

J'avais donné un coup de fil aux Services sociaux, en espérant parler à Mme Dupree. Espoir aussi vain qu'il y paraissait au premier abord. Je m'en serais mieux tiré en essayant de remonter dans le temps. Je n'avais donc aucune idée de celle que j'allais rencontrer, mais le Net m'avait appris que le numéro était celui d'une certaine Mme Campbell, et aussi où elle vivait. C'est une des choses que je sais faire. Oui, l'intention de Mme Dupree était manifestement que j'appelle avant de passer, que j'en obtienne la permission, que j'explique ce que je voulais, et plus généralement que je fasse ce qu'il fallait. Eh bien, je m'en abstins soigneusement. Je ne savais pas qui était cette personne, ni ce qu'elle pourrait me dire, mais mon expérience, certes limitée, m'avait appris qu'on arrive plus près de la vérité sans prévenir qu'on la cherche. Et je sais de quoi je parle. Bobby et moi nous étions rencontrés du temps où on travaillait pour la CIA.

Enfin, le gars cessa de parler et se mit à jeter un coup d'œil à une carte. Nous nous éloignâmes de plus en plus des grandes artères, pour arriver dans un quartier résidentiel, blanc, aux pâtés de maisons dispersés, plutôt décatis – pas un rêve d'agent immobilier. Nous y errâmes un petit moment avant que je prenne la carte et guide le chauffeur. Nous nous arrêtâmes au milieu d'une rue bordée de petites maisons de bois dont chacune était entourée d'un carré de terrain.

Je sortis et payai. Il n'y avait personne aux environs.

— Si vous vouliez faire la fête, c'est raté ! lança le chauffeur avant de repartir.

J'attendis qu'il ait disparu, puis remontai sur une cinquantaine de mètres le trajet que nous venions de suivre, car je lui avais délibérément donné une adresse inexacte. Deux autres rues, trois minutes de marche, et je fus devant la maison.

Je franchis le chemin d'accès, montai deux marches, me retrouvai sur le porche. Il avait été peint en blanc, fort bien, quelques années auparavant. Il faudrait bientôt recommencer. Je cherchai une sonnette et n'en trouvai aucune, aussi frappai-je à la porte. Je ne doutais nullement que cette femme serait chez elle.

Au bout de quelques instants, j'entendis un bruit, la porte s'ouvrit. Il y avait derrière un store et, dans la pénombre, une petite silhouette.

— Madame Campbell ?

Elle ne répondit rien, mais tendit lentement la main vers le store et l'entrouvrit. Ce qui me permit d'apercevoir une septuagénaire à la chevelure toujours soignée, mais au visage gris et bouffi, qui paraissait stupéfaite. Elle croisa mon regard, m'observa de la tête aux pieds, puis me contempla de nouveau.

— Mon Dieu ! finit-elle par dire. C'était donc vrai !

CHAPITRE 6

Quand le téléphone sonna, Nina était dans ce qu'elle appelait sa « chaise longue » ; ce mot suggère néanmoins un certain degré de confort et de relaxation qu'elle ne pouvait pas se permettre. Théoriquement, elle était en train de réfléchir : à la vérité, elle dormait. Au boulot, il était impossible de s'entendre penser, à cause du bruit : les gars entraient et sortaient, aboyaient dans des téléphones, se montraient vifs, professionnels. Un des grands trucs quand on est un mec, avait-elle remarqué, c'est qu'être bon, bien faire son boulot, ne suffisait pas. Il fallait que tout le monde sache que vous étiez un peu là. Elle préférait nettement réfléchir dans sa chaise longue. Il fallait qu'elle déménage, elle le savait. Surtout après que les choses eurent mal tourné avec John : la maison paraissait peu commode, lassée d'elle, inadéquate à tous points de vue. Elle était dans les collines de Malibu, ce qui était super, mais Nina ne pouvait la louer que parce qu'elle tombait en ruine. Il y avait en plein milieu du sol cimenté du séjour une fissure assez large pour y glisser trois doigts. Peu avant qu'elle emménage, la piscine avait succombé à un incendie de forêt. Une bonne secousse sismique, et la demeure finirait dans le Pacifique.

Elle avait passé le reste de la journée dans les rues, ou dans des bureaux, au téléphone, à trier des renseignements sans intérêt et à s'informer des résultats de l'autopsie. Personne n'avait rien apporté d'utile. Le pyjama avait été acheté chez Wal-Mart, ce qui n'est jamais bon signe quand on veut retracer l'histoire d'un objet quelconque. Le disque dur retrouvé dans la bouche de la victime était toujours en cours d'analyse ; inspecteurs et hommes de patrouille disposaient d'une photo qu'ils montraient aux gens. Il se pouvait que ça ne donne jamais rien. Une femme attirante, désormais morte... ça ne manque pas.

Nina revint à la maison pour trouver un message sur le répondeur. Elle appuya le bouton, pensant que c'était peut-être Zandt, avec une réponse plus encourageante. Mais c'était son amie Meredith, une fille avec qui elle était allée en fac, qui disait que oui, il était temps qu'elles se retrouvent pour dîner et bavarder longuement. Nina ne se souvenait pas de quoi, mais supposait que c'était le moment. Cela faisait un an que son petit groupe de vieilles amies s'était reformé. Merry vivait dans la Silicon Valley et avait acquis, apparemment sans effort, un époux et trois enfants, comme s'il s'était agi d'une compétition sportive. Désormais, elle se préoccupait de choses que Nina jugeait incompréhensibles ou sans intérêt, et sa coiffure se faisait toujours plus implacable : bientôt il serait impossible de voir son visage et de se souvenir du bon vieux temps. Nina, d'un regard amusé, l'avait vue étrenner tout un assortiment de toilettes à l'occasion de vagues soirées chez des profs qui avaient toujours des appartements minuscules encombrés de livres. Sans doute était-elle tout aussi perplexe face à la présente incarnation de Nina, qui ressemblait bien à une femme, mais sans paraître savoir en quoi consistait son boulot. Elle savait qu'il fallait entretenir l'amitié, tout en se demandant souvent pourquoi elles en prenaient la peine. Peut-être Meredith se plaisait-elle à connaître une agent du FBI. Peut-être Nina aimait-elle croire qu'elle avait encore de vagues rapports avec le monde extérieur, hormis bien sûr les meurtriers, les flics en civil, les nuits blanches ; il y avait quelqu'un qui n'exigeait d'elle que des potins et un sourire.

Nina ne put se résoudre à répondre à l'appel et se remit à réfléchir. Elle finit par se demander quelle différence existait entre Merry, ou elle, et la fille retrouvée au Knights ce matin même. Combien de petits coups de pouce faut-il dans une existence pour finir dans un motel, dans une chambre empestant la fumée de cigarettes d'hommes venus étudier vos ultimes moments, tandis que vos oreilles mortes recueillent sans les entendre de longues discussions sur divers événements sportifs, et au moins une appréciation sur vos nénés ? John Zandt – membre de la Brigade des homicides de la ville avant que le Garçon de Courses n'enlève sa fille – avait fait remarquer à Nina, voilà bien longtemps, à quel point la vie d'une adolescente, à Hollywood, peut vite passer de A à B, puis de B à Z, puis à la morgue, avec une étiquette accrochée à l'orteil. Toutes se croient des stars, alors qu'elles ne sont que chair à canon dans la file, à attendre que les amants, les amis ou le destin ne tiennent pas leurs promesses.

Nina se servit un verre de vin. Un quart d'heure plus tard, elle dormait. Elle se réveilla en sursaut. Quand la sonnerie du téléphone lui parvint enfin, elle se leva du fauteuil en titubant : on aurait dit qu'il sonnait depuis longtemps, incapable de l'arracher à un rêve dans lequel un vieillard la poursuivait dans une pièce obscure.

Elle se heurta à la porte vitrée en allant répondre, prête à passer un sérieux savon à Zandt. Mais ce n'était pas lui.

— Tu ferais mieux de revenir ici, dit Monroe. On a trouvé quelque chose.

Elle le rejoignit dans le bureau de Doug Olbrich. Celui-ci était lieutenant dans la Section spéciale n° 1, chargée des vols et des homicides ; il s'occupait du profilage et des rapprochements entre affaires de meurtres. Un type grand et maigre, avec des cheveux très courts.

— Salut, Doug.

— Nina ! Comment ça va ?

— Comme d'habitude. Ça fait un bon moment que je n'ai pas parlé à John, mais je suis sûr qu'il t'aura envoyé ses amitiés.

— Merci. Je les attendrai.

Devant Olbrich, elle aperçut plusieurs feuilles de papier, et quelque chose dans un sac en plastique transparent. Trois flics discutaient non loin de là. Un Noir efflanqué, en manches de chemise, que Nina reconnut vaguement, était perché sur le bureau de Doug.

— Nina, voici Vincent, annonça Olbrich.

Monroe lui tendit un café qu'elle accepta avec gratitude.

— Je me souviens, dit-elle. Un rat de laboratoire, c'est ça ? Charles fronça les sourcils mais le technicien eut un grand sourire :

— Vince Walker, génie de la technologie !

— Ceux que je préfère, répondit-elle, soudain très lasse. Qu'est-ce que vous avez pour nous, Vince ?

— Ceci, répondit Olbrich en poussant vers elle le sac plastique. Et ce qu'il y avait dessus.

Nettoyé du sang, et ôté de la bouche de la victime, l'objet paraissait très quelconque. Cinq centimètres sur douze, cinq millimètres d'épaisseur. Sur le dessus, une plaque de métal avec deux stickers autrefois blancs, mais maintenant tachés çà et là de brun pâle. En dessous, les lignes vertes et sinueuses d'un circuit imprimé. Sur le côté, une étiquette proclamait : « Garantie annulée si le sceau est rompu ». Et si on le retrouve dans la bouche d'une morte, se dit Nina, elle est annulée aussi ?

— Le disque dur, dit-elle.

C'était la bonne réponse : les deux hommes étaient lancés, chacun prêt à tirer la couverture à lui.

— Oui, répondit Vince. Un Toshiba MK4309. Un peu plus de 4 gigas, ce qui est peu aujourd'hui. Le numéro de série confirme qu'il a été fabriqué voilà près de deux ans. Ça nous a aussi permis d'établir qu'il a été installé sur une machine assemblée au Japon et importée aux États-Unis en avril 2002.

— On s'en occupe, intervint Monroe. Ça pourrait nous dire qui était la femme... enfin, peut-être.

— Les gars sont dans les rues avec sa photo, ajouta Olbrich.

Nina l'avait rencontré plusieurs fois, du temps où Zandt faisait encore partie de la Brigade des homicides. Il l'avait impressionnée : c'était l'un des flics les moins frimeurs qu'elle eût jamais rencontrés.

— Nous savons que, le jour de sa mort elle n'avait guère mangé mais qu'elle avait beaucoup bu. Voilà deux heures, j'ai envoyé trois gars dans les bars et les clubs proches du Knights. On n'avait rien trouvé la première fois, mais...

— Rien sur le tueur dans la chambre ?

Olbrich haussa les épaules :

— Pas d'empreintes, pas de fibres de tissu, rien sur la victime... On croirait presque que le gars ne déplaçait pas d'air.

— Alors, le disque dur ?

— Deux choses, reprit le technicien, bien résolu à ne pas se laisser voler la vedette. Le plus gros est un fichier mp3 de sept mégas, un morceau de musique.

— L'Agnus Dei du *Requiem* de Fauré, précisa Monroe. Une œuvre très connue, apparemment. On s'occupe de savoir de quel enregistrement il s'agit, et bien sûr on s'efforcera d'éplucher les récents achats de CD, mais je n'ai pas beaucoup d'espoirs là-dessus. Après tout, ça pourrait bien avoir été téléchargé sur le Net.

— Et puis ?

— Tu m'avais demandé d'où le gars venait, reprit Monroe, en disant qu'il pourrait bien en sortir quelque chose. Il se pourrait que tu aies raison.

Il poussa les papiers vers elle :

— Lis donc ça.

Le sommeil est agréable, la mort bien meilleure. Ne jamais être né, voilà bien sûr le miracle.

Sa mère ne laissait pas sa propre mère fumer à la maison. Il y avait donc des jours où la vieille dame n'était pas de très bonne humeur, et d'autres où elle tenait à ce qu'on l'installe sur la véranda. On la laisserait là, même s'il faisait froid ou s'il pleuvait à verse. Sa fille ne l'aidait pas à rentrer, et donc, s'il lui désobéissait, gare à lui ! Grand-mère restait donc dehors jusqu'à ce que sa fille ait la bonté de la ramener à l'intérieur. Sans affection superflue.

Par une de ces journées, lors d'un après-midi si froid que des glaçons pendaient du toit, il demanda à sa grand-mère si cela valait la peine de rester dehors alors qu'il faisait bon à l'intérieur.

Elle regarda dans le vague un moment, à tel point qu'il se demanda si elle l'avait entendu.

— Tu connais la vieille blague, répondit-elle enfin. Pourquoi les poulets traversent-ils la route ?

Bien sûr, avait-il répondu. Pour être de l'autre côté.

— Les cigarettes, c'est pareil.

— Je ne te suis pas.

Elle réfléchit de nouveau :

— On se retrouve à vivre du mauvais côté de la route, si tu veux. Chaque nuit, il faut la traverser dans le noir, pour pouvoir rentrer. On ne peut pas savoir s'il y a des voitures qui arrivent, parce que le vent étouffe le bruit, mais ça va quand même, parce que ça n'est pas une route très fréquentée. Mais plus tu traverses, plus tu as de chances que tôt ou tard une voiture

t'écrase. La voiture, c'est le cancer, il est grand, dur, et très rapide, et quand il t'a renversé, tu meurs.

— Mais alors, pourquoi continuer à traverser la route ?

— Pour aller de l'autre côté, répondit-elle avec un sourire pincé avant de hausser les épaules : c'est trop tard. L'important, c'est de veiller à ne pas se retrouver du mauvais côté de la route.

Elle toussa, puis alluma une autre cigarette, dont elle tira une longue bouffée avant d'en contempler la pointe rougeoyante :

— Ne te mets jamais à cette saloperie, tu m'entends ?

— Promis, assura-t-il.

Il fit de son mieux pour suivre ses conseils. Il se montra très prudent avec l'alcool, ne prit jamais aucune drogue, ne laissa pas la bouffe, la gym, la pornographie ou la collection de poupées de porcelaine lui prendre la main et lui dire qu'elle était son amie.

Et pourtant, une nuit, sept ans plus tard, il se retrouva avec du sang sur les mains et comprit qu'il avait enfin trouvé la route à traverser.

— Bon Dieu ! s'exclama Nina.

— Il a déjà tué, dit Monroe.

— Ou il veut nous le faire croire.

Charles eut un sourire crispé :

— Il est parfaitement capable de recommencer. Je pense que nous en sommes d'accord ?

— Oui. De qui est la citation ?

— Nous ne savons pas encore.

— Ça va, Nina ? intervint Olbrich.

Elle hocha la tête, contemplant toujours le texte :

— Ça me fout les boules, c'est tout. Un message bien en évidence et un requiem ! Nom de Dieu ! On a vraiment affaire à un cinglé !

— Il parle de lui à la troisième personne, remarqua Olbrich. Un peu bizarre, non ?

— Pas vraiment, rétorqua Nina. On a observé ça plus d'une fois lors des interrogatoires, notamment avec Ted Bundy. En théorie, ça les aide à décrire des crimes dont certaines parties de leur esprit veulent se dissocier. Dans le cas de Bundy, c'était aussi pour feindre d'avancer des hypothèses, du genre « j'imagine qu'un tueur dans cette situation ferait ceci ou cela », sans reconnaître réellement sa responsabilité. On peut tirer quelque chose du fichier lui-même, techniquement parlant ?

— J'ai bien peur que non, répondit Vince. Le disque dur est destiné à un PC, mais le fichier n'a aucune signature de système d'exploitation. Le texte aurait pu être écrit sur n'importe quelle bécane, du superordinateur à un Palm. Quelqu'un en bas travaille sur la signature du répertoire, mais nous ne sommes pas très optimistes. Le disque dur a été soigneusement nettoyé avant que ces fichiers n'y soient copiés. On a affaire à quelqu'un qui s'y connaît en informatique.

— Ce qui, en soi, est une information utile, nota Monroe.

— Tout à fait ! railla Nina. Ça veut dire qu'il a moins de cinquante ans et vit quelque part en Occident.

Charles pencha la tête et la regarda. Nina songea que rentrer chez elle sous peu serait une bonne idée.

— Une copie de ces fichiers est au profilage à Quantico, reprit-il. Ils ne devraient pas tarder à avoir des idées.

Il parlait un peu plus fort que d'habitude, d'un ton sérieux, studieux, professionnel, mais avec un peu d'excitation dans la voix. Il fallait s'y attendre : si on ne prend pas son pied à poursuivre les méchants, on n'a rien à faire dans la police. Mais depuis la toute première fois où Nina avait travaillé avec lui – pour capturer un tueur nommé Gary Johnson, qui dans le milieu des années 1990 avait tué six femmes âgées –, Nina ne doutait nullement que Monroe n'eût d'autres projets en tête. Les crimes, comme leur élucidation, étaient des moyens en vue d'une certaine fin. Elle ne voyait pas trop laquelle – la politique ? Avoir le plus gros bureau du continent ? Mais elle savait que cela le motivait bien plus que de regarder les parents en face et de leur dire : « On a trouvé le gars et il va plonger pour l'éternité. » Peut-être y avait-il là quelque chose de pas trop bête. Lors des rares occasions où Nina avait pu dire quelque chose de ce genre, la morne expression des visages de ses interlocuteurs n'avait pas semblé beaucoup changer. Six femmes, mères et grands-mères, connaissent une mort prématurée, dans des conditions sordides ; le responsable est enfermé pour le restant de ses jours dans une cage en béton. Du point de vue châtiment, ça ne semblait pas vraiment réglo. Certes, personne ne veut aller en prison, surtout pas en Louisiane, après avoir tué, entre autres, deux vieilles Noires. On ne veut pas se lever chaque matin en se demandant si un fêlé quelconque aimant sa maman ne décidera pas d'égayer sa journée en vous cisaillant la tête avec le manche aiguisé d'une cuiller. Mais Nina ne croyait pas que les tueurs, dans leur majorité, ressentaient tout le poids de l'incarcération, parce que, tout simplement, ils ne voyaient pas les choses de la même manière. Dans un cas comme dans l'autre, ils devaient encore vivre. Ils mangeaient, dormaient, allaient aux chiottes. Ils suivaient des cours, erraient dans le labyrinthe des appels, ce qui faisait perdre du temps à tout le monde et coûtait de l'argent public qu'on aurait mieux employé à construire des écoles. Bien entendu, c'était leur droit. Cela leur épargnait d'être étendus, seuls, dans un trou creusé dans le sol, sans rien pour leur tenir compagnie, sinon le bruit de la terre qui se tasse. Ils ne dormaient pas, les bras allongés le long du corps, dans une boîte où ils pourraient commencer à pourrir.

Alors, oui, Monroe voyait les choses rationnellement. Mener le bon combat. Grimper l'échelle. Puis rentrer chez soi, retrouver son épouse, dîner en regardant le journal télévisé du soir. Qui sait, il pourrait peut-être même s'y admirer, occupé à sauver le monde. Ce serait sympa. À la vérité, le FBI n'était pas directement mandaté pour enquêter sur les meurtres en série. Charles s'y était lancé pour faire progresser sa carrière. Et alors ? Et Nina, quel prétexte avait-elle ?

— Rentre chez toi, lui conseilla Monroe. Dors un peu. J'aurai besoin de te voir fonctionner demain matin très tôt.

Elle leva les yeux, surprise par le ton et comprit qu'elle venait tout juste de somnoler pendant une trentaine de secondes. Vince la dévisageait avec curiosité, Charles sans grande affection. Seul Olbrich avait l'élégance de regarder ailleurs.

Monroe se leva et parla à Doug comme s'il suggérait qu'il n'avait plus besoin de Nina. Elle attendit qu'ils aillent se joindre aux autres flics au fond de la pièce, puis se tourna vers le cerveau de l'équipe et lui dit, de sa voix la plus douce, la plus affable, la plus séduisante :

— Vince, j'ai une faveur à vous demander.

Vingt minutes plus tard, elle quitta le bâtiment avec quelque chose dans son sac, et sortit dans la rue. La soirée était encore tiède ; Nina se demanda si elle tentait délibérément de bousiller sa carrière.

Il fallait qu'elle parle à quelqu'un, mais John ne répondait pas au téléphone et, à la vérité, il était encore plus cramé qu'elle. Il existait une autre option, une seule. Elle y réfléchit.

Oui, peut-être. Elle allait rentrer et voir comment elle se sentait.

Elle rentra en voiture paisiblement et, le temps d'arriver sur le chemin d'accès, elle avait pris sa décision. Dans la cuisine, elle composa le numéro. Les sonneries se succédèrent sans qu'on réponde.

Elle laissa un message, avec l'impression d'être une voix de plus sur un répondeur comme un autre.

CHAPITRE 7

La maison de Mme Campbell donnait, à l'arrière, sur une petite cour qui disait tout ce que l'avant s'efforçait de taire. J'attendis dans la cuisine, aussi patiemment que je pus, tandis qu'elle s'affairait à grand bruit. Je me souvenais que ma mère m'avait dit une fois que lorsqu'on refusait une boisson chaude offerte par une vieille dame, elle savait qu'on n'avait plus besoin d'elle. Toutefois, la vue depuis la fenêtre ne m'intéressait pas le moins du monde. Il me fallut toute ma patience pour ne pas saisir Mme Campbell par le col.

— Muriel a elle-même été adoptée, dit-elle en me conduisant enfin dans le séjour. Elle vous l'a dit ?

— Non, répondis-je en m'avançant en toute hâte pour m'emparer du plateau. Elle m'a simplement dit qu'elle ne pouvait pas m'aider et on en est restés là.

— Elle est comme ça, parfois. Je l'ai connue quand elle a commencé à travailler là-bas. Elle a eu de mauvais moments, au début. Son mari l'a quittée, a vidé la maison, il la rouait de coups. Mais, malgré tout, elle a fait son boulot et aidé bien du monde. Beaucoup de gens vont là-bas et oublient que le personnel est lui aussi composé d'êtres humains, qui ont leur vie à eux.

— Je comprends bien que c'est un boulot qui peut être difficile. C'est parfois dur de traiter avec les autres.

— Oh, que oui ! Bien sûr, certains de ceux qui travaillent là-bas sont des débiles, aussi.

Je ris. Elle eut un hochement de tête approbateur :

— Vous devriez sourire plus souvent, vous avez meilleure allure comme ça. Comme tout le monde, d'ailleurs, mais surtout vous. Quand vous ne souriez pas, on dirait que vous voulez faire du mal aux gens.

— Pas du tout.

— C'est vous qui le dites.

— Madame Campbell, j'ai le sentiment que...

— D'accord. J'y arrive. Vous cherchez un frère, c'est ça ? Muriel disait que, d'après vous, ça devait être en 1967. Ce qui est exact. En fait, si je me souviens bien, c'était en octobre, bien qu'à vrai dire ma mémoire ne soit plus ce qu'elle était. Ça va pour ce qui est des choses, mais moins pour les faits.

J'acquiesçai. J'avais l'impression d'étouffer.

— Un boutiquier chinois l'a trouvé dans la rue. Je ne sais pas depuis combien de temps il était là, mais il n'avait pas cessé de pleurer.

— Mes parents avaient leurs raisons, et l'histoire est compliquée, dis-je avec le besoin absurde de défendre une décision dans laquelle je n'avais eu aucune part et qui me restait incompréhensible.

— J'en suis sûre. Et ils ne l'ont pas laissé dans un endroit perdu, c'est déjà ça. Enfin, nous savions qu'il s'appelait Paul, parce que c'était le nom brodé sur son sweater. Le prénom lui est resté. Nous avons procédé aux vérifications habituelles, mais il n'y avait pas moyen de savoir d'où il venait, et il a donc été placé ici, en ville. Il y est resté quelques années. D'habitude, il n'est pas difficile de trouver une famille d'accueil pour un petit garçon très mignon, mais avec lui, ça ne marchait pas.

J'aurais voulu savoir ce qu'elle entendait par là, mais je ne tenais pas à l'interrompre.

— Je l'ai perdu de vue un moment. Il y a beaucoup d'enfants, il y en a toujours un nouveau pour qui il faut faire quelque chose. J'ai entendu reparler de lui au moment où il devenait un problème.

— De quel genre ?

— Il était dans une famille d'accueil pendant quelques mois, puis il revenait bien avant la date prévue. Au début, je n'ai pas fait attention, ça arrive. Mais ça se reproduisait. Paul était de retour, les gens n'arrivaient pas à... j'allais dire à faire face, mais ce n'était pas ça, enfin pas exactement. Il était revenu, voilà tout. Et il ne faut pas oublier qu'il s'agissait de familles qui s'occupaient de beaucoup d'enfants, qui savaient comment les mettre à l'aise. On le plaçait quelque part, et puis, quelques semaines après, je le retrouvais là, assis sur un rebord de fenêtre, à regarder dehors. Je lui demandais ce qui s'était passé et il me répondait la même chose que ceux qui l'avaient accueilli : ça n'avait pas marché.

Elle but une gorgée de café :

— Pour finir, nous avons décidé qu'il fallait chercher une vraie famille adoptive, trouver une solution à long terme. J'ai donc discuté avec Paul, je lui ai expliqué que c'était ce que nous allions tenter. Il a hoché la tête – et il n'avait que six ans, sept au plus ! – et quelque chose m'a dit qu'il n'était pas d'accord, mais qu'il se résignait à l'idée. Je lui ai demandé s'il ne voulait pas trouver une famille pour toujours, il m'a regardée bien en face et il m'a répondu : « J'en avais une, elle n'est plus là. Quand tout sera en place, je la retrouverai. »

J'eus comme un frisson glacé dans la nuque :

— Il se souvenait de nous ?

— Pas forcément, mais il savait qu'autrefois il y avait eu autre chose. Pas besoin d'être très futé pour comprendre qu'il était dans une position très artificielle et que c'était un gamin intelligent, ça se voyait. Les enfants ont souvent le sentiment qu'on les a abandonnés ou enlevés. C'est le syndrome du « je suis fils de roi, et quand je pleure la terre pleure avec moi ». J'ai cru que c'était ça.

J'avais regardé bien des fois, sur la cassette, le moment de l'abandon, sans jamais affronter l'idée de ce que cela avait pu être pour l'enfant que nous laissions derrière nous. Au cours des trois derniers mois, je ne m'en étais d'ailleurs guère soucié. Je m'efforçai de continuer.

— Est-ce que ça vous ennuie si je fume ? demandai-je.

— Allez-y, répondit-elle en souriant. Mon mari fumait, j'aime l'odeur. Mais vous savez que ça vous tuera ?

— Jamais de la vie ! C'est une rumeur répandue par les fanas de gym et les obsédés de la santé.

Elle cessa de sourire et hocha la tête :

— Oui, c'est ce qu'il disait aussi.

— Alors, que s'est-il passé quand vous avez cherché une famille d'accueil permanente ?

— J'ai fait ce boulot pendant longtemps, répondit-elle après un petit silence, j'y ai beaucoup réfléchi. Je crois que l'endroit où nous sommes nés s'infiltre en nous comme l'eau venue du sol, que nous avons des feuilles, comme les arbres, et que là où tombe la graine, c'est-à-dire nous, se trouve ce que nous sommes, et la couleur que prendront nos feuilles – même si un oiseau s'empare de nous et nous déplace de cent kilomètres. Mais une autre partie de moi-même pense : après tout, nous sommes tous les enfants de Dieu, non ? Alors, quelle importance qu'un enfant soit élevé par d'autres ? Qu'on leur donne un bon foyer, et ce sera comme si rien ne s'était passé. J'ai vu ça des centaines et des centaines de fois. Ce n'est pas toujours facile mais ça marche, et c'est l'une des choses qui me font penser que nous autres humains ne sommes pas si mauvais que ça.

Elle secoua la tête :

— Mais trouver quelqu'un pour adopter Paul n'était pas simple. Il a été placé dans trois familles successives. La première a duré un an, ils avaient déjà une fille à eux, plus âgée. À l'époque, j'avais des soucis, mon mari était malade... Un lundi matin, je suis arrivée et on m'a dit que Paul était là, que les gens étaient passés, qu'on l'avait retrouvé dehors, sur les marches. Il ne s'était pas enfui, sa famille d'accueil l'avait déposé là. Après ça, on lui a trouvé d'autres gens, au bout de quelques mois. Ça a duré deux années complètes, à l'issue desquelles il a eu neuf ans. Et puis un jour, voilà qu'on frappe à ma porte et que la mère est là. Elle m'a dit poliment qu'ils en avaient assez. Ce n'était pas du tout la faute de Paul, mais elle venait d'avoir une fille et ils pensaient ne plus pouvoir s'occuper de lui. J'étais furieuse, croyez-moi, j'ai failli lui arracher les yeux ! Ce n'est pas comme ça que ça se passe. Mais... on ne peut pas laisser un enfant chez des gens qui ne veulent plus de lui.

Elle prit sa tasse, constata que le café était froid, et la reposa.

— Est-ce que...

— Non, non, c'est bien, répondis-je. Continuez.

— J'ai revu Paul peu après. J'étais navrée pour lui. Je lui ai dit qu'on l'avait mal traité. Il a haussé les épaules et m'a répété une fois de plus : « J'ai déjà une famille. » Ça m'inquiétait qu'il pense ça et j'ai tenté de lui faire comprendre que non, qu'il devait nous aider à en trouver une autre. Il avait eu autrefois un vrai père et une vraie mère, mais désormais il devait être avec quelqu'un d'autre. « Pas eux, a-t-il répondu. Ils n'étaient pas vrais. Mais j'avais un frère, il était vrai, il était juste comme moi. »

Elle sourit :

— Je ne l'ai pas cru, bien sûr. J'ai pensé qu'il s'efforçait simplement d'imaginer... Il y avait quelque chose en lui qui était un peu... je ne saurais dire quoi. Mais quand vous êtes arrivé, j'ai compris qu'il avait raison. Il avait bel et bien un frère, semblable à lui.

Je hochai la tête, parce qu'il le fallait, mais je pensais qu'elle se trompait, et lui aussi. Je lui ressemblais physiquement, voilà tout. J'étais surpris qu'elle s'en soit rendu compte, si Paul était encore un enfant la dernière fois qu'elle l'avait vu.

— Enfin, nous avons trouvé une famille qui a tenu bon. C'était ici, en ville, et au bout d'un an ils ont quitté la Californie et il est parti avec eux. Cette fois, ça avait marché. C'est tout.

Je la regardai.

— Qu'est-ce qu'il y a ? demanda-t-elle.

Je continuai à la regarder. Elle baissa la tête pour contempler ses mains :

— Qu'est-ce qu'il a fait ? ajouta-t-elle d'une voix douce.

— Madame Campbell, dites-moi ce que vous ne m'avez pas dit. Il faut vraiment que je sache.

Elle leva les yeux et se mit à parler d'une voix rapide, le regard morne :

— Quelques années plus tard, j'ai rencontré par hasard le mari du couple qui l'avait laissé sur les marches. Je n'avais pas eu de nouvelles d'eux depuis lors, si on traite un enfant comme ça, on se retrouve au tribunal. C'est bien ce qui a failli se passer, mais la femme est tombée malade et ça c'est tassé. J'ai vu l'homme de l'autre côté de la rue et j'ai détourné les yeux, mais voilà qu'il a couru, il s'est mis devant moi et a commencé à parler. Il m'a dit que, quand Paul était avec eux, sa femme avait un chien. Selon lui, la plupart du temps, Paul était très gentil, comme s'il avait décidé que ce serait comme ça et qu'il fallait simplement s'habituer. Il s'entendait très bien avec leur fille, mais pas avec l'animal : il détestait l'entendre aboyer, et le regardait d'un drôle d'air. Le chien était très vieux, la femme l'avait depuis la fac, elle l'aimait plus que tout au monde – plus même que le mari, disait-il, mais il ne s'en formalisait pas, lui aussi aimait le chien. Qui ne faisait pas grand-chose, sinon dormir dans la cour et frapper le sol de la queue de temps en temps.

Mme Campbell s'interrompit et respira profondément :

— Et puis un jour, Paul est arrivé en courant et a dit que le chien venait d'avoir un accident. Ils sont sortis aussitôt. Il était étendu par terre, moitié dans la cour, moitié sur la petite route derrière la maison. Sa tête n'avait plus de forme, comme si elle avait été écrasée par une voiture. Paul était en larmes, tout ça, ils ont enterré la bête, et c'est seulement le soir, alors que les parents étaient au lit, que la femme a dit quelque chose, tout doucement, sans regarder son mari, comme si elle parlait au mur. Elle a dit que, depuis le temps qu'ils vivaient là, le chien ne s'était jamais approché de la route. Elle a ajouté qu'il serait bizarre que quelqu'un ait roulé trop vite pour s'arrêter. Et qu'il était étrange que seule la tête ait été touchée, que les deux yeux et la gueule soient si abîmés. Son mari a réfléchi à tout cela. Rien n'a été dit de plus cette nuit-là, et ils ont fini par s'endormir. C'était une semaine avant qu'ils ne ramènent Paul. L'homme admettait qu'ils savaient, sans avoir deviné comment, et qu'ils n'avaient pas de preuves. Cela aurait pu être un simple accident. Mais ça suffisait comme ça. Sa femme ne voulait plus de lui.

Mme Campbell leva un doigt pour m'empêcher de répondre quoi que ce soit :

— Écoutez-moi ! C'est juste ce que l'homme a déclaré. J'ai pensé que ça pouvait être un gros mensonge, pour excuser ce qu'ils avaient fait, et ça se voyait sans doute sur mon visage. L'homme a secoué la tête, et il a ajouté que je n'aurais qu'à regarder les yeux de sa femme, depuis toutes ces années : j'aurais su la vérité. Puis il s'est éloigné et je ne l'ai jamais revu.

— Bon Dieu !

— En effet. Je vais vous dire une dernière chose, et ensuite vous partirez. Six ou sept ans après ça, peu avant que je parte en retraite, il y a eu un incendie.

Muriel m'a dit qu'elle vous l'avait appris. Beaucoup de papiers ont disparu.

— Oui, elle m'en a parlé.

— Il y a une chose qu'elle ignore. Ce matin-là, j'étais en retard au boulot, pour des histoires de tramway, j'avais dû terminer le trajet à pied. Le temps que j'arrive, la fumée montait déjà du bâtiment, les gens étaient sortis dans la rue, tout le monde courait dans tous les sens. Quatre personnes sont mortes, beaucoup d'autres ont été brûlées : le feu a commencé alors que l'édifice était plein. Et comme j'étais là, à essayer de comprendre ce qui se passait, j'ai ressenti quelque chose de bizarre dans la nuque, je me suis retournée et...

Elle déglutit péniblement :

— ... il était là. De l'autre côté de la rue, à regarder. Un peu plus grand, un jeune homme. Il vous ressemblait tout à fait, sauf qu'il était plus mince. Je l'ai vu une seconde, puis il a disparu. Ou peut-être que je ne l'ai pas vu du tout. Parfois je pense que j'ai vu son visage et que j e l'ai reconnu. La plupart du temps, je crois que c'était dans ma tête, et c'est pourquoi je n'en ai jamais parlé à personne, même pas à Muriel, qui était comme une fille pour moi – et qui l'est toujours, quand elle a le temps.

— C'était lui, dis-je doucement. C'était Paul.

Elle me prit par le bras :

— Il ne faut pas penser que c'est lié au fait qu'il était orphelin ou aux gens qui l'ont accueilli, qui ont tenté si fort de lui donner une vie. Ce n'est pas le cas. Des gens comme eux ont élevé Muriel et des milliers d'autres comme elle.

— Je sais. Mes parents n'étaient pas mes vrais parents non plus, et ils m'ont donné plus d'amour que j'en mériterai jamais.

Elle parut surprise, puis se reprit, se leva, et je compris que l'entretien était terminé.

À la porte, comme j'étais sur la véranda, elle posa la main sur mon bras :

— J'ai passé toute ma vie avec les jeunes, et dans l'ensemble ça m'a beaucoup plu. Mais avec le temps, mon idée du monde a changé sur un point, et pour de bon.

— Et lequel ?

— Je pense toujours que nous sommes tous humains. Mais je ne crois plus que nous soyons tous les enfants de Dieu. Plus du tout.

Je rentrai à l'hôtel parce que je ne savais trop quoi faire d'autre. En arrivant, je me sentis lessivé, et je finis assis au bar, à contempler la rue à travers des vitres teintées. Tout le monde a des expériences personnelles. C'est l'une des miennes.

J'étais à la fois ahuri et exaspéré. Tout se terminait en queue de poisson. Mme Campbell ne se souvenait pas du nom des gens qui avaient adopté Paul pour de bon. Les collègues qu'elle avait eus à cette époque étaient morts ou dispersés. La piste avait été coupée, notamment par l'incendie. J'étais persuadé que Paul était revenu mettre le feu au bâtiment, et que Mme Campbell le pensait aussi – tout comme je croyais qu'elle comprenait que le gamin retrouvé seul, dans la rue, n'avait toléré d'être ballotté d'une famille à l'autre que le temps d'être assez grand pour partir et faire son chemin dans le monde, pour devenir celui qui « remettrait les choses en place ».

Quand je sortis mon portefeuille pour régler ma bière, je me souvins que j'avais débranché mon portable. J'avais un appel. Je ne reconnus pas le numéro et je décidai donc de rappeler.

Elle répondit très vite :

— John ?

— Non, c'est Ward. Pour savoir qui appelle, Nina, il suffit de regarder l'affichage de ton téléphone.

— Exact. Je suis une idiote. Où es-tu ?

— À San Francisco.

— Oh ! Et pourquoi ?

— J'y ai laissé mon cœur et je suis venu le reprendre.

— Bonne idée. Dans quel état est-il ?

— Comme neuf, répondis-je. Qu'est-ce qui se passe ?

— Rien. Enfin, non, c'est la folie. Nous avons eu un double meurtre ce matin ; quelqu'un a laissé une morte anonyme dans un motel pourri, puis flingué un flic pour mieux se faire comprendre. Il avait placé un disque dur dans la bouche de la femme.

— Charmant.

— Pas vraiment. C'est du domaine de la police de L.A., bien sûr, mais Monroe est dans le coup, et par conséquent moi aussi. Je me demandais si tu accepterais de jeter un coup d'œil au disque dur. J'en ai obtenu une copie, tout à fait officieusement. Je sais que tu en es capable, en vrai pro.

— Sûr. Mais Bobby aurait mieux fait l'affaire. Et même une copie octet par octet n'est pas exactement la même chose qu'un original. Mais je regarderai ça.

— Ils ont déjà trouvé un texte et un fichier musical dessus. Ce gars-là a vraiment le sens du théâtre.

— Qu'est-ce que c'est comme musique ?

— Le *Requiem* de Fauré.

— Super.

— Je n'ai pas écouté.

— Tu devrais. C'est tout à fait revigorant, bien que destiné aux morts.

Elle resta silencieuse un moment. Je me gardai de l'interrompre.

— Ça va, Ward ?

— Comme ci, comme ça.

Je lui racontai, brièvement, ce que j'avais appris chez Mme Campbell.

— Ça m'a vraiment assommé. Et puis...

— Oui, dit-elle doucement. Je sais. Je... je fais souvent le même rêve. Je suis aux Halls, dans le lobby, après avoir été blessée. John et toi êtes dans les maisons, à chercher Sarah Becker. Bobby est parti je ne sais où. Je suis par terre, j'ai mal, et quelqu'un vient me faire la peau. Et cette fois je crois qu'il pourra.

— Merde ! C'est pas marrant.

— J'en ai encore rêvé il y a trois heures. Ça devient plus long à chaque fois. Je... parfois, je m'inquiète à l'idée qu'à un moment ça ne s'achèvera pas. Que le gars m'aura, que je ne me réveillerai pas.

— Les rêves durent aussi longtemps qu'on le leur permet. Les bons comme les mauvais.

— Voilà qui est profond, maître Ward.

— Ouais. Désolé. Je n'ai pas la moindre idée de ce que je voulais dire.

Elle rit, et ça paraissait convaincant.

— Bon, d'accord, repris-je, appelle quand tu as le disque dur. Je m'en occuperai. Je n'ai plus rien d'autre à faire ici.

— Il est sur ma table.

Je n'étais allé chez Nina qu'une fois, et brièvement, mais j'en gardais une image très nette. L'espace d'un instant, assis sur un tabouret avec un reste de bière, et les habituels bavardages autour de moi, je souhaitai être là-bas. Ou du moins ailleurs, quelque chose qui ressemble à un foyer.

— Et surtout que John n'y touche pas, recommandai-je. Je serai là demain soir. Tu peux le contacter ?

— Il est en balade. Je lui dirai que tu viens.

Je remontai dans ma chambre et fumai à m'en faire sauter la tête. Cela ne me remit pas de meilleure humeur mais suffit au moins à décramponner la guenon de la nicotine accrochée à mon dos. Je tirai le fauteuil jusqu'à la fenêtre, levai la vitre et, m'asseyant, regardai dehors un moment : de grands bâtiments sombres, des lumières, des bruits venus de l'extérieur et d'en dessous. J'avais l'impression d'être au bord d'un énorme continent, seul, sans tribu, sans foyer, sans terrain de chasse.

Je finis par m'endormir et je rêvai.

C'était dans une vieille ville, avec des rues pavées, des maisons branlantes, une place où s'entassaient un marché agricole et des étalages vendant des produits ménagers. J'étais jeune, adolescent, amoureux de la Gitane du marché, une fille aux longs cheveux, sûre de sa beauté, inaccessible mais en même temps si superbe qu'elle était aimée de tous. Je l'aperçus marchant au milieu des étalages, suivie d'autres filles plus ternes ; le plus beau visage du monde, entouré par une masse de cheveux bruns aux reflets auburn.

Plus tard, je revenais, devenu adulte, plus confiant mais plus sec, ayant perdu en magie ce que j'avais gagné en stature. Le marché s'était réduit à quelques étalages, dévoilant des rues là où autrefois il avait semblé constituer un royaume en soi qui n'avait nul besoin de cet environnement. Je n'entendais que des échos là où autrefois résonnaient des palabres et des rires.

Elle était à un étalage, vendant ceci ou cela : des bouts de tissu, des boutons dépareillés, des choses en plastique. Ses cheveux, coupés court, avaient viré au gris prématurément. Elle était toujours jeune de visage, mais s'était alourdie, semblait plus petite, se montrait plus quelconque.

Je passai devant elle et la vis fourrer quelque chose dans un sac en plastique, un achat de trois sous pour une vieille femme. Je compris qu'elle n'était plus qu'une boutiquière. La princesse que je revenais voir, pour lui montrer que j'étais désormais un homme, et par conséquent digne d'intérêt, digne de son regard, avait disparu et quelqu'un avait pris sa place. Si je ne l'avais pas vue, j'aurais pu continuer à croire qu'elle était toujours là, rayonnant de magie, de sexe et de sourires.

Mais c'était trop tard et je ne pouvais rien faire, sinon marcher un peu pour m'éloigner du marché, faire demi-tour et le regarder, en sachant que ma jeunesse, mon être même, tout ce qui m'avait poussé tout au long de ces années, n'était plus. Alors je me souvins qu'elle m'avait jeté un regard, sans me reconnaître ; si elle était une simple marchande, je n'étais rien et n'avais jamais rien été.

En me réveillant, je me tournai, l'esprit cotonneux, vers la pendule à côté du lit, et fus stupéfait de constater qu'il ne s'était écoulé qu'une demi-heure.

Mon portable sonna. Je reconnus le numéro.

— Alors, tu es de retour, dis-je.

Il y eut une pause :

— C'est Zandt.

— Je sais, répondis-je, un peu dans les vapes. Tu étais en balade.

Nouvelle pause :

— Ward, je suis en Floride.

Ce qui me parut absurde, mais je n'en dis rien.

— C'est bien pour toi. Alors ?

— Yakima.

Je me redressai :

— Quoi donc ?

— J'ai des renseignements. Enfin, peut-être. Ça ne veut pas dire grand-chose.

— J'ai dit à Nina que je passerais la voir demain à L.A. Pourquoi ne pas se retrouver là-bas ?

— Tu lui as parlé aujourd'hui ? Pourquoi ?

— Elle a appelé. Elle est sur une affaire de meurtre et veut que je jette un coup d'œil sur un disque dur.

— Où es-tu, en ce moment ?

— À San Francisco.

Encore une pause :

— Pourquoi ?

— Je tentais de retrouver l'Homme Debout. Sans grand succès.

— Reste où tu es, j'arrive.

— John, je te l'ai dit, je suis censé rencontrer Nina.

— Je ne veux pas aller à L.A.

Il y avait quelque chose d'un peu bizarre dans sa voix.

— Bon, d'accord, acquiesçai-je. Je reste un jour de plus et je te verrai ici.

— Je t'appellerai en arrivant.

Et là-dessus la communication fut coupée. J'étais à peu près sûr qu'il était ivre.

J'y réfléchis un moment, puis appelai Nina et lui dis que je ne pourrais la voir que le surlendemain. Sans lui expliquer pourquoi. Elle répondit qu'elle m'enverrait le disque dur.

— C'est bien, dis-je avant d'ajouter : John est revenu ?

— Oui, mais il est reparti.

— C'est dur de lui mettre la main dessus.

— Tu l'as dit !

On aurait cru qu'elle allait ajouter quelque chose mais elle se contenta de me dire au revoir.

Je retournai près de la fenêtre et contemplai encore un peu la cité. Comme toutes les villes, elle ignora mon regard.

CHAPITRE 8

Ce matin-là, Nina se dirigeait vers le quartier général de la police de L.A. quand un appel lui parvint : un enquêteur avait touché le gros lot avec la photo de la morte. Elle effectua un demi-tour brutal, salué par un concert de klaxon furieux, et partit vers un bar nommé le Jimmy's, pas loin de Hollywood Boulevard.

Il y avait déjà une voiture de patrouille, ainsi qu'une autre, banalisée, avec un gyrophare. Nina ajouta la sienne à la collection et entra en hâte. Le bar était sombre, il y régnait une odeur de bière, l'air paraissait croupi, comme s'il était passé dans les poumons de trop de gens incapables de tenir debout. Elle aperçut Olbrich parlant à un type aux cheveux longs, dont le sourire vitreux disait assez que, s'il avait su dans quelle merde il allait se fourrer, il n'aurait pas fumé cet énorme pétard avant de venir au boulot.

— Voici l'agent Baynam, annonça Olbrich comme elle approchait. Pourquoi ne pas lui répéter ce que vous venez de me dire ?

— Elle s'appelait Jessica, expliqua le barman. Ça, c'est sûr. Et je sais qu'elle vivait à West Hollywood. Je suis également à peu près certain qu'elle s'appelait Jones, j e crois qu'elle l'a dit une ou deux fois, et les gens l'appelaient JJ, mais tout le monde... euh...

— Ne donne pas toujours son vrai nom, je sais, répondit Nina. C'était une habituée ?

— Oui, souvent le soir, parfois l'après-midi.

— Elle tapinait ?

Il secoua la tête avec vigueur :

— Non ! Absolument pas ! Je crois qu'elle voulait être chanteuse ou quelque chose comme ça. Elle l'a dit une fois. Assez jolie. Je crois qu'elle est hôtesse. Enfin, était... et merde !

— Elle était là samedi soir ? demanda Olbrich.

— Ouais. Elle est venue vers 17 heures avec une copine. Je ne sais pas son nom, mais je l'ai déjà vue. Une Noire, avec de longs cheveux décrêpés. C'était une soirée à demi-tarif, et elles ont été beurrées très vite. Je suis à peu près sûr que la copine a fini à une table avec des types et qu'elle est partie en leur compagnie. JJ est restée à traînailler un moment, puis elle s'est assise avec un gars.

— Qui était-ce ? questionna Nina d'une voix égale, mais d'un seul coup elle avait l'impression d'étouffer.

Olbrich eut le bon sens de ne pas s'en mêler.

— J'étais en train d'expliquer ça à monsieur. Je ne le connaissais pas. Je l'ai remarqué parce que...

Il haussa les épaules.

Parce que tu étais branché sur Jessica, pensa Nina. *Je comprends.*

— Elle rencontrait souvent des types ?

— Assez souvent, répondit le barman en regardant ailleurs. Nina hocha la tête sans le quitter des yeux. *Et un soir, plusieurs peut-être, un baiser sur la joue lui a valu un verre de plus alors qu'elle était à court d'argent, c'est ça ? Et tu y penses toujours de temps à temps, alors que pour elle ce n'était rien et qu'elle n'y a plus songé dès la deuxième gorgée.*

— Celui-là avait quelque chose d'inhabituel ?

— Un type comme les autres. Des cheveux courts. Plutôt pas mal, c'est tout ce que je peux dire. Après ça, il y a eu du monde, et quand j'ai regardé il était tard, quelqu'un d'autre était assis à leurs places. Vous pourriez peut-être discuter avec les filles qui servaient ce soir-là, mais elles ne seront là qu'en soirée. Sauf Lorna, qui est de service pour le déjeuner.

On entendit un cri dehors, et un flic en uniforme passa la tête par la porte :

— Lieutenant ?

— Tu l'as ? s'enquit Olbrich en se tournant vers lui.

— Ouais.

— Nina, dit Doug, on a une adresse. Je viens avec toi.

— Elle est vraiment morte ? demanda le barman.

— Oui, répondit Nina, vraiment. Désolée.

Il acquiesça et s'éloigna.

Comme Nina arrivait à la porte, elle jeta un regard dans sa direction. Il nettoyait une table avec un chiffon, très lentement, dans un bar où il était bien obligé de travailler. Elle pensa : on ne sait jamais vraiment qui on laisse derrière soi.

C'était l'appartement n° 7, du 3140 Gardiner Street. Quand Nina arriva, Monroe était déjà dehors, avec deux flics.

— Il ne perd pas de temps, hein ? lança Olbrich.

— C'est le moins qu'on puisse dire.

Le bâtiment, d'un blanc sale, comptait deux étages. À chaque extrémité montait un escalier extérieur. Nina grimpa en compagnie de Monroe, et tous deux attendirent pendant que les autres flics cherchaient le responsable de l'immeuble.

— Tu vas mieux, ce matin ? demanda Charles.

— Très bien, répondit-elle. Le Profilage nous a donné quelque chose d'utile sur le texte ?

— Pas encore. Tu penses qu'il ne trouvera rien ?

— Ça n'a pas vraiment marché pour le sniper de Washington, non ?

— C'était différent.

— Oh, que non ! Ils ont décidé que c'était un Blanc, parce que les idées reçues – qui reposent sur une très vieille étude pas franchement scientifique – veulent que les serial killers, dans leur majorité, soient blancs, si bien qu'on n'a tenu aucun compte des coups de fil parlant d'un Noir. Dans le même temps, des gens disaient avoir vu une camionnette blanche, et voilà que tout le monde ne remarque plus que ça, bien que les autoroutes en soient pleines. C'est ne pas en voir qui serait surprenant ! Le numéro d'immatriculation de la voiture du tueur, qui était bleue, passe une demi-douzaine de fois dans le système informatique à cause de son comportement suspect, mais non, il n'est pas blanc et n'a pas de camionnette blanche, donc ça n'a pas d'intérêt. Les profileurs jurent que jamais les tueurs en série n'ont de complice – sauf que celui-là en avait un. On n'aurait pas dû les écouter, de toute façon, quiconque ayant un peu de cervelle savait depuis le début que ce n'était pas un serial killer, mais un meurtrier avec une mission politico-religieuse. Bref, tout ça n'a fait qu'embrouiller la question... et ça pourrait bien recommencer ici. Je ne suis pas sûre de croire encore à leurs salades.

— Alors, pourquoi me demander s'ils ont trouvé quelque chose ?

— Pour te tenir à l'écart de leurs sollicitations.

— Nina, quand vas-tu me dire ce qui s'est passé l'année dernière ?

— Je te l'ai déjà raconté, répliqua-t-elle avec un grand sourire.

Intérieurement, pourtant, elle se dit de prendre garde : on pouvait penser bien des choses de Monroe, mais il n'était pas idiot.

Olbrich fit son apparition à ce moment, avec un trousseau de clés :

— Zinman est en train de prendre une déposition, mais le gars n'a pas grand-chose à dire. Elle était très réservée, ce genre de truc... Et il est con comme un balai. On y va ?

Arme à la main, Nina et Monroe firent oui de la tête.

Olbrich frappa à la porte, attendit et, en l'absence de réponse, glissa la clé dans la serrure.

— Police ! Montrez-vous !

Silence. Il ouvrit un peu la porte, ce qui permit d'apercevoir une pièce assez grande, d'environ sept mètres sur sept. C'est du moins tout ce que distingua Nina, qui choisit de rester dehors tandis que les deux hommes entraient et répétaient leur mise en garde. Mais ils ne rencontrèrent pas âme qui vive.

Pénétrant à son tour dans l'appartement, elle aperçut, au milieu de la pièce, une table basse et un sofa rouge assez fatigué ; à l'autre bout, près d'une fenêtre, un ordinateur d'allure bon marché. Une petite lumière rouge était allumée en bas du moniteur, mais l'écran restait noir. À côté, un poste de télévision, qui devait être visible du sofa. Pour mieux voir encore, il aurait fallu le déplacer d'une cinquantaine de centimètres sur la gauche, mais cela aurait bloqué la porte donnant sur la chambre à coucher, où les deux hommes se trouvaient. Un câble noir partant de l'ordinateur s'y dirigeait. Nina alla jeter un coup d'œil dans la petite cuisine. Une grande fenêtre donnait sur la rue. Tout était bien rangé. Comme elle faisait demi-tour, elle avisa une vieille guitare derrière le sofa, couverte de poussière ; il y manquait une corde.

Dans le dernier coin du séjour se trouvait un petit bureau. Deux ou trois carnets... Nina en ouvrit un, avec précaution, et examina rapidement une page. Des gribouillis. Des trucs qui ressemblaient à des paroles de chansons. Un vers, « la pluie qui jamais ne lave », avait été barré.

— Viens voir ça ! lança Charles.

La chambre à coucher était exiguë. Un lit à deux personnes, une coiffeuse, rien de plus. Une minuscule salle d'eau à l'autre bout. Le lit était défait. Monroe et Olbrich regardaient un petit objet fixé sur un trépied et sur lequel le câble noir venait se raccorder.

— Une caméra, dit Olbrich.

— Une Webcam, rectifia Nina. Vous voyez où va le câble ?

Elle retourna dans le séjour, près de l'ordinateur, et déplaça doucement la souris, en prenant soin de ne pas la toucher des doigts.

L'écran du moniteur revint à la vie. En son centre apparut une fenêtre qui en occupait environ le tiers. On y voyait le lit, et Monroe juste à côté.

— Je ne toucherai à rien, dit-elle, mais vous allez trouver un modem derrière cette bécane. Jessica avait un site où les gens pouvaient la regarder.

— La regarder ? demanda Olbrich. Et d'où ?

— Du monde entier. Mauvaise nouvelle : nous avons maintenant des dizaines de millions de suspects.

Trois heures plus tard, elle était de retour au Jimmy's, dans une pièce à l'étage, avec le propriétaire des lieux, qui ne se prénommait pas Jimmy.

— C'est un nom de bar, contrairement au mien, avait-il expliqué.

Il s'appelait Jablowski.

Prévenu par Don, le barman, de la visite des policiers, il avait décidé de venir, contrairement à son habitude. Il était bizarrement bien vêtu pour quelqu'un possédant ce qui n'était jamais qu'une auge à bière pour les alcooliques de l'aprèsmidi, mais après tout beaucoup de trafiquants de drogue s'abstiennent aussi de consommer leurs produits. Don était rentré chez lui pour quelques heures, histoire de « décompresser ». Ils avaient son adresse. Nina ne pensait pas qu'ils auraient besoin d'aller le voir, mais elle n'était pas profileuse – et c'est bien pourquoi, à sa demande, un flic en civil avait été chargé de le suivre.

Deux autres évoluaient au milieu de la foule des clients. Une des serveuses, qui travaillait le soir où Jessica était passée pour la dernière fois, devait arriver bientôt ; on gardait également l'œil sur tous les hommes répondant à une description très générale. En d'autres termes, on n'allait nulle part, mais à toute allure. C'était le contraire dans l'appartement de la fille, qu'on retournait de fond en comble ; des enquêteurs de trois services différents examinaient tout ce qu'ils pouvaient trouver, lisaient, photographiaient, époussetaient.

Nina discuta avec une jeune Noire nommée Jean, venue là en quête de Jessica : toutes deux auraient dû se retrouver la veille au soir, mais son amie n'était pas venue. Et puis elle voulait boire un coup. Don lui avait montré les flics, d'un air insistant.

— Tapineuse de Webcam ? demanda Nina, répétant ce que Jean venait de lui dire.

— On appelle ça comme ça, répondit Jean en haussant les épaules. Ça ne signifie pas que vous baisez.

— Pour autant que vous sachiez, Jessica n'a jamais couché contre argent ?

— Foutre non ! Moi non plus, d'ailleurs, mettez-vous bien ça dans la tête.

— Les professionnelles ne sont pas admises ici, intervint Jablowski d'une voix douce. Je suis très strict là-dessus.

— Quand vous êtes là, c'est-à-dire pas souvent, monsieur. Pourriez-vous nous laisser seules un moment ?

L'homme s'en fut. Nina marqua une pause, puis reprit :

— Si je comprends bien, Jean, vous en êtes aussi ?

— Oui, je... c'est moi qui ai branché Jessica là-dessus. Mais je vous l'ai dit, ce n'est pas comme de...

Nina la regarda bien en face :

— Jean, c'est là un domaine dont j'ignore tout, mais j'ai besoin d'être informée, et vite. Jessica n'est plus là. Pourquoi ne pas me dire comment ça se passe ?

La fille se redressa, alluma une cigarette et se mit à parler.

Tapiner, c'était une chose, dit-elle. Tout le monde savait comment ça se passait. La Webcam, c'était différent. On ne rencontrait jamais personne, on ne prenait pas de risques. Et même, on ne faisait jamais rien, enfin pas vraiment. On enlevait ses fringues, on s'activait comme à l'ordinaire, mais nue. Regarder la télé. Nettoyer la cuisine. S'il y avait un petit ami aux environs, on laissait la caméra branchée, parfois tournée de l'autre côté. Comme on voulait. Le plus bizarre, c'est que pour certains des voyeurs, moins on en voyait, meilleur c'était. Un jour, Jean avait eu des montagnes de trucs à faire et ne s'était pas baladée en petite tenue ; elle avait tout simplement oublié la caméra – et le lendemain elle avait reçu une pleine pelletée d'e-mails torrides la félicitant de ses talents d'aguicheuse. Jean pensait que, question sexe, les mecs étaient complètement frappés. On croyait les avoir compris, et ils faisaient un truc qui montrait à quel point ils étaient tordus. Elle ressentait de temps à autre l'impression bizarre de baiser avec leurs têtes. S'asseoir puis montrer un bout de papier sur lequel on lisait : « J'ai préparé un machin végétarien immonde hier soir, et l'appartement pue encore comme un cul de vache. » Ou bien laisser échapper un pet d'ampleur continentale et rester là à sourire à l'objectif, sachant que, si grand que soit leur écran, il ne leur apprenait pas tout ce qu'il y avait à savoir de son monde.

— Vous dites que vous avez branché Jessica là-dessus, l'interrompit Nina. Comment ça s'est passé ?

— Il y a un an et demi, j'ai rencontré une fille dans une soirée. Elle s'y était mise, et m'a donné l'adresse e-mail du type qui s'occupe de ça, il se fait appeler

Webdaddy. Vous lui envoyez une photo de vous, il vous répond et vous vous mettez à parler « paramètres » et « limites » – du genre vous vous mettrez à poil ou pas, ou vous avez un copain et vous ferez des trucs ensemble, on le verra ou pas, des machins comme ça. Si Webdaddy vous trouve sympa, il vous envoie un CD avec des programmes dessus. Vous vous offrez une connexion Internet par câble et vous allez vous acheter une Webcam pour cinquante dollars. Il s'occupe du reste, votre site, tout le bazar. Un chèque arrive à chaque fin de mois. C'est aussi simple que ça.

— Vous avez l'adresse postale de cette personne ?

— Non, rien qu'un e-mail. Pareil pour Jessica. Il est sur le Web, pourquoi ne pas aller le rencontrer pour de bon ?

— S'il y a un problème avec le système, il n'y a pas de chèque ?

— On lui envoie un mail et la réponse arrive aussitôt.

On mettait en place la Webcam – une simple caméra numérique basse résolution, très bon marché – qu'un câble USB raccordait à l'ordinateur, où un logiciel capturait ce qui était visible dans l'objectif, et le transmettait via Internet à un serveur. Peu après, l'image était remplacée par une nouvelle, et ainsi de suite. Pendant ce temps, dans l'univers lointain des hommes qui avaient le temps, l'utilisateur chargeait votre page, avec l'image bien au milieu. Voilà vingt ans, ç'aurait été de la science-fiction ; aujourd'hui, des inconnus, dans le Kansas, à Cardiff ou à Anvers, pouvaient se branler de temps en temps pendant que vous passiez l'aspirateur entièrement nue. Un monde tordu ? Sans aucun doute. Mais qui vous rapportait dans les deux cents dollars par semaine, et Jean n'avait pas à baiser avec des inconnus ni à tortiller du cul en faisant un strip-tease. Elle trouvait ça très bien et pensait que c'était un progrès pour les femmes.

— Jessica gagnait autant que vous ?

— Non. Ça faisait quelques mois seulement, elle n'avait pas beaucoup d'abonnés. Elle ne se donnait pas beaucoup de mal pour les distraire, si vous voyez ce que je veux dire. Les filles s'offrent en spectacle. Parfois elle ôtait son corsage – il le faut, ou on se fait jeter – mais ça ne lui plaisait pas. Et je ne crois pas qu'elle ait beaucoup aimé les trucs sexy. Elle disait qu'elle allait arrêter, se remettre à écrire des chansons. C'était vraiment un secret, personne n'était au courant, sauf moi.

— Les abonnés à votre site... quels contacts avez-vous avec eux ?

— Rien d'autre que des mails.

— Ils ne peuvent pas découvrir votre adresse ?

— Non, sauf si je la leur donne.

— Est-ce que Jessica a laissé entendre qu'elle l'avait fait ? Qu'elle avait des contacts particuliers avec un de ses abonnés ?

— Elle n'était pas vraiment dans tout ça, je vous l'ai dit. Elle avait besoin d'argent, mais c'était quelqu'un d'orgueilleux. Elle n'avait pas l'intention de faire des choses qui lui fassent honte. Sauf si elle était complètement ivre.

— Vous étiez un peu jetées, toutes les deux, samedi soir, non ?

Jean eut un sourire espiègle :

— Ça se pourrait.

— Et vous avez quitté Jessica pour aller à une soirée.

— J'ai rencontré des types. Quand je suis partie, elle était toujours là.

— Le barman dit qu'il l'a vue plus tard avec un type. Vous êtes au courant ?

— Je vous l'ai dit, j'étais partie.

— Elle n'avait personne que vous connaîtriez ?

— Pas ces temps-ci.

— Et récemment ?

— Elle a eu des petits copains. Mais c'étaient que des mecs.

Nina resta silencieuse un instant, puis regarda la femme assise en face d'elle. Après le choc initial en apprenant la nouvelle, Jean semblait s'être vite reprise. De toute évidence, Jessica était déjà passée par profits et pertes. Nina pensa de nouveau au trajet de A à Z, puis de Z à la morgue. Difficile de faire autrement, quand on avait affaire à une fille de vingt-trois ans, qui voulait surtout se donner du bon temps et qui pensait que ça serait toujours comme ça, que croire en soi ferait office de sésame.

— Vous vous rendez compte que vous n'êtes pas invincible, quand même ? dit-elle à Jean.

Celle-ci lui rendit son regard, inclina la tête et eut un sourire glacé :

— Vous non plus, ma chère.

— On est dessus, dit Monroe. Dès que tu as appelé, on a mis un technicien sur l'ordinateur. Nous savons où est situé le serveur, et avons l'adresse e-mail du fameux Webdaddy.

Ils étaient sur le balcon de l'appartement de Jessica, qu'on fouillait toujours. Charles buvait de l'eau glacée, mais il avait l'air un peu fripé, ce qui ne lui ressemblait guère.

— Rien d'intéressant ici ?

— Non, hormis l'ordinateur. L'endroit était vraiment bien tenu. Pas beaucoup d'empreintes. La police de L.A. s'occupera de ce qu'on a trouvé, mais... Il y a des carnets avec des griffonnages et ce qui ressemble à de la très mauvaise poésie. Jusqu'à présent, pas de noms, pas de numéros de téléphone. Les médecins légistes sont dans la chambre à coucher, mais rien n'indique qu'elle y ait été tuée.

— Dans combien de temps irons-nous frapper à la porte de Webdaddy ?

— Dans pas longtemps. Jean et Jessica faisaient partie d'un groupe d'une quinzaine de filles : plusieurs ici, deux à San Diego, une à San Francisco, certaines dans des bleds perdus... À propos, le domaine s'appelle *daddysgirrls.net.*

— Charmant.

— S'il est ici, à L.A., on s'en occupera. Sinon, ce sera un local quelconque. Il est important d'aller vite.

— Que veux-tu que je fasse ?

— Le type chargé de surveiller le barman dit qu'il est rentré, a fumé des pétards trois heures durant en regardant le mur, puis qu'il est retourné au boulot, en servant héroïquement des bières. De toute façon, je crois qu'il n'est pas dans le coup. Tu pourrais m'épargner un coup de fil en allant casser les pieds aux gens de Quantico sur le profilage, mais sinon... tu as mangé ?

— Non.

— Vas-y. Pas loin d'ici. Si j'apprends quelque chose, tu le sauras.

Trois quarts d'heure plus tard, en plein milieu de sa salade, elle reçut un coup de fil. Pestant – c'était son premier repas depuis plus de vingt-quatre heures –, elle jeta de l'argent sur la table et sortit en courant.

Le temps qu'elle soit à mi-chemin, son portable sonna de nouveau. S'arrêtant sur le boulevard, elle écouta Monroe lui dire d'une voix atone :

— Ce n'est pas lui. Il s'appelle Robert Klennert, il a cinquante-huit ans et il est plus qu'obèse. Fondamentalement, c'est un tas de merde spécialisé dans les sites pornos. Il s'y connaît question technique, ce qui est intéressant vu le disque dur, mais j'ai du mal à l'imaginer en train de tuer une j eune femme, sans compter qu'il ne correspond pas aux descriptions des témoins.

— On en revient donc au scénario « un sur des millions ».

— Peut-être un peu mieux que ça. La police de L.A. a les archives de Klennert. Tous ses abonnés, et ceux qui ont simplement visité ses sites, sont logés. On emporte ses ordinateurs en ce moment même.

— Sous quel motif d'inculpation ?

— Aucun. Il coopère à fond. Bizarrement, il semble réellement avoir des sentiments paternels envers ses filles. Ou c'est du bluff de fort calibre, ou...

Monroe se tut un instant :

— Ou ce n'en est pas, ce qui est plus probable. Ce n'est pas lui. En attendant, on dirait bien que la musique sur le disque dur ne nous apprendra rien du tout. Je crains que ça ne parte en couille, Nina. À moins qu'il se passe quelque chose, ça pourrait tourner en eau de boudin.

Très juste, pensa Nina. Ou bien tu sens qu'il va falloir beaucoup bosser sur une piste virtuelle monstrueusement vaste, tu n'y comprends rien, et tu ne vois pas comment ça pourrait faire une bonne intrigue pour l'*Histoire de Charles Monroe* sur le câble.

Elle lui dit au revoir et s'en fut. De l'autre côté de la rue, une voiture s'arrêta dans un chemin d'accès et une famille en sortit. Le mari, l'épouse, une petite fille... Les adultes semblaient se disputer.

Nina baissa un peu la vitre pour écouter et entendit la fillette rire aux éclats. Ses parents firent de même presque aussitôt après.

Nina comprit qu'il s'agissait d'une fausse altercation, sans doute une imitation de gens à qui la famille venait de rendre visite. Elle songea un moment à sa propre enfance, qui en général avait été sans histoires, mais avait aussi compté suffisamment de vraies colères masculines pour qu'elle doute de pouvoir rire autant que la gamine.

Elle la regarda pendant que l'enfant suivait ses parents vers la maison, en se disant que si jamais elle était accueillie par un petit chiot tout mignon avec un ruban autour du cou, elle-même serait contrainte d'aller baffer la petite princesse.

Pas de chien. La fillette pourrait continuer à rire.

Nina mit le contact et partit vers l'océan.

CHAPITRE 9

La fille restait silencieuse. Avant, elle avait été très expansive – heureuse de vous rencontrer, eh, c'est pas mal ici, ooh, c'est bien, ici, ouais ! Maintenant, après, elle n'avait rien à ajouter. Peut-être pensait-elle que c'était ce qu'il voulait (et elle avait raison... pour le moment), peut-être jugeait-elle que c'était terminé, exception faite du petit cadeau (auquel cas elle avait tort). Se pouvait-il qu'elle ait eu une embolie et consacre toute son énergie à ne pas tomber dans les pommes ? Pete Ferillo n'en savait rien. Il s'en moquait d'ailleurs éperdument. C'est ce qu'il y avait de super là-dedans. Pete croyait qu'il fallait compartimenter. Ne pas être contraint de savoir. Ne pas se préoccuper.

Il tendit la main vers la table de nuit et prit un cigare dans son étui. Se le passa sous le nez. Sans raison – il savait quel en serait le parfum –, mais ça avait quelque chose de sensuel. Une bonne odeur.

Il en coupa le bout, puis se le fourra dans la bouche. L'alluma avec une allumette – récemment, quelqu'un qu'il respectait lui avait dit que c'était la meilleure méthode –, tira une bouffée et regarda monter l'épaisse fumée.

Il était nu, vautré dans un fauteuil, les jambes étendues. Chez lui, jamais il ne s'asseyait ainsi. Il aurait été trop conscient de sa panse, de ses cuisses ridées, du contraste brutal entre ses avant-bras perpétuellement bronzés et l'albâtre malsain du reste. Ici, cet après-midi, il n'avait pas à se soucier de ça, à penser que ça faisait de lui quelqu'un de vieillissant ou de peu ragoûtant. Il n'avait pas à écouter le déprimant message sur le passage du temps ou sur l'état probable de son système, à tenter de le mettre en œuvre pour faire reluire une épouse qui disait l'aimer mais dont les interminables séances sur le tapis roulant étaient autant de sarcasmes. Oui, Maria paraissait en meilleure forme que lui. Bien meilleure. Et alors ? Elle n'avait rien d'autre à faire qu'à courir les gymnases et les centres commerciaux. Si ç'avait été son boulot à lui, il aurait meilleure allure. Il l'aimait, bien sûr, et depuis vingt-cinq ans. On apprend à sourire quand on est furieux, à retenir sa main, et la plupart du temps tout le monde est content.

L'endroit appartenait à un très important client du Dining Room, quelqu'un avec qui Pete faisait des affaires depuis un bon bout de temps – ailleurs. Il venait dîner de temps à autre avec une dame qui n'était pas son épouse légitime. Pete restait discret, tout en se souvenant avec qui le gars était venu la dernière fois. Il y avait eu un accord amical, entre hommes, et désormais il avait ses propres clés. Un domestique venait chaque jour veiller à ce que la carrée reste nickel, et remplir le frigo d'eau minérale. L'appartement était simple mais bien meublé. Une chambre, un balcon, une salle de bains, un séjour. Ce dernier était une pièce assez vaste, dont une partie accueillait une petite table pour dîner, placée de manière qu'on ne puisse voir la porte quand on était dans la partie centrale, si bien que l'endroit paraissait plus grand. Très habile. Il était agréable d'être sur le balcon en peignoir, à savourer le plaisir d'une fin d'après-midi tandis qu'en bas les prolos de la ville avançaient au pas en klaxonnant. Plus tard, peut-être.

Pour le moment, le fauteuil travaillait pour lui. Il suivit des yeux la fille tandis qu'elle allait vers la petite cuisine – un vrai bijou. Il ne connaissait pas son nom de famille. Ni la couleur, la star de ciné, l'émission télé qu'elle préférait. Il ignorait tout de ses anciens amants. Elle était grande, bronzée, elle s'appelait Cherri – il aimait le côté bidon, cinéma, de ce prénom. Elle avait une chevelure de toutes les nuances du blond, qui lui tombait bien droit entre les épaules. Elle était mince (la minceur de la jeunesse, pas celle du genre cou de dinde décharné), elle avait des gros nénés, un joli visage et un très mignon tatouage – une rose noire – en bas du dos. En général, Pete n'aimait pas ça, du moins sur les femmes normales. Mais il aimait bien sur des filles comme celle-ci. Ça montrait qu'il s'agissait d'une nana consciente de son corps, qui en était maîtresse, qui s'en servait comme d'un moyen. Pete en connaissait, petites amies ou épouses d'amis, qui étaient tatouées depuis un ou deux ans, du temps où tout le monde s'y mettait. Maria en avait voulu un aussi – incroyable ! Un chat, ou Dieu sait quoi. Il avait dit non, et il avait raison. Ça vous donnait l'air d'être une strip-teaseuse, ce qui était idiot, sauf si on était strip-teaseuse. C'était comme le pole-dancing, la danse à la barre, bon sang de bonsoir : le gros truc chez les yuppies du coin, chaque femme devait apprendre, ou du moins suivre des cours avec une amazone de l'aérobic. Un machin d'une telle stupidité que Pete se sentait prêt à exploser. Les femmes mariées n'ont aucune raison de se mettre à ça. L'intérêt du pole-dancing, c'est que celles qui dansent ne sont pas votre épouse. Toutes celles qui se lancent là-dedans en croyant se montrer sexy ont toutes les chances (a) de se prendre trop au sérieux, ce qui n'est pas sexy du tout, et (b) de se croire bandante pour leur âge, ce qui est toujours fastidieux, même si c'est vrai, ou alors (c) elles ne sont pas franchement heureuses à la maison et voudraient faire l'amour avec quelqu'un d'autre. Avec n'importe qui, sans doute. L'exemple de Johnny, un ancien ami de Pete qui s'était occupé de ses comptes pendant onze ans, le montrait assez. Ça marchait à fond pour lui question boulot, tout ça. Puis son épouse était allée à un de ces cours, lui avait refait le truc à la maison. La première fois, ça avait marché, et puis après... bon d'accord, mais tu es toujours ma femme, et d'ailleurs tu as vraiment besoin de perdre quelques kilos. Quatre mois plus tard, elle se tapait un branleur boutonneux qui travaillait chez Barnes & Noble. D'une certaine façon, c'était la faute de Johnny, alors adieu mariage, bonjour pension alimentaire. Bientôt il passait ses après-midi à regarder des danseuses, des vraies, et à boire beaucoup trop. Pete avait confié ses affaires à un autre. Et tout le monde aussi.

Pete tira de nouveau sur son Don Tomas, en savourant la façon dont la fumée imprégnait la pièce. Ce n'était pas un cigare cubain, ni même particulièrement coûteux. Hondurien – il ne jetait jamais l'argent par les fenêtres –, mais qui avait bon goût. Ça faisait trois ans qu'il avait la permission de fumer à la maison. Ce n'était pas interdit avant, Maria n'était pas du genre à placer des snipers dans le séjour pour le descendre, mais il y avait toujours la Déception. La dissuasion silencieuse, l'arme de la destruction muette ; le regard disant que, malgré ses rêves, la vie avait tourné comme elle le redoutait.

Cherri coupa une tranche de citron qu'elle laissa tomber dans son verre. Gin tonic – Pete le sentait d'où il était. Il avait un très bon nez – il valait mieux, quand on travaillait dans la restauration. Maria buvait du chardonnay, elle avait toujours bu ça. La fille sentant qu'il la regardait, fit volte-face :

— Tu veux quelque chose ?

— Oh, que oui ! répondit Pete en riant de bon cœur. Mais laisse-moi une minute, je reprends mon souffle !

Elle eut un sourire professionnel :

— Non, je voulais dire : à boire.

— Oh ! Vodka. Pas de jus de fruits, beaucoup de glace. Et ensuite on s'y remet, fais-moi confiance !

— Je meurs d'impatience, dit-elle en se tournant pour lui préparer sa boisson.

Pete sourit. Il entendit un cliquetis venu du couloir – sans doute un besogneux quelconque revenant du boulot. Il tira une nouvelle bouffée, se rencogna dans son fauteuil. Il adorait l'idée d'être assis, dans toute sa hideuse nudité, tandis que dehors un consultant épuisé, à bout de souffle, rentrait péniblement chez lui, les bras chargés de dossiers. Et lui était là, les couilles au vent et un bon verre en route. *Je meurs d'impatience.* Sarcasme ? Sans aucun doute. Aucune importance. Elle attendait, ou pas. Elle trouvait son corps supportable ou non. Elle aimait faire ce qu'il demandait – rien de tordu, il n'avait pas besoin de ça, la routine de la part de quelqu'un de jeune et de nouveau, ça suffisait – ou pas. Rien de tout ça n'importait. Elle avait déjà quatre cents dollars à lui. Il avait toutes les chances de monter jusqu'à cinq cents. Maria pouvait claquer ça sans battre un cil et ne s'en privait pas. D'ailleurs, c'est tout ce qu'il fallait pour obtenir de quelqu'un comme Cherri qu'elle se lâche.

Tandis qu'elle versait de la vodka dans un verre et y ajoutait de la glace, Pete songea à la revoir. Bien qu'elle fût, très, très mignonne quand elle s'agenouilla pour ramasser un glaçon tombé à terre, il sut qu'il s'en abstiendrait. Une nouvelle à chaque fois, voilà l'important. S'il recommençait avec elle, se poserait la question de savoir si c'était mieux ou moins bien que la fois d'avant. Elle l'appellerait par son prénom, saurait ce qu'il voudrait boire, et la familiarité s'installerait. Il aurait le temps de remarquer des choses à son sujet, de se demander pourquoi elle n'avait pas eu le bon sens de mettre le glaçon dans le verre d'abord, ou pourquoi elle ignorait que le gin était meilleur avec du citron. Cet après-midi-là, quand ils avaient refait l'amour, il avait du se finir à la main parce qu'il bandait mou, c'était comme ça. Il le savait, mais pas la fille. La prochaine fois, elle serait au courant. Ne pas savoir, c'était ça l'important. On n'a pas à se préoccuper de ce qu'on ignore.

Elle était hors de vue, à faire un sacré boucan avec le bac à glaçons. Pourquoi diable, merde ? Le verre était là, plein à ras bord. Qu'on y ajoute une goutte, et il allait déborder sur... Un glaçon sur la pointe du néné... C'était une idée.

Il se pencha vers le cendrier afin d'y déposer le cigare, histoire de le réserver pour plus tard.

— Hé, dit-il d'un ton indulgent, ça va comme ça avec la glace. Mais amène-la quand même.

Il tourna la tête.

Il y avait un homme dans la pièce.

— Qu'est-ce que vous foutez ici ? demanda Pete.

Le sourire de l'autre disait assez qu'il ne répondrait pas. Ferillo comprit aussitôt que ce n'était pas un type qui, lui aussi, avait les clés du baisodrome. La fille fit son apparition, enfilant son corsage.

— J'ai fini, non ? demanda-t-elle à l'homme.

Il ne lui répondit pas non plus. Sans quitter Pete des yeux, il tendit la main, la saisit par les cheveux et, avant qu'elle ait le temps de glapir, lui écrasa le visage contre le mur. Elle eut un grognement et s'effondra comme une masse.

Pete comprit vite. Le cliquetis dans le couloir, le coup du bac à glaçons pour dissimuler qu'elle ouvrait la porte. Il ne savait pas qui était l'homme, ni ce qu'il voulait, mais il voyait désormais qu'il avait un couteau. Un grand, comme en ont les cuisiniers – sauf qu'il n'avait pas l'air très propre.

Tout d'un coup, la pièce parut froide, morne, pleine de fumée froide. L'homme enjamba la fille, regarda ailleurs un instant. Pete se rendit vaguement compte que c'était une occasion, qu'il fallait qu'il se lève, qu'il bouge, qu'il sorte de là. Mais il en paraissait incapable. L'homme était d'une taille un peu au-dessus de la moyenne, et mince. Pete était bien plus lourd que lui, et il avait une longue expérience du cassage de gueules ; mais il n'était pas convaincu que ça suffise à faire la différence. Il se sentit obèse, nu, et guère en position de bouleverser l'ordre du monde.

— Vous êtes Pete Ferillo, c'est bien ça ? demanda l'homme en prenant quelque chose sur le comptoir de la cuisine.

Pete vit que c'était un ouvre-bouteilles et, quand l'autre se tourna vers lui, il sentit toute idée disparaître.

— Écoutez, dit-il, je ne sais pas ce qui se passe. Mais j'ai de l'argent sur moi. Si c'est ça, pas de problème.

— C'est pas une question d'argent, répondit l'homme d'une voix douce, presque amicale – mais son regard ne l'était pas.

— Alors ? demanda Pete. Qu'est-ce que j'ai fait ?

— Il est pas question de vous.

— Mais qui êtes-vous, bon Dieu ?

— Mon nom est... l'Homme Debout.

Il regarda Pete en attendant sa réaction, tout en manipulant l'ouvre-bouteilles d'un air absent. Puis il hocha la tête, comme si, brusquement, il avait trouvé quoi en faire. Pete ne comprenait pas ce que ça pouvait être.

Au fil de l'heure qui suivit, il le sut.

DEUXIÈME PARTIE

LA ROUTE QUI FUME

C'est ce que je compte faire,
mais je ne sais pas pourquoi.

Gerard SCHAEFFER, tueur en série

CHAPITRE 10

Quand le type fit son apparition, Phil Banner était appuyé contre la voiture de patrouille, juste devant chez Izzy, à manger un sandwich aux champignons et aux œufs qui ne lui avait rien coûté. Ce n'était pas sa faute – il proposait toujours de payer, et Izzy disait toujours non – mais il se sentait coupable à chaque fois. Ce qui ne l'empêchait pas de l'engloutir, ni de revenir tous les matins. Le sandwich était aussi épais que bon, et pas franchement prévu pour être mangé avec les doigts, si bien que le gars ensanglanté devait sans doute être visible depuis un moment avant que Banner, levant les yeux, ne l'aperçoive. Il l'observa pendant cinq bonnes secondes, sans cesser de mâcher, ni trop savoir ce qu'il voyait, puis se décida enfin à poser sa bouffe.

Le type marchait au beau milieu de la grand-rue. Elle était vide, parce qu'il était 8 h 30 et qu'il faisait très froid, mais apparemment il n'aurait pas changé de trajet même s'il y avait eu de la circulation. Il semblait ne pas savoir où il était, il avait un sac à dos qui paraissait à la fois neuf et complètement fichu. Il titubait comme s'il sortait tout droit d'un film d'épouvante, en traînant la jambe ; Phil, qui s'était avancé prudemment, vit qu'il était couvert de sang – certes séché, mais en abondance. Il avait sur le front une grosse bosse avec une vilaine entaille, et d'innombrables coupures sur le visage et sur les mains. De la boue séchée couvrait le reste.

— Monsieur ? lança Phil en faisant quelques pas.

L'homme continua de marcher, comme s'il n'avait rien entendu. Il respirait bruyamment – la vapeur se condensait autour de son visage – mais bien en rythme, comme si c'était important pour lui. Ou alors ça ne voulait rien dire du tout. Il finit par tourner la tête lentement, sans cesser d'avancer, mais en regardant Phil. Ses yeux étaient injectés de sang, il avait une barbe de deux ou trois jours, envahie par la glace. Cela faisait longtemps que Phil n'avait pas vu quelqu'un ayant autant souffert du froid.

Le gars s'arrêta enfin, cligna des yeux, ouvrit la bouche. La referma aussitôt, contempla la route un moment. Il parut si intéressé parce qu'il voyait que Phil regarda dans la même direction, mais on n'apercevait que l'extrémité de la ville.

— Ça va, monsieur ? demanda-t-il.

Il savait que c'était une question idiote. De toute évidence, non. Mais c'est ce qu'on dit dans ces cas-là.

L'expression de l'homme parut changer, et Phil comprit que ce devait être pour sourire.

— On est bien à Sheffer ? demanda-t-il.

Il parlait avec difficulté, comme si son visage était presque gelé.

— Oui, monsieur, en effet.

Le sourire s'élargit :

— Sans blague !

— Monsieur ?

Le gars secoua la tête, comme si brusquement il reprenait ses esprits, comme si traîner les pieds avait été une habitude. Phil se dit que l'homme lui paraissait vaguement familier.

— Ça, c'est du sens de l'orientation, reprit l'autre, dont les traits s'affaissèrent. On aura beau dire.

Phil vit qu'Izzy et un ou deux clients étaient sortis du restaurant, tandis qu'un autre petit groupe se formait de l'autre côté de la rue, sur le parking du marché. Il était temps de prendre la situation en main.

— Monsieur, est-ce que vous auriez eu un accident ? L'autre le regarda :

— Bigfoot, répondit-il en hochant la tête. Puis il se laissa lentement tomber en arrière.

Deux heures plus tard, Tom Kozelek était au commissariat, enveloppé dans trois couvertures et tenant à deux mains un bol de bouillon de poule. On l'avait installé dans la pièce réservée aux interrogatoires, lors des rares occasions où la police de Sheffer devait y procéder et qui le reste du temps servait à entreposer manteaux, bottes trempées et objets divers. Elle abritait une table, trois fauteuils et une pendule. Autrefois, elle accueillait la cuisine, désormais installée à l'étage, et comportait une paroi de verre qui l'aurait fait ressembler à un bureau si la vitre n'avait été couverte de stickers célébrant les quatre derniers défilés de Halloween dans la ville.

Phil se tenait de l'autre côté avec Melissa Hoffman, qui vivait à Ellensburg, à cinquante kilomètres de là, où elle travaillait au petit hôpital du comté. Le médecin de Sheffer, le Dr Dandridge, était fort aimé, mais aussi vieux que Dieu luimême, et beaucoup moins infaillible, si bien qu'on appelait Melissa de plus en plus souvent. Elle approchait la quarantaine, était fort jolie et ne semblait pas s'en rendre compte. Elle était aussi mariée à un type trapu qui tenait une petite boutique de bouquiniste et fumait des Marlboro Light à la chaîne. Ça voulait tout dire.

— Il va bien, déclara-t-elle. Sa cheville est un peu abîmée, il s'est cogné partout, et il a souffert du froid, sans pour autant avoir d'engelures. Il n'est pas très bavard, mais d'après ce qu'il raconte il s'est fait ses bosses voilà deux ou trois jours. S'il s'était cassé quelque chose, il ne serait pas là. Il a besoin de manger, de dormir, et c'est tout. Il a quand même eu de la chance.

Phil acquiesça, en souhaitant que le shérif ait été là, et pas à cent cinquante kilomètres chez sa sœur.

— Mais le reste...

— Il va bien physiquement, répondit Melissa en haussant les épaules. Mentalement, c'est une autre histoire.

Elle se tourna vers le bureau, où le sac à dos de l'homme était posé. Il dégelait et de l'eau glacée coulait dans les fissures du plancher. Prenant un crayon, elle s'en servit pour y fouiller, en tenant le sac de l'autre main.

— Ce truc empeste l'alcool, et vous disiez qu'il avait bu avant.

Il n'avait pas fallu longtemps à Phil pour comprendre pourquoi le visage de l'homme lui semblait familier :

— La semaine dernière, un soir, il voulait entrer dans le bar de Frank, qui avait fermé. Il m'a fallu lui dire d'arrêter.

Melissa contempla l'homme à travers la vitre. Il paraissait somnolent, incapable du moindre esclandre. Il clignait lentement des yeux, comme un vieux chien qui va s'endormir.

— Il avait l'air dangereux ?

— Non, plutôt triste. Le lendemain matin, j'ai croisé Joe et Zack par hasard, et ils m'ont dit qu'un type avait passé la soirée à boire, seul dans son coin. Ça avait bien l'air d'être le même.

— Quatre jours à picoler, sans doute sans rien manger, l'estomac plein de somnifères... Pour autant, il n'a pas l'air d'un fou.

— Personne n'en a jamais l'air, répondit Phil, qui ajouta d'un ton un peu hésitant : il dit qu'il a vu Bigfoot.

— Oui, répliqua-t-elle en riant, il y a des gens comme ça ! En fait, il a vu un ours, et vous le savez.

— Je crois bien.

Melissa le regarda fixement, et Phil rougit. Puis elle sourit :

— Vous en êtes certain ?

— Bien sûr, dit-il, un peu agacé.

Ce n'était pas le moment de discuter de ce que l'oncle de Phil, autrefois, avait déclaré avoir vu dans la forêt, en haut de la crête. Personne n'avait jamais pris ça au sérieux, sauf peut-être Phil lui-même, quand il était petit. L'oncle avait cessé de raconter l'histoire. Dans la région, plus d'une ville avait des légendes de ce genre, les caravanes en bordure des routes vendaient des muffins en forme de grosse créature poilue. Pas à Sheffer, où on considérait ça comme des pièges à touristes. Sheffer était une ville paisible, distinguée, qui avait autrefois servi de cadre à une série télévisée humoristique, qui possédait un musée ferroviaire, des restaurants sympathiques où ne venaient manger que des gens sympathiques. Tout le monde ici voulait que ça continue, et le shérif plus que tout autre.

Mais quand ce Tom avait raconté son histoire, il y avait bien des gens dans la rue, et tous n'étaient pas du coin. D'ici la fin de la journée, certains pourraient bien répercuter la nouvelle auprès de leurs amis et de leurs familles. Phil savait que le chef n'aimerait pas ça non plus, et il aurait bien voulu caser le gars quelque part avant qu'il ne prononce le nom fatidique. Un peu de publicité était une bonne chose : c'est toujours bien de pouvoir dire que des stars de la télé avaient passé deux ou trois nuits en ville, lors de la dernière décennie. Ce serait nettement moins bien de voir débarquer des journalistes dépeignant les gens du cru comme autant de péquenauds. Quand Banner l'avait appelé sur son portable, le shérif avait répondu qu'il serait de retour au plus tard en début d'après-midi. Phil en était ravi.

— Je vais voir s'il veut encore un peu de la soupe d'Izzy, dit-il.

Melissa approuva de la tête, et le vit s'asseoir pour parler doucement avec le gars. Elle était persuadée qu'il faudrait examiner Kozelek pour connaître les effets secondaires des somnifères qu'il avait pris, mais il avait fermement refusé d'aller à l'hôpital, et elle ne pouvait l'y contraindre. Il avait survécu à deux jours et deux nuits dans les bois, par un froid glacial, et marché longtemps en terrain très difficile. Tout compte fait, il paraissait en assez bonne forme pour un type qui avait voulu se suicider. Ce dont il aurait fallu discuter avec lui, d'ailleurs – mais là encore, pas moyen de l'y obliger. Elle pensait qu'une fois que sa cervelle aurait dégelé, toutes ces histoires d'êtres inconnus disparaîtraient. Ensuite, ils n'auraient plus qu'à le renvoyer à L.A. ou Dieu sait où, et la vie à Sheffer reprendrait son cours habituel.

Comme elle s'apprêtait à partir, elle remarqua quelque chose au fond du sac. S'arrêtant, elle regarda de plus près. Parmi les éclats de verre et les restes détrempés des boîtes de somnifères, il y avait des machins ressemblant à des fleurs séchées.

Elle en prit un et constata qu'il n'en était rien. Cela avait plutôt l'air de petites tiges enchevêtrées. Elles étaient sans doute tombées dans le sac quand le gars avait erré dans la forêt, heurtant des buissons et des arbres.

Ou alors il les avait achetées à quelqu'un au coin d'une rue.

Ce type déclarait donc avoir vu des choses, il avait tenté de s'introduire dans un bar, son sac était plein de débris végétaux. Alors ? En partie par réflexe professionnel, mais surtout par pure et simple curiosité, Melissa glissa les tiges dans son sac et sortit pour retourner à l'hôpital où, elle le savait, il y avait peu de chances de se passer quelque chose d'intéressant.

Vers midi, sa tête commença à lui faire vraiment mal. Comme avant, d'ailleurs, même pendant une bonne part de son errance dans les bois. Mais cette fois, il y avait une différence : c'était bien pire.

Tom était toujours assis dans son fauteuil près de la fenêtre. Du moins en était-il venu à penser qu'il lui appartenait, puisqu'il y avait passé toute la matinée. Depuis son Grand Voyage, les choses étaient devenues beaucoup plus simples pour lui. Il pensait en termes élémentaires. Ce fauteuil était le sien, et gare à celui qui tenterait de le lui prendre ! De toute façon, ça n'avait pas l'air d'intéresser grand monde. Le flic passait la tête par la porte de temps en temps, mais sinon, on l'avait laissé tranquille depuis le départ de la toubib.

Son mal de tête était de qualité professionnelle : il connaissait son boulot. Il lui emboîtait le crâne comme un couvre-lit glacé, lourd et insistant, et installait des avant-postes dans d'autres parties de son corps – en particulier ses tripes. Il avait dit à la femme qu'il ne voulait pas aller à l'hôpital, en partie pour tester sa réaction. Si elle avait aboyé : « Réfléchissez, espèce de crétin, vous êtes vraiment bousillé, on va devoir vous traîner par la peau des fesses dans un endroit plein de machines, et après vous mourrez ! », il y serait allé sans broncher. Mais elle n'avait rien dit, ce qui signifiait qu'il avait des chances d'être à peu près bien. C'était d'ailleurs son impression, pour l'essentiel, sauf le mal de tête et les tripes. Il avait lu quelque part qu'il y avait autour de l'estomac un coussin de tissus nerveux qui était le plus important de tout le corps – après le cerveau, bien entendu. Ce qu'il ressentait devait simplement être un signe que tous les deux étaient à l'unisson. Et si ça se produisait tout seul, Tom aurait peut-être mieux fait d'aller à l'hôpital.

Il espérait également que les antalgiques de la doctoresse allaient agir. À cause de sa tête, il commençait à loucher. Il s'accrochait encore à l'idée qu'il allait se lever, sortir et retrouver le vieil enfoiré qui avait parlé d'ours, mais pour le moment un tel plan ne paraissait pas réaliste.

Tom sourit brusquement.

Bien entendu, il n'était plus question d'ours. Plus maintenant. S'il voulait se sentir mieux, le plus tôt possible, c'est qu'il avait quelque chose d'intéressant à raconter. De très intéressant, même. Quelque chose qui l'avait maintenu en vie, qui avait sorti son corps de la forêt. Jusqu'à présent, il s'était tu, il avait pris son temps. Mais quand le moment viendrait...

Puis, tout aussi brusquement, son sourire s'éteignit. Il avait des informations nouvelles, oui. Mais rien qui puisse faire oublier la sombre lumière de ce qui s'était passé avant. Il était toujours compromis. Une fois que vous avez fait le truc, vous l'avez fait. Même si les gens n'en savent rien.

Il contempla avec lassitude, à travers la vitre, le bureau du shérif, en la personne de Phil, que Tom avait vaguement l'impression de reconnaître (mais c'était avant son Grand Voyage). Lequel vaquait à ses occupations. Il paraissait bien jeune et plutôt frêle : en ville, les flics donnaient toujours l'impression de passer leur vie dans les gymnases, pour que leurs biceps aient fière allure avec leurs chemises à manches courtes. Parfois Phil était dans la pièce, parfois il sortait. Rien de plus. Sans doute, hormis des accidents de voiture, des gens partant sans payer dans les bars, parfois une querelle domestique par les longues soirées d'hiver, ça ne devait pas être une vie très agitée – jusqu'à ce que quelqu'un sorte des bois avec une étrange histoire à raconter.

L'autre viendrait bientôt voir comment il était, peut-être entrerait-il dans la pièce. En attendant, Tom avala encore un peu de soupe. Froide, manquant de sel, mais sinon très bonne. Grâce à elle, il se sentait mieux.

Ce qu'il voyait vira peu à peu au blanc.

La voix venait de derrière lui.

— Monsieur ?

Tom secoua la tête, sachant qu'il ne pourrait pas couper à ça. Il y avait du rouge sur lui, des crissements sous ses pieds. Il savait déjà quelle serait la nouvelle, mais pas comment elle se logerait dans sa tête.

— Monsieur ?

Puis tout fut différent. L'esprit un peu nébuleux, il leva les yeux constata qu'il était toujours assis dans son fauteuil, dans un poste de police très loin de L.A. La pièce était vivement éclairée, il était enveloppé dans des couvertures ; un petit radiateur, posé par terre à moins d'un mètre, projetait vers lui un mince filet d'air tiède. Ça, c'est nouveau, pensa-t-il. M'en souviens pas.

Pas plus d'ailleurs que de l'homme de l'autre côté de la table. Tom battit des paupières :

— Quelle heure est-il ?

— 15 heures, répondit l'autre, plus âgé que le nommé Phil – et aussi plus grand, plus large, plus imposant à tous points de vue.

Il s'assit dans l'un des fauteuils.

— Qui êtes-vous ?

— Je m'appelle Connelly. Je travaille ici.

— D'accord, répondit Tom d'un ton un peu agressif, avant de bâiller à s'en décrocher la mâchoire. J'ai chaud, maintenant.

— D'après mon adjoint, le médecin a dit de vous réchauffer, c'est donc ce que nous faisons. À moins bien sûr que vous ne préfériez passer la nuit à l'hôpital. J'ai l'impression qu'il y aurait des raisons à ça.

— Je vais bien, répliqua Tom.

L'homme se pencha par-dessus la table et le regarda :

— Vous êtes sûr ?

Maintenant qu'il était un peu mieux réveillé, Tom se rendit compte que ce Connelly ne semblait pas pressé d'être son ami. Il ne le traitait pas comme quelqu'un qui, miraculeusement, a réussi à échapper à une forêt enneigée.

— Tout à fait sûr, répondit-il en prenant cette voix à laquelle il recourait toujours dans les réunions, quand il fallait convaincre un client que ce qu'on lui offrait était exactement ce qu'il voulait, par-delà des différences purement superficielles.

Cela faisait très longtemps qu'il ne l'avait pas employée, depuis au moins deux semaines, et elle était un peu rouillée.

— Je vous remercie de la peine que vous prenez pour moi.

— Bien. Alors, pourquoi ne pas me raconter votre histoire ?

— Al, il l'a déjà fait, intervint Phil, qui entrait dans la pièce avec du café.

Connelly ignora son adjoint et, se rencognant dans son fauteuil, continua à fixer Tom.

— Je m'appelle Tom Kozelek. Je suis... en vacances. Il y a trois jours, je crois, je suis parti vers les montagnes, et je me suis garé près d'une piste de randonnée, je ne me souviens pas du nom...

— Howard Point, compléta Connelly. On en a ramené votre voiture hier après-midi. Votre réapparition a permis d'élucider un petit mystère.

— Oui. Je me suis donc garé, et je suis parti à pied pour une randonnée.

— Une randonnée. Qu'aviez-vous emporté avec vous comme provisions ?

— Je crois que vous le savez, marmonna Tom d'un ton froid. Je vois d'ici mon sac sur la table.

— En effet. Je ne crois pas que vous ayez eu l'occasion de regarder la télé pendant que vous étiez ici, mais on diffuse toutes les heures une mise en garde prévenant les gens de rester à l'écart des montagnes, à moins qu'ils ne disposent de l'équipement nécessaire. Vous regardez souvent la télévision, monsieur Kozelek ?

— J'étais en pleine confusion.

— Certes. Où étiez-vous donc, ces deux derniers jours ?

— Je revenais ici. Je me suis perdu. J'avais des cartes, mais je les ai oubliées dans la voiture. Quand je suis parti, j'étais un peu ivre, et d'habitude j'ai un bon sens de l'orientation, mais il neigeait, je suis tombé dans une ravine et, pour dire la vérité, je ne savais plus du tout où j'étais. J'ai tenté de regagner la route et je suis parti en sens inverse. Puis j'ai découvert quelque chose qui ressemblait à une piste, je l'ai suivie, mais elle ne semblait aller nulle part.

— Sans doute un vieux chemin de bûcheron, intervint Phil. Voire un bout de la vieille piste de montagne. On peut tout juste dire qu'il y a eu quelque chose là, parce que les arbres y sont plus clairsemés.

Connelly le regarda : Phil se tut. Puis le shérif se tourna vers Tom.

— Quel est le problème ? demanda celui-ci.

— Moi ? Aucun. Continuez.

À dessein, Tom but très longuement une gorgée de café. L'autre commençait vraiment à le gonfler. En définitive, ils étaient tous pareils. Si imbus de leur statut à part, toujours prêts à affirmer que, de toute leur vie, ils ne s'étaient jamais retrouvés dans une situation difficile.

— Alors, j'ai marché, reprit-il. Je ne sais pas où j'étais. La nuit dernière, j'ai enfin trouvé une route. Je suis resté au bord un moment, en pensant que quelqu'un passerait et me prendrait, mais il neigeait et personne n'est venu. Je me suis mis en marche et je suis arrivé ici ce matin.

— C'est une sacrée aventure, monsieur Kozelek, dit Connelly. Vous devez être heureux qu'elle soit terminée, et impatient de rentrer chez vous.

— Pas encore, répondit Tom.

Il se débarrassa de deux des couvertures ; non seulement il avait trop chaud, mais son côté « petit garçon perdu » ne devait pas pousser le shérif à le prendre au sérieux.

— J'ai des choses à faire ici d'abord.

— Et quoi donc ?

Tom le regarda bien en face :

— Je compte retourner dans la forêt.

Il respira profondément et dit quelque chose dont, il le savait, il se souviendrait pour le restant de ses jours :

— J'ai vu quelque chose, là-bas. Quelque chose de franchement stupéfiant.

— C'était peut-être Bigfoot ?

Tom le contempla, sidéré :

— Comment le savez-vous ?

— En arrivant ici, vous l'avez dit à mon adjoint, répondit Connelly en souriant. Ainsi qu'au Dr Hoffman, je crois. À la vérité, si j'ai bien compris, c'est même le premier mot que vous ayez prononcé, juste avant de vous effondrer.

Tom rougit. Il ne se souvenait pas de ça. Merde.

— Oui, répondit-il, je le savais. Mais je l'ai vu. J'ai vu Bigfoot. Il était juste au-dessus de moi. Je l'ai vu.

— Vous avez vu un ours, monsieur Kozelek.

— Non ! Je l'ai cru sur le moment, mais ce n'était pas ça. Il n'y ressemblait pas. Et quelle est l'odeur des ours ?

— Je n'en sais rien, je ne me suis jamais trouvé assez près pour le savoir. Ils sont un peu réservés.

— Celui-là avait une odeur atroce, vraiment atroce. Et non seulement ça, mais j'ai vu des traces de pas.

— Ah bon.

— Oui, bon Dieu ! Vous affirmez que c'était un ours, très bien, mais je les ai vues !

— Ce n'étaient pas les vôtres ? Quand vous vous êtes enfui devant l'ours ?

— Non. Je m'agitais dans tous les sens, ça n'aurait pas pu avoir cette forme-là. Et surtout, on voyait ses orteils, cinq orteils énormes et tout ronds. J'ai vu ça, bon sang !

— Oui, bien sûr, répondit Connelly, qui se tourna vers Phil : Fais donc entrer Mme Anders.

Perplexe, Tom vit le jeune homme aller chercher une femme assise dans l'autre pièce. Elle avait la soixantaine passée, des cheveux gris vaguement noués en queue-de-cheval. L'une de ses mains était plongée dans la poche d'un ciré jaune porté sur un épais pull-over. L'autre tenait un grand sac plastique. Elle avait l'air embarrassée, un peu gênée.

— Voici Patricia Anders, dit Connelly. Patricia vit à quelques kilomètres de Howard Point. Je ne sais pas si vous l'avez vu sur vos cartes, mais il y a au nord de la ville, un peu plus haut, un secteur en développement qui aurait dû être le prochain gros truc. Pour le moment, Mme Anders en est la seule occupante.

— Heureux de vous rencontrer, dit Tom, mais je ne vois pas le rapport.

— C'était moi, dans la forêt, dit-elle.

Tom la regarda fixement :

— Comment ça ?

— Je suis navrée, vraiment ! Je marche beaucoup. Je prends part à des programmes nationaux de suivi de la faune et de la flore, et j'en tiens un décompte tout au long de l'année. Je ne sais d'ailleurs pas trop si c'est utile, ça n'est pas très scientifique... J'en doute, mais...

Elle haussa les épaules :

— Enfin, je le fais quand même. L'autre jour, j'y étais, très tôt, et j'ai vu quelque chose dans la ravine, qui n'est pas trop loin de chez moi. C'est une bonne trotte quand même, mais j'aime marcher. Bref, je suis descendue et j'ai vu que c'était un sac à dos. Je ne savais pas trop si quelqu'un allait revenir le chercher, alors je l'ai laissé là.

Tom se tourna vers Connelly :

— Bon, et alors ?

— Les traces de pas que vous avez vues étaient celles de Mme Anders.

— Conneries ! Vous n'écoutez donc pas ce que je dis ? Les empreintes étaient énormes...

— Une heure de soleil, et les bords fondent, si bien que les traces ont l'air plus grandes qu'elles ne l'étaient.

L'espace d'un instant, Tom crut bien qu'il allait sauter pardessus la table et prendre l'autre à la gorge. Mais c'était une mauvaise idée, et pas seulement parce que Connelly était un représentant de la loi. Il préféra donc parler d'une voix égale. Après tout, il avait un argument décisif.

— Bien. Et le soleil fera aussi en sorte que les traces aient cinq orteils, c'est ça ? Il est bizarre, le soleil, chez vous.

Il y eut un silence, puis un léger bruissement : la femme sortait quelque chose de son sac.

Tom ne put d'abord comprendre ce qu'il voyait. Puis sa nuque se mit à le démanger.

— On les achète chez Cle Elum, dit-elle. Je sais bien que c'est un peu idiot, mais c'est amusant. C'est pour ça que mon mari me les avait achetées.

Tom contempla longuement les bottes, dont le dessus était couvert de fausse fourrure, et qui s'ornaient de pieds en plastique brun, avec cinq très gros orteils.

Phil emmena la femme. Tom eut l'impression – c'était peutêtre son imagination – que le jeune gars était un peu navré pour lui. Il l'espérait, en tout cas. Les gens compatissants promettaient d'être rares dans la région.

Connelly leva les yeux pour jeter un coup d'œil à la pendule, puis fouilla dans sa poche de chemise, en sortit un paquet de cigarettes et en alluma une.

— Une journée bien surprenante ! dit-il. Plus agitée que je ne l'aurais cru en me levant. Il ne se passe pas grand-chose ici, d'habitude, comme vous l'avez sans doute remarqué. Et vous avez dû deviner que je tiens à ce que ça continue.

— Je sais ce que j'ai vu, insista Tom en secouant la tête.

— Vous n'avez rien vu du tout, monsieur Kozelek, rétorqua le shérif, dont les yeux gris étaient glacés. Vous êtes entré dans la forêt avec une très mauvaise idée en tête, et je ne parle même pas de son caractère irresponsable, alors que d'autres ont pour tâche de vous retrouver, où que vous soyez. Vous vous êtes assommé à la gnôle et aux cachets, et soit vous avez vu un ours, soit vous avez eu des hallucinations.

Tom se contenta de faire non de la tête. Connelly écrasa sa cigarette :

— Comme vous voulez. Je ne vous dirai pas de partir ce soir même, parce que vous avez passé un mauvais moment et que, quoi que vous puissiez penser, je suis quelqu'un de raisonnable. Vous êtes en bien mauvais état et vous avez besoin de vous nourrir et de dormir un peu. Alors, pourquoi ne pas le faire, et songer demain matin à partir ailleurs ? Il y a beaucoup de jolies petites villes dans les environs. Snohomish, par exemple. Ou même Seattle, il y a un aéroport.

— Je ne vais nulle part.

Connelly se leva et s'étira avec de grands craquements d'os :

— Oh, que si ! Et bientôt. Vous voulez un conseil ?

— Certainement pas.

— Estimez-vous heureux de vous en être bien tiré. Vous auriez pu être attaqué par un ours et mourir dans les montagnes. Restons-en là. Car il y a autre chose.

Il jeta un coup d'œil à travers la vitre et vit que Phil enfilait son manteau, prêt, comme il en avait reçu l'ordre, à accompagner Kozelek quelque part en ville, pour qu'il y passe une nuit, une seule.

— En revenant ici, je me suis renseigné sur vous, poursuivit-il en baissant un peu la voix.

Il tournait le dos à Tom, qui comprit tout d'un coup que, si son Grand Voyage l'avait changé, le monde extérieur ne voyait pas la différence. Il y avait dans sa vie bien des moments qu'il n'aimait pas. Mais il n'avait pas songé à faire le ménage.

Connelly se tourna vers lui :

— Je sais ce que vous avez fait.

CHAPITRE 11

Un paquet envoyé par Nina m'attendait dès l'aube. Je dis aux gars d'apporter tout le café dont ils disposaient dans ma chambre, où je remontai. Je n'étais pas très optimiste et ne pensais pas pouvoir grand-chose – la police de L.A. comme le FBI avaient mis des gens sérieux sur l'affaire – mais ça pourrait m'occuper en attendant John Zandt.

Je déposai mon matériel sur la table et m'attelai à la tâche. Dans le paquet, je trouvai un petit sac de plastique translucide, conçu pour lutter contre l'électricité statique, ce qui est le meilleur moyen de bousiller tout appareillage électronique délicat. Hormis le laisser tomber par terre, bien sûr. Dedans, un petit disque dur, accompagné d'une note de Nina :

Sois très, très prudent avec. C'est l'original. Trouves-y quelque chose, puis rends-le-moi le plus tôt possible.

Avant de commencer, je l'appelai sur son portable. Elle paraissait crispée, un peu hagarde.

— Je suis heureuse de savoir qu'il t'est arrivé, dit-elle. Mais je ne crois pas que ça mènera quelque part. La police de L.A. vient tout juste d'en retracer l'histoire. Ils ont trouvé le gars qui avait acheté le portable d'origine, un nommé Nic Golson qui magouille vaguement dans le cinéma. Mais il avait un reçu prouvant qu'il l'avait vendu à une boutique d'occases de Burbank, en juillet de l'année dernière. Il avait cru un moment qu'on allait lui confier un gros boulot de scénariste, et comme ça ne s'est pas fait il a dû fourguer la bécane. Après quoi quelqu'un l'a achetée, en payant en liquide, puis l'a désossée, a gardé le disque dur et jeté le reste quelque part où nous ne le retrouverons jamais. On interroge les employés de la boutique en ce moment même, mais le tueur me fait l'effet d'être plus malin que ça.

— Et comment ça se fait que j'aie l'original ?

— J'ai eu recours à l'une de mes ruses féminines.

— Toi ? Des ruses ?

— Si tu savais, tu serais surpris... moi aussi, d'ailleurs !

Elle reconnut avoir sollicité un technicien du labo de la police de L.A. après que je lui eus fait remarquer qu'une copie n'était jamais qu'une copie. Le gars avait accepté, d'autant plus qu'ils avaient déjà essayé tout ce qu'ils pouvaient, en particulier une prise d'empreintes. Y toucher ne poserait donc aucun problème. Mais...

Je dis que j'en prendrais soin.

Puis je raccrochai et contemplai un objet qui avait passé un certain temps dans la bouche d'une morte. Je ne savais pas ce qui était le plus pénible : penser à ça, ou songer aux risques pris par Nina.

Le café arriva, j'en bus un peu en fumant une cigarette avec les résultats habituels : les défis posés par le monde me parurent un peu plus gérables. Je sortis un câble équipé d'une prise Firewire à un bout, et d'une Oxford à l'autre. Je raccordai la seconde sur le portable de Bobby, insérant prudemment sur la première les connecteurs du disque dur, qui apparut à l'écran.

Je l'ouvris, ce qui confirma ce que Nina m'avait dit. Deux fichiers seulement : un morceau de musique au format mp3, et un texte. Elle m'avait précisé que la citation du début était de Heinrich Heine. La version du *Requiem* de Fauré, fort cotée, datait du début des années 1960 – ce qui d'ailleurs ne signifiait rien.

Toute interprétation de musique classique a quelque chose d'un peu intemporel, et la plus récente n'est pas forcément la meilleure. Tout ce que je pouvais tirer de celle-là, c'est qu'elle avait été numérisée à 192 K par seconde, en stéréo : c'était donc une conversion soignée. La plupart des gens ne pourraient pas faire la différence, de toute façon, ce qui suggérait que, peut-être, c'était destiné à un système audio de qualité, qui révélerait les défauts d'un sampling moins élevé ; ou, plus simplement, la musique avait de l'importance pour celui qui l'avait déposée là. Dans un cas comme dans l'autre, ça ne menait pas loin. J'écoutai le fichier plusieurs fois tout en poursuivant ma tâche et notai qu'on percevait un certain souffle, ainsi qu'un ou deux craquements. Il semblait improbable qu'un gars familier de l'informatique ait méprisé les CD ; peut-être possédait-il une version vinyle ayant pour lui une certaine valeur sentimentale. Là encore, ce n'était pas très probant.

Je lançai un programme de scanning et attendis. Beaucoup de gens semblent croire que les ordinateurs sont de simples machines, comme les aspirateurs ou les magnétoscopes. Ils ont tort. Dès le départ, nous avons eu avec eux des rapports particuliers. On a su tout de suite qu'ils avaient des droits. Quand votre machine à laver cesse de fonctionner ou que votre télé déconne, vous la faites réparer ou vous la flanquez à la décharge publique. Elles incarnent une technologie ancienne, transparente, sans aucune magie. Mais si votre ordinateur fait de même, à qui la faute ? Vous n'en êtes jamais sûr. Vous êtes impliqué, vous vous sentez vulnérable. C'est la différence entre un crayon et une voiture. Le premier est simple, prévisible, on ne connaît qu'un moyen de s'en servir et un seul type de panne : la mine est émoussée ou cassée. Avec la seconde, surtout s'il s'agit de ce tas de tôles rouillées par lequel nous commençons tous, c'est plus compliqué. Il faut savoir l'amadouer, surtout par les petits matins d'hiver. Et ce petit bruit qui ne cesse jamais, ces pannes aléatoires qu'on finit par attribuer aux phases de la lune. Elle n'est pas bousillée pour autant, mais il convient de prendre garde, elle a ses exigences. Peu à peu vous nouez avec elle une relation ritualisée, un lien né de l'imprévisible, de la nécessité de faire face. Après tout, c'est de la même manière qu'on finit par connaître les gens : non par ce qu'ils ont en commun avec les autres, mais en apprenant à se familiariser avec leurs particularités, leurs mauvais côtés et leurs faiblesses inattendues, les choses qui les différencient.

L'ordinateur se situe un peu entre les deux : il est comme une voiture, mais multipliée par mille. C'est une copie de vousmême, une représentation multicouches de ce que vous êtes, de ce qui vous intéresse, de vos péchés. Si vous passez la soirée à surfer sur le Web en quête de femmes nues, votre piste est là, dans l'historique du navigateur et le cache du disque dur – et votre adresse IP a été enregistrée par tous les sites que vous avez visités, afin qu'ils puissent vous inonder de spams jusqu'à la fin des temps.

Même si vous vous croyez malin et nettoyez tout, en vidant la corbeille et ainsi de suite, vous n'êtes pas pour autant tiré d'affaire. Quand vous « supprimez » un fichier, l'ordinateur se contente de faire disparaître toute référence à lui. Autant détruire une fiche dans le catalogue d'une bibliothèque : le livre correspondant est toujours sur un rayonnage, et on peut le trouver en cherchant bien. Les expériences passées de l'ordinateur, désormais coupées du monde extérieur, sont encore là, sur le disque dur, un peu comme des fantômes ou des souvenirs, mêlés au présent. Nous sommes comme ça aussi.

Il fallut une demi-heure au programme pour accomplir sa tâche. Sans rien trouver, ce qui confirmait simplement ce que le technicien enjôlé par Nina avait déjà établi : le disque dur avait été très soigneusement nettoyé avant que les deux fichiers n'y soient copiés.

Le café était froid. Je lançai un programme écrit par Bobby, qui analyserait la surface du disque dur, examinant ce qui y avait été écrit, en quête d'irrégularités ou de régularités inattendues. Hormis démonter l'appareil et le manipuler avec une pince à épiler, on ne pouvait aller plus loin. Le passé résiste toujours aux intrusions, même quand il est gravé sur silicium.

Une boîte de dialogue apparut à l'écran et me dit que l'examen prendrait un peu plus de cinq heures. Comme ce n'était pas très excitant à regarder, je vérifiai que le cordon d'alimentation était bien en place et sortis me promener.

À 15 heures, Zandt appela de l'aéroport. Je lui indiquai comment trouver l'Espresso et m'y rendis pour l'attendre. Trois quarts d'heure plus tard, son taxi arriva. John en sortit et jeta un regard mauvais au type en costume devant l'hôtel, avant de traverser la rue pour me rejoindre. Il ne perdait jamais son temps en salamalecs : il disait ce qu'il avait à dire, puis se taisait ou s'en allait. Zandt était ivre. Il faut avoir passé du temps en compagnie d'un buveur – comme moi autrefois, pendant un an – pour repérer les signes extérieurs. Les cernes sous ses yeux étaient plus sombres, il s'empara de son verre dès qu'il fut posé sur la table ; mais son regard était clair, sa voix calme et posée.

— Alors, qu'est-ce que tu as sur Yakima ?

— Comme je te l'ai dit, pas grand-chose. Je suis revenu à L.A. et j'ai expliqué à Nina ce que nous avions trouvé. Elle en a fait part à qui de droit et il ne s'est rien passé. Je m'y suis intéressé parce que...

Il haussa les épaules. Je comprenais. Il n'y avait rien d'autre ou presque. Il avait pris part à l'enquête sur les meurtres du Garçon de Courses, à la suite de quoi sa fille, Karen, avait été enlevée sans que personne la revoie jamais. Son mariage avait pris fin, il avait quitté la police. C'était à mes yeux un très bon flic : il avait établi que l'Homme Debout dirigeait un réseau chargé d'alimenter les psychopathes friqués des Halls, en kidnappant des victimes à la commande. Toutefois, même si Zandt avait voulu réintégrer la police, ce qui n'était pas le cas, il y avait peu de chances que celle de L.A. veuille le reprendre. Alors, que faire ? Devenir agent de sécurité ? Homme d'affaires – mais dans quel secteur ? Il était aussi peu employable que moi.

— On pourrait entrer au FBI, suggérai-je.

— Bien sûr ! Tu t'es fait jeter de la CIA, ça impressionne toujours. Enfin... tu te souviens des lettres gravées sur la porte de la cabane ?

— Pas vraiment. J'ai vu qu'il y en avait, mais ça me paraissait faire partie du foutoir.

Il sortit de sa poche un bout de papier brillant :

— C'est une des photos que j'ai prises, imprimée en fort contraste. Tu vois mieux, comme ça ?

J'examinai le cliché de près. En étudiant les lettres avec attention, on pouvait lire le mot, ou le nom, « Croatoan ». Il était là depuis longtemps, et en partie effacé par le passage du temps.

— Ce qui signifie ?

— J'avais d'abord cru que c'était le nom d'une ancienne compagnie minière ou autre, mais je n'ai rien trouvé. La seule référence que j'aie pu dénicher est plutôt bizarre.

Il me tendit une épaisse liasse de papiers. Un texte intitulé « Roanoke », composé en polices de caractères très diverses, divisé en paragraphes.

— J'espère qu'il y a un mode d'emploi !

— Tu as entendu parler de Roanoke ? Sur la côte est ?

— Oui, vaguement. Beaucoup de gens y ont disparu, voilà longtemps, un truc comme ça.

— Ils ont disparu deux fois, expliqua Zandt. Roanoke a été, pour les Anglais, la première tentative de création d'une colonie dans le Nouveau Monde.

Élisabeth Ire avait accordé des terres pas loin à Walter Raleigh, l'explorateur. En 1584, il a monté une expédition, et ils ont exploré un endroit appelé l'île de Roanoke, au large des côtes de la Caroline du Nord actuelle. Ils ont jeté un coup d'œil, pris contact avec une tribu locale, les Croatoans, et sont repartis vers l'Angleterre. Deux ans plus tard, un deuxième groupe, composé d'une centaine d'hommes, est arrivé. Ça s'est beaucoup moins bien passé. Ils n'avaient pas assez de ravitaillement, ils ont eu des problèmes avec les Indiens, qu'ils traitaient plutôt mal, et pour finir tous, sauf quinze, sont montés à bord d'un bateau qui passait et sont rentrés. Mais Raleigh tenait à créer une colonie permanente, si bien que l'année suivante un troisième groupe est parti pour veiller à ce que la « Virginie » passe aux mains des Anglais. Il a désigné un nommé John White pour le diriger. Cent dix-sept personnes étaient du voyage. Des hommes, des femmes, des enfants, l'idée étant que des groupes familiaux favoriseraient une implantation durable. On leur avait bien dit d'éviter l'île de Roanoke... et c'est là qu'ils se sont retrouvés. Ils ont découvert les fortifications édifiées par le groupe précédent, mais aucune trace des quinze hommes censés les garder. Disparus. Envolés. White a repris contact avec les Croatoans, qui ont dit qu'une « tribu ennemie » avait attaqué le fort et tué au moins plusieurs de ses défenseurs. Ça l'a agacé, et quand on a retrouvé mort un des nouveaux colons, il a décidé de s'en prendre à la tribu des Powhatans, les mauvais garçons du coin. Mais ses gars ont bâclé le boulot et ont en fait tué des Croatoans, sans doute en vertu du vieux principe : « C'est tous les mêmes, de toute façon. »

— Sympa.

— Bien entendu, les Croatoans, ce qui se comprend, n'ont plus voulu traiter avec eux ni leur fournir de nourriture. L'été arrivait, il était trop tard pour semer, et les colons n'avaient pas beaucoup de réserves, bref ça se présentait mal.

— Ils étaient vraiment pas malins.

— Pas malins ou courageux, ou les deux. En tout cas, White a décidé de retourner en Angleterre pour se procurer du ravitaillement. Il a été convenu que, si les colons devaient s'aventurer sur le continent, à l'intérieur des terres, ils laisseraient des marques indiquant où ils étaient allés et que, s'ils quittaient l'île en raison d'une attaque des Indiens, ils graveraient une croix dans un endroit facile à repérer. Le problème, c'est que, quand White est revenu en Angleterre, le pays était en guerre avec l'Espagne, et trois ans se sont écoulés avant qu'il puisse retourner en Amérique.

J'y réfléchis un instant. Être abandonné en terre étrangère, entouré de voisins qui vous détestent, à court de nourriture... Le chef s'en va et ne revient que beaucoup plus tard...

— Et quand il est revenu ?

— Plus personne. Tout le monde avait disparu. Aucune trace de cadavres. Toutes leurs affaires étaient là. Pas de croix en vue... mais le mot « Croatoan » était gravé sur un montant de porte.

— C'est franchement flippant. Qu'est-ce qui s'était passé ?

— Personne n'en sait rien. White aurait bien voulu l'apprendre, mais le capitaine et son équipage s'en foutaient, et il a dû rentrer en Angleterre. Peu avant 1600, il a tenté de monter une nouvelle expédition, mais Raleigh et ses commanditaires avaient perdu tout intérêt pour la colonisation. Depuis, des tas de gens ont cherché à comprendre, à commencer par un certain John Smith, qui, une vingtaine d'années plus tard, était un colon de Jamestown.

— Et alors ?

— Il a discuté avec les gens du coin, il a fait des hypothèses qui sont en gros celles qu'on avance encore aujourd'hui. Il semble que le mot « Croatoan » n'ait pas désigné simplement une tribu, mais aussi une zone géographique, assez vaste et mal définie. Le terme aurait donc pu être gravé pour indiquer une destination, comme cela avait été convenu avec White. Ou bien cela aurait pu vouloir dire que les Indiens, changeant d'avis, étaient venus en aide aux colons. Ou encore qu'ils les avaient attaqués, si bien qu'ils avaient été forcés de gagner le continent. Dans un cas comme dans l'autre, cela pourrait impliquer que certains colons, ou tous – plusieurs théories veulent que tous les hommes aient été tués –, se soient peu à peu intégrés à une tribu locale. Certains groupes indiens, en particulier les Lumbees, l'affirment depuis longtemps, et leurs arguments sont parfois solides. C'est une théorie qu'on prend au sérieux depuis le milieu du XIXe siècle. On raconte que, deux cents ans plus tôt, un pasteur avait rencontré des indigènes parlant anglais, on mentionne aussi un explorateur allemand dont je n'ai pu retrouver le nom, qui affirmait avoir rencontré une « puissante nation d'hommes barbus », c'està-dire de possibles descendants des colons.

Jusqu'à présent, les lettres gravées sur la porte de la cabane ne m'avaient pas laissé grande impression – ou du moins je le croyais. Mais les paroles de John me glacèrent, comme si brusquement je me retrouvais en compagnie des morts.

Il agita le bras pour attirer l'attention du serveur, qui tenta de lui expliquer qu'il était trop occupé, puis croisa son regard et partit nous chercher une autre bière.

— La question est de savoir pourquoi ce mot était gravé sur la porte de la cabane que nous avons découverte, conclut-il.

— Une citation ? Une référence au mystère de Roanoke ? Mais qu'est-ce que ça pourrait signifier ?

— Il veut nous dire quelque chose.

— Je ne crois pas que l'endroit ait le moindre rapport avec Paul, objectai-je. Rien ne permet de le relier à ça. Et d'ailleurs, pourquoi prendrait-il cette peine ?

— Quand Sarah Becker était sa prisonnière, il passait la moitié du temps à lui tenir de grands discours. Et puis il y a ce truc que tu as dégoté sur le Net il y a trois mois, selon lequel tout le monde, sauf les Hommes de Paille, est infecté par un virus social. Il est lancé dans une mission d'information.

Il se tut quand on nous apporta nos verres.

— Le plus important chez Paul, dis-je, c'est qu'il ne croit pas être fou.

— Comme tous les autres, Ward. Aucun d'eux ne se lève le matin en pensant : « Je vais faire quelque chose de mal. »

— Je comprends bien, répondis-je, un peu irrité par le ton qu'il prenait.

— C'est comme les camés qui se shootent. Ils ne tentent pas de se tuer ou de bousiller leurs vies ; il leur faut simplement un peu d'héro, comme toi tu as besoin d'une cigarette, comme d'autres doivent vérifier trois fois que la serrure est bien verrouillée avant de s'en aller. Tout le monde a ses formules magiques, ses rituels, tout ce qui fait tourner le monde.

— Et toi, qu'est-ce que c'est, en ce moment ? La bière ?

— Va te faire foutre.

— Comment ça va entre Nina et toi ?

— C'est pas tes oignons.

— Oh, que si ! m'écriai-je, furieux. Il y a trois personnes au monde qui connaissent l'existence des Hommes de Paille. Ça fait trois mois que je rôde dans tout le pays en essayant de ne pas me faire repérer. Dans l'Idaho, j'ai cassé la gueule à un pauvre gars parce que je croyais qu'il voulait ma peau. Je dois prendre beaucoup de risques, sans beaucoup de ressources.

— Et l'argent de tes parents ?

— Disparu. Nettoyé. Ils ont mis la main dessus.

— Merde ! Je suis navré de l'apprendre.

Il contempla la rue un moment, puis ajouta :

— Les choses ont mal tourné. Je me suis installé... Tu sais qu'elle et moi on a déjà été ensemble, du temps où j'étais marié. Je pensais que ça pourrait marcher, elle aussi. Mais... elle est vraiment un peu exaltée.

— C'est vrai. Et toi, tu n'es qu'un gros ours en peluche.

— Je l'ai toujours pensé.

— Qu'est-ce que tu fabriquais en Floride ?

Il se contenta de secouer la tête, agacé.

— Bon, bon. Qu'est-ce que tu as trouvé d'autre ?

— Rien.

— C'est tout ? Et tu traverses tout le pays pour me dire ça ? C'était ça, la grande nouvelle ?

— Je n'y ai pas consacré tout mon temps, Ward, et je ne suis pas en train de te faire un rapport. J'essaie de me créer une vie nouvelle. Il n'y a pas que les Hommes de Paille au monde, d'autres choses sont tout aussi importantes. L'Homme Debout est un tueur comme tant d'autres.

— Conneries ! Il a assassiné ta fille et mes parents ! Et le résultat de ton enquête, c'est je ne sais quelle ânerie survenue voilà quatre cents ans ?

— Pour faire ce qu'il faut, on doit parfois remonter très loin.

— Ce qui signifie ?

Il haussa les épaules : il n'avait rien à ajouter.

— Et qu'est-ce que tu comptes faire ?

— Me trouver un hôtel quelque part, sans doute.

— Celui-ci n'est pas mal, dis-je en regrettant aussitôt mes paroles.

Il sourit :

— C'est un peu cher pour les gens comme moi, Ward.

— Alors, accepte un prêt.

— Un prêt ? Je croyais que tu n'avais pas les moyens.

— John, pourquoi tiens-tu tellement à jouer au con ? Il se leva et jeta dix dollars sur la table :

— Parce qu'il faudrait plus que ça pour faire quelque chose contre eux.

Il s'éloigna, remontant la rue, sans regarder derrière lui. Je le suivis des yeux jusqu'à ce qu'il ait disparu, puis rentrai à l'hôtel préparer mon départ.

CHAPITRE 12

Il était un peu plus de 18 heures. Tom se tenait au balcon du petit motel à étage en forme de L, quand la voiture s'arrêta dans le parking. En gros, il se sentait mieux, mais plus mal à d'autres points de vue. Sortir du poste de police lui avait fait du bien, comme de changer de vêtements. L'adjoint du shérif avait attendu patiemment pendant qu'il achetait un jean, un gros pull et tout ce qui se trouvait en dessous. Ce qu'il avait possédé d'autre avant son Grand Voyage se trouvait dans le coffre de sa voiture de location.

Une bonne douche brûlante, un peu de repos dans le seul fauteuil de la chambre, et il se sentait à peu près capable de se mettre en quête de nourriture. Ses fringues d'avant étaient entassées dans le sac ayant contenu les neuves. Il y avait peu de chances qu'il puisse les porter de nouveau, mais il éprouvait envers elles une sorte de respect superstitieux. Une partie de lui-même – celle qui lui avait permis de conserver tous les portefeuilles qu'il avait possédés – était prête à accorder un certain pouvoir aux choses inanimées. Sans ces vêtements, qui sait ce qui se serait passé ?

Il n'aurait sans doute pas voulu l'admettre, mais il y avait autre chose. Des témoins. Ils se trouvaient là quand ça s'était produit, ils savaient ce qu'il avait vu ou ressenti. Tout en se débattant à travers la forêt, en cherchant désespérément la civilisation, Tom n'avait eu qu'une pensée : non seulement il voulait désormais rester en vie, mais en plus il avait une raison pour ça. Il savait quelque chose, il apportait une nouvelle.

Ça ne s'était pas franchement passé comme il l'espérait.

Il croyait toujours à ce qu'il avait vu, mais il était bien le seul. Le shérif avait fait connaître sa position, son adjoint l'avait imité. Le quart d'heure qu'il avait passé dans la petite boutique de fringues en face du marché lui avait montré que les nouvelles allaient vite. Il l'avait déjà deviné quand cette Patricia était venue avec ses révélations (elle s'en était ensuite excusée pendant cinq bonnes minutes, ce qui d'ailleurs n'avait fait qu'aggraver les choses). Les gens avaient vite appris l'histoire. Et le temps qu'il tende sa carte de crédit pour payer ses achats, il avait compris que tout le monde savait, ou croyait savoir, qu'il était cinglé.

Deux ou trois soirs auparavant, il était raide bourré chez Frank. Il avait tenté de se suicider en forêt, mais pas avec une arme. Des comprimés, paraît-il. Il est tombé dans les pommes, il a cru voir quelque chose. Puis il a passé deux jours complètement perdu. Bizarre, non ?

C'était drôle, ou triste. La fille à la caisse ne dit rien de tel, mais le sourire très gentil qu'elle lui lança s'en chargeait. Au motel, le type à la réception ne l'avait pas trop regardé en face, tout en ayant un petit sourire un peu narquois. Tom avait compris le message. Il était à un doigt d'être la risée générale, et à deux de quelque chose de pire. Si Connelly racontait ce qu'il avait découvert, les gens ne souriraient plus. Et le shérif était loin de tout savoir.

Tom avait passé beaucoup de temps, dans son fauteuil, à contempler le téléphone, en se demandant s'il devait appeler chez lui. Cela faisait trois, quatre jours... Il ne pouvait se souvenir s'il avait appelé la veille de son Grand Voyage, ce qui donnait une médiocre idée de son état d'esprit. Il croyait que non, aussi refusa-t-il de céder à la tentation de prononcer des paroles mémorables. Il avait l'impression de devoir contacter Sarah, pour lui faire savoir qu'il allait bien, puis il se rendit compte qu'elle n'avait aucune raison d'en douter. Le silence radio qu'il avait observé ne serait jamais qu'une preuve supplémentaire pour abonder dans le sens « Tom est un connard ». Il aurait pourtant voulu lui apprendre la nouvelle. Il fallait qu'il en parle à quelqu'un, et l'une de ses principales découvertes, pendant son Grand Voyage, était qu'il tenait encore beaucoup à Sarah. Pour commencer, il n'avait pas à lui expliquer pourquoi il errait dans les bois, il lui suffirait de lui expliquer ce qu'il avait découvert. Le problème était que, tandis qu'il tentait de s'accrocher à ce qu'il avait ressenti dans la forêt – courir un danger qui en valait la peine –, la nouvelle paraissait peu convaincante.

Et sans elle, il n'avait aucune raison d'appeler « chez lui », rien de neuf à dire. Je l'ai vu. J'ai été vraiment très près d'un animal mythique. Il était au-dessus de moi et j'ai senti son haleine atroce. Du moins... je pense que oui... tandis que j'étais ivre, à côté de mes pompes, à moitié endormi et tout près de la mort. Ensuite j'ai vu des traces de pas. Mais peut-être que non, et à dire vrai j'entendais parfois des voix. Voilà les nouvelles. PS : Je t'aime.

Ça lui vaudrait son respect séance tenante. Elle partirait d'un bond, laissant tomber le téléphone, rien que pour être de nouveau avec lui. Mon courageux explorateur. Mon... foutu petit crétin.

Non. Ce qu'elle savait était pénible, mais moins que ce que ce qu'elle pourrait découvrir un jour. Pour qu'ils aient la moindre chance de tenir contre ça, les faits devraient dorénavant être plus solides. Il faudrait qu'elle le croie sur parole, contre les autres. Pas question de l'appeler maintenant et d'avoir l'air d'un cinglé. Ni même de lui envoyer un texto. Quand il communiquerait avec elle, il faudrait que ça marque le début d'une remontée. Mais il avait beau réfléchir sur le balcon, il n'arrivait pas à voir comment.

La voiture décrivit un cercle dans le parking et s'arrêta en plein milieu ; la portière s'ouvrit presque aussitôt, un homme en sortit, d'une taille un peu au-dessus de la moyenne, avec des cheveux bruns bien coupés et une allure de citadin.

Levant les yeux, il lui adressa un petit signe de la main :

— Vous ne seriez pas Tom Kozelek, par hasard ?

Tom fronça les sourcils :

— Oui. Qui êtes-vous ?

L'homme eut un grand sourire :

— Incroyable ! Je viens de loin pour vous rencontrer, et vous voilà !

— D'accord, d'accord, mais qui êtes-vous exactement ?

L'autre sortit de son portefeuille une carte qu'il leva en l'air. Tom était trop loin pour la lire, bien sûr, mais le logo paraissait familier.

— Je voudrais vous entendre raconter votre histoire, dit l'homme. Je peux monter, ou me laisserez-vous vous offrir une bière ?

Il était plus de 19 heures et Al Connelly était toujours assis à son bureau. Sans raison particulière. Phil était rentré chez lui, Conrad, l'autre adjoint, tuait le temps dehors, devant la porte. Le shérif aurait pu retourner à la maison, mais il n'avait pas grand-chose à y faire. Il allait pourtant s'y décider quand on frappa. Levant les yeux, il aperçut Melissa Hoffman.

— Que puis-je pour vous, docteur ?

— Eh bien... ce n'est rien, mais je... j'ai trouvé un truc, et j'ai pensé que je pourrais vous en parler.

Jetant un coup d'œil à la cafetière, il constata qu'elle était à moitié pleine :

— Un café ?

Elle acquiesça et s'assit, un peu crispée. Comme tout le monde. Il servit le café, se rassit et resta silencieux.

— Bon, commença Melissa, j'ai fait quelque chose de mal. Ce matin, après m'être occupée du gars, j'ai remarqué quelque chose dans son sac.

— Quoi donc ?

— Ceci, répondit-elle en lui tendant quelque chose qu'il prit et retourna – on aurait dit de vieilles graines. Je n'aurais sans doute pas dû le prendre.

— Sans doute. Qu'est-ce que c'est ?

— Il y en avait plusieurs dans le sac, je me suis demandé ce que c'était. Et on avait affaire à un type qui tenait des propos invraisemblables.

— La question est réglée. Il s'est révélé qu'il y avait eu confusion.

— Oh ! s'exclama-t-elle, déçue. Alors, peut-être que ça ne vous apprendra rien. J'avais simplement pensé qu'il fallait que je vérifie.

— C'était une bonne idée. Donc...

— Il se trouve que j'ai une voisine qui s'y connaît en plantes et en herbes médicinales. Je lui ai donc apporté ça.

— Liz Jenkins, peut-être ?

— Oui, dit Melissa, un peu mal à l'aise.

— Elle sait beaucoup de choses là-dessus, c'est vrai. À propos, peut-être pourriez-vous lui suggérer de se montrer plus discrète sur l'usage qu'elle fait de certaines d'entre elles ? Et à son copain aussi.

— Je n'y manquerai pas. Je sais tout ça aussi, c'est en partie pourquoi je suis allée la voir.

— Ah bon ?

Elle rougit :

— J'ai pensé qu'elle saurait reconnaître ce genre de produit que les gens veulent fumer.

Connelly sourit :

— Tandis que vous n'y connaissez rien.

Melissa songea que le shérif était quelqu'un de meilleur, et de plus subtil, qu'on ne le pensait généralement.

— En effet. Dois-je continuer ?

— Je suis tout ouïe. Elle savait ce que c'était ?

— Il s'agit de deux plantes différentes.

Elle posa sur le bureau un bout de papier pour qu'il puisse lire, ou du moins déchiffrer, l'écriture assez baroque de Liz : « En regardant de près, on voit que l'une des tiges comporte encore de minuscules fleurs séchées. Je ne les ai pas aperçues tout de suite. Ça s'appelle Scutellaria Laterifoilia, ou scutellaire ou parfois bonnet de Quaker. »

Se penchant, Melissa sortit du tas une tige que Connelly n'aurait pas distinguée des autres.

— Et ça, c'est de la valériane, Valeriana Officinalis. La scutellaire pousse dans tous les États-Unis et au sud du Canada, elle n'a rien d'une plante rare. Ce qui est intéressant, c'est que, d'après Liz, il existait au XIXe siècle un groupe appelé les Éclectiques, qui s'en servaient comme d'un tranquillisant ou d'un sédatif pour traiter l'insomnie et les maladies des nerfs.

Connelly hocha la tête, pour l'inciter à poursuivre.

— Et la valériane est mentionnée par un herboriste d'avant la guerre de Sécession, un nommé Thompson. Selon lui, les premiers colons avaient découvert que plusieurs tribus indiennes en faisaient usage ; il y voyait – Liz m'a montré la citation – le « meilleur remède à la nervosité connu », c'està-dire un tranquillisant. Aujourd'hui encore, les homéopathes s'en servent pour traiter l'anxiété, les migraines, l'insomnie, et il paraît que les tests montrent qu'elle est supérieure au Valium.

— C'est étonnant ce qu'on peut trouver en errant dans les bois. Vous êtes donc en train de me dire que tout ça fait partie de la flore locale et que c'est tombé dans le sac du gars pendant qu'il errait dans la nuit.

— Non, Al, pas du tout. Et ce pour trois raisons. La première est que ce serait vraiment une coïncidence bizarre que deux plantes médicinales se retrouvent en même temps dans son sac, d'autant plus qu'elles auraient été parfaites pour son état mental du moment. La deuxième, c'est que si vous regardez de près, à la base, on dirait bien qu'elles ont été nouées ensemble.

— Je ne vois trop rien. C'est peut-être simplement qu'elles se sont mélangées dans le sac.

— D'accord. Mais il y a autre chose : la scutellaire est une plante vivace qui meurt en hiver.

Connelly garda le silence.

— Al, ce gars-là aurait pu traîner son sac d'ici à Vancouver sans que ces trucs-là se retrouvent dedans. Ce qui veut dire qu'on les y a mis volontairement.

Il la regarda, s'empara de la cafetière, mais elle fit non de la tête. Il prit son temps pour se servir, en souhaitant être reparti chez lui un peu plus tôt.

— Je ne vois pas où ça nous mène, commenta-t-il. Ce type est passé voir un herboriste récemment. Et alors ?

— Et alors, peut-être rien. Mais je ne l'imagine pas en train de les emporter alors qu'il s'apprêtait à se suicider. Ça vous paraît logique ?

— Je crains que non.

Connelly aurait pu dire que les plantes étaient depuis longtemps dans le sac à dos, mais celui-ci était d'un modèle qu'on vendait à Sheffer.

— Alors, où cela nous mène-t-il, docteur Hoffman ? Elle rit :

— Nulle part. J'ai simplement pensé qu'il fallait vous en parler. De toute façon, nous dînons chez les Wilson ce soir, et vous étiez sur le chemin. J'ai laissé Jeff chez Frank, et si je ne veux pas me brouiller avec nos hôtes, il va falloir que je le sorte de là avant qu'il ait trop bu.

Connelly la raccompagna, puis la regarda traverser la route en direction des néons de chez Frank en prenant bien soin de ne pas abîmer ses escarpins. C'était un bon médecin, et le shérif ne s'inquiétait guère si parfois Liz Jenkins et elle passaient une soirée un peu enfumée. Il avait fait de même en son temps. Sans doute cesserait-elle vite de penser à ces histoires de plantes qui ne menaient nulle part.

Pourtant, il revint dans son bureau, s'assit et réfléchit un moment.

Tom et le journaliste entamaient leur deuxième bière chez Frank quand le médecin entra chercher un type qui devait être son mari et discutait avec le barman, de l'autre côté de la pièce. Elle lui fit calmement mais fermement abandonner son verre sur le comptoir, puis l'emmena. Tom, qui les suivait des yeux tandis qu'ils traversaient le parking, la vit rire d'une chose que l'homme avait dite. Lui-même avait su faire rire les femmes, parfois. Ça lui manquait.

— Vous la connaissez ? demanda le journaliste.

— C'est le médecin du coin. La police lui a demandé de s'occuper de moi.

— Mignonne.

— Je le pense aussi. Mais elle est prise.

— Comme tout le monde de nos jours, Tom. Vous aussi, d'ailleurs, à en juger par votre alliance. Je pourrais en savoir plus ? Comment se fait-il que vous soyez venu ici seul ?

— Il y avait des problèmes à la maison. J'étais ici pour y voir un peu plus clair.

— D'accord. C'est suffisant pour le moment.

Tom se demanda combien de temps il faudrait à ce type pour vouloir en apprendre davantage, et comment lui-même pourrait ne pas lui répondre. Posant sa bière, il le regarda. Son costume et sa chemise bien repassée suffisaient à montrer que c'était un gars de la ville, qui peut-être n'était pas aussi malin qu'il le croyait. Il souriait en permanence, ce qui devrait être fort utile pour amener les gens à se confier. L'homme s'appelait Jim Henrickson et travaillait pour *Front Page,* dont Kozelek avait reconnu de loin le logo rouge et blanc sur sa carte. Mode, potins, célébrités – ainsi que La cachette d'Hitler en Antarctique, Des extra-terrestres ont volé ma carte de Sécu, Miss Idaho donne naissance à un enfant-poisson. Sans oublier Une rencontre avec Bigfoot.

À dire vrai, les manchettes du magazine n'étaient jamais aussi tape-à-l'œil, et ses rédacteurs se donnaient du mal pour avoir l'air de véritables journalistes. Même si certains de leurs articles erraient aux frontières du bizarre, ils étaient rédigés de manière très sobre, sur un ton impartial. *Front Page* était assez chicos. L'industrie du spectacle le prenait au sérieux, ses collaborateurs étaient invités à toutes les premières de mode et de cinéma. Si Henrickson avait travaillé pour une autre revue, Tom serait ailleurs à l'heure qu'il était, sans doute en train de manger. Mais il fallait bien annoncer la nouvelle quelque part, pour commencer, et depuis une demi-heure il en était venu à penser que peut-être il avait un public pour ça.

— Vous me croyez ? dit-il.

— En effet.

Tom se sentait épuisé, proche des larmes. L'autre s'en aperçut et lui tapa sur l'épaule :

— Tout ira bien, mon vieux.

— Pourquoi me croyez-vous ? Vous êtes bien le seul.

— Ma principale raison, c'est que vous n'avez pas l'air d'un menteur. Les âneries qu'on me raconte sont le plus souvent des bobards, pas des bourdes. De surcroît, ce n'est pas la première fois que je traîne par ici à cause d'une histoire de ce genre. Il y a neuf mois, à quatre-vingts kilomètres au nord-est de Sheffer, près de Mazama, trois chasseurs ont rapporté un incident similaire. Une apparition dans leur camp la nuit, une odeur très forte, ainsi que des bruits étranges, une sorte de gémissement paisible. Vous avez entendu ça ?

— Non. Je... je dormais à poings fermés et me suis éveillé.

— D'accord. Enfin, ça leur a fichu une trouille bleue. C'étaient trois vieux briscards qui connaissaient la forêt depuis leur enfance. Et voilà qu'ils arrivent en courant, morts de frousse.

— Je ne me souviens pas d'avoir entendu parler de ça.

— Vous nous lisez chaque semaine ?

— Non. D'ordinaire, c'est dans les salles d'attente. Désolé.

— Ne vous excusez pas, Tom. C'est important, les salles d'attente ! Grâce à nous, des hommes et des femmes oublient un peu leur angoisse avant d'affronter le dentiste. Enfin, vous n'avez pas entendu parler de ça parce que nous n'avons pas publié l'histoire. Les affirmations de trois barbus en chemises à carreaux pourraient suffire à nos concurrents, mais notre lectorat est un peu plus raffiné que ça. Notre point de vue est de couvrir aussi le bizarre, sans pourtant en rendre compte, sauf si nous pensons avoir affaire à quelque chose d'important.

— « La cachette d'Hitler en Antarctique » ?

L'autre rit et leva les bras au ciel :

— Que vous dire ? C'était une formation rocheuse d'allure étrange, et rien de plus. En ce qui me concerne, je n'aurais pas publié ça, mais je ne suis qu'un homme du rang. En tout cas, ça a fait un énorme tirage ! Hitler est le méchant par excellence, il nous manque depuis qu'il n'est plus là. Bref, je dis que si on doit trouver Bigfoot quelque part, c'est ici, dans le Nord-Ouest. Il y a des centaines de témoignages là-dessus, ça remonte à un nommé Elekah Walker, au début du XIXe siècle. Et beaucoup d'autres choses. Dans toute cette partie des États-Unis, on trouve des gravures rupestres d'allure assez simiesques, bien qu'il n'y ait pas eu de primates locaux – du moins c'est ce qu'on nous dit.

— Est-ce qu'il n'y a pas eu aussi des films ?

Henrickson secoua la tête :

— Le film Patterson ! Qui s'est révélé être un faux voilà peu. C'est le gros problème. Tout est faux, ou pourrait l'être, rien ne permet d'affirmer le contraire. Beaucoup de gens ne veulent pas que la vérité soit connue. Vous leur donnez le moindre indice et ils vous envoient promener. Vous voulez savoir la vérité ? Les théories de la conspiration sont bidon.

Tom hocha la tête :

— En effet. Lesquelles ?

— Toutes ! Elles ont été inventées par les autorités pour dissimuler ce qui se passe vraiment.

— Elle est bonne, celle-là ! dit Tom en éclatant de rire.

— Je ne plaisante pas. C'est la seule vraie théorie, parce que c'est moi qui l'ai trouvée. Plus une théorie paraît bizarre, plus elle a de chances d'être vraie. Elle n'a l'air tordue que dans le contexte des mensonges qu'on nous apprend à gober.

— Je ne vous suis pas.

— Les autorités contrôlent toutes les informations... donc elles doivent avoir aussi inventé les théories. Elles les diffusent parce qu'il serait encore plus grave que nous sachions la vérité. Vous connaissez celle qui veut que jamais nous ne soyons allés sur la Lune ?

— J'ai vu une émission télé là-dessus. Et il y a eu un film...

— En effet. Mais le fait est que cette idée est elle-même une théorie bidon, créée pour détourner l'attention de la vérité : la Lune n'existe pas.

— Pardon ?

— La Lune n'existe pas. Pas plus que les planètes et les étoiles. Tout le monde se demande si on y est allé ou pas, si bien qu'on passe à côté de la vérité vraie. Galilée se shootait ! Ça se réduit à ça : il y a cette boule rocheuse et rien d'autre. Vous connaissez l'histoire : l'État sait qu'il y a des extraterrestres et veut le cacher. Mais il n'y en a pas, parce qu'il n'y a pas d'univers. On a inventé ça parce qu'il devenait évident qu'il nous fallait un horizon nouveau, faute de quoi nous en viendrions à nous entre-tuer. Qui sera le premier sur la Lune, nous ou ces salauds de Rouges ? On y va, mais aussitôt ça nous ennuie, et plus personne ne s'y intéresse. N'est-ce pas un peu bizarre ? On y va grâce à une technologie qui a aujourd'hui quarante ans, et on laisse tomber maintenant qu'on est capable de faire tenir un ordinateur sur une tête d'épingle, alors qu'on avait réussi un alunissage presque en s'éclairant à la bougie ?

— Mais il y a les navettes spatiales.

— En effet. Et elles explosent de temps à autre. C'est pour ça qu'on n'est pas encore allés sur Mars, mesdames et messieurs : l'espace est dangereux ! Conneries, et c'est bien pourquoi on a besoin des petits hommes verts. On ne va pas dans l'espace, mais il vient à nous, donc il doit exister. Et il n'y a pas que ce genre de salades. Dites-moi : qui a tué Kennedy ?

— Je n'en sais rien. Mon impression est que c'est un vrai mystère.

— En effet ? Et pourquoi ? questionna Henrickson

— Je pense que vous allez me le dire.

— Pour dissimuler le fait que Kennedy n'est pas mort.

— Ah bon ?

— Bien sûr que non. C'est en fait une assez jolie histoire : il a été contraint de s'en aller par les gens que lui et sa famille avaient gonflés – la pègre, les Cubains, la CIA. C'était du genre : « Dégage ou on te bousille. » Il a donc conclu un marché aux termes duquel lui et la femme qu'il aimait (Marilyn, évidemment) pourraient disparaître. Leurs morts étaient bidon, aujourd'hui ils vivent ensemble en Écosse. Ils ont monté un élevage de moutons alpaga, l'un des meilleurs d'Europe, je crois. Rien de folichon, mais ils s'en sortent. C'est pourquoi les autres Kennedy continuent à avoir autant d'emmerdements. Certains d'entre eux sont au courant pour JFK. Ils sont censés la fermer, sinon toute l'histoire sera révélée et les gens penseront : « Merde, et si le reste aussi était faux ? » Dès que le moindre signe montre qu'un Kennedy pourrait l'ouvrir, pan ! Terminé. Discrédité, mort, ou les deux. Une rumeur veut que la princesse Diana ait eu vent de la chose, faut-il en dire davantage ?

— Vous ne croyez quand même pas à tout ça ?

— Non. Mais c'est la première chose qu'on apprend dans mon boulot : la vérité n'a pas d'importance ; ce qui compte, c'est ce que les gens croient.

Il y eut un petit bruit, et Tom vit qu'on venait de lui servir une nouvelle bière qu'il ne se souvenait pas d'avoir commandée. Sans doute un autre talent utile quand on faisait un boulot comme celui d'Henrickson.

— Jim, dit-il, ce n'est pas la peine de me saouler.

— Tom ! Bon Dieu ! Et vous me croyez paranoïaque ! Faites-moi confiance. Je suis partant pour quelques bibines, vous me tiendrez compagnie. Vous êtes dans le système, désormais, ce qui signifie que vous ne vous ferez pas avoir. J'espère que nous avons une histoire et que vous allez palper un max. Mais je veux votre parole, ici même, que vous ne parlerez de ça qu'à moi.

— Sûr, répondit Tom, sachant que personne d'autre ne l'écouterait.

— Excellent. Il ne nous reste donc qu'une chose à trouver.

— Une preuve quelconque.

— Pas de celles qu'on présente devant un tribunal, bien sûr. Sinon, on laisserait tomber *Front Page*, on irait voir CNN, le *New York Times* et la BBC. Mais il nous faut quelque chose. Vous me donnez une description qui ressemble assez à celle des chasseurs, mais après tout vous pourriez avoir trouvé ça ailleurs.

— Mais je ne savais pas que...

— Je vous crois, coupa Henrickson. Mais pas les autres. Vous avez aussi des traces de pas, mais elles auront disparu. Sans compter l'histoire de cette Mme Anders avec ses bottes à la noix.

— C'est tout ce que j'ai.

— Non. Pas d'après ce que vous dites. Il se pourrait que vous ayez quelque chose dont vous ne vous rendez pas compte. Nous y irons y voir de plus près demain.

Tom parut perplexe. Le journaliste cligna de l'œil :

— Faites-moi confiance.

Connelly quitta le poste de police. Une brève conversation avec Patricia Anders avait permis d'élucider la découverte de Melissa : c'est elle qui avait déposé les herbes dans le sac. Tout était donc bien en ordre. Il songea à se rendre chez Frank, mais la journée avait été longue ; une bonne bière chez lui, devant la télé, conviendrait tout aussi bien. Sa maison était grande et vide, mais tranquille, et le téléphone ne sonnerait pas.

Ça se présentait bien.

CHAPITRE 13

Dix minutes après sa conversation téléphonique avec le shérif, Patricia se tenait encore dans sa petite cuisine, ou plutôt dans le coin d'un mètre cinquante sur deux qui en tenait lieu dans le séjour. Une fenêtre donnait sur les arbres. Elle regardait dehors, sans d'ailleurs rien voir.

Bill et Patricia Anders avaient passé presque toute leur vie à Portland. Dans les années quatre-vingt, quand les enfants quittèrent la maison, ils tentèrent, non sans hésitation, de se souvenir comment occuper leur temps libre, comme s'ils étaient les gardiens d'un zoo abandonné dont les animaux auraient été relâchés dans la jungle. Ils commencèrent, de manière un peu futile, par passer des week-ends hors de la ville, mais ce n'est qu'avec Verona qu'ils découvrirent de nouveaux horizons.

Ce n'était guère qu'un point sur la route 101 qui longe le Pacifique. La ville comptait quelques rues, des maisons en bois, une épicerie, pas grand-chose d'autre ; on avait toutes les chances de la traverser sans songer à s'arrêter. Mais quand on descendait paresseusement vers le sud en gardant les yeux ouverts, on tombait, juste après le pont qui surplombait la crique, sur une pancarte gravée sur un vieux tronc et pointant vers les arbres, qui signalait les « Pavillons du Séquoia ». Patricia la vit, ils ralentirent pour jeter un coup d'œil, et ce hasard changea le reste de leur existence.

Les Pavillons appartenaient à une époque en voie de disparition : c'était un lieu de séj our à l'ancienne marquant la fin d'une matinée en voiture et le début d'un après-midi consacré à nager, à pousser des grand cris et à pagayer sur la mer, avant de rentrer avec du sable et des aiguilles de pin plein les chaussures. Maman était heureuse parce que l'endroit était agréable et disposait d'un lieu où laver le linge, papa soulagé de voir qu'ils n'avaient pas dépassé leur budget ; ce que les enfants savaient, même vaguement, tout en savourant la chaleur d'une réunion familiale unie, pour une fois, par des joies simples. Quatorze bungalows étaient dispersés sur un peu plus d'un hectare boisé, bordé par une côte rocheuse d'un côté, par la crique de l'autre. Lors de leur première visite, Bill tint à faire un croquis de la disposition des lieux (ils occupaient le bungalow n° 2), tant il était fasciné : séjour, kitchenette, chambre à coucher, salle d'eau, rangements occupaient chaque centimètre carré d'une cabane en rondin. Un fourneau à bois installé dans le séjour en faisait un endroit idéal pour les fraîches soirées de printemps, la chambre était douillette par les nuits d'hiver. En été et en automne, on vivait sous la véranda, écoutant les oiseaux et le lointain murmure des vagues, un livre sur les genoux, histoire d'avoir un prétexte pour ne rien faire, et surtout ne pas lire, tout en songeant à ce qu'on mangerait au dîner.

Le premier soir, ils traversèrent le pont pour se rendre dans la petite ville. Au bord de la baie, se dressaient un bar monté sur pilotis, avec des tables de billard et une musique bruyante qui leur était familière et, un peu plus haut sur la colline, un restaurant qui valait largement ceux de Portland. Ils burent du vin et de la bière de fabrication locale, et furent enchantés, ce qui ne leur était pas arrivé depuis longtemps. À leur âge, c'était plutôt difficile. Verona le leur permit. Bill et Patricia se retrouvèrent sur la plage, à se tenir la main, à sourire aux autres promeneurs et à regarder la mer. Ils prirent les mêmes apéritifs trois soirs de suite. Les Willard, le vieux couple qui gérait les pavillons, les appelèrent par leurs prénoms dès le lendemain de leur arrivée. Quand vint le moment du départ, Patricia dut être emmenée quasiment de force ; elle extorqua à son mari la promesse qu'ils reviendraient dès qu'ils pourraient.

Tout fut décidé à ce moment-là. C'est là qu'ils séjourneraient quand il leur faudrait s'éloigner du monde.

Dix ans passèrent, avec plus d'une vingtaine de visites. Les Willard prirent leur retraite en 1994, mais rien ne changea. Patricia et Bill revenaient, comme ces oiseaux de mer qu'on voit deux fois par an chevaucher les vagues. Ils faillirent amener leurs enfants, mais cela ne put se faire, ce qui n'avait rien d'étonnant. Une fois, comme ils parlaient de Josh et de Nicole, Bill avait dit qu'ils avaient avec eux une relation « cordiale » : tout le monde aimait tout le monde, certes, mais en gardant la tête froide, et personne ne débordait d'affection. Coups de fil réguliers, visites amicales, réunions lors des principales fêtes : on échangeait des cadeaux choisis avec soin, chacun se rendait utile à la cuisine. Leurs enfants travaillaient dur et, si leurs carrières passaient avant leurs visites, on n'y pouvait pas grand-chose. Cela n'empêchait pas Bill et Patricia de se rendre à Verona. Il était plaisant d'avoir l'endroit pour eux seuls, de ne pas s'inquiéter de savoir si d'autres le trouvaient aussi agréable qu'eux. Ils s'abstinrent de suggérer un nouveau voyage en famille.

Puis, un jour, lors d'un week-end à la fin du mois d'août, ils eurent l'occasion de discuter avec les nouveaux propriétaires. Contrairement aux Willard,

Ralph et Becca semblaient les oublier après chaque séjour, et il fallait chaque fois renouer des relations amicales qui demeuraient un peu lointaines. Les Anders comprirent vite qu'il se préparait quelque chose. Ils posèrent la question, et Ralph confirma, apparemment sans grand regret, que c'était le dernier été des Pavillons.

Patricia en eut le cœur brisé. C'est à peine si elle entendit les explications : l'affaire ne rapportait pas assez, bien que la ville fût désormais plus courue. Cannon Beach, Florence et Yachats devenaient beaucoup trop chers ; les gens cherchaient ailleurs le long de la côte. Mais les jeunes n'aimaient guère les installations rustiques, ils voulaient des lecteurs de DVD et des jus de fruits bio. L'endroit était magnifiquement situé, un hôtel serait une mine d'or pour quiconque connaissant un peu le métier. En fait, un investisseur de San Francisco avait fait à Ralph et Becca une offre qu'ils ne pouvaient refuser.

Le soir, avant le dîner, les Anders se retrouvèrent à la terrasse du bar, lui buvant une bière, elle un Manhattan. Cela faisait longtemps que Patricia n'avait eu un tel cafard. Pourquoi la vie devait-elle être ainsi ? On aurait dit que chaque année le monde acceptait de plus en plus de choses qui n'avaient aucun sens pour elle, des innovations déroutantes que pourtant on saluait comme l'aube d'une ère nouvelle. Elle s'efforçait de comprendre l'intérêt des téléphones portables, de Windows ou d'Eminem, mais ce qui avait compté pour elle autrefois devait disparaître en même temps... Bill restait silencieux, avec ce regard qu'il prenait quand il ne voulait pas penser à quelque chose. Il se montra un peu renfermé durant le dîner et s'abstint de consulter la carte des vins, ce dont pourtant il avait pris l'habitude depuis qu'il avait plus ou moins renoncé à la bière. Il se posait la même question que sa femme : reviendraient-ils à Verona ?

Les Pavillons céderaient la place à un de ces hôtels comme on en trouve à foison dans les guides destinés aux couples d'un certain âge. Et eux ? Ils pourraient essayer le nouveau bâtiment une fois qu'il serait construit, mais ce serait se montrer infidèles au passé. Patricia ne pourrait se lever le matin et prendre le petit déjeuner sur un balcon surplombant un parking où autrefois se dressait leur bungalow.

Alors, que faire ? Trouver autre chose ? Elle n'y tenait pas : pas question de recommencer de zéro. Ils connaissaient chaque kilomètre de la route, s'arrêtaient aux mêmes endroits pour déjeuner. Ils allaient perdre tout cela, avec d'innombrables rituels, trop infimes pour avoir un nom, jusqu'au surnom qu'ils donnaient au vieux couple gay qu'ils saluaient sur la plage (les « deux gentilshommes de Vérone »). Bien entendu, Verona n'était pas le paradis sur terre – l'épicerie n'avait pas un très grand choix, ils achetaient tout à Cannon Beach –, mais il ne suffit pas de chercher un refuge pour en dénicher un.

Après dîner, comme ils marchaient le long de la route en se tenant la main, Bill la surprit en lui proposant un dernier verre. C'est ce qu'ils avaient fait au début : il fumait une cigarette, et ils regardaient passer les gens, puis peu à peu ils s'étaient rendu compte qu'ils se sentaient bien après avoir mangé, et ils se contentaient de rentrer tranquillement au bungalow.

Patricia sourit et accepta avec reconnaissance. Il ne parlait pas beaucoup (ce dont, au fil des années, elle s'était exaspérée plus d'une fois), mais il comprenait. Elle s'assit tandis qu'il allait chercher leurs consommations, et aperçut, comme d'habitude, des lumières dans certains des bungalows, de l'autre côté de la crique. Pour elle, c'étaient des étoiles permettant de naviguer à travers l'existence. Elle comprit que, la prochaine fois, elles se seraient éteintes, que c'était leur dernière visite. Quand Bill revint, elle était au bord des larmes.

— Je sais, dit-il en s'asseyant.

Il posa la main sur la sienne, regarda les lumières un moment, puis lui proposa de trinquer. Elle haussa les épaules : ce n'était pas le moment ; il n'y avait rien à fêter.

Il insista. Plus bizarre encore, il avait allumé une cigarette, alors qu'il ne fumait pratiquement plus. Patricia sentit que le regard lointain de son mari ne signifiait pas ce qu'elle avait cru. Elle leva son verre.

— J'ai une idée, dit Bill.

Près de la fenêtre, à regarder la forêt, Patricia se souvenait encore de cette soirée, avec une clarté dont sa vie avait été dépourvue depuis lors. La dernière grande décision, la dernière chose qui ait ressemblé à un pas en avant.

— Nous avons parlé d'acheter de la terre, dit Bill. Bon marché, avec des arbres.

C'était vrai – ou du moins il y avait pensé. Elle avait écouté, acquiescé, vaguement favorable, sans pour autant y croire. Ils avaient Verona, pourquoi chercher ailleurs ?

Sauf que... plus maintenant.

— Oui, répondit-elle.

— Nous pourrions nous y mettre.

— Mais nous n'avons pas assez...

— D'argent ? Si. Pour la terre.

— Mais pas pour construire une maison.

— En effet. Et si, demain matin, j'allais voir Ralph pour lui proposer d'acheter un de ses bungalows ?

Elle le regarda fixement.

— Le numéro 2, ajouta-t-il, et elle en eut les yeux humides. On s'entend avec Ralph, l'investisseur n'en voudra pas, ça le gênerait. Comme ça, il n'y aura pas à le détruire, et on le déplacera où on voudra.

— Tu peux vraiment ?

Ils en parlèrent pendant près d'une heure, jusqu'à en délirer, le regard fou. Et le lendemain matin, Bill tint sa promesse.

Ralph donna un coup de fil : une demi-heure plus tard, le marché était conclu. Pour autant, Bill restait songeur : en fin d'après-midi, ils étaient propriétaires non plus d'un seul bungalow, mais de trois. Il expliqua à Patricia qu'il en garderait un pour eux ; un autre servirait de bureau, le dernier étant destiné aux invités – peut-être leurs petits-enfants. Patricia y prit à peine garde. L'important était que le bungalow numéro 2 soit sauvé. Elle aurait souhaité qu'ils puissent rester à Verona, mais c'était impossible.

Une fois propriétaires, acheter un terrain – idée jusque-là assez vague – devint une nécessité. Ils passèrent plusieurs week-ends à chercher, et se décidèrent finalement pour un endroit situé juste au nord de Sheffer, sur le flanc est des montagnes. C'était à un après-midi de route de Portland, la ville avait un charme authentique, le terrain demeurait relativement bon marché. Des promoteurs avaient proposé des lotissements sur les routes menant à Sheffer, sans succès jusqu'à présent ; certaines pancartes « À vendre » commençaient à s'écailler. Ils achetèrent une vingtaine d'hectares au sortir de la route d'accès, avec des tonnes d'arbres et même un petit lac glacé. Au-delà, c'était une réserve naturelle, personne n'y pourrait rien changer. Le bungalow numéro 2 aurait enfin un foyer permanent.

Ils firent déplacer les trois, en les suivant en voiture depuis la côte. L'un d'eux dut être presque entièrement reconstruit sur un côté, dépense à laquelle ils ne s'attendaient pas ; mais quand les bungalows furent en place, Patricia les contempla, le visage ruisselant de larmes. Elle ne se tourna pas vers Bill, sachant qu'il n'aimait pas qu'elle le voie pleurer.

Le bungalow numéro 2 fut installé près du lac, le « bureau » un peu plus loin, et le troisième de l'autre côté. Bill et Patricia surent que c'était là qu'ils vivraient désormais. Ils vendirent leur maison de Portland, se débarrassèrent de presque toutes leurs affaires et se mirent au travail. Il aménagea les deux bungalows supplémentaires, elle transforma un peu le décor avant les chutes de neige, puis s'assit près du feu avec des catalogues de plantes et de graines, en prévision du printemps. Ils passèrent Noël à Sheffer, pour se familiariser avec la ville. Les enfants téléphonèrent ce jour-là, ce qui était gentil de leur part.

Le 1er janvier 2001, Bill emmena Patricia hors du bungalow pour lui montrer le banc qu'il avait installé autour du plus gros arbre, à côté du lac ; il avait manipulé seul de lourds blocs de bois, en secret. Ils s'y assirent en frissonnant, avec une Thermos de vin chaud ; elle se serra dans ses bras et se dit que jamais elle n'avait été aussi heureuse.

En mars, il s'avéra que Bill avait un cancer du poumon. Quand il mourut, quatre mois plus tard, Patricia aurait pu le soulever d'une seule main.

CHAPITRE 14

Quelque part sur un écran, prisonnière du passé, une jeune femme pleure, assise sur son divan. Le divan défoncé est couvert d'une sorte de daim rouille sombre. Derrière, le mur blanc est décoré d'un miroir et d'un grand tableau représentant des tulipes, pas trop vilain. En bonne forme, la femme est bronzée, à l'exception de pâles triangles au niveau des seins ; presque nue, elle ne porte qu'une petite culotte blanche. De la main droite, elle tient une cigarette ; elle passe la gauche dans ses longs cheveux bruns. Elle a le visage mouillé et ratatiné ; les yeux sont ouverts, mais tournés vers l'intérieur. En face d'elle, sur la table basse, se trouvent un grand cendrier de verre, deux télécommandes et une tasse de café à moitié vide. Il est tôt, en ce dimanche matin, et elle semble en proie à une sacrée gueule de bois.

Elle fume sa cigarette, écrase le mégot. Les images sautent, car bien que tu sois abonné à ce site depuis trois mois, ton logiciel, un shareware joyeusement nommé CamFun à douze dollars quatre-vingt-quinze, est paramétré pour ne rafraîchir l'image que toutes les deux minutes. La plupart des gens se connectent à cette page avec un simple navigateur, comme Internet Explorer. Toi, tu utilises CamFun, qui te permet d'enregistrer les images plus facilement et de les sauvegarder sur le disque dur sous forme de fichier vidéo que tu peux regarder à loisir – d'ailleurs, en ce moment, tu repasses un film qui date de plusieurs semaines. Le site n'a pas été modifié depuis quelques jours, ce qui est étrange. Tu as aussi adopté ce logiciel, parce qu'il t'offre la possibilité de choisir la fréquence de rafraîchissement de l'image. Tu peux profiter de l'avantage réservé aux abonnés et la rafraîchir toutes les quinze secondes, ou toutes les minutes ou deux. Cela peut sembler regrettable quand on paie dix-neuf dollars quatre-vingt-dixneuf par mois pour le haut débit, censé rendre l'expérience plus réelle. Mais pour toi, c'est l'effet inverse.

Le moment pendant lequel tu attends la nouvelle image charge la scène de désir. Deux minutes, c'est suffisant pour qu'une personne passe d'une extrémité du divan à l'autre, comme par magie, ou pour qu'elle ait allumé une nouvelle cigarette, déjà à moitié fumée, en une fraction de seconde. C'est assez pour qu'une femme disparaisse, pour qu'elle aille du salon à la cuisine. De la cuisine au salon, à nouveau. La voilà... clic, elle est partie. Où ? Hors de vue, hors de portée de radar, hors de la planète, et pourtant, sans doute toujours dans l'appartement. Clic... la revoilà. Deux minutes, c'est réel. En deux minutes, il peut se produire des choses.

La semi-nudité de la femme est presque immatérielle. Bien sûr, tu aimes voir son corps, de temps en temps. Mais tu n'as rien d'un pervers, car en fin de compte, c'est elle que tu observes, et non ses seins – ce qui est tout aussi bien, car elle ne les dévoile pas souvent. Cette femme qui a choisi d'organiser sa vie ainsi, de placer dans son appartement une fenêtre à travers laquelle des hommes, dans le monde entier, inondés par une lumière cathodique ou auréolés de la pâleur de leur écran plat, sur leur fauteuil ou leur lit, peuvent l'épier... cette femme qui joue de temps en temps de la guitare acoustique, jamais très longtemps, qui s'enfile sa demi-bouteille de Jack Daniels le soir ; qui a parfois des relations sexuelles indifférentes sur ce divan, rencontres auxquelles tu ne t'intéresses guère, voire pas du tout, bien que tu en aies enregistré certaines et que, lors de ces occasions, tu accélères la vitesse... Elle ne joue pas devant la caméra, et tu la soupçonnes à moitié d'oublier sa présence.

Cette femme qui, tu ne sais pourquoi, pleurait toute seule sur son divan un dimanche matin, voilà un mois... Ce film te fascine pour des raisons qui t'échappent un peu. Elle disparaît dans l'invisibilité pendant encore deux minutes puis revient sur le divan. Entretemps, elle a allumé une autre cigarette et revêtu un peignoir en tissu-éponge bleu. Elle a repoussé en arrière ses cheveux, qui retombent derrière ses oreilles. Elle ne pleure plus, mais elle a les traits tirés et semble morose. Elle regarde sur le côté, par la fenêtre, crois-tu, bien que tu n'aies jamais vu ce mur de l'appartement. Deux minutes plus tard, elle a les pieds posés sur la table basse, elle considère ses genoux ; sa cigarette est presque terminée.

Combien de pensées ont traversé son esprit pendant ce temps ? Quelles pensées ? Tu ne pourrais le dire. Quelque part, entre elle et toi, cette information s'est perdue, extraite de la réalité par le processus de numérisation, le transfert, le stockage, et le nouveau transfert pour la projection en rouge, vert et bleu. Il paraît évident que cette perte s'est produite quelque part dans le circuit, mais ce n'est pas sûr : ce n'est peut-être qu'à la dernière seconde, lorsque l'information a tenté de franchir le gouffre qui sépare l'écran d'un autre esprit humain, que tout s'est perdu. Toutes les différences du monde ne sont rien comparées à cela : la différence entre toi, qui es toi, et moi qui suis moi. À côté, le hiatus qui sépare les dieux des hommes, les hommes des femmes, les morts des vivants semble presque trivial.

Tu regardes, tu spécules et tu réfléchis. Tout cela sans connaître les réponses, sans avoir à te soucier de la vérité de ce monde. C'est peut-être quelque chose de banal ou d'ennuyeux, un ongle cassé, un pare-chocs enfoncé ou la prise de conscience soudaine et vertigineuse qu'elle approche la trentaine et n'a toujours pas d'enfants. C'est peut-être autre chose, un événement plus sombre, plus aigu, hors de ta sphère de compréhension, une mauvaise expérience avec un client (tu supposes vaguement que c'est une pute) ; de mauvaises nouvelles d'un ami ; une autre mauvaise nouvelle comme ce monde en a toujours en réserve dans sa manche. Peu importe. C'est ça, la beauté de cette Webcam, de toutes les Webcams d'Internet – de notre monde tel qu'il est devenu. Tu peux observer, interpréter, ou te contenter de laisser défiler les images jusqu'à plus soif. Ensuite, tu peux fermer le fichier, le laisser reposer dans son dossier, t'en aller. C'est comme les infos, une vision furtive de l'Irak ou du Rwanda. Ce n'est pas ta vie, pas ton problème. Tu es à l'abri.

Du moins, c'est ce que tu t'imagines – sauf qu'une heure plus tard, deux agents du FBI se pointent chez toi pendant que tu dînes avec ta femme. Tu comprends, bien trop tard, que le regard est une voie à double sens, même sur Internet. Lors des derniers moments où ton mariage est encore sans tache, les joues cramoisies, tu écoutes la femme qui t'annonce que Jessica est morte et qu'au cours des trois derniers mois l'ordinateur de ton bureau a emmagasiné plus d'heures de connexion sur son site que tout autre.

En d'autres termes, tu es son plus grand fan, et le FBI veut te parler de ce qui lui est arrivé, tout comme les policiers qui attendent dehors ; on dirait que ton épouse a été sculptée dans du marbre blanc ; et pas moyen de cliquer sur « Quitter », pas d'issue possible.

Quarante minutes plus tard, Nina sortit du salon et laissa le fan de Jessica, un dénommé Greg McCain, avec Doug Olbrich. Elle rejoignit Monroe, qui avait écouté la conversation du couloir. McCain se tenait raide sur le divan de cuir souplement tanné. Dans les trente-cinq ans, il avait une coupe de cheveux sophistiquée que Hugh Grant aurait appréciée. Il avait demandé la présence de son avocat. Peut-être aurait-on pu laisser McCain seul en attendant, mais Olbrich était assis en face de lui, en silence. Parfois, cela marchait.

Monroe se tourna vers elle.

— Qu'en penses-tu ?

— Je ne sais pas. Sa femme lui a donné un alibi à l'heure de la mort de Ryan. Elle dit qu'il est parti pour son travail vers 7 h 45 et elle est tellement furieuse qu'on a du mal à croire qu'elle l'ait couvert par pure loyauté.

— Découvrir que son mari regarde des nanas sur le Web, ce n'est pas la même chose que de le balancer pour le meurtre d'un policier. En tout cas, il n'est pas impossible de faire le trajet de chez eux au Knights en un quart d'heure.

— Non, mais cela serait difficile. J'ai pensé à autre chose.

— Quoi ?

— Il me semble que l'homme qui a tué Jessica est aussi celui qui a tué Ryan.

— Oui, bien sûr, mais je ne crois pas que...

— Charles, écoute-moi. Jessica était morte depuis environ quarante-huit heures quand on l'a retrouvée, c'est difficile à dire à cause de la chaleur. D'après ce que nous savons, un type a tué une femme, en privé, et un ou deux jours plus tard, il est sorti et a tué un policier, comme pour se faire remarquer.

— Trouve-moi une explication.

— Je ne peux pas. Pas encore. Je sais seulement que le seul lien entre les deux événements, c'est la proximité.

— Sacrée coïncidence quand même, tu ne trouves pas ?

— Non. Les deux événements sont peut-être liés malgré tout. Mais ce ne serait pas le même type. Ce qui signifie que l'assassin de Jessica pourrait être à l'autre bout du pays, à présent. Ou tranquillement chez lui, avec un alibi pour le mauvais jour.

Monroe détourna les yeux et parla d'un ton exceptionnellement doux.

— Pourquoi un autre type aurait-il tué un policier ?

— Je dis simplement que si nous gardons l'idée en tête, nous aurons une autre question à poser.

— Vas-y.

Gail McCain était à la cuisine. Le dos droit, elle regardait dans la cour par la fenêtre. Le couple n'avait pas d'enfant, et le dîner tranquille aurait dû être suivi d'une séance de télévision ou d'un peu de travail.

— Mon mari est en état d'arrestation ?

— Non, dit Nina. Pas encore.

— Alors, vous n'avez plus rien à faire ici ?

— Vous pouvez exiger qu'on s'en aille. Dans ce cas, la police de Los Angeles viendra vous arrêter pour qu'on vous interroge au commissariat. Tels que je connais ces types, ils allumeront tous les gyrophares, qui ne manqueront pas d'éclairer les fenêtres des voisins.

— S'ils avaient des raisons pour ça, ce serait déjà fait.

— Vous êtes avocate, madame McCain ?

— Non, je travaille à la télévision.

Quelque chose dans sa voix ou son visage échauffa les neurones de Nina d'un demi-degré. Elle se tourna vers la femme policier en faction devant la porte. Petite mais costaude, cette dernière surveillait le couloir, impassible. Ses cheveux étaient retenus en une petite queue-de-cheval qui paraissait assez rigide pour aplatir un nez.

— Vous entendez ? La dame travaille à la télévision. Cool, non ?

— Fait ce qu'elle veut, répondit la femme policier sans détourner le regard.

Nina haussa les épaules.

— L'agent Whalen est difficilement impressionnable. Moi, je trouve que la télé, c'est formidable.

— C'est un boulot comme un autre.

— Oui, mais c'est un travail important, non ? J'ai un ami, il s'appelle Ward, qui a une théorie : il dit que les producteurs sont les nouveaux prêtres et que leur travail consiste à servir de médiateurs entre l'homme de la rue et le royaume paradisiaque de l'autre côté de l'écran. Dites ce qu'il faut, faites ce qu'il faut, et vous entraînez le public dans la télé-réalité ou une série comme *Friends,* et vous vous retrouvez avec un Emmy, à la droite de Whoopie Goldberg. Vous vous êtes déjà sentie dans la peau d'un prêtre ?

— Je ne comprends pas de quoi vous parlez.

— Je ne vous le reproche pas. Je ne comprends pas non plus. C'est presque toujours comme ça avec Ward. Mais ce que je voulais dire, c'est qu'il vous serait beaucoup plus utile d'être avocate, en ce moment. Vous comprenez sans doute la situation ?

— Je crois.

— Vous savez que nous enquêtons sur le meurtre d'une femme appelée Jessica Jones, qu'on a retrouvée mardi matin. Jessica avait un site Web, dont votre mari était membre. Cela lui permettait de voir l'appartement de Jessica grâce à une Webcam où elle se promenait souvent nue.

La femme répondit entre ses dents.

— Oui, j'ai bien compris.

— Parfait. Diriez-vous que votre mari était techniquement compétent ?

— Qu'est-ce que vous entendez par là ?

— Les ordinateurs. Il y en a plusieurs dans son bureau. Il sait s'en servir ?

— Je crois. Il répare le mien quand il est en panne. Mais...

— Merci. Bon, dans l'ensemble, votre mari ne ressemble pas au suspect idéal. C'est pour ça que nous nous réjouissons que vous acceptiez de collaborer avec nous, et que nous sommes venus ici sans sirènes. Pour l'instant, je veux juste vous poser quelques questions, et c'en sera fini. D'accord ? Vous avez dit au lieutenant Olbrich que votre mari était parti travailler vers 7 h 45, c'est bien ça ?

— Non, rétorqua la femme d'un ton glacial. J'ai dit que Greg était parti à 7 h 45 pile.

— Comment pouvez-vous en être si sûre ?

— Greg s'en va tous les jours à 7 h 45. C'est son heure.

— Mais parfois, c'est sans doute un peu plus près de 8 heures, ou un peu plus tôt... Votre mari travaille aussi à la télévision, je crois ? Je suppose que quelquefois il doit arriver en avance ? Ce n'est pas comme s'il pointait.

— Non, mais...

— Donc il a des réunions de bonne heure, de temps en temps ?

— Oui, bien sûr.

— Et s'il s'en va en général à 7 h 45, il y a des moments où il est parti un quart d'heure après, ou même plus tard. Pourquoi affirmez-vous que, le jour en question, il est parti à l'heure habituelle ?

Gail paraissait exaspérée.

— Parce que je le sais. Écoutez, madame Baynam, vous êtes mariée ?

— Non.

Les neurones s'échauffèrent d'un demi-degré supplémentaire.

— Tout s'explique. Si vous l'étiez, vous sauriez de quoi je parle. Lorsqu'on est marié avec quelqu'un, on sait ce qui se passe dans son univers. Trop bien, peut-être. Vous avez votre vie, et la moitié de la vie de l'autre personne. Je sais quand Greg est très occupé, lorsqu'il est en difficulté au travail et qu'il commence à y avoir des réunions à tout bout de champ. Non, je n'ai pas son agenda dans la tête, je ne peux pas vous réciter son emploi du temps par cœur, mais je sais ce qui se passe.

— Alors, excusez-moi, mais vous étiez au courant pour la Webcam ? Vous saviez qu'il épiait de filles qui se trimballaient à poil, faisaient l'amour, en direct sur Internet ?

— Non, mais ce n'est pas...

— La même chose. Oui. Vous saviez tout de Greg, à part ça, et cela se comprend parfaitement. Les hommes sont cachottiers. On pouvait difficilement s'attendre que vous soyez au courant. Il y a peut-être un ou deux détails qu'il ignore à votre sujet aussi, non ? Ce n'est pas grave. C'est la vie de couple, d'après ce que je comprends. Enfin, je suppose. Je vois ça depuis le désert froid et sombre de la vieille fille.

— Je ne voulais pas...

— Je sais, je sais, ne vous en faites pas, Gail. Mais à part ces petits détails, vous êtes sûre d'avoir une connaissance précise de l'emploi du temps et de la vie de Greg ?

— Oui. Absolument.

— Parfait. Votre aide m'a été précieuse. (Nina entendit la sonnette, de l'autre côté de la maison.) On dirait que la grosse cavalerie a débarqué. Je crois que le lieutenant a terminé avec votre mari, alors nous allons vous quitter très bientôt.

Nina lui adressa un sourire chaleureux et s'éloigna. Elle se retourna puis, sur le même ton qu'elle aurait demandé le nom du décorateur, elle posa encore une question.

— Que faisait votre mari, lundi soir ?

— Pardon ? répondit la femme en la regardant fixement.

— Que faisait votre mari lundi soir ? Puisque vous connaissez son emploi du temps ?

— Il...

Nina vit que Gail comprenait qu'elle avait hésité trop longtemps, que la question, sortie de nulle part, avait percé un fragile mur de défense.

— Il était sorti ce soir-là ?

— Oui.... Il... il était en réunion. Très tard.

— Tard ? Quelle heure ?

— Je ne me souviens pas. Il était tard.

— Une réunion à son travail ?

— Oui, je crois.

— On va s'en aller, dit Olbrich. (Lui, Monroe et Nina étaient seuls dans la cuisine.) Deux personnes ont confirmé qu'il était à son bureau ou dans les parages à l'heure habituelle. Il est sorti tard, la veille au soir, comme tu le savais, mais il n'était pas en réunion. Il prétend avoir accompagné un client dans un club de strip-tease. Ledit client est reparti pour l'Angleterre.

Nina bâilla.

— Nous n'avons rien pour le retenir, et il ne ressemble pas au type qu'on a vu avec Jessica chez Jimmy.

— Bon, d'accord, il matait Jessica, il fréquente des clubs de strip-tease. Pour le reste, c'est une impasse. Son avocat est arrivé, il est prêt au combat et il a raison sur un point. Ou on prend l'affaire au sérieux, ou on lui fiche la paix pour l'instant.

Monroe hocha la tête et avança dans le couloir.

Olbrich regarda Nina.

— Qu'est-ce qu'il y a ?

— Il n'aime pas partir les mains vides quand on arrive en force.

— C'était son idée. Je lui ai dit qu'il devrait la jouer plus cool.

— Monroe est plutôt du genre à foncer tête baissée.

Ils suivirent le patron et s'arrêtèrent devant la porte du salon. Nina s'attendait à une perfidie de l'un ou de l'autre, de l'avocat, surtout ; à la télévision ou au cinéma, tout le monde parlait aux flics et, dans la vie réelle, tout le monde se sentait obligé de faire de même, mais là rien ne venait.

Olbrich s'excusa sans s'excuser. Monroe leur demanda de ne pas quitter la ville pendant quelques jours. Nina allait partir sans un regard en arrière lorsqu'elle entendit une voix de femme prononcer son nom.

Vas-y, ma vieille, pensa-t-elle en se retournant, pousse-la un peu, on verra bien ce qui se passe.

L'un à côté de l'autre, les McCain lui faisaient face. Renvoyé au fond de la pièce, l'avocat n'avait pas l'air content.

— Ma femme me dit que je devrais vous donner ceci. Mon avocat n'est pas d'accord.

Le mari tendait un objet, un peu plus petit qu'un livre de poche, mais de la même épaisseur.

— Qu'est-ce que c'est ?

— Le disque dur de mon portable. Euh... Il y a des photos. Des vidéos, aussi. Tirées du site. Je ne sais pas si ça peut vous être utile, mais...

Sa femme termina pour lui.

— Nous n'en voulons plus chez nous.

Nina prit le disque.

— Cela nous aidera beaucoup.

Une fois qu'il en fut débarrassé, McCain laissa retomber ses épaules, soulagé. Nina comprit qu'au lieu d'être un désastre complet, la soirée pouvait tourner en sa faveur. Sa culpabilité de petit-bourgeois était étalée au grand jour, le destin l'avait libéré de son secret. Bien sûr, sa femme le lui ferait payer cher, elle serait blessée, et il devrait accepter le rôle de paillasson pendant un moment. Et cela allait alimenter les conversations !

Mais ce n'était plus un tabou, et pouvoir ouvrir les portes de ses placards secrets, cela valait la peine d'en payer le prix. Sa femme ne s'en irait pas : ils menaient la belle vie ensemble, et qui a envie de recommencer à draguer ? Dans quelques mois, la gêne de ce soir serait peut-être convertie en une vie sexuelle revigorée.

Certaines personnes flottent sur la vie.

— Je ne savais pas qu'elle était morte, reprit-il. Je suis désolé de l'apprendre.

— Les circonstances de la mort n'ont pas encore été divulguées, nous aimerions que cela ne change pas.

Il hocha la tête et détourna le regard. Gail fit un pas en arrière, comme si elle se détachait inconsciemment de la soirée, puis avança vers la porte pour raccompagner Nina : pour la voir quitter les lieux, en fait... une femme s'adressant à une autre femme, d'une manière telle que les hommes ne se rendent jamais compte de ce qui se trame.

En longeant l'allée qui menait aux voitures, Nina commit une minuscule transgression et glissa le disque dans sa poche avant que les hommes ne s'en aperçoivent. Demain, il irait rejoindre les autres pièces à conviction, intact.

Pas ce soir.

CHAPITRE 15

J'arrivai chez Nina en milieu de matinée. Le chauffeur qui me déposa observa la maison d'un air dubitatif.

— C'est là que vous habitez ?

— Une de mes amies.

— Charmant, grogna-t-il, et il s'éloigna.

Je longeai le chemin vertigineux qui menait à la porte d'entrée. Je n'étais allé chez Nina qu'une seule fois, brièvement, trois mois auparavant ; j'avais passé la nuit sur le canapé après avoir raccompagné Sarah Becker dans sa famille avec Zandt. Il ne semblait être rien arrivé de bon à la façade depuis. De vieux style californien, elle consistait en une rangée de pièces carrées, avec une avancée en forme de L pour la cuisine, comme dans un tout petit motel. Un truc extra à la fin des années cinquante, peut-être mais, même de loin, on voyait bien que ses jours étaient comptés.

Je frappai.

— C'est ouvert, me dit une voix lointaine.

En entrant, j'aperçus Nina qui téléphonait sur la terrasse. Elle m'adressa un signe distrait sans même me regarder.

Je posai mon sac et flânai un instant dans l'espace de vie principal. L'espace, en tout cas. Il ne semblait pas y avoir eu beaucoup de vie ces derniers temps. Ce n'était pas poussiéreux, ni désordonné, mais il n'y avait aucun objet personnel, à part les livres et les dossiers alignés sur les longues étagères. J'allai à la cuisine et ouvris le frigo : deux bouteilles de vin, un carton de jus d'orange, une brique de lait, et basta. Rien dans les placards non plus. Nina ne consommait que du carburant liquide.

Lorsque je retournai dans l'espace principal, tout semblait plus silencieux et plus figé. J'avais lu un jour qu'au milieu du premier millénaire, en Grande-Bretagne, lorsque les autochtones traversaient des contrées désertées, ils s'abritaient dans les ruines des villas romaines et des églises abandonnées. Ils désignaient ces lieux sous le nom de « ports froids », car s'ils pouvaient s'y protéger des éléments, ils n'y trouvaient ni vie ni chaleur humaine. La maison de Nina me donnait cette même impression, à moi, un homme qui avait passé des nuits et des nuits dans des motels et des usines désaffectées, aux fenêtres barricadées, avec des panneaux « démolition en cours » sur les murs.

— Ward ?

Nina avait raccroché et se tenait dans le couloir.

Ses cheveux étaient un peu plus longs, sa silhouette toujours mince semblait débarrassée de quelques kilos. Elle me rappela quelqu'un, mais je ne pus déterminer pourquoi.

— On devrait alerter les flics, quelqu'un a volé toutes tes provisions.

— Tu n'as pas bien cherché. Tout est rangé à sa place. Au supermarché.

— Tu as du café sur place, au moins, ou c'est Starbucks qui s'en occupe ?

Finalement, ce n'était pas cela qui manquait.

— Je l'ai passé à tous les logiciels possibles, dis-je en lui tendant le disque. Rien. Je possède d'autres outils d'analyse plus puissants, mais ils risqueraient de laisser des traces, alors je les passerai sur la copie, si tu l'as toujours. Bref, celui qui a effacé le disque a fait du bon boulot. Il est vierge de chez vierge. Je suis désolé. Parfois, il ne reste plus rien de rien.

— Ne t'inquiète pas. (Penchée sur la balustrade, elle regardait la mer brumeuse.) Je me doutais que ce serait difficile.

— Vous avez des pistes ?

J'avais placé ma chaise le plus loin possible sur la terrasse, afin de vaguement augmenter mes chances de survie lorsque tout s'écroulerait.

— Non. Les flics interrogent les habitués de son site. Il n'y en a pas beaucoup, et aucun n'a le profil. On a interrogé son fan numéro 1, mais je ne crois pas qu'il y ait grand-chose à attendre. Nous avons une vague description du type avec lequel elle a été vue la nuit de sa mort, nous savons qu'elle travaillait comme serveuse de temps à autre, les flics ont interrogé ses collègues de travail, et c'est tout.

— Vous savez qui c'était ?

— Elle vient de la Baie. La police de L.A. essaie toujours de retrouver sa famille à Monterey. On a une adresse sans doute valable, mais les parents doivent être en vacances. Ses rares relations à L.A. semblent ne rien savoir de son passé. Tu sais comment sont ces gens : c'était une mauvaise journée, alors pourquoi ne pas boire une bière et tout oublier ? Tu aurais dû voir son amie, Jean. Elles étaient très copines apparemment, leur prénom commençait par la même lettre, elles fréquentaient le même bar, les meilleures amies du monde. Et maintenant qu'elle est morte, pour Jean ce n'est plus qu'un mauvais rêve. À la suivante !

— Charmant.

— Qu'est-ce que tu crois ? Jessica était une fille qui habitait dans un appartement, qui se sentait parfois déprimée, buvait trop et qui est morte. Nous n'en saurons peut-être jamais plus.

Sa voix s'était étranglée sur les derniers mots pour ne devenir qu'un murmure.

— Nina ? Tu vas bien ?

Elle se tourna vers moi, ses yeux verts pétillaient.

— Oui, affirma-t-elle d'une voix plus ferme. Je ne connais pas la réponse à ta question, c'est tout. Qui était-elle ? Je te le demande. Elle avait un nom et une guitare. Elle était vivante, elle est morte. Le jour du Jugement dernier, c'est tout ce qu'il restera.

— Conception un peu déprimante, mais ce n'est pas ce que je voulais dire. C'était John au téléphone ?

Elle ouvrit la bouche mais se tut.

— Alors, où est-il maintenant ?

— Je ne sais pas. Il faut que je passe la journée à lui laisser des messages si je veux qu'il me rappelle et, ensuite, j'ai droit à cinq minutes de faux-fuyants avant le signal sonore. Ce n'est pas comme si je le traquais. C'est fini, et c'est OK pour moi. Je m'inquiète, c'est tout. Il se conduit bizarrement. Plus que d'habitude.

— Qu'est-ce qui vous est arrivé ?

— Tu lui as posé la question ? s'enquit-elle.

— Oui.

— Et il t'a répondu ?

— Un truc inintelligible.

— Tu n'as qu'à faire travailler ton imagination. Ça n'a pas marché, c'est tout, Ward. Comme il te l'a dit, on ne peut jamais revenir en arrière, et puis, il n'y avait pas tant de choses que cela à revisiter. Nous avions une chose en commun, deux, je crois : les moments passés ensemble avant le meurtre de Karen, et le fait que ni l'un ni l'autre nous ne prenions le départ pour l'escadron du grand amour...

— Et puis vous étiez plutôt terrifiants, tous les deux. Elle sourit vraiment pour la première fois depuis mon arrivée.

— Terrifiants ?

— D'une manière positive.

— Venant d'un type qui a des croûtes sur les doigts et un revolver dans la poche, je prends ça comme un compliment. Je planquai mes mains sous la table.

— Tu es très observatrice. Tu devrais t'engager dans la police.

— Tu veux me parler de cette bagarre ?

Je n'en avais pas envie. Je n'étais pas d'humeur à reconnaître devant Nina ce que j'avais fait ni à lui expliquer pourquoi.

— Un type n'arrêtait pas de me demander si je voulais des frites. Je l'ai rembarré. Tu sais comment ça se passe. Elle haussa les épaules.

— John est resté quelques semaines ici. Ça marchait assez bien. On sortait, on se promenait, on parlait de mon travail, bien sûr, il n'en avait pas. C'était en partie le problème. C'était peut-être même le seul problème. John était un excellent flic. Il fallait absolument qu'il trouve la solution. Mais il n'avait plus sa place dans la police de Los Angeles et il n'avait nulle part où aller. Assez vite, en rentrant du travail, je ne le trouvais plus ici. Il ne rentrait jamais avant minuit. Il ne voulait pas me dire où il était allé. En général, il avait bu, mais ce n'était pas ce qui m'inquiétait. Il a commencé à basculer. Il avait la tête ailleurs. Et tout d'un coup, il a disparu pendant cinq jours.

— Où était-il passé ?

— En Floride. Là où vit son ex.

Je savais que le ménage de Zandt s'était brisé après la disparition de sa fille. Pourtant, il était allé revoir son ex-femme lorsqu'on avait retrouvé le corps de Karen, dix-huit mois plus tard, et je me souvenais que, la veille au soir, il m'avait confié que les assassins n'étaient pas la seule chose importante dans sa vie.

— Il y est retourné voilà deux jours, enchaînai-je.

— Je sais, il m'a envoyé un texto, répondit-elle.

— Tu crois qu'il veut renouer avec elle ?

— Je ne sais pas. Je ne crois pas qu'il le sache non plus. Il n'a plus qu'une idée en tête, retrouver l'Homme Debout. Pour le reste, il ne sait pas où il en est.

— Bizarre, il m'a dit exactement le contraire.

— John est un menteur, observa-t-elle avec amertume, mais elle se ravisa. Parfois, il dit la vérité.

— Ses talents de détective commencent à se rouiller, j'en ai peur. Tout ce qu'il a à son actif depuis son passage à Yakima, c'est une non-information sur une vague colonie roanoke à la fin du XVIe siècle.

— Quoi ? Je lui relatai ce dont je me souvenais de la leçon d'histoire de John. À la fin, elle était livide et nous gardâmes le silence un instant.

Elle se leva enfin.

— Je dois aller bosser. Tu es pressé ?

— Je n'ai nulle part où aller.

— Tant mieux, je voulais te demander un autre service.

Nina partie, je refis du café. J'étais content d'être dans une maison, même aussi peu accueillante que la sienne. Chez soi, inutile de dépenser de l'argent ou de faire bonne figure en permanence. Mais je m'aperçus que, à flâner sans être observé ni importuné par d'autres êtres humains, je me sentais un peu bizarre. Je répondis donc à la requête de Nina.

Avant son départ, j'avais copié tous les fichiers du disque que Greg McCain lui avait confié. L'original était à présent entre les mains de la police, avec celui qu'on avait retrouvé dans le crâne de Jessica. Comment allait-elle expliquer le petit voyage clandestin, je l'ignorais, et je n'aimais pas la voir prendre autant de risques. Elle était la seule à rester liée au monde réel, et j'avais l'impression qu'elle dérivait, comme une prise qui glisse peu à peu en dehors des plots. D'expérience, je savais qu'ensuite la matière changeait subtilement de forme et qu'on risquait de ne plus s'adapter à l'ancien moule.

Les silhouettes recroquevillées à chaque coin de rue, sous chaque porche empestant la pisse, prouvent que la musique de la civilisation s'enraye souvent et qu'il ne reste jamais assez de chaises pour tout le monde.

Tout d'abord, je visionnai les films. Ce n'étaient pas de véritables vidéos, mais de longues séquences figées, qui changeaient à intervalles réguliers. Il y en avait six. Trois montraient Jessica ayant des relations sexuelles, avec à grand renfort d'alcool trois types différents ; deux fois sur le divan du minuscule salon, une fois dans le lit. Il y avait beaucoup de grain, peu de lumière et l'un des films était presque noir. Elle ne faisait aucun effort pour jouer devant la caméra, dont la position demeurait statique. On aurait cru regarder Ken et Barbie collés l'un à l'autre par une gosse qui n'avait aucune idée de la signification de ce geste. Sur un autre film, qui s'étalait sur quatre heures, on voyait Jessica regarder la télévision, faire un peu de ménage de printemps, grattouiller sa guitare et essayer de monter une étagère pas très compliquée. Pendant presque tout ce temps, elle portait un short orange, rien d'autre. Un autre film la montrait assise, après avoir beaucoup pleuré. Sur la dernière vidéo, aux intervalles beaucoup plus longs, cinq à dix minutes environ, Jessica dormait sur son divan, sous une couverture, à peine éclairée par l'écran d'une télévision hors champ. À la fin, elle s'assit et regarda une émission, devant une tasse de café. Nina m'avait dit que Jessica approchait la trentaine, mais, là, éveillée, elle en paraissait plus de quarante ans.

Ensuite, je travaillai sur les photos. McCain les avait rangées dans un unique dossier. J'utilisai un visualiseur graphique et cliquai au petit bonheur la chance. Les images montraient Jessica dans les mêmes situations que les vidéos, mais sans le sexe. Nue ou à moitié nue. Lisant un magazine. À table. Assise devant son ordinateur. Buvant du café ou du whisky. Dormant, fumant, regardant dans le vide. L'effet cumulatif était étrange, et je commençai à comprendre pourquoi Jessica avait séduit McCain.

J'étais, moi aussi, un familier des Webcam, et j'avais passé des heures à observer les rues de La Nouvelle-Orléans, les rives du lac McDonald ou encore les vitrines des boutiques informatiques dans les rues de villes anonymes du Middle-West. Il m'avait fallu un moment pour comprendre ce que j'en retirais. On n'observe pas dans l'espoir de voir quelque chose de fascinant, bien au contraire. On regarde parce que le manque d'activité, l'absence totale de thème rendent la scène plus réelle. Si on observe quelque chose de particulier, la seule chose que l'on voit, c'est ce qui se passe. On voit le moment, l'événement, on oublie la lente marée dépourvue d'événements qui le submerge. Si l'on n'observe rien, on voit tout. On voit la chose telle qu'elle est.

Cette myriade de vues produisait le même effet. Aucune image n'était composée. Dans la plupart d'entre elles, Jessica se trouvait hors cadre ou dans une zone floue. En ne dévoilant rien de particulier, elle révélait tout. Notre vision de sa vie, devenait similaire à la sienne, une série interminable d'instants non prémédités, parfaitement neutres et, finalement, plutôt ennuyeux. La collection de McCain révélait la réalité de cette femme bien mieux que tout ce que j'aurais pu imaginer, en lui rendant gloire et en la capturant sous forme de pixels. Quinze mégaoctets de triomphe.

Ce fut seulement après avoir observé sa vie avant l'événement que je regardai les Polaroïd que Nina m'avait laissés. Ils montraient l'appartement de Jessica le jour où la police l'avait retrouvée. Deux images, plates, sans âme, mais pas neutres. Chaque millimètre carré disait quelque chose de direct : leur simple existence criait que la fille qui avait vécu ici était morte, c'était d'ailleurs pourquoi j'avais regardé les autres images en premier.

Je les examinai un instant, puis retournai aux premières images du disque dur ; je paramétrai le système pour les classer par ordre chronologique, et je regardai à nouveau.

Il me fallut un moment pour noter un détail.

— Tu vois ?

Nina hocha la tête.

— On ne peut pas avoir mieux ?

— Non, pas moyen. J'ai essayé d'agrandir... (J'ouvris une autre fenêtre que j'avais réduite.) Ce n'est pas un film, et l'agrandissement ne donne rien.

Nina se pencha pour observer l'image sur l'écran. Elle regardait une photo au grain grossier qui montrait Jessica allongée sur son lit. Un visage d'homme se penchait sur le sien.

Nous ne nous intéressions pas à l'homme. Les flics de L.A. allaient vite : ils possédaient déjà des tirages des trois hommes que l'on voyait sur le film de McCain et les avaient montrés aux copains de Jessica, en commençant par le bar de Jimmy. Le garçon avait dit qu'aucun ne ressemblait vraiment au type avec lequel on l'avait vue le dernier soir. Nina s'était chargée elle-même de ces investigations avant de rentrer en milieu d'après-midi. Nous observâmes la table de chevet de Jessica : une lampe, un radioréveil bon marché, une petite pile de livres dont les tranches criardes évoquaient des ouvrages de développement personnel, trois tasses de café et une petite photo encadrée.

Nina prit le Polaroïd de la chambre.

— Tu as raison, le cliché a disparu. Et je n'ai rien vu de tel dans tout l'appartement.

Dès que j'avais remarqué ce détail, je l'avais appelée pour lui décrire la photo, et elle était passée vérifier dans l'appartement de Jessica.

— Quand a-t-elle disparu ?

— Moins d'une semaine avant sa mort.

— À condition que la date soit correcte.

— Elle l'est. C'est confirmé par la date de création du fichier.

— Une semaine. Elle aurait eu le temps de la déplacer.

— Tu ne l'as pas retrouvée. Une photo assez importante pour qu'on la garde près de son lit, ça ne se jette pas comme ça.

— Si c'est un ex-petit ami ?

— Exact, mais regarde. (Je désignai une troisième image, avec le cliché en gros plan.) C'est un agrandissement encore plus important. J'ai utilisé un logiciel qui extrapole à partir de la couleur de chaque pixel, la compare à l'environnement et essaye de recréer une image cohérente. Ça ne ressemble à rien quand on l'applique à une photo de si mauvaise qualité, mais on discerne quand même un détail intéressant. On ne distingue aucun trait, mais on voit clairement deux personnes.

— Jessica et un ancien copain.

— Je ne crois pas. Quelle est la couleur au sommet de la tête ?

— Gris, répondit-elle.

— La couleur des personnes âgées, en d'autres termes. Des parents, sans doute.

— Tu crois ?

— Jessica ne rentrait peut-être pas souvent chez elle, mais j'aurais été surpris qu'il n'y ait aucune photo de famille dans l'appartement. Une jolie photo de papa et maman, ou bien, si elle avait un problème avec l'un ou l'autre, ou les deux, la photo d'une nièce. Une trace de la famille. Les filles sont comme ça.

— Ah bon ? Et tu en as déniché une ici ?

— Non, admis-je, mais je n'ai pas bien cherché. Et tu n'es pas une fille.

— Exact. Juste une femme terrifiante.

— Pas seulement. Mais ce que je veux dire, c'est qu'il manque quelque chose dans l'appartement de Jessica.

— Tu crois que l'assassin y était passé ? s'étonna-t-elle.

— Oui. Et j'en ai la preuve.

Je double-cliquai sur un autre fichier, une des images que McCain avait sauvegardées. On y voyait Jessica avachie sur le divan dans une pose peu élégante. Elle portait un pyjama bleu clair, avec des petites fleurs roses et blanches.

— Tu dis qu'on l'a trouvée... repris-je.

— C'est ça ! Les pyjamas ! Mon Dieu, tu as raison ! Il est venu.

— Je crois qu'il s'est approché d'elle, qu'il l'a traquée, si on adopte son raisonnement, et qu'il a passé un moment dans son appartement à construire son meurtre. Il a volé les pyjamas et un souvenir personnel. Il a dû comprendre qu'il s'agissait de sa famille et il voulait un objet qui la touchait de près, un objet important.

— Sans qu'elle l'ait remarqué ?

— Cite-moi un objet que tu regardes tous les jours, lui dis-je. Et puis, cette table, c'est un vrai foutoir. Et...

— Et les pyjamas ? Elle se serait aperçue de leur disparition, non ?

— Donc il était sans doute là le jour ou la nuit précédant le meurtre.

— Alors, pourquoi ne pas l'attendre tout simplement et la tuer chez elle ? questionna Nina.

— Parce que c'était sa maison à elle. Tu connais ces types. Ils veulent sculpter l'événement. Il faut que tout se passe selon leur plan. Il savait où elle habitait. Cela signifie qu'une fois au moins on a pu le voir près de l'appartement. Cela signifie qu'il a dû entrer. Mais comment ?

— La police a déjà passé le voisinage au peigne fin. Personne n'a rien vu.

— Mais comment a-t-il su où elle habitait ? insistai-je.

— Ward, tu as de bons yeux, mais tu n'es pas flic. Il l'a sûrement suivie à la sortie d'un bar. Je suis désolée, mais, même si tu as raison, ça ne nous mène à rien. Il a pris ses pyjamas et volé une photo. Peut-être. Tu parles d'une affaire ! On va ajouter ça aux charges, juste en dessous du meurtre !

Je me tournai vers elle, irrité, mais elle avait l'air fatiguée et je ravalai mes mots.

— Bizarre que ça n'ait pas marché avec John. Entre deux êtres aussi raisonnables et aussi conciliants...

Elle sourit.

— D'accord, je vais en parler.

— Merci, je me sens reconnu au-delà de toute espérance. Bon, eh bien, si on allait libérer un peu de nourriture du supermarché ?

— Laisse tomber. On va trouver un endroit où ils la font cuire en plus.

Nous finîmes à Santa Monica, dans un restaurant italien de la Promenade. Nous passâmes un moment à table avant de nous attarder plus longuement au bar. Nina était parfaite, un verre de vin à la main. Je lui racontai ce que j'avais fait ces derniers mois, puis, sous l'effet du vin, lui confiai que Bobby me manquait beaucoup, tout comme mes parents ; elle comprit et ne dit rien pour tenter de me consoler. Je me rendis compte que je savais peu de choses d'elle, je découvris qu'elle avait grandi dans le Colorado, fréquenté l'université à San Francisco, mais guère plus. Elle me parla d'une ancienne amie à elle qui l'avait appelée et qu'elle devait rencontrer, et nous nous accordâmes à dire que le passé était un autre continent dont les plaques tectoniques s'éloignaient d'année en année. Au fil de la soirée, le bar s'emplissait, Nina veillait sur mon siège pour empêcher les gens de le prendre durant mes petites expéditions pour aller fumer à l'extérieur. Avec Nina, un regard suffisait.

Avec l'ivresse, les gens me paraissaient de plus en plus bruyants, de plus en plus odieux. Les discussions parlaient de cinéma, bien sûr, de fric, de santé, de surpoids, de mode. Plus les sujets étaient superficiels, plus ils parlaient fort, interminable litanie adressée aux dieux du destin. J'étais de plus en plus exaspéré ; Nina m'écoutait fulminer en silence. La mode, ça m'énerve. Depuis toujours. Cet été, nous porterons tous de l'orange, vous savez ?

Nous avons perdu tout sens des proportions, pérorai-je, tout sens de ce qui est important, raisonnable ou sain : pendant ce temps, les pays qui n'ont ni le temps ni les moyens pour ces conneries sont de plus en plus furax de nous voir nous conduire comme si le monde était notre terrain de jeu. Mais qui s'en préoccupe ? Tiens, un nouveau film sur des ados débiles. Formidable, un nouveau régime vient de sortir. Jennifer Lopez vient d'acheter de nouveaux bij oux, t'as vu comme c'est beau ? Qui se soucie de ce qui arrive dans les trous à rats où on ne parle même pas anglais ? La vie est trop belle. Allez, ouvre donc un pinard sans caféine !

Je me retrouvai à bout de souffle et de carburant au même instant. Tout autour de nous, les jeunes me regardaient comme si je venais de déclarer que la structure en trois actes était nulle et non avenue.

— Allez vous faire foutre, suggérai-je à voix haute. Tout le monde détourna les yeux. Nina me regardait, elle aussi, sourcil levé.

— Le Prozac ne marche pas très bien...

— Le monde est pourri, murmurai-je, embarrassé. Tout le monde est pourri. Bienvenue à Armageddon.

— Oh, je sais encore ce que c'est d'avoir quinze ans ! Ne t'énerve pas. Ça passera. Allez, viens, dit-elle en se levant. Je suis saoule, tu es complètement bourré. Il est temps de rentrer.

Je vis la note sur la table et compris que, au cours du dernier quart d'heure, elle avait tout payé.

Je glissai de mon tabouret et la suivis, un peu penaud.

Au moment où le taxi nous ramena chez Nina, le vin s'était diffusé dans mes veines et je commençais à me sentir fatigué. La plus grande partie de la journée s'était déroulée dans le silence. J'insistai pour payer la course, puis trébuchai en sortant de la voiture.

Une fois à l'intérieur, je me précipitai vers la machine à café. Pour cela, je dus passer devant le répondeur.

— T'as un message.

Nina toucha un bouton et examina le numéro qui s'affichait.

— C'est Monroe.

Le message était court. Une voix d'homme demandait à Nina de rappeler, à n'importe quelle heure. Elle leva les yeux au ciel mais s'exécuta aussitôt.

— Bureau de Charles Monroe.

La voix était puissante et claire.

— Nina Baynam, dit-elle en se frottant les yeux. On m'a laissé un message.

La personne ne répondit pas, mais moins de trois secondes plus tard, le patron de Nina prit l'appel.

— Nina, où étais-tu passée ?

— J'étais sortie. Pourquoi tu ne m'as pas appelée sur mon portable ?

— Je l'ai fait. Trois fois.

— Oh, pardon, il y avait beaucoup de bruit, dit-elle en me regardant. Qu'est-ce qui se passe ?

— Je viens de recevoir un appel de Portland.

— Un autre meurtre ?

— Oui et non. Pas d'autre disque dur. Pas d'autre fille.

— Alors, quoi ?

Monroe parla lentement, avec précaution.

— Une prostituée du nom de Denise Terrel est entrée dans un commissariat avant-hier soir. Elle prétendait être allée à un rendez-vous, l'après-midi, où il s'était passé quelque chose. Ensuite, en pleine nuit, elle s'est retrouvée assise contre une poubelle. On s'est aperçu qu'elle avait de sérieuses contusions et on l'a emmenée à l'hôpital. Le lendemain matin, ses souvenirs sont revenus, et elle a raconté que son agence avait pris rendez-vous pour elle avec un de ses réguliers, mais qu'elle avait passé un accord avec un autre type qui savait que l'agence était en contact avec ce client. Il l'avait appelée directement et lui avait proposé de l'argent pour qu'elle lui dise où et quand devait avoir lieu le rendez-vous. Le gars lui aurait promis un beau paquet pour pincer son client dans un endroit privé, où il ne serait pas sur ses gardes. La fille, Cherri pour les intimes, a accepté.

— Charles, où veux-tu en venir ?

— Hier matin, les flics de Portland sont allés à l'adresse qu'elle avait indiquée. Ils ont trouvé un cadavre. Celui de Peter Ferillo. Il possédait un restaurant et avait des liens avec la mafia de Los Angeles. Il était nu, plutôt amoché. On lui a tiré une balle dans la tête et on l'a laissé affalé sur une chaise. La police a passé la pièce au peigne fin, du sol au plafond, mais on n'a rien trouvé. Plus tard, un agent a découvert un objet dans une plate-bande, à une trentaine de mètres. Un ouvrebouteilles, avec des traces de sang. Le sang de Ferillo, on l'a fait analyser. Et une belle empreinte. On l'a identifiée.

Les effets du vin semblaient totalement dissipés. Nina et moi nous regardions.

— Nina, dit Monroe, ce sont les empreintes de John Zandt.

CHAPITRE 16

Tout en conduisant, il avait conscience du réseau qui l'entourait. Le réseau de rues, le réseau d'individus, de lieux, d'objets. De l'autre réseau aussi, celui du monde moderne. Ce lieu parallèle, avec ses chemins privés d'adresses électroniques, ses sites de commerce en ligne. On y trouvait tout, on touchait la réalité du doigt, comme un dieu. Sur le Net, tout est information, et tout est sur le Net ; aujourd'hui, donc, le monde s'est transformé en information. Tout témoigne de ce phénomène, de cette banque de mots et d'images : tout est quelque chose dont il parle, dont il a parlé. C'est une histoire d'achats et de regards, une histoire d'habitudes et de désirs, de contacts avec les autres, de voyeurisme, d'ambitions, de dépendances. Cela raconte notre histoire, et parfois cette histoire a besoin d'un peu de travail. Parfois, il faut en extraire des éléments. Trouver Jessica par ce biais, c'était un nouveau commencement. Bien sûr, il y a pléthore de Jessica ; mais il y a aussi une Jessica unique. Une fois qu'on l'a repérée, il suffit d'ouvrir une fenêtre sur sa vie, pour confirmer son existence ; mais on peut tout aussi bien la refermer, quitter le programme, défaire sa naissance. On peut éteindre la machine, la réinitialiser, et le passé a disparu, tout est propre. La touche « suppr », ce n'est pas fait pour les chiens ! Parfois, il faut que tout soit comme neuf.

Une de ses séquences de Webcam favorites vient de Pittsburgh, ville où il n'est jamais allé. Elle consiste en trois images, couvrant la tranche horaire de 5 h 43 à 6 h 14 du matin, fin mai 2003. Toutes sont prises par la même caméra, malgré la variation de l'angle de vision et du réglage du zoom entre les poses, qui donnent des cadrages différents.

Sur la première, le ciel couleur d'aurore, bleu et rouge, sillonné de nuages fantastiques, occupait la moitié supérieure du cadre. En dessous, l'Allegheny se courbait vers la gauche après les ponts des 6e , 7e et 9e Rues, dont les lumières se reflétaient dans le sombre miroir d'eau. Partout, le long des rues, de chaque côté de la rive, tout autour de la fontaine et du bassin, au bout du parc de Point State et de Gateway Center, on percevait d'autres lumières. Des petits points blancs, colorés d'or ou de rose par l'obscurité évanescente et les imperfections de la caméra. L'angle de la deuxième vue était plus serré et, pendant ce quart d'heure, la caméra avait zoomé et pivoté dans une direction différente. Impossible de dire comment cette petite section s'insérait dans l'ensemble de la ville. Le cadre était essentiellement occupé par des arbres entre lesquels on apercevait le virage d'une nationale qui traversait la ville et quelques oiseaux matinaux qui se mettaient en route pour le labeur. Avec la dernière image, on se retrouvait au confluent des fleuves, vu en grand angle. La position n'était pas tout à fait la même que sur la première image. On était un peu plus au sud, on voyait la Monongahela qui se jetait dans l'Allegheny, alors que Fort Pitt Bridge demeurait dans l'ombre. On ne discernait plus aucun point lumineux : ou la ville éteignait tous les lampadaires sans exception à 6 heures pile, ou le ciel plus clair avait poussé la Webcam à sous-exposer les zones terrestres.

Il avait passé beaucoup de temps à étudier ces images, pour comprendre ce que le réseau racontait sur les gens qu'il épiait. Vous pouviez vivre dans une ville, être un de ses habitants sans comprendre son cadre général, sans en faire partie. Comme des souris qui habitent dans une maison : c'est leur adresse, mais cela ne signifie pas qu'elles y ont des droits. De même, vous pouvez passer toute une journée dans un restaurant en n'étant qu'un type qui occupe temporairement un espace qui appartient à un autre, un espace qu'il loue en payant son café et ses hamburgers. Même si vous avez votre jolie petite maison en banlieue, vous payez partout votre dîme ; vous grignotez l'emprunt contracté pour acquérir votre propriété, vous taillez dans les intérêts pour l'appareil dentaire de votre fils et le trousseau du futur mariage de votre fille, vous payez l'assurance qui couvrira les frais de chimiothérapie de vos parents mais ne leur sauvera pas la vie.

Et tout cela jusqu'à ce que votre vie commence à rebrousser chemin ; d'une maison, vous passez à une seule pièce chez vos enfants, à condition qu'ils vous acceptent ; vous finissez dans un étrange bâtiment, entouré de vieux cinglés que vous n'avez jamais vus auparavant et que vous n'auriez peut-être pas aimés de toute façon ; les jeunes ne comprennent pas que les similitudes physiques de la vieillesse n'impliquent pas que tout le monde soit identique à l'intérieur. Ils ne comprennent pas non plus le rythme de la vie, d'ailleurs. Tout ce temps passé à acheter une maison, tous ces emprunts et ces aspirations se sont envolés, effacés du disque dur de votre vie... Toutes les choses que vous avez acquises sont données, vendues, jetées !

À présent, d'autres gens empruntent votre route pour aller et venir, vivent dans votre maison, repeignent les murs et démolissent vos étagères, et la planète tourne toujours.

Un jour, après un voyage particulièrement douloureux aux toilettes, une fois réinstallée sur sa chaise, minuscule, l'air épuisée et honteuse, la grand-mère l'avait regardé et lui avait dit :

— Quel dommage qu'Il ait mis le pire à la fin !

Il n'avait pas compris tout de suite, mais seulement sept mois plus tard, blotti derrière l'un des fauteuils du salon, deux heures après l'enterrement de sa grand-mère. Il était resté là un moment, à penser à la vieille dame, lorsque sa mère était entrée au salon, un disque à la main. Elle s'était approchée du tourne-disque, l'avait allumé, s'était assise et avait écouté.

Il avait une peur bleue. Il ne savait pas quoi faire. Il surprenait sa mère dans un moment d'intimité et elle ne serait pas contente de découvrir qu'elle n'était pas seule. Il en fut d'autant plus persuadé quand il entendit quelque chose qui aurait pu être des pleurs. Il n'avait jamais entendu sa mère pleurer auparavant. Il ne l'entendit jamais plus.

Il resta donc assis et écouta.

Sa mère ne fit pas un mouvement pendant toute la durée du disque. Puis elle se leva, ôta le disque de la platine, et le jeta méchamment dans un coin, où il éclata en mille morceaux.

Elle sortit, brusquement. La porte d'entrée claqua.

Il quitta sa cachette derrière le fauteuil. Son corps lui disait de ficher le camp, de monter dans sa chambre, d'aller dehors, de faire quelque chose, mais son esprit estimait que sa mère était déjà presque arrivée dans un bar, et il tenait à savoir quelle était cette musique. L'esprit gagna.

Il s'approcha du tourne-disque et regarda la pochette. C'était le *Requiem* de Fauré, qu'il reconnut pour l'avoir vu dans la chambre de sa grand-mère, un des rares objets qu'elle avait apportés chez eux. La pochette était vieille et tout abîmée, on avait l'impression que le disque avait été maintes fois sorti et rangé. C'était peut-être ce qui l'avait poussé à ramasser l'un des plus gros morceaux du disque brisé et à l'emporter dans sa chambre : il avait compris que viendrait un jour où, une fois de plus, il serait contrôlé par les autres.

Il avait douze ans. Quatre ans plus tard, le *Requiem* de Fauré fut le premier disque qu'il acheta. À la fin de l'adolescence, c'était déjà une musique qu'il n'écoutait qu'en privé. Fauré était un compositeur très connu, avait-il appris. C'était comme de mettre les *Quatre Saisons* de Vivaldi ou la *Cinquième* de Beethoven. Vous finissez par passer pour un ignare, même si vous l'aimez, car vous êtes entouré de gens qui accordent plus de valeur à l'idée qu'à l'expérience. Des gens qui pensent qu'il vaut mieux admirer quelque chose que l'aimer.

Des gens qui n'ont pas le courage de comprendre que, s'ils se conduisaient avec assez de volonté, ils pourraient renverser des montagnes.

Peu de temps avant de laisser ces gens, tous les gens, loin derrière lui, il trouva la « route qui fume ». Écouter sa mère, entendre ces sons étranges qui venaient du profond de son corps, cela avait été réel. Ça s'était produit, c'était un événement en temps réel, un changement dans la couleur du monde, tandis que la mort de sa grand-mère marquait sa trace indélébile sur la réalité. C'était une vision furtive d'un lac lointain, d'une fille endormie, d'une ruelle sordide, dépouillée et vulnérable dans sa vérité toute simple.

La mort est réelle. La mort transforme. Tout le reste n'est que du remplissage, un simple message de notre sponsor.

La mort de la vieille dame avait un sens, d'autant plus qu'il savait que la chute qui l'avait finalement emportée n'était pas un simple accident. On l'aidait à descendre l'escalier, après tout, et il ne l'avait entendue dire : « Non ! », d'un ton suppliant, qu'une seule fois, juste avant la chute.

Ensuite, tout fut silencieux pour elle ; elle ne pleura plus dans la nuit, ne se souilla plus, sa respiration rocailleuse se tut. On la mit en terre, elle dormit aisément, elle devait savoir, d'une manière ou une autre, que sa fille avait pleuré après son départ.

Le pire n'avait pas besoin d'être réservé pour la fin, ça au moins, c'était évident. La fin ne devait pas être silencieuse et vaine. Tant qu'il y avait quelqu'un pour s'en occuper, cela ne devait pas finir si mal.

Alors, pourquoi attendre ?

Arrivé en ville, il se gara. Il marcha jusqu'à sa destination. Il était perpétuellement en mouvement, car le mouvement, c'est ce qu'il y a de mieux. Aujourd'hui encore, cet aspect du processus restait étrange et incontrôlable, et un être inférieur aurait bêtement cru que c'était parce que la compulsion ne provenait pas de son esprit conscient. Mais pas lui. Il savait que tout avait une signification, que parfois c'est pour cela que nous existons.

Il marchait. Il attendait la nuit. Il attendait pour que quelqu'un de très particulier n'ait plus à attendre. Il agissait pour son propre bénéfice, bien sûr, tout autant que pour des buts pédagogiques plus vastes, mais cela n'empêchait pas que cela soit juste pour elle aussi. Tout serait comme neuf, tout serait tranquille.

Il n'y avait aucun moyen de perdre.

CHAPITRE 17

L'ascenseur s'ouvrit. Burt se trouvait à l'intérieur. Il sourit et recula pour laisser entrer Katelyn, puis comprit qu'il devait sortir avec son gros chariot, et donc passer le premier, quelles que soient les règles de son code de galanterie. Il hésita, recula et avança de quelques centimètres puis roula les yeux et haussa les épaules. Cette scène, à peu de chose près, se renouvelait presque tous les soirs.

Il s'écarta dans un cliquetis métallique en s'excusant et se retourna pour lui tenir la porte.

— Vous allez chercher les menus, m'dame ?

— Exact, Burt. Comment s'est passée la soirée ?

— Ça se termine.

Burt était le seul employé noir du Fairview de Seattle, en dehors du concierge de jour, le très apprécié Big Ron. Katelyn aimait bien Burt. Il était deux fois plus âgé que les autres employés et travaillait deux fois plus dur, même après 3 heures du matin. Quand on voyait Burt, il était toujours en train de faire quelque chose. La seule idée de le voir au repos était absurde.

Rassuré de la savoir en sécurité dans l'ascenseur, il alla réparer un objet, attacher un truc ou gratter quelque chose. Katelyn le regarda tandis que les portes se refermaient. C'était un travailleur de la nuit, lui aussi, et intérieurement, elle savait qu'il éprouvait le même sentiment qu'elle, la même impression d'occuper une place à part. Elle ne lui avait jamais posé la question, parce que cela ne se faisait pas. Ou était-ce trop simple ? Croyait-elle qu'une telle observation aurait dépassé les limites de leur relation professionnelle, et si oui, pourquoi ? Cela trahissait-il un trait déplaisant de sa personnalité ? La hiérarchie était-elle plus importante qu'elle ne l'imaginait ? Était-elle condescendante sans s'en apercevoir, ne le prenaitelle pas au sérieux parce qu'il était vieux ou...

Mon Dieu, qu'il était tard !

Ce n'était pas un travail pour le directeur de nuit. Certains hôtels laissaient ce soin au garçon d'étage, une dernière course avant de partir, ou, s'il y avait un service 24/24, le cuisinier de nuit mettait le répondeur aux heures creuses, vers 4 heures, et allait ramasser lui-même les menus. À un endroit, on lui avait demandé d'accrocher les menus aux portes à 6 heures, au lieu de 2, c'était le premier travail de la journée pour l'équipe qui monterait les petits déjeuners à l'étage. Cela ne lui paraissait pas normal. On pourrait penser que le petit déjeuner est le premier événement de la journée, mais c'est faux. Pas pour les clients. C'est le dernier. Ils reviennent de leur soirée, dans une ville inconnue, grincheux, ou plus tard, faisant poliment la gueule. Katelyn aimait se les imaginer affalés sur le lit, pris de hoquets, attrapant un stylo publicitaire, les sourcils froncés par la concentration, pour cocher et annoter leur commande. En vacances ou en voyage d'affaires, le petit déjeuner prend une signification existentielle.

Katelyn tenta de l'expliquer à l'un des types de la réception, qui la regarda comme si elle parlait chinois. Quelques-uns la traitaient comme une nulle. Les directeurs de nuit étaient rarement des femmes. Sans doute à cause de la fonction, parce qu'il fallait faire face à d'étranges situations... expliquer aux intrus qu'il n'y avait pas de service de taxis pour la banlieue ; dissuader des hommes d'affaires aux yeux exorbités de ramener des femmes qui étaient de toute évidence des prostituées ; trouver quelqu'un pour nettoyer le vomi dans l'ascenseur du milieu (les gens vomissaient toujours dans celui du milieu, personne ne savait pourquoi, pas même Burt). La plupart des directeurs de nuit n'avaient pas le vent en poupe. Ils arrivaient à 21 heures, ou à l'heure où l'hôtel estimait que la véritable activité était terminée, buvaient du café dans leur petit bureau. Avec un peu de chance, ils continuaient ainsi jusqu'au lever du soleil, s'interrompaient une minute ou deux pour vérifier le nettoyage et les stocks dont s'occupaient des employés deux fois moins payés qu'eux. S'il y avait le feu, ils houspillaient les gens qui les entouraient jusqu'à ce que le problème ait disparu, soit oublié ou réglé, puis retournaient à leurs magazines. À l'aube, ils se dissipaient comme la rosée, retournaient dans leur petite maison pour y dormir le jour, tels des vampires angéliques.

Katelyn était différente. Tandis que l'ascenseur montait dans la nuit, son reflet sur les miroirs des parois la rassurait : une femme, jeune, belle et séduisante. Bon, pas si jeune. Oublions. Elle avait une belle peau, néanmoins, et ses cheveux nécessitaient peu de soins. Elle faisait très femme d'affaires dans son tailleur anthracite. Elle n'était pas obligée d'être là. Elle n'aurait pas dû, peut-être. On pouvait être un directeur d'hôtel sans expérience, mais elle avait travaillé sur assez de listes de procédures pour savoir que rien ne valait la formation sur le tas. La journée, un hôtel ressemble à une grosse machine, actionnée par des principes internes. Bien sûr, dès que vous franchissez le bureau de la réception, et que vous avez ouvert quelques portes marquées « privé », vous vous rendez compte qu'il n'en est rien. Un hôtel est une collusion frontale entre un milliard de listes de « procédures » à accomplir à des vitesses variables ; c'est un ordinateur de chair et de pierre, qui fait appel à dix-sept logiciels différents (des nouveaux, des potentiels, des vieux bourrés de bogues, avec des fuites mémoire dans tous les coins), sous la menace constante d'un crash imminent. Il existe une certaine inertie, néanmoins, un écosystème qui tient le choc, une équipe de relais qui dispute une course sans fin.

La nuit, tout est différent. Le logiciel est en sommeil, on prend conscience des problèmes de matériel : le bureau, les chaises, les ampoules. Les ascenseurs qui se mettent à voyager à leur propre guise, sans raison apparente, qui ronflent dans le silence du petit matin. Et surtout, le bâtiment lui-même, ses longs corridors, ses piliers massifs, imprégnés du bruit blanc de la panne. Les hôtels en voient de toutes les couleurs. Ce qui se passe dans un hôtel filerait une dépression nerveuse à une maison normale en une seule journée. Au petit matin, le bâtiment a un peu de temps pour lui, pour remâcher ses pensées lentes et pesantes.

C'est peut-être pour cela que la plupart des directeurs ne sont pas des femmes. Katelyn savait qu'elle aurait dû être chez elle, endormie ou en train d'écouter la respiration d'un autre être vivant. Un chat, cela ne comptait pas, même si elle l'aimait beaucoup. Il aurait fallu que ce soit un enfant ou un homme, au moins. On pouvait écouter tant qu'on voulait dans son appartement, on n'entendait rien. Elle devait cesser de se faire des illusions.

C'est pourquoi elle était ici.

Les portes s'ouvrirent au sixième étage et, en bon directeur de nuit, elle sortit. Six étages, ce n'est pas beaucoup, et c'était tout ce que le Fairview avait à proposer.

L'air était doux et calme. Elle avança dans le couloir moquetté, suivit les trois côtés du petit carré. À droite, en face, à gauche. Il n'y avait pas beaucoup de menus. À cette époque de l'année, les week-ends étaient calmes. Un couple de touristes résidait à la 5

– comme elle les avait vus rentrer pas mal éméchés après minuit, Katelyn était curieuse de savoir ce qu'ils avaient commandé – mais la plupart étaient des hommes d'affaires. Ceux-là se lèveraient tôt, avaleraient leur café Starbucks gratuit et le croissant servis en salle entre 7 heures et 8 h 30. Sur tout l'étage, elle ne trouva que douze commandes, la plupart pour la version maison du petit déjeuner, avec deux œufs. Pas grand-chose d'intéressant, bien que la commande de flocons d'avoine nature la fît sourire. Le client était un grand costaud. Ce n'était sans doute pas ce dont il avait envie. Il voulait bien se tenir. Sa femme aurait été fière de lui. Il aurait dû demander le déjeuner complet, celui dont il rêvait. Enfin, c'était un bel effort de sa part.

Au bout du couloir, elle se retourna pour vérifier qu'elle n'avait rien oublié et ouvrit la porte de l'escalier. Le riche tapis s'arrêtait de l'autre côté de cette porte, mesure d'économie qu'elle approuvait entièrement.

Elle arrivait au demi-palier lorsqu'elle entendit un bruit audessus. Elle leva les yeux, prête à sourire, pensant que Burt descendait pour accomplir une tâche quelconque.

Personne. Bizarre. Le son ne pouvait pas venir d'en bas, car elle voyait la porte du cinquième. Elle se pencha sur la balustrade. Aucun mouvement en bas non plus.

Peu importait. Il y avait du bruit dans les hôtels. Peut-être un membre de l'équipe de nettoyage qui arrivait. Elle regarda sa montre : 3 h 15, non, ce n'était pas possible.

Elle ouvrit la porte, s'attendant plus ou moins à rencontrer Burt et songeant à lui dire quelque chose. Une parole amicale, pour lui montrer qu'elle n'avait aucun comportement antivieux ou raciste.

Le couloir était vide.

Burt ne saurait jamais ce qu'il avait raté.

Au cinquième, l'activité était également ralentie. Quelques toasts et quelques cafés, mais... ah... œufs, saucisses, bacon, supplément saucisses, flocons d'avoine, fruit, café et thé pour combien, quatre ? Et un petit déjeuner continental avec toasts. Et un muffin, sans doute. Parfois, c'était plus de toasts. Ou du bacon. Un jus d'orange. Le tout pour 7 h 30.

Katelyn sourit : sans doute les touristes éméchés. Elle sortit un stylo de sa poche et pratiqua quelques modifications, réduisant leur commande à quelque chose qui ne les terroriserait pas le lendemain matin. Elle reporta l'heure à 7 h 45, ils la remercieraient.

Elle poursuivit. D'autres toasts, d'autres œufs. Katelyn essaya de se souvenir de la dernière fois où elle était partie en vacances. Cela faisait un moment, c'était sûr, cela remontait à avant la mort de ses parents, c'est-à-dire cinq ans. C'était drôle, les souvenirs. Des instantanés. Un endroit où on aimait prendre le café en lisant un roman de gare. Un bijou de pacotille, tant convoité, acheté et abandonné dans un tiroir. Des amours de vacances. Des garçons, devenus des hommes, comme elle était sans doute devenue une femme. Toutes les plus de quarante ans qui pensaient à elle comme à une fille se leurraient, malgré tout ce que prétendaient les magazines qui survivaient grâce aux publicités pour les crèmes antirides.

Une porte s'ouvrit. Elle se retourna.

— Burt ?

Pas de réponse. Elle parlait à voix basse, personne n'avait envie d'être réveillé à une heure pareille, mais il aurait entendu, et répondu.

Un client, peut-être. Elle avait ajouté le menu des touristes sur la pile et rebroussait chemin. En passant devant la porte, elle remarqua qu'elle était ouverte. Pas beaucoup.

Elle ne l'avait pas laissée ainsi. Il fallait la fermer. Les consignes anti-incendie étaient très strictes, une pancarte les rappelait. Burt les observait toujours.

Drôle de moment pour recourir à l'escalier, de toute façon.

Elle ouvrit un peu plus et dit :

— Bonjour.

Le son résonna dans la cage d'escalier mais ne sembla atteindre personne, ni en haut ni en bas. Rien qu'un nouveau son dans sa tête. Sauf que...

Elle se retourna brusquement.

Le couloir était vide. Naturellement. Mais il lui semblait que tel n'était pas le cas un instant plus tôt.

C'était un peu effrayant. Burt ne ferait jamais de farces pareilles. Un client tardif non plus.

Il n'existait qu'une autre issue. Katelyn passa devant les ascenseurs. Les voyants lumineux indiquaient qu'ils étaient tous au sous-sol. Ce qui laissait...

Elle regarda dans l'autre couloir.

Vide. Deux portes vers l'extérieur. Silencieux, comme il se devait.

Puis elle entendit un clic. Très faible, venant de l'extrémité.

Bon, probablement un client très tardif. Qui était passé par l'escalier pour des raisons mystérieuses. Claustrophobe. Oui. Pas de quoi en faire un plat.

Sauf que... quelque chose ne tournait pas rond.

Le client avait dû passer derrière elle. Bizarre qu'il ne l'ait pas saluée, même s'il était ivre mort et un peu honteux en face du personnel.

À moins qu'il n'ait eu aucune raison d'être là.

Cela arrivait tout le temps. Les portes de l'hôtel s'ouvraient toute la journée et la moitié de la nuit. On entre, on avance vers le bureau de la réception, personne ne vous demande rien. En arrivant au bon moment dans l'après-midi, on pouvait tranquillement visiter quelques chambres.

Katelyn avait deux solutions. Descendre, prendre la radio qu'elle aurait dû porter sur elle – merde ! – et prévenir Burt ou essayer de secouer le type de la sécurité qui passait son temps à se branler au sous-sol. Burt, de préférence, qui ne lui demanderait pas pourquoi elle était directrice si elle avait besoin qu'on lui tienne la main dans le noir. Qui ne se poserait même pas la question. Mais d'autres s'en donneraient à cœur joie s'ils avaient vent de l'affaire !

Ce qui la conduisait à la seconde solution.

Elle s'éloigna des ascenseurs et s'engagea dans le couloir. Très calme, maîtresse de la situation, elle ramassa quelques menus en chemin. Déjeuners continentaux.

Derrière elle, elle perçut le bruit d'un ascenseur en mouvement.

Elle s'arrêta, se retourna, espérant qu'il s'arrêterait à l'étage et qu'un employé en sortirait. Elle en profiterait pour l'appeler, sous un prétexte ou un autre.

Les portes ne s'ouvrirent pas. Elle hocha la tête, irritée.

C'était son hôtel. Personne ne lui collerait la trouille.

Un autre menu. Quelques portes vides. Un autre menu.

Katelyn s'arrêta au milieu d'un couloir, se retourna.

Étrange. La chambre 511 n'avait pas de menu, mais l'affichette : « Vous pouvez faire la chambre.

C'était stupide. Qui mettait ça avant de se coucher ?

Elle poussa la porte qui s'entrouvrit. Il faisait sombre à l'intérieur. Bizarre. Le battant aurait dû être fermé, bien sûr. La fermeture automatique était une règle de sécurité fondamentale dans un hôtel moderne.

Elle frappa doucement. Pas de réponse.

Katelyn ne savait pas si la chambre devait être occupée. En plus de la radio, elle aurait dû avoir une liste. Elle n'en voyait jamais l'intérêt. Ou les gens voulaient déjeuner, ou ils ne voulaient pas. À quoi cela lui aurait-il servi ? À réveiller les clients, pour leur demander s'ils n'avaient pas oublié ?

Elle passa la main à l'intérieur et appuya sur l'interrupteur. Rien ne se produisit. Ah. Soudain, cela devenait plus compréhensible. Il y avait un problème dans la chambre 511 : l'interrupteur... Cela arrivait. L'affichette était sans doute là pour qu'on n'oublie pas de réparer.

Mais pourquoi ne lui avait-on rien dit ? C'était le genre d'information qui devait lui être transmise. Si on ne la prenait pas au sérieux, comment pouvait-elle accomplir son travail ?

Katelyn pinça les lèvres. Elle ne supportait pas qu'on la sous-estime.

Elle entra. L'atmosphère était confinée. Autour d'elle, l'air semblait affluer et refluer, telle une marée soulevée par le souffle de tous ceux qui dormaient autour d'elle. La rue et les lumières d'ambiance auraient dû donner assez de clarté pour qu'elle distingue les formes, mais les rideaux étaient tirés. Elle voyait que le lit était vide et encore fait, mais guère plus.

Elle s'approcha du bureau et tenta d'allumer.

Cela ne fonctionnait pas non plus. Bon, plus d'électricité. Elle ne comprenait pas comment cela pouvait se produire dans une seule chambre, mais...

Soudain, la pièce parut encore plus sombre, et elle entendit un petit clic. Le rectangle de lumière jaune de la porte avait disparu.

Katelyn entendit quelque chose qui pouvait être un bruit de pas sur la moquette. Elle recula un peu, se cogna dans le bureau. Elle avala sa salive.

— Il y a quelqu'un ?

Il ne répondit pas, mais il était là. Il sortit de l'ombre dense, le visage très doux dans la lueur sombre.

Katelyn essaya de reculer, mais sans savoir où se réfugier. Il avança d'un pas, et elle aperçut un éclat lumineux près de sa main.

Elle se reprit pour crier, mais à ce moment précis le visage passa sous un rayon de lumière filtrée, un nuage qui sortait de l'ombre d'un autre, plus sombre. Quelque chose dans ses traits la retint, et elle le regarda.

— Non, vous ne me connaissez pas. Personne ne me connaît. Il approcha d'elle, à travers le temps, à une vitesse que personne n'aurait pu arrêter.

Personne n'eut ses œufs, ses toasts ni ses flocons d'avoine nature à l'heure le lendemain. Il y eut beaucoup de plaintes, surtout des deux derniers étages, où les menus avaient disparu de manière inexplicable. Ce ne fut qu'en début d'après-midi qu'un client entra dans la chambre 511 et les trouva répandus sur le sol d'une chambre vide, sans électricité.

L'hôtel s'arrangea pour que la disparition passe le plus inaperçue possible. La police interrogea d'abord Burt, mais il était aussi traumatisé que les autres et plus bouleversé que la plupart. Il aimait beaucoup Mlle Katelyn. La veille, il avait failli lui dire quelque chose lorsqu'ils s'étaient croisés près de l'ascenseur, il avait essayé de lui dire « b'soir » d'une manière plus personnelle, au cas où elle l'aurait trouvé trop lointain, parce que c'était la patronne et qu'elle était blanche. À présent, elle avait disparu. La plupart des gens pensaient qu'elle avait fait une fugue et qu'elle reviendrait dans quelques jours, un peu penaude. Une directrice de nuit, cela signifiait « pas de mec », et ce genre de bonne femme n'était jamais loin de la ferme Lunatique ou de la plage Prozac.

Burt, lui, savait que Mlle Katelyn n'était pas comme ça, et quand les portes de l'ascenseur s'ouvrirent le lendemain soir et qu'il ne la vit pas, il sut qu'elle était partie pour toujours, et pas pour le meilleur.

CHAPITRE 18

Quand Nina se réveilla, peu avant 5 heures, elle savait qu'il était inutile d'essayer de se rendormir. Pendant deux heures après le coup de téléphone de Monroe, elle avait cherché à comprendre ce que tout cela signifiait. Pour l'instant, elle ne voyait qu'une chose. D'une certaine manière, quelque part, Zandt avait piétiné les plates-bandes d'une personne proche des Hommes de Paille. Comme ils n'avaient pu s'en prendre à lui directement, ils lui avaient tendu un piège. Elle avait essayé toute la nuit d'entrer en contact avec lui. Son téléphone était coupé.

Vite dessaoulé, Ward avait fini par émettre une suggestion à prendre au sérieux. Elle devait informer Monroe de certains détails, en privé. Pas au téléphone. Face à face. Pour le convaincre que des hommes et des femmes opéraient derrière le visage de ce que la plupart de gens prenaient pour l'Amérique, qu'ils tuaient et avaient à présent son ex-amant dans le collimateur, il fallait qu'ils soient dans la même pièce. Elle aurait dû tout lui expliquer trois mois plus tôt, mais, en proie à une crise de paranoïa et avec plusieurs morts sur les bras, ni Ward ni elle n'avaient trouvé que c'était une bonne idée.

À présent, ils comprenaient leur erreur.

Elle but cinq tasses de café tout en réfléchissant à ce qu'elle allait dire. Que pouvait-elle révéler de ce qui s'était passé aux Halls sans qu'elle et Ward finissent en prison ? Elle attendit 7 heures, lorsque Monroe serait réveillé et levé. Si elle pouvait le coincer avant qu'il parte travailler, ils pourraient peut-être se rencontrer. Elle s'approchait du téléphone quand il sonna.

Monroe. Il était déjà au bureau. Il lui ordonna de le rejoindre immédiatement, et il n'avait pas l'air de quelqu'un à qui on pouvait confier un quelconque secret.

Le visage de marbre, il attendait devant l'ascenseur du cinquième étage.

— Charles, dit-elle, rapidement, il faut que je te parle.

Il hocha la tête sèchement et se tourna vers le couloir. Un peu plus loin, il ouvrit une porte et se retourna pour l'attendre. Elle pressa le pas pour le rattraper et entra.

La salle 521 était le genre d'espace anonyme qu'on trouve dans toutes les grandes entreprises américaines. Dans le monde des affaires, cela signifiait : « Vous voyez, on peut s'offrir ce qu'il y a de mieux. Nous n'avons peur de rien ! » Quel message cela devait transmettre devant les forces de la loi, Nina n'en avait aucune idée. Une grande table de bois poli trônait au milieu de la pièce, entourée des chaises les plus chères et les moins utilisées de tout le bâtiment. Un des murs de verre donnait sur le parking ; les autres, en dur jusqu'à hauteur de la taille, étaient totalement nus. Il y avait néanmoins une photo d'une personne recevant une décoration, pas très récente. Rien d'autre.

Un homme en costume anthracite était assis sur une chaise disposée de telle manière qu'elle sortait de l'angle gauche de la table. D'une taille supérieure à la moyenne, il avait ce genre de peau qui laisse croire, sur les hommes d'un certain âge, qu'on a pratiqué des injections. Les cheveux bien coupés, il avait des yeux ternes, d'un bleu très clair, et des cils longs. Il ne portait pas de cravate, mais sa chemise proclamait que cet accessoire ne lui était pas indispensable. Il avait une bonne cinquantaine. Bien qu'il eût été reconstitué en harmonie parfaite avec les canons de l'esthétique conventionnels, Nina trouvait que c'était l'homme le moins inoubliable qu'elle eût jamais rencontré. Rien ne précisait que ce n'était pas un agent, mais cela n'en était pas un. En tout cas, ce n'était pas le chef de la police de Portland, qu'elle avait rencontré.

— Bonjour, dit-elle, en lui tendant la main.

Il ne la lui serra pas. Il ne se présenta pas, il ne sourit pas. Nina garda la main levée pendant cinq secondes avant de la laisser retomber. Elle tint son terrain encore quelques instants, lui donnant une chance de cesser de se conduire comme un crétin. Il ne la saisit pas. Elle soutint son regard aussi longtemps qu'elle l'estima nécessaire, puis baissa les yeux. Elle aussi pouvait jouer à ce petit jeu.

— Comme vous voulez.

— Assieds-toi et reste tranquille, aboya Monroe. Tu es là pour écouter. Tu parleras quand on t'interrogera. Sinon, tu la boucles. Pigé ?

Quelque chose devait avoir mal tourné. Monroe avait des défauts. Il se trouvait plus intelligent que les autres, il croyait que les criminels – ou les autres agents – obéissaient aux mêmes règles de gestion des ressources humaines que les représentants de commerce. Sur le reste, il était très professionnel, mais son ton exprimait une hargne personnelle.

Il la regardait toujours.

— Alors, pigé ?

— Bien sûr, dit-elle en écartant les mains. Qu'est-ce...

— L'affaire Sarah Becker, dit-il, et Nina eut un pincement au cœur.

Même si c'était lié à ce qu'elle avait à lui raconter, ce n'était guère une bonne entrée en matière. Pas en présence d'un témoin, et surtout pas du type assis dans le coin. D'ailleurs, pourquoi ne pas s'asseoir d'un côté ou de l'autre ? Il avait tout tenté pour se faire remarquer, et pourtant Monroe ne l'avait pas présenté. Il semblait ignorer sa présence. Un peu comme s'il y avait eu un fantôme au bout de la table, visible aux seuls yeux de Nina.

— Bon, dit Monroe en ouvrant son dossier. La famille Becker affirme que leur fille s'est retrouvée sur le palier, comme ça, après avoir été portée disparue pendant une semaine. Elle prétend avoir été relâchée tout près du lieu où on l'avait enlevée, à Santa Monica, et être rentrée par ses propres moyens. Un voisin soutient le contraire. Il dit que la fille a été ramenée par un homme et une femme, alors qu'une voiture conduite par un autre type attendait de l'autre côté de la rue. Le voisin est assez âgé, et je n'y aurais pas prêté attention si une adolescente de l'âge de Sarah et répondant au même signalement n'avait été admise aux urgences d'un hôpital de Salt Lake City la veille au soir. Elle a été soignée en même temps qu'une femme qui souffrait d'une blessure par balle sur le côté droit de la poitrine. Les deux patientes avaient disparu le lendemain matin. Et tout cela au moment où tu as eu une blessure identique, lors d'un accident de chasse au Montana.

Nina avait mal à la tête et son cœur était lourd comme la pierre. Elle haussa les épaules, sachant qu'elle ne pourrait plus rien dire à Monroe. Ni maintenant, ni jamais.

— La position de l'hôpital m'intéresse parce que, entre cet endroit et une ville appelée Dyersburg, dans le Montana, la ville dans laquelle tu avais filé la veille, il y avait une résidence, du nom de Halls, qui n'est plus qu'un trou dans la terre, phénomène que tout le monde, des flics du coin à la NSA, aimeraient bien expliquer. Les flics surtout, car ils ont sur les bras un officier disparu, le cadavre d'un agent immobilier et quelques victimes non identifiées.

Nina se tut. Monroe l'observait. L'homme aussi. Finalement, il commençait à l'énerver.

Elle se tourna vers lui et demanda :

— Vous, qui êtes-vous, exactement ?

L'homme la regarda un peu comme un planning de vacances d'une société pour laquelle il ne travaillait pas.

— Nina, tu me prends pour un idiot, c'est ça ? lâcha Monroe.

— Non, Charles, bien sûr que non. C'est bizarre. Je n'en sais pas plus que toi sur le retour de Sarah Becker. J'étais allée voir John dans le Montana, comme je te l'ai dit à l'époque et plusieurs fois depuis.

— Oui, approuva-t-il, d'une amabilité neutre qui la déconcerta.

L'intonation de sa voix lui permit de comprendre qu'il y avait quelque chose derrière tout cela et qu'elle n'allait pas tarder à le découvrir.

Ce ne fut pas Monroe qui prit la parole, mais l'homme mystérieux. Il avait une voix sèche, sans accent, bien qu'un peu nasale.

— Vous parlez de John Zandt, n'est-ce pas ?

— Oui, acquiesça Nina.

Monroe la donnait en pâture à ce type. Il ne semblait pas troublé.

— Un ancien policier de la Crime de Los Angeles, compromis dans une affaire de meurtre à Portland. Dont la fille, enlevée en mai 2002, n'a jamais été retrouvée. Il a quitté la police et disparu, avant de refaire surface il y a trois mois et de devenir votre amant.

— Situation qui a totalement changé. Et je me demande en quoi cela vous regarde.

L'instant de pause qu'elle avait marqué avant de poser sa question était censé lui donner du poids.

Sans succès, car elle semblait être devenue inaudible. Aucun des hommes ne lui répondit.

Elle regarda Monroe en luttant pour garder son calme.

— Qu'est-ce que c'est que cette histoire ? Un coup de règle sur les doigts ? J'ai parlé à John de l'affaire du Garçon de Courses, je sais, je n'aurais pas dû. Tu le sais déjà. Il me semblait qu'il méritait d'être informé parce que sa fille avait disparu et parce qu'il nous avait aidés à coincer un homme qui tuait des enfants noirs à un moment où on n'aboutissait nulle part, avec les médias sur le dos. Tu m'as dit que mon attitude était contraire au protocole du FBI, tu m'as expliqué ta conception de la discrétion, et depuis, plus personne ne me traite de la même manière. J'ai déconné. J'ai compris le message. Je croyais qu'on en avait fini avec ça. On peut peut-être passer à autre chose.

Monroe regardait par la fenêtre.

— Nous ne sommes pas ici pour passer à autre chose, mademoiselle Baynam, reprit l'homme du coin. Nous sommes ici pour revenir sur l'affaire.

— De quoi voulez-vous parler ?

— Nina...

— Ça suffit, Charles ! J'en ai assez ! Je ne sais pas qui est ce type ni pourquoi il s'imagine qu'il a le droit de me parler sur ce ton.

Monroe posa un attaché-case sur la table dont il sortit un portable. Il l'ouvrit et orienta l'écran vers Nina. Ni lui ni l'homme ne tentèrent de changer de position et Nina comprit qu'ils avaient déjà vu ce qu'ils allaient lui montrer. L'écran s'alluma automatiquement et laissa apparaître une fenêtre noire au centre. Monroe tapota quelques touches, la fenêtre s'anima de couleurs changeantes. Il fallut un moment avant qu'elle réalise que c'était une image prise par une caméra vidéo, de l'autre côté d'une rue.

La rue resta vide pendant une seconde, révélant l'arrière d'une rangée de maisons. Puis le cadre se resserra sur une habitation. Une maison de bois à deux étages, aux peintures couleur de sable, avec des bordures blanches, pas très récentes. On la voyait de trois quarts, vue qui montrait les fenêtres arrière et une fenêtre latérale aux doubles rideaux tirés, ainsi que la porte arrière.

La scène resta statique quelque temps. Des voitures passèrent, une de la droite à la gauche, deux autres en sens inverse. Il n'y avait pas de son, mais Nina ne savait pas si la bande était absente du fichier ou si le haut-parleur était coupé.

Le plan de la caméra se resserra encore. Il lui fallut une seconde pour voir ce qui avait attiré l'œil du cameraman. La porte : entrouverte de quelques centimètres, révélant l'obscurité de l'intérieur. Elle se referma pendant une seconde, puis s'ouvrit pour laisser passer un homme. Un peu plus grand que la moyenne ; les épaules larges. Il referma derrière lui et longea l'arrière de la maison. Il se déplaçait de telle manière qu'un passant peu attentif n'aurait pas discerné son visage ni même remarqué sa présence.

Le vidéaste était plus observateur. Nina se mordit les lèvres. C'était John Zandt.

Il avança vers la route et la caméra le suivit jusqu'à une voiture que Nina reconnut, une voiture qui n'était plus à lui mais qui avait passé quelques après-midi garée devant chez elle quelques années auparavant. Il ouvrit la portière du conducteur, et, juste avant qu'il s'installe, la caméra eut une magnifique vue de son visage, au-dessus de la carrosserie. Pâle, il avait les yeux cernés. Il ressemblait à de nombreux hommes qu'elle avait vus en photographie, les mains menottées devant eux. Il n'avait plus grand-chose à voir avec celui qu'elle avait brièvement cru aimer.

La caméra reprit un angle large sur la moitié de la rue, puis le film s'arrêta brusquement.

Le visage d'une neutralité étudiée, Nina se cala sur sa chaise.

— D'où ça vient ?

— On nous l'a envoyé par courrier électronique. C'est arrivé aujourd'hui, au petit matin.

— Étrange coïncidence. Juste après qu'on eut retrouvé le corps à Portland.

Les deux hommes l'observaient attentivement. Allez vous faire voir, pensa-t-elle. Si c'est ce que vous voulez, il faudra vous débrouiller tout seuls.

— Et alors ?

— Eh bien, dit l'homme, votre petit ami s'est rendu dans la maison d'un type qu'on a interrogé à propos de l'affaire du Garçon de Courses, enquête à laquelle vous avez pris une part non négligeable. Stephen DeLong a été interrogé, il a fourni un alibi solide et on l'a éliminé de la liste des suspects.

— Les indices circonstanciels nous permettent de dater cette scène à l'époque de l'affaire, précisa Monroe.

— C'est ce qu'on veut nous faire croire ! s'exclama Nina. Comme ce grand travelling à la fin, pour que n'importe quel idiot sache bien d'où ça a été filmé.

Monroe cligna des yeux. L'homme ne sourcilla pas.

— Une semaine plus tard, des voisins ont signalé une odeur nauséabonde en provenance de la maison que nous venons de voir. On a retrouvé DeLong dans sa chambre, tué d'une seule balle. Il n'y avait aucun autre signe de violence physique. La maison présentait toute la panoplie du parfait petit dealer, ce qui avait conduit les policiers à penser que c'était le résultat d'un trafic qui avait mal tourné. DeLong a été rayé de la carte et oublié. Tout le monde s'en fichait et personne n'a relié sa mort à l'enquête en cours.

— On aurait dû ?

— À l'époque, il n'y avait aucune raison d'y penser. Mais comme vous le voyez, nous en avons une excellente maintenant. Nous avons besoin de votre aide sur un point, mademoiselle Baynam. Nous aimerions parler à John Zandt. Où est-il ? insista l'homme en se penchant en avant.

Quinze minutes plus tard, Nina sortit du bâtiment. Elle marchait le dos droit, avec des pas d'une égalité parfaite. Elle ne leva pas les yeux vers la salle 521, bien qu'elle soupçonnât fort Monroe de la guetter par la fenêtre. Si elle le voyait, elle risquait de rebrousser chemin, de remonter l'escalier à toute vitesse pour lui casser la figure. Elle était costaude. Elle y arriverait peut-être. Ça la soulagerait, mais ça risquait de jeter sa carrière par la fenêtre.

Elle rejoignit sa voiture et sortit du parking. Elle prit tout son temps et conduisit lentement, sans but. Moins de dix minutes plus tard, elle était toujours furieuse, et un peu effrayée de constater qu'on la suivait.

Nina s'arrêta à la première cabine téléphonique. Elle s'avança, se sentant dans la peau d'une actrice, et passa deux appels. À la première personne, elle demanda un service, attendit qu'on lui explique pourquoi ce n'était pas possible, puis fournit un motif succinct mais efficace pour prouver le contraire.

Tandis qu'elle attendait qu'on décroche, elle observa la rue et vit la voiture banalisée se garer à une vingtaine de mètres. Ou le type était un débutant, ou on lui avait donné l'ordre de ne pas se cacher. L'un comme l'autre l'énervait.

Au bout d'une dizaine de sonneries, on décrocha.

— Bon, ça se gâte sérieusement, dit-elle à un répondeur. Reste à l'écart et fais gaffe à tes arrières.

Elle raccrocha et retourna à sa voiture. En passant devant la berline grise, elle adressa un bras d'honneur au conducteur. Il la regarda d'un air impavide mais ne la suivit pas. En rentrant chez elle, elle se sentait déçue d'avoir les yeux humides : des larmes de fureur tout autant que de tristesse. La fureur, c'était parfait. La colère, cela menait quelque part.

— Tu vas le regretter, Charles, marmonna-t-elle.

Cela la soulagea un peu, mais pas pour longtemps. En tant qu'agent suspendu, avec un ex-petit ami soupçonné de deux meurtres et un patron qui ne croyait plus un mot de ce qu'elle disait, elle se demandait comment elle pourrait inspirer des regrets à qui que ce soit.

— On file d'ici, dit Ward.

Il fourrait un ordinateur dans le sac avec lequel il était arrivé. Il avait attendu sagement que Nina hurle pour la deuxième et troisième fois dans le répondeur de Zandt avant de lui arracher le téléphone.

— Peu importe de savoir qui est ce type en costume. On sait pourquoi il est là. Il s'occupe de l'enquête sur John et il est assez puissant pour avoir ses entrées au FBI et s'arranger pour que le patron te traite de cette façon. Tu es sûre que ce n'est pas une huile du Bureau ?

— Ça n'y ressemblait pas.

— Peu importe. Il s'occupe de sécurité quelque part, et, soit il appartient aux Hommes de Paille, soit il fait ce qu'ils lui demandent. Ça signifie que nous ne sommes plus en sécurité, ni dans cette maison ni dans cette ville.

— Mais où veux-tu aller ?

— Ailleurs. Tu parles russe ?

— Ward, il faut retrouver John. Il court un plus grand danger que nous. Ils essaient de le coincer pour un truc qu'il n'a pas commis.

— Peut-être ben que oui, peut-être ben que non.

— Comment ça ? s'étonna-t-elle.

— La seule chose qu'on sait, c'est ce qu'il nous a dit. Il t'a raconté qu'il était en Floride, et à moi aussi. Il avait de bonnes raisons. Ni l'un ni l'autre n'allons essayer d'obtenir un mandat pour retracer son appel.

— Mais pourquoi aurait-il éliminé ce Ferillo ?

— Tu crois que c'est impossible ? Il a bien tué l'homme qu'il a pris pour l'assassin de sa fille. Et à l'époque, il était flic.

— Il devait avoir une bonne raison, répliqua Nina.

— Peut-être. Nous ne le saurons pas tant qu'il ne nous répondra pas. Entre-temps, tu as un moyen de retracer les appels sur son portable ? Si nous pouvons retrouver la ville d'origine, ça confirmera son alibi.

— Je m'en suis occupée. J'ai passé un coup de fil avant de venir.

— Parfait. Mais en attendant, fais ta valise.

— Ward, je ne veux pas quitter ma...

Il cessa de préparer ses bagages, lui posa les mains sur les épaules. Il la regarda dans les yeux. Elle se rendit compte qu'ils n'avaient jamais été si proches l'un de l'autre. Elle comprit aussi que c'était un homme qui avait passé trois mois sur la route, non pour le plaisir, mais parce qu'il savait que ce moment ne manquerait pas d'arriver.

— Si. Nous savions qu'ils finiraient par s'intéresser à nous pour de bon. C'est fait. Ça commence.

Une heure plus tard, ils passèrent devant le 99, Bakersfield, en direction du nord. Ward conduisait vite et sans un mot. Le portable de Nina sonna, et elle se cassa un ongle en le sortant de son sac. Elle jura et regarda l'écran.

— C'est John ? demanda Ward.

— Non. Je ne reconnais pas le numéro. C'est peut-être le coup de fil que j'attends. Ou...

— Si c'est Monroe, ne lui dis rien et coupe tout de suite.

Elle décrocha. Elle écouta la voix de Doug Olbrich, qui avait fait ce qu'elle lui avait demandé. Elle lui posa trois questions qu'elle avait déjà formulées mentalement. Lorsqu'elle obtint les réponses, elle coupa la connexion et mit sa tête dans ses mains.

Ward lui accorda exactement vingt secondes.

— Alors ?

Elle ne bougea pas.
— C'était un type de la police de L.A. que je connais. Il dirige la brigade qui s'occupe de l'assassin au disque dur. Je lui ai demandé de vérifier des trucs. Il a un type très fort pour ça. (Soudain, sans avertissement, elle cogna le tableau de bord de toutes ses forces.) J'ai merdé, Ward.
— Pourquoi ?
— Olbrich a réussi à obtenir le compte du mobile de John. Il a retracé certains appels. John a passé quelques appels sur ton numéro de portable avant-hier.
— La belle affaire ! On devait se retrouver à San Francisco. Mais il m'a dit qu'il était en Floride.
Elle hocha la tête, silencieuse. Elle regardait ses mains, sur ses genoux. La cuticule de son ongle cassé saignait.
— Nina ?
— Il a menti. Il n'a pas mis les pieds en Floride depuis six semaines. Il était à Portland le jour de la mort de Ferillo.

TROISIÈME PARTIE

UN JOUR DE PLUIE

Le sens de la vie, c'est qu'elle prend fin.

Franz KAFKA

CHAPITRE 19

On la retrouva dans les buissons. Ça arrive. On retrouve aussi des gens dans les bois, dans des chambres surchauffées et désordonnées, dans des ruelles, des parkings, des sorties de cinéma, on en retrouve dans les piscines ou les voitures. On retrouve des morts presque partout, mais les buissons, c'est souvent le pire. Leur état et leur situation laissent peu de place à l'idée réconfortante qu'ils sont peut-être simplement endormis, ivres, évanouis, inconscients pour une raison ou une autre mais capables de revenir dans le monde des vivants. Dans les buissons, les morts sont vraiment morts.

Ces buissons se situaient au fond du parking de Cutting Loose, un salon de coiffure sur la grand-rue de Snoqualmie. Le corps fut découvert, comme c'est souvent le cas, par un homme qui promenait son chien tôt le matin. Il avait monté la garde assez longtemps pour passer un coup de fil sur son portable et attendu près de l'endroit, mais pas trop, pour éviter d'attirer les curieux, avant d'indiquer le buisson aux deux policiers envoyés par le shérif ; à présent, il était prostré, dos à la palissade un peu plus loin, la tête entre les genoux. Un peu troublé par l'odeur de vomi, mais fidèle et loyal, son chien était à ses côtés. Lorsqu'ils seraient rentrés, l'animal resterait confiné dans sa niche pendant une longue journée où son maître serait absent. Il n'était donc pas pressé de rentrer. Si le prix de la liberté était un peu de pluie près d'une flaque de vomi, tant pis. Il lécha la main de son maître pour lui manifester sa sympathie. La main le caressa, mollement.

L'un des policiers avertissait le central par radio. Le deuxième se tenait à quelques mètres du corps, les mains sur les hanches. Il n'avait pas encore vu beaucoup de cadavres, et il se sentait soulagé de savoir que son collègue allait bientôt revenir et reprendre la situation en main, que ce ne serait pas à lui que reviendrait la responsabilité, pendant les prochains jours, les prochaines semaines ou toute l'éternité, de déterminer par quel processus on avait transformé un être vivant en cette créature livide. Il ne voulait pas trop creuser l'esprit de l'homme – en admettant que ce soit un homme, puisque c'était presque toujours le cas – qui estimait normal, voire commode, de jeter une personne à quelques mètres de la route, comme un vulgaire déchet. Pire encore, parce que les ordures, on les met dans des sacs. Ce corps avait été abandonné comme s'il valait moins que cela, comme s'il ne méritait pas l'enterrement temporaire, en surface, qu'on offrait aux boîtes de conserve et de céréales vides.

Il entendit son collègue couper la communication et décida qu'il en avait assez vu. En se détournant, néanmoins, il remarqua un objet brillant au sommet du crâne. Contre toute logique, mais pour agir en bon policier, il s'approcha d'un pas et se pencha pour regarder de plus près.

Il ne faudrait pas longtemps pour déterminer les causes du décès. La femme était vêtue d'un tailleur élégant ou plutôt de ce qu'il en restait. Elle avait un objet enfoncé dans la tête, couvert de brun, du sang séché sans doute, et d'un autre matériau plus sombre, si noir qu'il était difficile d'en deviner les formes. C'était au milieu, juste au-dessus du front.

— Fais gaffe, dit son collègue. Si tu abîmes les lieux, on t'arrache le trou du cul et on t'en fait une bague !

— Je sais, je sais.

Il se pencha encore un peu plus. Il n'irait pas plus loin.

L'odeur était étrange, la vue épouvantable. C'était affreux.

Dans le carnage du front, un objet semblait déplacé.

Il retint son souffle. De si près, on ne pouvait éviter de voir les fourmis et autres insectes qui accomplissaient leur tâche, en hâte, comme s'ils savaient qu'on allait bientôt les priver de leur proie. On distinguait un objet enfoncé dans le front. La partie qui dépassait avait la largeur d'une carte à jouer, bien que plus épaisse... un demi-centimètre, un peu plus, peutêtre.

— Qu'est-ce que c'est que ce truc ?

Peu après 9 heures, on sut que l'objet était un disque dur, de petite taille, comme on en trouve dans les portables. Il ne fallut pas longtemps pour que l'information soit transmise au FBI à Everett, puis à Los Angeles. Ensuite, ce fut un vrai boxon.

Charles Monroe essaya tous les numéros dont il disposait, mais Nina Baynam ne répondait pas. Il insista néanmoins, à intervalles réguliers. Quelque chose avait mal tourné dans sa vie, il ne comprenait pas comment, mais la situation empirait de minute en minute.

CHAPITRE 20

Henrickson coupa le moteur et se tourna vers Tom avec un sourire. C'était bien, estima Tom, le quinzième de la matinée, et il n'était que 10 heures du matin.

— Vous êtes prêt ?

Tom attrapa son sac à dos.

— Je crois.

Il s'était écoulé quarante-huit heures depuis son retour à Sheffer. La veille, après une nuit d'insomnie, il s'était levé trop patraque pour une longue marche dans les bois. L'adrénaline qui l'avait ramené à Sheffer était tarie, le laissant épuisé, perclus de douleurs et nauséeux. Mais il était temps de réfléchir pour de bon.

Henrickson ne l'avait pas bousculé et l'avait laissé se reposer. C'est ce que Tom avait fait au début, installé dans le fauteuil de sa chambre, emballé dans autant de couvertures que possible ; il avait tenté de remettre ses idées au clair. Au début de l'après-midi, il avait fait une longue promenade en voiture et n'était rentré qu'à la tombée de la nuit. Il s'était enfin senti assez bien pour aller boire un verre avec le journaliste. Ce matin, il allait mieux, même si ce n'était pas encore la grande forme. Il se sentait plus calme, peut-être, plus distancié.

S'engager dans l'aire de repos devant la piste de Howard's Point provoqua une réaction plus vive qu'il ne l'aurait cru. À l'idée de retourner vers son nid dans le ravin, il avait l'impression d'être un esprit qui rentrait chez lui et, en sortant de la Lexus d'Henrickson, il croyait être dans la peau de son propre grand-père. Le journaliste s'était garé de l'autre côté du parking, à l'opposé de l'endroit où Tom était allé se reposer – et était tombé pour la première fois – mais il en fut d'autant plus troublé. Lorsque l'écho de la portière qui se refermait se propagea dans les arbres, le paysage lui parut empreint d'une fragilité vacillante, comme si on l'avait peint à la hâte, pardessus une autre scène. La charge émotionnelle s'était transformée. Bien sûr, la dernière fois, il était ivre mort alors qu'il n'avait plus aujourd'hui qu'une légère gueule de bois, et la neige était plus épaisse.

— Jim, ce sera très difficile de retrouver l'endroit précis.

— Bien entendu.

Le reporter s'était débarrassé de son costume, et portait un vieux jean et une veste éreintée. Ses bottes témoignaient d'une longue expérience de randonneur. Il était bronzé, affûté, bien mieux préparé que Tom.

— Il faisait presque noir. Ce n'est pas la fin du monde si vous ne retrouvez pas l'endroit exact. Mais... ce serait bien quand même.

— Vous ne voulez pas me dire ce que vous cherchez ? Sourire numéro 16.

— Vous n'aimez pas les surprises ? rétorqua Henrickson.

— Pas vraiment.

— Faites-moi confiance. Ce sera formidable : « Kozelek nous mène à l'endroit qui a changé le cours de l'histoire, de la biologie et de je ne sais quoi, tels que nous les connaissions. Ses écrits audacieux apportent une preuve irréfutable. Ils partagent une accolade virile. » Ça, c'est un truc de potes. L'accolade, ce n'est pas obligatoire.

Tom hocha la tête en regrettant une fois de plus d'avoir évoqué cette idée de livre. Henrickson avait prétendu ne pas vouloir le saouler, et Tom l'avait cru, mais à la fin de la seconde journée, il lui avait tout raconté. Presque tout.

— Je n'ai pas envie de me perdre.

— Nous ne nous perdrons pas. Je fais de la randonnée. J'ai une boussole et je sais m'en servir. Et si vous n'aviez pas le sens de l'orientation, vous ne seriez plus là pour vous plaindre.

— Sans doute.

Tom fit doucement pivoter sa cheville. Ses nouvelles chaussures amélioraient la situation. Il enfila son sac à dos. Cette fois, il contenait une bouteille d'eau, une Thermos de café sucré, quelques biscuits. Il restait sans doute encore un peu de verre brisé au fond, mais peu importait. Tom avait justement pris ce sac parce qu'il l'avait la dernière fois. Le verre venait de là aussi. Il avait l'intention de le jeter quelque part dans la forêt, de laisser derrière lui tout ce qu'il représentait.

Il s'approcha de la piste, hésita un moment, puis enjamba le tronc épais qui délimitait le parking.

Henrickson attendit qu'il avance de quelques mètres et se retourna. Pendant une fraction de seconde, il sentit quelque chose derrière sa nuque, un peu comme si on l'épiait. Il scruta les environs mais ne vit personne. Étrange. En général, il ne se trompait pas sur ce genre de chose.

Quand il se retourna, il constata que Kozelek s'était arrêté. À présent que le périple avait commencé, l'enthousiasme du bonhomme augmentait, comme prévu.

— C'est par là !

Henrickson enjamba le tronc et suivit Tom dans la forêt.

Malgré un banc de nuages à l'ouest, le soleil fort et lumineux projetait des ombres sur la neige vierge. Les deux hommes marchaient lentement le long de la pente, sans dire grand-chose. La route était déjà loin derrière eux, et on n'entendait plus que le son de leur souffle et de leurs pas.

— Vous semblez bien sûr de vous, Tom. Vous vous souvenez d'être passé par ici ?

— Ce n'est pas que je m'en souvienne. Je... reconnais les formes générales. Ça paraît idiot, et je n'ai pas l'habitude de la nature, mais... (Il s'arrêta pour indiquer la silhouette des arbres et des collines.) Vous voudriez passer par un autre chemin ?

— Je comprends ce que vous dites. Certaines personnes n'ont aucun sens de l'orientation, un peu comme des jouets mécaniques. On les remonte et elles vont tout droit, jusqu'à ce qu'elles tombent sur un obstacle. D'autres sentent les choses. Cela se travaille avec le temps. Quelle heure est-il, à votre avis ? Réfléchissez une seconde. En fait, non, répondez d'instinct.

Tom réfléchit. Il devait s'être écoulé une demi-heure depuis qu'ils s'étaient mis en route.

— Environ 10 h 30.

— On serait plus près de 11 heures ; 11 heures moins cinq, je dirais. (Il tendit son poignet et regarda sa montre. Un sourire, et il montra le cadran à Tom.) Pas loin. Moins quatre.

Tom s'arrêta. Ils arrivaient au bord d'une crête, et il hésitait. Henrickson recula de quelques pas et regarda en arrière. Tom comprit qu'on lui donnait une chance de réfléchir, de ressentir, et fut envahi par un absurde élan de gratitude. William et Lucy étaient assez grands pour voir ses défauts plus que ses qualités. Sarah le connaissait trop bien. La malédiction de l'homme mûr. Dès qu'on a cette idée en tête, on tient à prouver le contraire : et c'est là qu'on commet des erreurs, là que tout se gâte.

— Par là, dit-il en tournant à droite.

Les vingt minutes suivantes furent assez rudes, et il fallut un moment avant qu'ils récupèrent assez de souffle pour parler. Le terrain entamait une descente de l'autre côté, mais une ascension encore plus ardue les attendait. Le paysage ne lui rappelait plus rien, mais il lui semblait que c'était le bon chemin.

Tom jeta un coup d'œil vers le journaliste, qui marchait à côté de lui d'un pas ferme.

— Vous devez chercher Bigfoot depuis un sacré bout de temps ?

— C'est sûr, répondit Henrickson.

— Comment ça se fait que personne n'y croie ?

— Oh, tout le monde y croit ! Mais c'est une vérité difficile à admettre et personne n'a envie de passer pour un illuminé.

— Alors, qu'est-ce que c'est ?

— À votre avis ?

— Un grand singe, je suppose, dit Tom. Une créature qui vivait ici avant les hommes et qui s'est réfugiée dans la forêt. Ce n'est pas l'espace qui manque par ici, pas vrai ?

— À moitié vrai. Moi, je suis persuadé qu'il s'agit de l'un des derniers spécimens de l'homme de Neandertal.

Tom s'arrêta net.

— Quoi ?

Henrickson avançait toujours.

— Ce n'est pas une théorie nouvelle. Le seul problème, c'est de faire coïncider les détails. Vous savez comment sont les archéologues... Bla-bla-bla, pas de preuves. Bla-bla-bla, les fossiles montrent que... Blabla, mon professeur dit que c'est impossible. De la manière dont je vois les choses, vous avez un homme de Neandertal, l'une des espèces les mieux adaptées que le monde ait jamais connues. Ces types fabriquaient des lances voilà plus de quatre cent mille ans ! Ils se sont dispersés sur la moitié du monde, y compris les deux côtés de l'Europe, à une époque où il ne faisait pas bon y vivre. En pleine période glaciaire, avec des pléthores d'animaux aux dents acérées, ils ont survécu pendant des centaines de milliers d'années. Ils pratiquaient des rites funéraires. Ils avaient des dentistes. Ils commercialisaient des ornements et des bijoux, et disposaient d'un réseau pour les distribuer dans toute l'Europe. Ensuite, l'homme de Cro-Magnon est arrivé : c'est nous. Pendant un moment, les deux espèces ont coexisté. Et après, l'homme de Neandertal aurait disparu d'un seul coup, en laissant tout juste assez d'os pour remplir un sac à main ?

— Et alors ? Qu'est-ce qui se serait passé, d'après vous ?

— Il n'a jamais disparu. Ils n'ont jamais été très nombreux. Ils sont devenus experts dans l'art du camouflage.

— Du camouflage ? Mais où ?

— Dans deux types d'endroits. Tout d'abord dans les forêts et les montagnes, au nord de l'Europe de l'Est, en Finlande et dans l'Himalaya, mais ici aussi, dans notre bonne Amérique. Les paléontologues prétendent que l'homme de Neandertal n'a pas pu se rendre en Amérique du Nord. La théorie, c'est que l'homme y est arrivé par voie terrestre et que cela ne s'est produit que quinze mille ans avant Jésus-Christ. C'est sousestimer le Neandertal. Il n'y a aucune raison pour qu'il n'ait pas eu de petits bateaux. Il aurait atteint la côte en partant de Russie, se serait arrangé pour traverser les eaux glacées près des territoires du Nord, puis descendre le long de la côte jusqu'à une région habitable. Puis, une fois arrivés en force, les Neandertal se seraient aventurés dans les forêts. C'est l'endroit rêvé. Des milliers de kilomètres carrés de terres vierges que personne ne vient troubler, pas même aujourd'hui. On en trouve des traces dans toute la culture amérindienne. Chez les Chinooks, des légendes évoquent le « peuple fantôme » qui vit dans des lieux à lui et avec lequel ils ont des relations. Et il y a le « peuple animal » des Okanogans : il habite dans les montagnes, et on dit que ce sont d'anciens animaux qui avaient une culture avant que le « vrai peuple », c'est-à-dire l'homme, se soit formé.

— Et l'autre endroit ? L'autre cachette ?

— Sous notre nez. Quel est le type de légende le plus répandu en Europe ?

— Je ne sais pas.

Tom ne savait pas non plus s'il suivait toujours le bon chemin. Ils avaient dépassé le fond du vallon et recommençaient à monter. Le terrain de plus en plus accidenté lui était familier, mais sans plus, et, en toute direction, la pente était très escarpée. Pour l'instant, il se contentait d'avancer, et Henrickson de parler, avec le débit régulier de celui qui a longuement réfléchi à la question. Et avec la confiance de celui qui n'est pas aussi intelligent qu'il le croit.

— Les fées. Les ogres. Les lutins. Les trolls. Pour moi, ce sont tous des survivants de l'homme de Neandertal. Des créatures qui vivaient avant nous et observaient d'étranges coutumes. Assez communes au début, puis de plus en plus rares, jusqu'à ce que personne ne les croise plus jamais. Elles restent dans les mémoires. Le langage fonctionne d'une étrange manière. Vous avez bien entendu des trucs du genre : « À cette époque, vivaient des géants ?« Il me semble que » géant « n'implique pas qu'ils étaient grands de corps. Cela signifie que les premiers explorateurs ont rencontré une population puissante et civilisée, comme le peuple animal des Okanogans : une espèce géante, sur le plan culturel.

— Mais ils se sont éteints.

— Pas complètement. Qu'est-ce qu'on entend d'autre, dans le monde entier ? Des histoires de fantômes. Des présences intangibles. Et quoi encore ?

Des extraterrestres. Des hommes verts. Qui, comme par hasard, font atterrir leurs vaisseaux dans des forêts, ce qui est un endroit plutôt étrange, vous ne croyez pas ? Des hommes verts, des fées, des fantômes, cela explique toutes les bizarreries que l'on rencontre de temps en temps. Cela explique l'existence de toute une espèce que l'on prétend éteinte mais qui s'est juste réfugiée dans l'ombre, qui rôde autour de nous sans jamais croiser notre chemin.

— Je ne vois pas le rapport avec l'homme de Neandertal, objecta Tom.

— Non, et pour deux bonnes raisons. D'abord, les légendes exagèrent toujours avec le temps. En des centaines de milliers d'années, elles prennent leur propre poids, elles obéissent à leurs propres règles. Les fées ressemblent à ci ou ça, les lutins sont habillés en vert, les fantômes trimballent toujours une triste histoire derrière eux. Et puis le Neandertal a ses propres méthodes pour troubler nos esprits.

— Lesquelles ?

— On dit que la bouche et la gorge de l'espèce n'étaient pas vraiment aptes à la parole articulée. Et pourtant, ils ont fabriqué des tas de trucs qui prouvent qu'ils communiquaient, d'une manière que le langage corporel et quelques grognements n'auraient jamais permise. Ma théorie, c'est qu'ils recouraient au moins partiellement à la télépathie. Ils continuent, et nous aussi, d'ailleurs, de temps en temps. La télépathie, c'est simplement de l'empathie poussée à l'extrême. Lorsqu'ils sont confrontés à un danger, à nous par exemple, ils envoient des images dans notre tête. Nous voyons des formes dans notre esprit. Elles nous renvoient à notre propre imagination.

— Ça ne tient pas debout, dit Tom, distrait. Je suis désolé, mais je n'en crois pas un mot.

— Pensez à notre petite expédition. Si j'ai raison et qu'on cherche un Neandertal, pourquoi tous ceux qui ont vu Bigfoot disent-ils qu'il mesure deux mètres cinquante ? Ils nous font croire qu'ils sont grands, parce que cela nous fait peur. Et pourquoi tant de gens, comme vous, Tom, parlent-ils d'une odeur nauséabonde ? Pourquoi sentiraient-ils mauvais ? Il n'y a aucune raison. Ils nous font simplement croire qu'ils puent. C'est un mécanisme de protection, l'un des plus simples qui soient. Ils se cachent en crachant un écran de fumée. C'est pour cela qu'ils sont si difficiles à trouver. Près des zones civilisées, on croit apercevoir un fantôme. Dans la forêt, on ne s'attend pas à voir des esprits, sauf sur une route déserte, c'est pour ça qu'on voit Bigfoot. On voit quelque chose de plus proche de leur véritable forme, parce que, au fond, nous nous doutons qu'ils sont toujours là.

Tom s'arrêta et regarda le journaliste. Il ne souriait pas, pour une fois. Il restait sérieux comme un pape. Même si Tom se réjouissait d'avoir quelqu'un à côté de lui, il aurait préféré de beaucoup que l'homme soit persuadé d'avoir affaire à un étrange primate en liberté plutôt que de divaguer sur les lutins et la prise de contrôle de l'esprit.

Pour l'instant, c'était secondaire. Tom avait une mauvaise nouvelle à annoncer.

— Je suis complètement perdu.

Une heure plus tard, la situation ne s'était guère améliorée. Henrickson s'était montré patient, avait souvent pris ses distances pour que Tom se repère, l'avait encouragé à aller de l'avant, en lui disant qu'il le rattraperait dès qu'il aurait retrouvé sa piste. Mais Tom ne retrouvait rien. Plus il avançait, moins il savait où il allait. Il finit par s'arrêter.

Henrickson l'appela.

— Alors, on chauffe, mon vieux ?

— Non, je ne sais pas où on est.

— Ce n'est pas grave, dit Henrickson lorsqu'il le rattrapa.

Il fouilla dans sa poche et en sortit une carte de randonnée. Il la déplia, consulta la boussole attachée à sa veste par un cordon puis dessina un petit cercle.

— On est là, reprit-il.

Tom regarda.

« Là », c'était une zone blanche avec quelques lignes topographiques serrées... La dernière demi-heure avait été une suite de montées et de descentes périlleuses.

— Au milieu de nulle part, commenta Tom.

— Pas tout à fait. Il y a un courant par ici, insista le reporter en indiquant une ligne sinueuse. Vous pensez que nous sommes assez près pour que ce soit votre ravin ?

— Je n'en sais rien. On pourrait toujours aller voir.

— Alors, allons-y.

Vingt minutes plus tard, ils perçurent un bruit de ruissellement. Près d'une formation rocheuse, ils découvrirent un ruisseau de montagne, d'un mètre cinquante de large, qui coulait entre des petits bancs de mousse irréguliers.

Henrickson regarda en amont.

— Ça devrait être plus raide de ce côté.

— Peut-être. Je ne sais pas.

Henrickson, qui paraissait en forme et plein d'allant au début de l'expédition, n'avait plus souri depuis un moment.

— Je sais à quoi vous pensez, mon vieux, mais ça ne pose pas de problème. Je vous l'ai dit, j'ai vraiment envie de trouver cette créature. Autant être ici, non ? Alors, suivons ce chemin. On cherche quelque chose qui y ressemble et il n'y a rien d'autre sur la carte. Mais d'abord, j'aurais besoin d'un peu de carburant.

Tom commença à se débarrasser de son sac à dos mais Henrickson leva la main.

— Inutile, je m'en occupe.

Il défit les lanières, et Tom sentit qu'une main fouillait le haut du sac.

— Faites attention, il y a du verre à l'intérieur.
— Ah bon. Comment ça se fait ?
— Il reste quelques bouteilles cassées de la dernière fois. Je ne l'ai pas bien vidé. J'aurais dû le retourner, mais...

Le journaliste ne l'écoutait plus. Il avait retiré ses mains du sac.

— Ça va ?

Pas de réponse. Tom se retourna et s'aperçut que Henrickson tenait quelque chose qui n'était pas la Thermos de café.

— Qu'est-ce que c'est ?
— À vous de le dire, c'était dans votre sac.

Tom regarda de plus près et vit un petit bouquet de plantes fanées.

— Aucune idée.
— Sans doute rien. Cela a dû tomber dans votre sac. Il leva les yeux vers Tom, avec cette fois un sourire d'une oreille à l'autre.
— Allez, on y va !

Tandis qu'ils avançaient en buvant le café chaud, Tom remarqua que le pas du journaliste avait redoublé d'énergie.

Quarante minutes plus tard, ils avaient grimpé plusieurs centaines de mètres. Ils suivaient le courant sur un parcours accidenté. Les rives ne semblaient pas monter plus haut. Cette fois, ce fut le journaliste qui s'arrêta.

— Cela ne me dit rien qui vaille. (De nouveau, il sortit sa carte.) Nous devrions être par ici, dit-il en montrant d'autres lignes, ce qui est bien plus à l'est que je ne l'aurais voulu.
— Qu'est-ce que c'est, cette ligne noire ?
— Une route. Vous n'avez pas pu la rater lorsque vous avez essayé de rebrousser chemin, mais regardez les lignes topographiques. Ça descend jusqu'ici, c'est sans doute là que vous avez atterri. Dans ce cas, il ne

vous aurait pas fallu deux jours pour rentrer chez vous. Alors... Vous allez bien ?

Tom avait la bouche légèrement ouverte. Il la referma lentement et parla à contrecœur.

— Oui, c'est juste que...

— Je vous sens un peu noué. C'est mauvais pour la digestion.

— La femme, Patricia. Celle qui avait les bottes.

— Oui, eh bien ?

— Elle était là. Elle a vu mon sac et, d'après ce qu'elle raconte, c'est elle qui aurait laissé les empreintes. L'adjoint du shérif a dit qu'elle habitait quelque part par ici. Ce qui signifie...

— Qu'elle sait où se trouve l'endroit et qu'elle pourra peutêtre le retrouver ? C'est ça ?

Tom acquiesça.

— Vous n'y avez pas pensé plus tôt, ou vous n'aviez pas envie que quelqu'un d'autre intervienne dans l'histoire ?

— Non, franchement, je n'y ai pas pensé. J'étais malade lorsqu'elle est venue au commissariat.

— Allons-y ! décréta Henrickson, les mains sur les hanches, en regardant un instant de l'autre côté. B on, j'aurais pu y penser tout seul. Et puis, c'est vrai, ça aurait été chouette d'y aller tout seuls. Mais on n'y arrivera pas, c'est ça ?

— Je suis désolé.

— Pas grave. Mais maintenant, il faudrait retourner à la voiture et aller chercher de l'aide. Si cette femme peut nous accompagner, ça nous fera gagner beaucoup de temps. Et le temps, c'est primordial.

Henrickson sortit sa carte encore une fois et consulta sa boussole.

— On va couper par là. Le sens de l'orientation, c'est bien beau, mais on va faire court, non ?

Il rebroussa chemin et Tom le suivit.

Il leur fallut un peu plus d'une heure pour regagner la piste, grâce à un chemin plus direct en descente. Lorsqu'ils franchirent à nouveau le tronc d'arbre, Tom comprit que la situation avait changé. C'est lui qui suivait. Cela ne devait pas se passer ainsi. Si nécessaire, il interviendrait pour inverser la situation.

Henrickson reprit la route et parcourut quelques kilomètres en direction de Sheffer. Il s'arrêta à une station-service et posa quelques questions en faisant le plein. En s'asseyant dans la voiture, il fit un clin d'œil.

— Je crois avoir trouvé notre bonheur. À quelques kilomètres, dans l'autre sens. Un nouveau lotissement, appelé Cascade Falls. Ça n'a jamais marché. Mais il y a au moins un habitant. Le type pense que la femme s'appelle Anders.

— C'est elle !

— Formidable, les affaires reprennent !

Il leur fallut presque une demi-heure pour se diriger vers le nord puis bifurquer vers les montagnes. La route se rétrécit soudain. Créée par le promoteur, elle se contentait de mener aux terres qu'il avait essayé de vendre. De chaque côté, elle était bordée d'une rangée d'arbres touffus.

— C'est sûrement la route la moins fréquentée du monde, opina Henrickson, tout joyeux.

Tom se demandait quelles raisons pouvaient bien inciter quelqu'un à s'installer ici. De temps à autre, on voyait une pancarte, clouée à un arbre. On pouvait acheter une parcelle de terrain et venir vivre ici. Mais pour quoi faire ?

Henrickson s'arrêta et coupa le moteur. Juste devant, à gauche, le nom « Anders » était peint sur une plaque de bois.

Ils sortirent, ouvrirent le portail et suivirent un sentier sinueux à travers les arbres. Deux cents mètres plus loin, ils aperçurent un bungalow. Tom se demandait s'ils étaient au bon endroit. La bâtisse paraissait minuscule, glaciale, malgré la lumière allumée au-dessus de la porte.

— Ça ne ressemble guère à une maison.

On aurait plutôt dit une cabane, une grange de bois, avec une entrée de garage sur le côté. L'entrée de la maison proprement dite, en contrebas, faisait face à la piste : une simple porte marquée « 2 », à hauteur de la taille, avec quatre panneaux vitrés sur la moitié supérieure, mais un rideau qui obstruait la vue.

Henrickson frappa.

— Un peu compact, pour le moins.

Comme il n'obtenait pas de réponse, il frappa de nouveau. Tom alla explorer un peu plus loin. À une vingtaine de mètres, un autre cabanon caché dans une végétation envahissante était plongé dans le noir. En approchant, il distingua le faible reflet d'une mare gelée, qui appartenait sans doute à la propriété. Plus loin, on discernait la ligne des arbres, mais...

Il avança encore et crut entrevoir une troisième cabane, de l'autre côté. Il songea à appeler Henrickson mais y renonça, sans savoir pourquoi. Il fit demi-tour.

Henrickson frappait pour la quatrième fois.

— Personne. Elle est sans doute à Sheffer, pour profiter de la ville et des lumières. Pas de chance. Mais... (Il regarda sa montre) Le temps passe. D'après vous, elle a dit que l'endroit où elle vous avait trouvé était à bonne distance de sa maison ? Nous pourrons peut-être tenter l'aller-retour dans la journée, quand même.

Il s'éloigna de la porte et s'approcha d'une des deux petites fenêtres sur le côté, également fermées par un rideau, mais plus fin. Tom regarda à l'intérieur mais ne put deviner grandchose.

— C'est fichu pour aujourd'hui, décida Henrickson. On va retourner en ville, voir si on peut trouver son numéro de téléphone, afin de pouvoir faire les choses correctement demain. Pour l'instant, j'ai une faim d'ours... Ne le prenez pas mal.

Ils regardèrent une fois de plus par la fenêtre et se dirigèrent vers le portail. Une fois qu'ils furent remontés en voiture et que le bruit du moteur s'estompa derrière les arbres, le rideau s'écarta un peu.

CHAPITRE 21

Une fois certaine que les hommes étaient partis, Patricia déverrouilla la porte et sortit. Elle attendit un instant, en écoutant attentivement, mais n'entendit que les bruits habituels : le silence. Elle ne tenait jamais compte du vent d'automne, des oiseaux ou des insectes agités en été. Ce n'étaient pas des bruits.

Les traces dans la neige indiquaient que les hommes avaient remonté l'allée pour faire le tour du bungalow. Elle comprit aussi que l'un d'eux avait sans doute...

Patricia Anders suivit les pas traînants qui menaient vers la petite crête et le lac. Les traces s'arrêtaient au bout de quelques mètres. À moins d'être très peu observateur, l'homme avait dû repérer l'autre construction, un peu plus loin. Elle ne l'avait pas entendu appeler ni en parler à son compagnon. Cela ne signifiait peut-être rien. Il pouvait avoir froid ou faim. Peu importait. Il n'y avait rien dans cette cabane, à part des outils, de l'humidité, et un souvenir d'une scène d'amour avec Bill, par une nuit d'hiver, alors qu'ils étaient censés réparer le toit.

Elle alla vers la mare qui délimitait la frontière entre la nature et sa propriété, s'assit sur le banc qui encerclait le grand arbre, à quelques mètres de la rive et contempla la surface glacée.

— Ils arrivent, dit-elle d'un ton calme. Qu'est-ce que je fais ?

Il ne répondit pas. Il ne répondait jamais. Il ne savait même pas de quoi elle parlait. Mais elle lui posait la question, au cas où. Les hommes aimaient bien se sentir impliqués.

Dans les mois qui avaient suivi la mort de Bill, Patricia avait erré dans un monde étrange où tout semblait avoir été brisé et remonté de travers. Elle apprit qu'un réfrigérateur paraissait froid si on ne le remplissait qu'avec ce dont on avait besoin. Elle se souvint que les bouts de papier ne se couvraient pas tout seuls de gribouillis, que les enveloppes, les factures et les reçus n'étaient pas spontanément décorés de dessins d'arbres, de chats ou de bateaux. Ils paraissaient bizarres, nus. Le plus dur, c'était de s'apercevoir que certaines informations ne trouvaient plus leur place. Elle pouvait passer le temps avec le facteur, bavarder en faisant la queue au marché, mais impossible de se retourner vers quelqu'un et de chantonner l'air d'une publicité débile. Le genre de chose qui fait penser : « La pauvre vieille perd la boule, une bien triste histoire, il faudrait faire quelque chose pour elle. » Il s'était produit un événement, puis tout s'était évaporé, comme une goutte d'eau qui tombe sur l'asphalte. À part elle, personne ne regardait un vieux magnétoscope qui fonctionnait mal.

La journée passe, et on se demande quelle est sa récompense. Il devient vite évident que le seul trophée à gagner, c'est le droit d'avoir à supporter le lendemain. On survit, heure par heure, mais à la fin, on n'a plus grand espoir. On commence à comprendre les règles. Ce qui est sûr, c'est que le prix accordé aujourd'hui est identique à celui d'hier. Apparemment calme, mais avec un cri intérieur qui monte, tel le bruit d'une vieille machine à vapeur oubliée au sous-sol, on traverse ce lendemain aussi, et toute une série d'autres lendemains, encore. Assez de lendemains pour se rendre compte qu'on s'est fait avoir, que ce ne sont pas des lendemains mais simplement un éternel aujourd'hui. La rébellion ne mène nulle part. Si on arrête de fumer et si on se rend compte que l'espoir de ne pas fumer demain n'est pas une récompense suffisante pour s'en abstenir aujourd'hui, on peut s'acheter un paquet, l'ouvrir, se sentir à la fois heureux, déçu, méfiant et coupable. Avec la mort, aucun moyen d'éprouver un tel échec triomphant. On ne peut pas dire : « Tu m'emmerdes, rends-moi mon mari. » On le comprend vaguement. On ne met pas le monde entier à l'épreuve car formuler cette demande et se la voir refuser, ça rend cinglé. À la dure, on apprend qu'il n'y a aucune issue, qu'on ne peut pas renoncer à renoncer, ni aller chercher la trousse d'urgence de l'être aimé ; qu'il est impossible d'aller le dénicher là où il se cache, en haut du placard de la cuisine ou derrière l'escalier de la salle de bains ; qu'on ne peut pas l'épousseter, passer ses doigts dans ses cheveux et l'embrasser sur les lèvres pour le réveiller et ramener le monde à la normale, comme si tout cet épisode n'avait été qu'un cauchemar, une farce stupide.

Après avoir passé sa vie à défendre le point de vue des libéraux dans tous les débats, Patricia était devenue la proie des pensées les plus politiquement incorrectes. Elle regardait les gens qui encombraient les rues du marché, les vieux grincheux insupportables. Six mois plus tôt, elle se serait demandé ce qui les avait rendus si malheureux et aurait tenté l'impossible pour voler à leur secours. À présent, elle trouvait injuste qu'ils soient encore en vie. Lorsque, à la télévision, on lançait un appel à la solidarité pour les enfants hospitalisés, elle se demandait pourquoi les gens s'attendrissaient tant sur les enfants qui n'avaient encore rien apporté au monde, alors que son Bill ne faisait même plus partie de la vie des autres. De la sienne, par exemple.

Et lorsqu'un garçon avait essayé de lui épingler un badge contre le sida, un jour à Snohomish, elle l'avait enguirlandé. Le jeune homme aux yeux innocents s'était tourné vers sa camarade, une adolescente d'une beauté impressionnante, qui débordait de compassion, et avait lancé une remarque.

Patricia le fixa.

— Elle te baise bien ?

Le garçon avait rougi. En arrivant à sa voiture, Patricia était écarlate, furieuse contre elle-même, mais une petite voix intérieure insistait. Ce n'était pas juste ! Il y a des gens qui se tuent aux sports d'hiver, après avoir choisi de descendre sur des planches glissantes, et c'est une tragédie ! Si quelqu'un a un cancer du poumon, bien fait pour lui, ce salopard de fumeur qui m'intoxique ! Même sa veuve est responsable, elle aurait pu l'en empêcher, non ? Elle ne l'aimait pas ou quoi ? Nous cherchons des responsables, ça laisse Dieu en dehors du coup, et sans Lui, nous ne savons pas où nous tourner.

Patricia en connaissait un rayon en matière de responsabilité. C'était elle qui avait tué son mari, après tout.

Cinq ans avant qu'ils s'installent au Nord, Bill avait pris conscience du poids des ans et arrêté de fumer. C'était difficile, horrible même, mais il s'y tenait. Cinq mois plus tard, ils se retrouvèrent à la terrasse d'un bar à Verona, où ils passèrent une journée formidable. Un bon repas les attendait, là, seuls devant le coucher de soleil, tout semblait presque parfait. Ils bavardaient, souriaient, contemplaient la petite île. Tout allait bien, mais ce n'était pas ça, et Patricia regardait Bill en sachant qu'il acceptait à regret que certains de ses moments les plus agréables soient de brefs supplices : le supplice du plaisir manqué, ce qui en Occident remplace la souffrance.

Alors elle avait plongé dans son sac et en avait sorti quelque chose qu'elle avait acheté à Cannon Beach le matin même. Ce n'était pas la fin de l'abstinence, mais, face à l'expression de son visage, elle avait posé le paquet sur la table.

Il l'avait regardée avec un sourire complice, comme si on lui avait montré la photographie d'un ami décédé depuis des mois.

Il s'était penché et l'avait embrassée.

Il ne fuma pas ce soir-là. Il fuma le lendemain soir.

Le paquet dura un mois. Aucun moyen de savoir si la cigarette qui avait déclenché le cancer provenait de celui-là ou de ceux qui suivirent. Mais elle supposait qu'elle venait de ce paquet-là. On trace des lignes, on établit des relations, on expose son cœur aux reproches, on croit qu'il pleut parce qu'on est méchant. Les années suivantes, il ne fut qu'un fumeur occasionnel, et il paraissait bien plus heureux. Les cigarettes n'y étaient peut-être pour rien. C'est ça, le problème avec la mort : on ne sait jamais. On ne sait jamais ce qu'on aurait dû faire avant qu'il soit trop tard... et, même là, on ne sait pas. C'est un grand jeu de la vérité et de ses conséquences, sauf qu'il n'y a pas de vérité, simplement des conséquences. La vérité est une fiction que l'on complète après coup pour rendre les circonstances moins épouvantables, plus explicables, pour en rejeter la faute sur un autre, même si c'est forcément la sienne.

Elle ne songeait pas souvent à ce paquet de cigarettes, mais lorsque cela lui arrivait, il ne fallait pas longtemps pour qu'une autre pensée lui vienne à l'esprit : elle se demandait si elle avait acheté le paquet pour Bill, ou si elle avait refusé de gâcher ses propres vacances à Verona en sachant qu'il n'était pas heureux. La seule chose qui rendait ces moments supportables, c'était de savoir que Bill ne lui en aurait pas voulu, même dans le second cas. Il l'aimait à ce point-là. Et il était mort.

Pendant un moment, quelques mois plus tard, Patricia estima que les choses devenaient un peu plus faciles. Puis, par une longue nuit de décembre 2001, alors qu'approchait le premier Noël sans lui, quelque chose se produisit. Elle possédait un CD de ses airs favoris qu'il avait choisis pour qu'on les passe le jour de ses funérailles à Portland. Des chansons qu'elle avait aimées en sa compagnie, des œuvres classiques qu'elle n'avait jamais entendues mais qui lui tenaient à cœur dans sa vie à lui, sa vie d'avant leur rencontre. Elle n'avait plus écouté ce CD depuis. Cette nuit-là, elle le passa pour la seconde fois, l'écouta jusqu'au bout. Elle trouva une grande bouteille de scotch que Bill avait laissée derrière lui et la but en entier. Elle n'avait jamais rien fait de tel auparavant.

À minuit, chancelante au beau milieu des arbres, les cheveux balayés par les rafales d'un vent glacial, pieds nus, insensible au froid ou presque, elle avait parlé, crié, hurlé, pleuré, la gorge irritée, la bouche sèche. Elle avait envie d'arracher les yeux de tous les êtres vivants, de trouver quelqu'un, n'importe qui, et de lui écraser la cervelle avec une pierre. Elle était prisonnière d'une spirale de l'horreur et, cette nuit-là, elle comprit l'essence du monde. L'essence, la vérité, la voici : l'enfer, c'est la vie, et la vie, c'est tout ce qu'il y a.

Se tuer, cela aurait été renoncer. La mort est plus méchante et plus forte que tout. La mort, c'est la clé, ce n'était pas à remettre en question, mais ce n'était pas une raison pour se ranger de son côté.

Elle prit donc une décision tout en hurlant au bord du lac d'un froid de glace, toujours chancelante après avoir englouti la bouteille de son mari. Elle n'allait plus, comme on disait dans le langage populaire, se faire baiser. Elle n'aurait plus de comptes à rendre. À personne, ni Dieu, ni maître, ni idéal, ni vérité, ni promesse. Rien ne valait la peine, on ne pouvait avoir confiance en rien. Avant, il y avait Bill. Maintenant, il n'y avait plus rien.

Mais, deux semaines plus tard, elle avait découvert quelque chose dans la forêt, si bien qu'elle changea d'avis.

Le ciel était sombre, le lac ressemblait à une plaque de marbre noir. Il faisait froid. Il était temps de rentrer. Patricia resta assise un peu plus longtemps, malgré tout, car elle aimait cette vue et craignait que les choses soient sur le point de changer. Elle craignait que les hommes ne reviennent et qu'elle soit obligée de défendre la seule chose qui lui tenait à cœur.

Eh bien, qu'il en soit ainsi !

CHAPITRE 22

Nous nous étions réfugiés au Morisa, un vestige de la grandeur d'antan, près du centre de Fresno. L'hôtel semblait avoir été conçu pour résister à une pluie de bombes. C'est ce qui nous avait séduits. Nous étions arrivés en ville la veille, tard dans la nuit, et avions préféré ne pas aller plus loin. Sans plan, ni endroit où aller, nous risquions de prendre une des nombreuses directions à éviter. Nous nous rendîmes à la réception séparément, prîmes des chambres à des étages différents et montâmes nous coucher. Le lendemain matin, nous allâmes au centre-ville à pied. Nous marchâmes des heures, sans parvenir à nous décider. Il y a quelque chose d'absurde dans les magasins lorsque vous n'éprouvez aucun intérêt pour le shopping. Bizarrement, je crus reconnaître des initiales sur une porte, mais, en y regardant de plus près, je notai que la deuxième lettre était un « B » et non un « R ». Je n'en étais pas certain. Je traversais une crise de paranoïa.

En fin de matinée, nous nous étions retrouvés dans ma chambre. La pièce n'était pas grande et n'avait pas été décorée récemment. Je m'assis sur le fauteuil, et Nina sur le lit. Nous bûmes le café que nous avions commandé.

Nina regrettait d'avoir quitté Los Angeles. Elle voulait revenir. Il n'en était pas question. Je savais ce que cela signifiait d'être en cavale. Elle avait un travail, même si on venait de lui demander d'y renoncer. Se retrouver dans cette situation à cause d'une relation, d'une ancienne relation, de surcroît, était propre à énerver n'importe quelle femme. Et Nina n'était pas n'importe quelle femme. Elle était si furieuse contre Zandt, après ce mensonge, qu'elle ne voulait plus allumer son portable. Je tentai de l'appeler à plusieurs reprises, mais n'obtins qu'une voix métallique me disant que le téléphone était coupé. Il pouvait être n'importe où dans le pays, à faire Dieu sait quoi, ou avoir de sérieux ennuis. Il était peut-être mort, aussi.

Nous ne pensions pas pour autant que Zandt était incapable de tuer Ferillo. Nous savions tous les deux que, dans la phase initiale de la recherche de sa fille, il avait personnellement coincé et tué l'homme qu'il croyait coupable. Mais il y eut un autre enlèvement après cet incident. Nous avions à présent un nom pour le ravisseur, Stephen DeLong, et nous savions qu'il n'était qu'un des kidnappeurs qui officiaient pour le compte des Hommes de Paille, mon frère jouant un rôle majeur dans ce groupe. L'arrivée soudaine du fichier vidéo qui accusait John du meurtre de DeLong, longtemps gardé en réserve, prouvait qu'ils le cherchaient pour lui causer des ennuis dignes de ce nom. Restait à savoir si la mort de Ferillo représentait un échantillon des ennuis à venir, ou en était la cause.

Nina passa deux appels de la chambre, qui nous permirent d'apprendre que Ferillo possédait un restaurant sur Stark Street, à Portland, appelé le Dining Room. Quatre ans auparavant, il s'était fait arrêter à L.A. dans le cadre d'une enquête sur un racket et avait failli se retrouver à l'ombre. Il s'en était sorti et avait monté une usine à bouffe fréquentée par les grands et les vertueux du nord-est de l'Oregon. Du petit truand au riche restaurateur, il y avait un pas de géant, mais rien n'expliquait pourquoi Zandt avait débarqué dans sa vie... ni pourquoi quelqu'un aurait voulu nous le faire croire.

Après ces appels, nous gardâmes le silence. Le café refroidissait, mais nous continuâmes à boire, jusqu'à ce que je commence à avoir l'estomac noué. Par la fenêtre ouverte, je regardais les bâtiments délabrés, battus par une pluie persistante. Je trouvais idiot de ne rien essayer, mais je n'avais pas d'autre idée. Nous n'avions aucun moyen de retrouver John, aucun moyen de faire avancer l'enquête sur Ferillo.

Soudain, une faible lueur s'alluma dans mon esprit. Elle vacilla, s'éteignit pendant une seconde, puis revint avec plus d'intensité.

— Téléphone à Monroe.

— Pas question.

— Considère les choses de son point de vue. Ce n'est pas un imbécile. Il sait qu'il t'est arrivé quelque chose de grave à la fin de l'année dernière. Tu as été blessée, et Sarah Becker a retrouvé ses parents. Tu refuses d'en parler, et maintenant tu es liée à un type qui fait n'importe quoi.

— C'est ce qu'on voudrait faire croire.

— Comme tu veux, répondis-je. Même si Monroe n'était pas poussé par quelqu'un, tu te retrouverais sur la corde raide.

— Il y a quelque chose dans ta voix que je ne comprends pas.

— Raconte-moi encore ce qui s'est passé lorsque tu es allée au Knights. Le jour où on a retrouvé le corps de Jessica.

— Ward...

— Raconte-moi.

— Charles m'a appelée. Sur mon portable. Quelqu'un venait de tirer sur un policier dans sa voiture de patrouille et avait disparu.

— Et ensuite ?

— Rien. Il m'a demandé de venir le rejoindre.

— Pour le meurtre d'un policier.

Elle hésita.

— Oui.

— Ce qui ne devrait pas intéresser le FBI. À moins que...

Elle garda le silence pendant près de vingt secondes et réfléchit.

— Oh, mon Dieu.

— Oui, peut-être.

Elle cligna des yeux.

— Et pourquoi veux-tu lui parler, nom d'un chien ?

— Parce qu'il n'y a personne d'autre. Lorsque tu lui poseras la question, on verra bien ce qu'il répondra.

Nina avait pris sa décision avant que je m'explique. Elle se leva et sortit son portable de son sac. Quelques secondes plus tard, il bipa.

— Des messages.

Elle écouta, puis écarta le téléphone et se leva, une expression bizarre sur le visage.

— John ?

— Monroe. Quatre fois. Pas de message. À part : « Appellemoi. »

— Alors, appelle-le. Pas au bureau. Sur son portable.

— Oui, mais il saura où nous sommes.

— Il saura où nous étions ! Allez, vas-y.

Elle composa le numéro et écouta la tonalité, les yeux fixés sur moi.

— Charles, c'est Nina.

À deux mètres, j'entendais le torrent de paroles. Nina écouta.

— Qu'est-ce que tu... Charles, je te rappelle.

Elle coupa la communication et resta sans voix.

— Nina ?

— Ils ont trouvé une autre femme avec un disque dur.

À 17 h 15, il faisait déjà sombre. Nous étions dans la voiture, à une cinquantaine de mètres du Daley Bread. Je l'avais repéré la veille : un gigantesque restaurant anonyme que j'avais choisi parce qu'il donnait sur une grande rue, à quatre carrefours de la 99, qui menait vers le nord ou le sud. Facile à trouver, facile à fuir. Nous étions arrivés en avance pour voir si quelqu'un essayait de placer des hommes, si les autorités locales avaient été prévenues. Si on pouvait faire confiance à Monroe, en d'autres termes.

En une demi-heure, nous ne vîmes personne, à part une poignée de passants hirsutes, une couverture déchirée autour des épaules, intercalés entre des petits groupes de jeunes bien nourris. Les deux communautés semblaient indépendantes et il était difficile d'imaginer comment elles pouvaient cohabiter, telles deux espèces différentes, par pur hasard. Nous observions chaque groupe qui s'approchait avant de s'éloigner. Certains regardaient dans la voiture et se demandaient sans doute pourquoi un couple attendait ici, par une soirée glaciale. Nous les regardions également. Nous étions aussi méfiants que possible. Lorsqu'il n'y avait personne, nous observions la rue, dans les deux sens.

À 18 h 15, quinze minutes avant le rendez-vous, j'ouvris la porte et sortis.

— Fais attention

— Ça ira. Il ne sait pas à quoi je ressemble.

— Non, mais d'autres te connaissent.

J'avançai d'un pas modéré, essayant de trouver une place entre les clochards et la jeunesse branchée. J'attendis un moment de l'autre côté de la route, du côté du Diner, n'aperçus rien de particulier.

En traversant la rue, je me rendis compte qu'un type un tant soit peu intelligent aurait gardé secret le lieu du rendez-vous jusqu'à ce que Monroe soit arrivé en ville, afin de limiter les possibilités de contacter les autorités locales. Plus que jamais, j'aurais voulu que Bobby soit près de moi. Ou ma mère. Privé des deux, je savais que je resterais toujours exposé au danger.

Je posai une question silencieuse, sans bouger les lèvres.

— C'est une idée stupide ?

Pas de réponse.

À l'intérieur du restaurant, il faisait un peu plus chaud ;l'air était confiné. Une fille à l'air las, en uniforme, s'approcha de moi, un menu à la main.

— Je m'appelle Britnee, dit-elle, inutilement, car elle portait un badge de la taille d'un plateau. Vous dînez seul ?

Je répondis que oui et dirigeai mon regard vers un box plutôt qu'au milieu de la salle. Comme il n'y avait que deux couples, elle n'avait aucune raison de refuser que je m'installe où je voulais.

Je commandai un chili sans même consulter le menu. Lorsqu'elle alla réveiller le cuisinier, je me mis dans la position que nous avions décidée, avec Nina. Je m'assis du côté droit du box, le dos au muret qui le séparait de son jumeau. La table n'était pas visible de l'autre côté, mais je devais pouvoir tout entendre.

Je sortis un magazine gratuit que j'avais pris dans le hall de l'hôtel, baissai les yeux et commençai à lire.

Cinq minutes plus tard, la porte du restaurant s'ouvrit. D'un coup d'œil rapide, je vis Nina entrer. Britnee essaya de l'envoyer à l'une des tables proches de la fenêtre, sans doute pour l'agréable vue sur la route froide et trempée, mais Nina refusa. Je la perdis de vue lorsque la serveuse la conduisit de l'autre côté, mais une minute plus tard j'entendis quelqu'un s'installer derrière le muret.

Nous gardâmes le silence pendant un moment. Une autre serveuse s'approcha de Nina et lui demanda si elle voulait boire quelque chose. J'entendis également la réponse de Nina. Pour le son, tout fonctionnait.

J'observai les publicités pour les magasins locaux dont je me fichais éperdument et les restaurants de famille qui ressemblaient à ceux qu'on trouve dans tout le pays. Nina faisait la même chose. De temps en temps, j'observais la rue. Il ne se passait rien.

Finalement, Nina annonça doucement :

— Le voilà.

Je jetai un coup d'œil vers la porte et avisai un homme athlétique, proche de la cinquantaine, portant un costume et un long manteau de cuir. Il entra d'un pas vif et dépassa Britnee avant même qu'elle puisse lui proposer de s'installer sur la jolie terrasse. Il avait repéré Nina de l'extérieur.

— Bonjour, Charles.

J'entendis quelqu'un s'asseoir.

— Pourquoi tu n'as pas voulu qu'on se voie à ton hôtel ?

— Comment sais-tu que je suis à l'hôtel ?

— Où veux-tu que tu sois ?

Il y eut une longue pose.

— Charles ? Tu vas bien ?

— Non. Et toi non plus. On a vérifié la vidéo. C'est bien John, et elle est authentique. L'empreinte du doigt sur l'ouvrebouteilles de Portland aussi, et maintenant on a un témoin oculaire qui a vu un homme sortir du bâtiment en transportant une femme. Il avait raconté qu'elle était saoule et qu'il la raccompagnait chez elle. La photo ressemble tellement à Zandt qu'on a du mal à y croire, et la fille confirme la ressemblance. J'ai également parlé à Olbrich, et je sais qu'il a cherché un renseignement pour toi. John était à Portland ce soir-là.

— Merci, Doug.

— Il est policier, ce n'est pas ton indic personnel. Zandt a tué Ferillo, autant l'accepter. Il a également frappé la fille assez fort, elle a eu un traumatisme crânien. Je ne sais pas ce qui lui passe par la tête, mais c'est une mauvaise idée de vouloir le protéger.

— Le poursuivre ne servira à rien non plus. Tu es mouillé.

— Comment ça ?

À cet instant, deux choses se produisirent. Tout d'abord, la serveuse arriva avec mon chili, et prit le plus de temps possible pour le poser sur la table en faisant le plus de vacarme possible. Elle voulait aussi me poser des tas de questions. Où je logeais, si je me plaisais ici, si je ne voulais vraiment pas d'oignons, si elle pouvait m'en rapporter. Je répondis par monosyllabes, le plus vite possible.

Ensuite, Nina se dégonfla.

Je n'avais pas besoin de la voir pour savoir qu'elle fixait la table, incapable de passer à l'étape suivante. Alors, je me décidai. Lourde erreur. Je me levai, laissai mon assiette et me dirigeai de l'autre côté du muret.

Je tirai une chaise vers l'autre côté du box où Nina et Monroe n'avaient pas encore touché à leur soda.

— Je peux vous aider ? demanda Monroe.

— J'espère. Je suis un ami de Nina. Je vais vous poser la question qu'elle n'ose pas vous formuler.

— Nina, tu le connais ?

— Oui.

— Vous êtes Charles Monroe. Je m'appelle Ward Hopkins. Je suis l'une des deux personnes qui peuvent confirmer ce que Nina va vous raconter. Probablement la seule que vous écouterez, car vous ne semblez pas avoir envie de prendre Zandt au sérieux.

— Je n'ai pas l'intention de vous écouter non plus. Nina...

— Oh ! si, vous allez nous écouter. Dès que vous nous aurez expliqué comment vous saviez que vous alliez découvrir un cadavre au Knights.

Il ne s'y attendait pas. Il tenta de me toiser, mais c'est bizarre, depuis la mort de mes parents, je ne me laisse pas facilement impressionner. Cela n'avait jamais été le cas, mais à présent, c'est pire. Comme si une partie de moi, tout au fond, se fichait de tout.

Nina l'observait attentivement.

— Tu vas lui répondre ?

Il se taisait, et à son expression je compris que Nina croyait soudain à l'hypothèse que j'avais émise.

— Espèce d'enfoiré ! lâcha-t-elle.

— Nina... Je ne sais pas ce que ce type t'a raconté, mais..

— Ah oui ? s'écria-t-elle. C'est noir ou blanc. Si un flic se fait tuer, l'enquête, c'est le boulot de la police de L.A. Ça ne regarde pas le FBI à moins que les flics le demandent, ce qu'ils ne font jamais. Les Feds, on n'a pas envie de les voir. Les flics ont une section spéciale pour ce genre de meurtres, des brigades entières qui laisseraient tout tomber pour retrouver celui qui a tué l'un des leurs. Alors, qu'est-ce que tu fichais là-bas ? Et si vite ? Comment se fait-il que tu te sois trouvé sur les lieux avant qu'on ait examiné la chambre ? Avant même qu'on sache qu'il y avait quelque chose à voir ?

— C'est ridicule ! J'en ai assez...

— Charles, regarde-moi et ferme-la.

Je ne reconnaissais plus la voix de Nina. C'était un son entre le sifflement et le grognement, le cri d'un chat sauvage, longtemps retenu en cage, fatigué de s'être fait avoir.

Monroe la regardait. Moi aussi.

— Charles, où sont mes mains ?

— Sous la table.

— Et d'après toi, qu'est-ce que je tiens ?

— Oh, mon Dieu, Nina...

— C'est ça. Et je n'hésiterai pas à tirer si tu ne racontes pas une histoire plausible.

— Les gens savent où je suis.

— Sûrement pas. Tu n'aurais jamais compromis ta précieuse réputation en racontant que tu traversais tout l'État pour venir me parler, avec cette sale histoire de John qui se trimballe partout. À moins que tu ne te sois fait accompagner, bien sûr, ce qui apparemment n'est pas le cas.

— Bien sûr que non, rétorqua Monroe, si furieux qu'il était difficile de ne pas le croire. Nom d'une pipe, on a travaillé ensemble pendant des années. Nous sommes liés.

— C'est ce que je croyais. Jusqu'à ce que je sois suspendue hier. Grâce à toi.

— Je n'avais pas le choix, tu le sais. Tu es trop compromise avec Zandt.

— Compromise ? C'est moi que tu accuses d'être compromise ? Commence donc par répondre à nos questions. J'ai toujours les mains là où je t'ai dit, et je ne plaisante pas.

Monroe garda le silence, les yeux fixés sur le set de table. Je savais qu'il ne pourrait pas conserver sa concentration longtemps.

— Ça se passe mal, finit-il par avouer d'une voix calme. Et pas seulement pour toi. Mais c'est ta faute. C'est à cause de ta croisade personnelle. Pourquoi avoir refusé de me raconter ce qui s'est passé l'an dernier ?

— Pour te protéger. Tu ne pouvais rien pour moi, et on ne savait pas à qui faire confiance. Si on pouvait faire confiance à qui que ce soit.

— Excuse-moi, mais c'est de la paranoïa.

— Pas du tout !

Nous avions parlé à l'unisson.

Monroe me regarda vraiment pour la première fois.

— Qui vous en voulait ? À qui aviez-vous affaire ?

Je hochai la tête.

— Les Hommes de Paille, dit-elle. Nous ne savons pas combien ils sont ni qui ils sont. Ils possédaient un grand territoire dans le Montana, là où tout a explosé.

— C'est vous ?

— Non, c'est eux, expliquai-je. C'était piégé. C'était un champ de preuves. Des corps. Des tas de corps. Des gens tués pour le plaisir. Ils disposaient d'une chaîne de fournisseurs, grâce à des intermédiaires comme Stephen DeLong. Le type que vous appelez le Garçon de Courses est un de leurs fournisseurs aussi, le plus prolifique, un tueur en série qui fait partie de l'organisation. C'est également mon frère. Il se fait appeler l'Homme Debout. C'est un rouage clé dans une autre de leurs activités. Vous vous souvenez de l'explosion de l'école d'Evanston, l'année dernière ?

— Oui, on a coincé deux gosses.

— Ils sont innocents. C'était lui. Et des meurtres et des fusillades en Floride, en Angleterre, en Europe, qui remontent à une vingtaine d'années. Plus, peut-être. Le groupe existait déjà dans les années soixante. Ils tuent, et ils s'arrangent pour en faire accuser d'autres à leur place.

Monroe paraissait sidéré.

— Nina, tu y crois ?

— Croire, ce n'est pas le mot. C'est la vérité. Il s'agit d'un groupe qui prospère dans ce pays et qui sévit depuis longtemps. Ils sont très puissants et ils tuent. C'est eux qu'on a foutus en pétard. Et maintenant, pour la dernière fois, parle-moi de Jessica.

Il n'hésita qu'un instant. Il avait pris sa décision.

— J'ai reçu un appel.

Même si elle savait qu'il céderait, elle avait failli tirer. Je crois que Monroe en était persuadé, lui aussi.

Ensuite, il y eut un long silence.

Monroe finit par ouvrir la bouche. Sa voix s'érailla. Il but une gorgée de soda, si bien qu'elle se transforma en gargouillis.

— J'avais reçu l'appel la veille au soir. Sur mon portable, ma ligne perso. Il n'y a pas beaucoup de gens qui connaissent ce numéro. En fait, j'ai cru que c'était toi. J'étais au théâtre avec Nancy. C'était l'entracte. Au foyer, il y avait beaucoup de bruit. C'était une voix d'homme, mais je n'entendais pas bien et, le temps que j'aille au calme, il avait raccroché. Je n'avais aucune raison de... Le lendemain matin, au boulot, deuxième appel. Un homme aussi, qui m'a demandé pourquoi ça ne m'intéressait pas. Je lui ai répondu que je ne savais pas de quoi il parlait. Il m'a annoncé qu'un flic venait de se faire trucider et que ce serait bien d'aller au Knights. Ce serait...

— Bon pour ta promo... compléta Nina.

— Oui, c'est exactement ce qu'il a dit.

— Le même numéro que le type qui t'avait appelé la veille ?

— Oui, ça aurait même pu être un type du service.

— Qui serait resté anonyme ?

— Si c'était bon pour ma promo, ce serait bon pour tout le service.

— À d'autres... Je ne te crois pas, Charles, et je m'en fiche. Tu y es allé parce que tu avais un tuyau qui pourrait faire avancer ta carrière, et tu m'as mouillée dans une sale histoire. Tu n'as dit à personne que tu avais un tuyau. Tu t'es arrangé pour qu'Olbrich te trouve des hommes, et tu as magouillé quelques jours pour qu'on croie que ça ne menait nulle part. Quand on était chez McCain et que je t'ai demandé si le tueur de flic avait aussi assassiné Jessica, tu savais déjà qu'il n'y avait peut-être pas de rapport.

— Cela ne voulait pas dire qu'il n'y en avait pas.

— Écoute ! s'écria-t-elle. Tu as même essayé de m'en dissuader ! Et le lendemain, alors que John était soudain devenu le suspect numéro 1 dans l'affaire Ferillo, tu as reçu un autre message électronique. Intraçable, je suppose.

— Peu importe la manière dont il est arrivé. Il est authentique. Et inutile de monter sur tes grands chevaux, nom d'un chien ! Tu savais. Tu savais que Zandt avait tué DeLong, tu as dissimulé les preuves.

— Je ne le savais pas à l'époque. Il ne me l'a dit qu'à la fin de l'année dernière.

— Peu importe. À l'instant où tu l'as appris, tu devenais un élément de l'affaire, alors ne viens pas...

— Qui était le type avec vous lorsque vous avez montré la vidéo à Nina ? questionnai-je.

— Je ne sais pas, dit-il, amer. Quand il est arrivé le matin, il était déjà au courant de tout. Il avait une accréditation de la NSA, mais hier, lorsque j'ai essayé de le retrouver, on m'a dit qu'il n'existait pas. J'ai insisté, j'ai pas mal râlé...

— Et maintenant, tu es dans une mauvaise passe, toi aussi, conclut Nina.

— Indirectement, corrigea-t-il, la respiration lourde. On rouvre le dossier Gary Johnson.

— Quoi ?

— Un avocat en Louisiane prétend tout à coup qu'il a la preuve qu'on a trafiqué le rapport du légiste. Plus précisément, que tu l'as trafiqué et que j'ai fermé les yeux. Quelqu'un veut te discréditer. Et comme agent responsable, ça ne va pas manquer de m'éclabousser. Tu es contente ?

— C'est toi qui t'es compromis, Charles. Tu n'as rien à me reprocher.

— Ce n'est pas la peine de jouer les parangons de vertu. Tu as dissimulé un meurtre, tu as menti sur les événements de l'an dernier, et si tu crois que je ne me suis pas aperçu que tu avais piqué le disque dur de Jessica pendant vingt-quatre heures... Ça suffirait largement à ruiner ta carrière, et ça, c'est bien ta faute.

— Bon, il y a eu un autre meurtre au disque dur, dis-je. Vous aviez reçu un avertissement pour celui-là ?

— Non, et puis vous, qui êtes-vous ?

— Les parents de Ward ont été tués par les Hommes de Paille, dit Nina. Il nous a aidés à sauver Sarah Becker, et c'est la seule personne au monde à qui je fais confiance en ce moment. Je pense que ça suffit. Parle-moi du dernier meurtre.

— Nina...

— Tu as été mêlé à l'affaire avec Jessica. Si c'est un autre meurtre du même type, nous avons une petite chance de résoudre l'affaire, ce qui est la seule issue possible si tu veux conserver un espoir de retrouver une vie normale.

— Et toi aussi.

— La mienne est déjà en vrac, répliqua Nina. Ça me rend furieuse. Je veux retrouver ceux qui m'ont fait ça. Ward et moi, on a un compte à régler avec eux.

— Elle s'appelait Katelyn Wallace, expliqua Monroe. Elle travaillait dans l'équipe de nuit au Fairview de Seattle. Quelqu'un l'a enlevée alors que l'hôtel était plein et que le concierge était présent, lui aussi. On l'a retrouvée dans un buisson, à Snoqualmie, une petite ville à soixante kilomètres à l'est. On a la moitié du numéro minéralogique d'une voiture qui a été repérée tard dans la nuit, mais c'est une voiture de location dans une zone de villégiature. Le corps de Katelyn était plus mal en point que celui de Jessica. On croit, c'est l'avis d'un profiler mais les photos le confirment, que l'assassin a perdu son sang-froid. Il ne s'est pas amusé à l'habiller et, cette fois, le disque dur n'était pas dans la bouche. Il a percé un trou dans le crâne, pour l'enfoncer. On a découvert le même morceau de musique que sur celui de Jessica.

— Il y avait un mot ?

— Non. Trois photos de paysage, de mauvaise qualité. Des images de Webcam. De Pittsburgh, croyez-moi ou pas. Alors le FBI est en état d'alerte, mais vous savez ce que cela signifie...

— Qu'est-ce qu'on sait sur la femme ? demandai-je.

— Originaire de San Francisco. Quarante-deux ans, elle était à Seattle depuis douze ans. Célibataire, mais beaucoup d'amis et un chat, et personne n'a la moindre idée sur l'identité du coupable. Elle semble avoir été choisie au hasard.

— Je ne crois pas, répondis-je. Pourquoi parcourir la moitié du pays afin de prendre une victime au hasard et signer le meurtre en utilisant le même mode opératoire ? Il y a forcément un lien. Nina vous a parlé de la photographie manquante dans l'appartement de Jessica ?

— Oui. Nous avons retrouvé les trois hommes que l'on voit sur les vidéos. Deux sont des clients de chez Jimmy, elle avait rencontré le troisième dans une fête, à Venice Beach. Aucun ne fait un bon suspect, bien que l'un d'eux ait confirmé avoir vu une photo de ses parents près de son lit ; ça l'avait fait rigoler. Mais le pervers de papy du Net, Robert Klennert, se souvient plus ou moins que quelqu'un a essayé de dénicher Jessica en envoyant un e-mail au Webmaster du portail, voilà deux mois environ. Ça arrive tout le temps, apparemment. Toutes les filles en sont victimes. Il se contente de les renvoyer sans répondre. Il ne se rappelait pas en avoir eu pour Jessica en particulier avant de fouiller ses fichiers. Ça ne veut peutêtre rien dire.

— Ou bien l'assassin cherchait un moyen de s'introduire, objectai-je. C'est un peu ténu. On a volé quelque chose chez Katelyn Wallace ?

— On n'a pas la chance d'avoir des images. Katelyn n'était pas une prostituée d'Internet. C'était une femme rangée, qui travaillait dur.

— Elles meurent aussi. Mais on suppose que l'assassin a pris la photo pour avoir un souvenir. Un objet personnel, pour s'approprier la vie de la femme qu'il avait l'intention de tuer. Et si c'était plus que ça ?

Nina me regarda.

— À quoi tu penses ?

— Ils veulent faire tomber le tueur, dis-je en parlant lentement pour ne pas interrompre le flot de mes pensées. C'est pour cela qu'ils ont renseigné Charles. C'est forcé. Mais pourquoi ? Qui les Hommes de Paille veulent-ils faire tomber ?

Je levai les yeux. C'est à cet instant que je le vis.

Si j'avais obéi aux consignes que je m'étais fixées et m'étais contenté d'observer Nina pendant qu'elle parlait, je l'aurais aperçu plus tôt. Là, je n'eus qu'une vague impression d'un homme mince aux cheveux courts qui portait des lunettes, à l'extérieur du restaurant. Il regardait à l'intérieur, droit vers nous.

— Merde !

Ce fut tout ce que je pus dire avant d'entendre un grand bruit de verre, deux clics et le vacarme de la balle qui s'enfonçait dans le mur derrière nous.

Je me jetai hors du box et attrapai mon arme. J'étais rapide, mais Nina était en avance sur moi car elle avait déjà son revolver à la main.

Nous tirions tous les deux avant que Monroe eût une vague idée de ce qui se passait. De ma main libre, je saisis une chaise et la jetai maladroitement à la fenêtre, essayant de gagner assez de temps pour qu'ils puissent s'extirper du box.

La chaise retomba dans le vide, l'homme continua à tirer par le trou dans la baie vitrée. Des tirs précis, successifs.

Je m'accroupis pour disparaître de son champ de vision, agrippai Nina par le bras et la tirai derrière une table. Des cris retentissaient autour de nous. Britnee était allongée par terre, des morceaux de verre sur le visage.

Ombre furtive, l'homme courait le long de la vitre, mais il ne s'enfuyait pas. Il se dirigeait vers la porte.

— Mon Dieu ! s'exclama Nina.

En me tournant, je vis Monroe affalé sur la table. Nina commença à reculer vers lui, mais je l'attrapai de nouveau par le bras pour la plaquer au sol.

— Laisse...

La porte s'ouvrit, les cris redoublèrent d'intensité.

— Ward, il est blessé.

— Je sais.

L'homme entra dans notre aile. Je m'attendais plus ou moins à voir mon frère, mais ce n'était pas lui. Il était plus jeune, en assez bonne forme, malgré son torse épais. Il portait une tenue de combat et un manteau sombre. Il se tenait à l'extrémité de l'allée, sans la moindre crainte, et visait Nina.

Je tirai. Je lui plantai une balle dans la poitrine.

Il tomba en arrière, sur une table.

Il n'y avait pas de sang. Je compris qu'il portait un gilet. Je reculai, essayant de nous cacher derrière quelque chose avant qu'il tire à nouveau. Je tirai encore, visant plus haut, mais ratai mon coup. C'est difficile de toucher un homme à la tête. Rien que viser n'est pas facile. Il faut une sacrée envie de tuer. Mais ça, je l'avais.

Un bruit de tir vint d'un autre angle, et je pensai : merde, en voila un autre. Mais c'était Monroe. Son imperméable était couvert de sang, il était coincé dans son box, mais il s'était un peu redressé et vidait son chargeur.

Je saisis l'occasion, entraînai Nina et l'attirai de l'autre côté du muret. Ma serveuse était là, le souffle coupé, essayant de crier, mais n'émettant que le bruit d'une souris frappée par un coup de marteau.

Au fond, se trouvaient des portes saloon.

— Ward, il faut s'occuper de Charles...

— Trop tard.

Je l'emmenai de l'autre côté des portes, dans la cuisine. Au début, elle se débattit, mais elle finit par me suivre, devant les deux cuistots terrifiés. Nous sortîmes par la porte arrière. Je glissai sur la première marche d'un petit escalier mais me rattrapai à la balustrade.

Nous courûmes le long du restaurant. Les tirs avaient cessé. Je distinguai l'homme près du box où Monroe se tenait à présent, la tête sur la table.

Il se tourna et nous vit. Aussitôt, il se mit à courir. À courir vite.

— Va chercher la voiture.

Nina courait, elle aussi.

Je pointai mon arme vers la rue, en reculant aussi vite que possible. Il avait tiré avant même que je comprenne qu'il était déjà dehors.

Je tirai moi aussi, dans le ventre ; il fit un pas en arrière. Je sprintai jusqu'à la voiture à l'instant même où les phares s'allumaient et où le moteur se mettait en route.

J'eus l'impression qu'on me donnait un coup à l'épaule. Cela me déséquilibra, quelqu'un me retourna et je tombai sur le trottoir. Je me relevai, sans comprendre pas ce qui se passait, mais tirai encore.

La voiture avança vers moi, la portière s'ouvrit, et je me jetai à l'intérieur. J'avais toujours les jambes à l'extérieur lorsque Nina passa la marche arrière et fila. Une fois la portière fermée, elle fit demi-tour et s'engagea sur la route.

— Où on va ?

La manière dont elle écarquilla les yeux me confirma ce dont je me doutais déjà.

Je posai la main sur mon épaule. C'était mouillé et chaud.

— N'importe où, dis-je alors que la douleur me transperçait d'un coup de poignard.

CHAPITRE 23

Ils sortirent de chez Henry's Diner sous une bruine légère mais persistante. Tom tremblait de froid. Il avait réussi à manger la moitié de son repas, le nez dans son assiette, en face d'Henrickson, à une table d'angle. Tom avait remarqué qu'on l'observait. « Tiens, le type de Bigfoot », lisait-il dans les regards, et cela n'avait guère creusé son appétit. Henrickson s'était montré peu loquace durant le dîner, et il s'était écoulé un bon bout de temps depuis le dernier sourire. Le journaliste était peut-être fatigué, lui aussi, mais cela ne se voyait pas. Ses mouvements restaient précis, il mastiquait rapidement, méthodiquement, et il avait fait un sort à son steak de poulet. Il l'avait demandé saignant, une première pour Tom, et pour la serveuse aussi, à en juger la manière dont elle l'avait dévisagé. Quand il ne mangeait pas, Henrickson regardait par la fenêtre, comme s'il souhaitait que l'obscurité se lève.

— Bon, dit-il alors que Tom essayait de s'enfoncer dans son manteau pour se protéger du froid, je pense que je vous ramène à l'hôtel.

Tom avait pensé qu'ils iraient faire un tour au bar. Ce n'était pas qu'il eût envie de boire. Il était épuisé par la journée de marche, et le restaurant surchauffé l'avait engourdi. Le lit était tentant. Mais s'il se retrouvait seul dans sa chambre, il songerait à appeler Sarah, et il n'avait toujours aucune preuve.

— Je vous offre une bière ? dit-il, un peu gauche.

— Pourquoi pas ? répondit Henrickson.

Au ton de la réponse, Tom se demanda s'il n'acceptait pas pour des raisons très personnelles, sans aucun rapport avec l'envie d'une bière. Mais lorsqu'ils s'assirent au comptoir de Big Frank, bar vide et d'une froideur de pierre, Henrickson trinqua avec lui.

— Excusez-moi si je vous parais absent, dit-il. Je ne peux pas m'empêcher de penser au temps qui passe. C'est primordial pour moi.

— Je sais. On trouvera demain, je vous le promets.

— Excellent. Mais voyons d'abord ce qui se passe ici. Tom se retourna vers un grand homme qui s'approchait d'eux, lentement mais d'un pas décidé.

— Merde, fit-il. Le shérif !

Tom observait Connelly et le journaliste, qui se toisaient mutuellement. Le policier se tourna vers Tom.

— Monsieur Kozelek, dit-il, je vois que vous n'avez pas encore renoncé à l'hospitalité de Sheffer.

— Qui était-ce ? demanda Tom. La serveuse ? Un des vieux assis dans le coin ?

— Je ne comprends pas bien de quoi vous parlez, riposta Connelly.

— Je crois qu'il insinue que quelqu'un vous a informé de sa présence en ville, expliqua Henrickson, et je suis enclin à croire qu'il a raison.

— Je passais simplement par ici et je vous ai vus entrer tous les deux.

Henrickson but une gorgée de sa bière et scruta le policier par-dessus son verre.

— Vous avez un problème avec nous, shérif ?

— Je ne sais même pas qui vous êtes.

— Je suis écrivain.

— Et que pouvez-vous bien trouver à écrire ici ?

— Un article sensationnel. Les jolies villes de vacances du Nord-Ouest.

— Et M. Kozelek vous aide, c'est ça ?

— On peut le concevoir ainsi.

— Je n'ai jamais eu beaucoup de temps à consacrer à la lecture, lâcha Connelly. La plupart du temps, c'est des conneries.

Tom n'aimait pas la manière dont les deux hommes se regardaient. Il essaya de penser à quelque chose qui pourrait détendre l'atmosphère. Il entendit la porte s'ouvrir. Deux personnes entrèrent et s'ébrouèrent pour ôter la pluie de leurs cheveux.

— Bonsoir, dit une femme.

Tom la reconnut : c'était le médecin qui l'avait examiné. Elle approcha et rejoignit le groupe :

— Ne vous inquiétez pas. Vous étiez assez déboussolé la dernière fois qu'on s'est rencontrés. Comment vous sentezvous ?

— Mieux, dit Tom.

Son mari était avec elle. Il adressa un signe à Connelly et se dirigea de l'autre côté du bar, vers la table de billard, avec l'air d'un homme fort peu intéressé par les échanges de politesses.

— Parfait, approuva Melissa en observant Tom à la façon des médecins : avec un splendide détachement, comme si l'opinion du patient sur son propre état n'avait aucune conséquence sur le diagnostic. Pas de nausées ? Pas de maux de tête ?

— Non, mentit-il. Je vais bien, merci.

— Excellent. Oh... à votre place, j'irais mollo sur les herbes médicinales. On ne connaît jamais assez l'effet de certaines d'entre elles.

Connelly sembla se raidir.

— Le mystère est éclairci, dit le policier. Elles n'appartenaient pas à M. Kozelek.

— Des herbes médicinales ? répéta Henrickson.

Melissa esquissa un sourire, comme si elle hésitait à s'aventurer sur ce terrain.

— J'en ai retrouvé un bouquet dans le sac de M. Kozelek.

— Melissa, vous voulez me rendre un petit service ? demanda Connelly. Je serai très heureux de vous rejoindre dans un instant tous les deux, mais je dois discuter un peu avec ces garçons avant.

— Bien sûr, acquiesça-t-elle en reculant poliment.

Normalement, elle aurait dû être vexée ; or ce que Tom avait décelé dans son regard, ce n'était pas un avis très professionnel, mais l'effet apaisant d'un bon gros joint.

— Vous voulez une bière ?

— Avec plaisir.

Les trois hommes la regardèrent s'éloigner.

— Donc, si ces plantes n'appartenaient pas à Tom, reprit Henrickson, comment se sont-elles retrouvées dans son sac ?

— Je croyais que vous ne saviez pas de quoi il s'agissait.

— Désolé de vous avoir donné cette impression. Je crois que vous parlez de la valériane et de la scutellaire dans le sac de Tom.

— Quoi ? dit Tom en se tournant vers le shérif.

— Aucune idée.

— Ça m'étonnerait. (Henrickson fouilla dans sa poche et en sortit un petit sachet de plastique qu'il posa sur le comptoir.) C'est ce qu'a découvert le médecin ?

Connelly détourna le regard.

— Les plantes se ressemblent toutes pour moi.

— Pas pour moi. Ce sont deux herbes médicinales qui étaient utilisées par un certain groupe.

— Les Indiens.

— Bien avant. Alors, dites-moi, shérif, à en juger à la réaction de Tom, je ne crois pas que ce soit lui qui les a placées dans son sac. Mais vous pourrez peut-être m'apprendre comment elles y sont arrivées.

— Patricia Anders les y a mises.

Henrickson sourit.

— Ah oui. La femme aux bottes, je présume.

— Lorsqu'elle a trouvé les affaires de M. Kozelek dans la forêt, elle a tout de suite compris qu'elles appartenaient à quelqu'un qui n'avait pas tous ses esprits. Mme Anders s'intéresse aux médecines douces. Elle a laissé les herbes dans son sac avec l'espoir qu'il les reconnaîtrait et pourrait se soigner.

Cette fois, Henrickson éclata de rire.

— Vous plaisantez, j'espère.

— C'est ce qu'elle m'a dit.

— Mettons les choses au clair. Elle se baladait dans le coin avec des bottes toutes neuves – bien pratiques – et elle tombe sur le petit campement de Tom. Elle voit vite qu'il va mal et elle dépose des herbes médicinales dans son sac, au cas où il devinerait à quoi elles servent et déciderait de se soigner ? Des herbes qu'elle avait sur elle au cours d'une petite promenade dans les bois ? Des herbes que l'on consommerait aujourd'hui en décoction ou en infusion ?

— Les gens font de drôles de choses.

— Je n'en doute pas. Eh bien, merci. Ces plantes m'intriguaient depuis le début. Je suis ravi que vous m'ayez fourni une explication aussi limpide. (Henrickson se leva et sourit à Tom.) Bien, mon vieux. Dommage que nous n'ayons pas rencontré ce monsieur plus tôt. Il a réponse à tout. Je suis fatigué par notre longue marche. Il est temps de retrouver mon plumard.

Connelly ne bougea pas.

— J'aimerais autant que vous choisissiez une autre ville du Nord-Ouest, lança-t-il.

— Et moi, j'aimerais autant que vous arrêtiez de vous moquer de mon ami. Il sait très bien ce qu'il a vu, et vous aussi. Il a vu Bigfoot.

— Bigfoot n'existe pas. M. Kozelek a rencontré un ours.

— Croyez-le si ça vous amuse. Mais, à moins que vous trouviez une raison officielle pour l'interroger, il serait temps de le laisser tranquille.

Henrickson se dirigea vers la porte sans se retourner. Confus, ne sachant si la situation s'était améliorée ou le contraire, Tom le suivit.

Dès qu'ils furent dehors, le journaliste marcha rapidement en direction du motel sous ce qui devenait un rideau de pluie.

— Jim, haleta Tom en essayant de le suivre, qu'est-ce que c'est que cette histoire ?

— J'ai compris que j'avais touché un point sensible, mais je n'espérais pas qu'on m'offrirait la solution sur un plateau. Vous savez ce que sont les herbes médicinales, non ?

— Oui, on s'en sert pour soigner les maladies, à la place des médicaments. Comme pour... je ne sais pas, l'aromathérapie.

— Non, c'est différent, répondit Henrickson en franchissant la petite barrière pour entrer dans le parking. Les gens ont recours aux plantes depuis très longtemps. La médecine, ce n'est qu'une forme de nourriture spécialisée, guère plus. Dans les années soixante-dix, on a trouvé une tombe de Neandertal au nord de l'Irak. Le corps avait été enterré avec huit plantes différentes, toujours utilisées par les herboristes modernes. Les hommes de Neandertal connaissaient déjà ces plantes il y a soixante mille ans, plus sans doute. C'est pour ça qu'on les a retrouvées dans votre sac.

— Je ne comprends pas. Pourquoi ?

— Parce que la créature que vous avez vue est revenue. Elle a posé les plantes à un endroit où vous pourriez les trouver.

— C'est un homme de Neandertal qui m'a prescrit ces herbes ?

Henrickson sortit ses clés et appuya sur un bouton. Les phares de sa voiture s'allumèrent.

— Montez, je vais vous expliquer.

Tom s'installa sur le siège du passager. Henrickson fit demitour, s'engagea à vive allure sur la route principale et passa devant chez Frank, en direction de l'est.

Tom crut apercevoir Connelly qui les observait derrière la vitre.

— Jim, où on va ?

— Discuter avec quelqu'un. Quelqu'un qui en sait plus que ce qu'on a bien voulu nous dire.

Le journaliste ne prononça plus un mot pendant la demiheure de trajet. Tom savait où ils allaient, avant même que la voiture tourne sur la route solitaire qui menait au lotissement dont personne ne voulait. Henrickson se gara sur la route déserte balayée par le vent, à cinq mètres du portail de la propriété Anders. Il laissa tourner le moteur mais éteignit les phares. L'obscurité tomba comme une pierre.

— Attendez-moi ici.

Tom le regarda descendre de la voiture. À peine avait-il approché de la pancarte qu'il était déjà difficile à distinguer. Il revint dix minutes plus tard.

— Il y a quelqu'un, cette fois. (Il avait le visage glacé, et des cristaux de glace se formaient dans ses cheveux.) Qui ne se cache pas assez bien pour avoir pensé à éteindre les lumières.

En voiture, il franchit le portail et avança lentement dans l'allée bordée d'arbres.

— Vous n'avez pas allumé les phares.

— Je sais.

Après le dernier virage, le lac glacial dans le clair de lune diffus devint visible. Presque surnaturel, il paraissait hautain, comme si rien n'avait jamais changé pour lui, comme s'il était ainsi depuis la nuit des temps. Tom distinguait la forme sombre du bungalow, blotti dans les arbres, avec deux petits rectangles de lumière jaune pâle.

Henrickson arrêta la voiture, coupa le moteur. Il observa la maison.

— Bon, on y va. Refermez la portière doucement.

— Écoutez, Jim, on peut pas faire ça maintenant. On aurait dû appeler avant. On ne peut pas se pointer comme ça. Deux types à sa porte, on va lui flanquer une peur bleue.

Henrickson se tourna vers lui et esquissa un mouvement avec sa bouche. Ce n'était ni une grimace, ni un sourire. Cela ressemblait à ce qu'il avait arboré depuis le début, et Tom se demanda avec une inquiétude sourde si c'étaient des sourires, finalement.

— Descendez.

Si Henrickson ne se trompait pas, cette femme avait menti afin de le faire passer pour un idiot. Une fois au moins, peutêtre deux. Bien sûr, Connelly la croyait, elle, plutôt que lui, d'autant plus qu'il ne supportait pas les allusions à Bigfoot. Avec ses mensonges, cette femme avait anéanti son histoire. Elle l'avait privé du seul élément susceptible de remettre un peu d'ordre dans sa vie.

S'il fallait lui réserver une mauvaise surprise pour sauver la situation, cela en valait la peine.

Henrickson ouvrit le coffre de la voiture, en tira un grand sac et le passa sur son épaule en un mouvement lisse. Puis il se pencha à nouveau et plongea les deux mains dans le coffre. Quand il se redressa, Tom resta bouche bée.

— Qu'est-ce que c'est que ce truc ?

Question idiote. On voyait bien que c'était un fusil. Il était aussi évident que l'objet plus court, plus émoussé qu'il portait à la main était une arme de poing à gros calibre. Ni l'un ni l'autre ne ressemblaient à des articles de chasse mais plutôt aux armes qu'on voit aux informations, avec des nuages de fumée à arrière-plan.

— La forêt, c'est parfois dangereux, marmonna Henrickson en fermant le coffre.

— Ça l'est sûrement maintenant. On ne pourrait pas laisser ces trucs dans la bagnole ?

Le journaliste se dirigeait vers le bungalow. Se demandant ce qui se passait, Tom le rattrapa. Lorsqu'il arriva à son niveau, Henrickson frappait déjà à la porte. Ils attendirent. Henrickson leva de nouveau le bras mais interrompit son geste, l'oreille tendue.

On entendit le son de deux verrous, puis la porte s'ouvrit.

Patricia Anders resta à l'intérieur. Derrière elle, la pièce semblait confortable. Elle paraissait un peu plus âgée que dans le souvenir de Tom et encore plus petite. Mais elle ne semblait pas effrayée. Ni surprise.

— Bonsoir, monsieur Kozelek, dit-elle. Qui est votre ami ?

— Vous savez très bien qui je suis, répondit Henrickson.

— Non, mais je sais pourquoi vous êtes ici.

— Ça va faciliter les choses.

Elle haussa les épaules.

— Pour moi, oui. Je n'ai rien à vous dire.

— Oh, que si ! s'écria Henrickson.

Sa voix paraissait lointaine. Il passa devant la vieille dame,

entra, scruta les murs. Il arracha le téléphone de sa prise, trouva le portable de Patricia, le jeta par terre et le piétina.

— Jim, s'exclama Tom, horrifié, ce n'est pas le bon moyen !

— Le bon moyen pour quoi ? demanda-t-elle. (Elle tentait de paraître imperturbable, mais sa voix était rauque et son visage tiré.) Qu'est-ce qu'il est venu faire ici ?

— Il est journaliste, expliqua Tom. Il veut écrire un article sur ce que j'ai vu.

Patricia le regarda.

— Mon pauvre, vous êtes complètement stupide.

— Qu'est-ce que vous voulez dire ? aboya-t-il, excédé de voir que tout le monde comprenait, à part lui.

— Il n'est pas là pour écrire. C'est un chasseur. Il est là pour tuer.

— Pour tuer quoi ?

— Des ours, je suppose. Il n'y a que ça ici.

Tom regarda Henrickson et dut admettre que son compagnon ne ressemblait plus guère à un journaliste. C'était à la fois dû aux armes et à la manière dont il ouvrait et fouillait les placards.

— Jim, dites-moi que ce n'est pas vrai ! supplia-t-il.

— Mme Anders frime, mais à part cela je suis entièrement d'accord avec elle, répondit Henrickson sans se retourner. Sur mes intentions et sur votre intelligence. Ah. (Il sortit un gros paquet de cordes et le jeta à Tom.) Attachez-lui les mains dans le dos.

— Vous plaisantez ! Je ne peux pas faire un truc pareil !

Le canon du fusil de Henrickson balaya un petit arc qui se termina face au visage de Tom. Il n'avait rien vu venir.

Il recula, heurta un appareil ménager, glissa sur le tapis et tomba. Il avait vaguement conscience que Henrickson l'enjambait. Celui-ci alla fermer la porte et attrapa la vieille femme par les cheveux. Tom secoua la tête pour s'éclaircir les idées, avec l'impression qu'on lui avait enfoncé un tournevis dans chaque narine.

— Vous feriez bien d'obéir tout de suite, dit Patricia, mais ne comptez pas sur moi pour vous aider.

Pour toute réponse, Henrickson lui envoya un coup qui la fit valdinguer sur le divan. Ensuite, il se tint au-dessus de Tom, la corde à la main.

— On va trouver ce maudit truc, lança-t-il calmement.

Tom le regarda. Il saignait du nez mais il avait compris pourquoi la voix de Henrickson paraissait différente. Il avait perdu son accent, ses intonations populaires, son parler péquenot. À présent, on aurait dit un étranger. Tom avait la sensation de n'avoir jamais rencontré cet homme, mais tous ceux qui avaient entendu cette voix devaient s'en souvenir. Sa voix disait qu'il vous connaissait. Qu'il connaissait tout de vous, qu'il connaissait tout de tout le monde.

— Tu vas m'aider, parce que, sinon, j e t'oblige à la tuer et j'ai comme l'impression que ça ne va pas te plaire. Tom secoua la tête.

— Bien sûr que si. Après tout, ça ne sera pas la première fois. D'accord, les circonstances sont différentes.

— La ferme ! s'exclama Tom.

La vieille femme le scrutait à présent.

— Tom est sur la liste, reprit Henrickson. Il était associé dans une boîte de design à Los Angeles. Tout allait pour le mieux : belle bagnole, belle petite famille, belle petite baise avec l'une des jolies filles de la boîte derrière son Mac à écran géant. Un soir, ils travaillent tard, prennent un verre, il la raccompagne et, juste au coin de la rue, Tom grille un feu... Peut pas se permettre d'arriver encore en retard ! Une Porsche s'enfonce dans la porte du passager. La fille crève. Le petit garçon qu'elle a dans le ventre aussi. Tom est juste en dessous de la limite, et, par chance, le conducteur de la Porsche est bourré comme pas permis. Alors, Tom s'en tire bien.

— C'est ce que vous croyez ? hurla Tom. (Il se redressa sur ses pieds, s'essuya le nez d'un revers de manche, sans tenir compte de la douleur.) Vous croyez que je m'en suis bien tiré ?

— Ils sont morts, tu es vivant. Fais le calcul.

Tom commença à bouger, mais Henrickson s'en aperçut avant même qu'il commence. D'un mouvement rapide, il planta son fusil sur le front de Patricia.

— Tu la tues et ce sera terminé. Je te libère. Tu ne t'es pas suicidé la dernière fois. Je te laisserai tranquille pendant un an ou deux, et ensuite je te retrouverai pour mettre fin à tous tes malheurs. Peut-être. Ou alors, je déniche ce truc, on le photographie, et ensuite il s'échappera, du moins c'est ce que tout le monde croira. Tout sera parfait. Tu obtiendras les honneurs qu'on ne peut pas trouver dans la culotte d'une jolie fille. Sarah te reprendra peut-être.

— Comment savez-vous tout ça ?

— Parce qu'il n'est pas humain, répondit la vieille femme d'un ton paisible.

Henrickson eut un petit rire.

— Tom, alors, ces mains, c'est pour aujourd'hui ou pour demain ?

Tom regarda Patricia. Son visage était rouge, mais elle avait le regard clair et elle l'observait.

— N'en faites rien. Pas pour moi. Pour eux.

Mais il détourna les yeux, et, lorsque le paquet de cordes heurta de nouveau sa poitrine, il l'attrapa.

CHAPITRE 24

— Ward, reste tranquille, je t'en prie.
— Ça fait mal !
— Sois cool.
— Ah, ça suffit ! C'est bon pour les jeunes. Je suis assez vieux pour reconnaître que ça fait un mal de chien.

J'étais installé sur le siège du passager avec les pieds à l'extérieur. Accroupie en dehors de la voiture, Nina nettoyait mon épaule avec une compresse imbibée de désinfectant. Nous ne savions pas où nous étions, à part sur le parking d'une station-service près d'une ville dont nous ne connaissions pas le nom.

— C'est propre. Je crois.

Je regardai mon épaule et vis une vilaine déchirure le long du deltoïde. Cela saignait toujours, mais un peu moins que pendant les cinquante premiers kilomètres après Fresno. Cela faisait très mal quand même, malgré les analgésiques puissants que nous avions trouvés sur le marché où nous avions acheté les compresses. Cela me faisait aussi mal que si j'avais huit ans et qu'un grand costaud ne cessait de me donner des coups de poing dans l'épaule, si fort et si vite que les impacts se confondaient en une douleur continue.

Nina me regardait, avec l'air de quelqu'un qui a bien fait son travail, en espérant que je n'allais pas me plaindre trop longtemps. Je compris que ma blessure à l'épaule n'était rien par comparaison à celle qu'elle avait reçue aux Halls. J'avais aussi de la chance que la balle n'ait pas atterri à vingt centimètres plus à droite.

— Merci, dis-je. Ça va mieux.

— Menteur !

Elle se leva et, par-dessus le toit, regarda la station-service où un barbu se tenait derrière la vitrine.

— On nous observe.

— C'est juste un curieux, rétorquai-je. Qui se demande si on va lui acheter de l'essence. Tout le monde ne nous en veut pas.

— Théorie séduisante, commenta-t-elle. Tu as des preuves ?

— Pas vraiment.

— Qu'est-ce qu'on va faire ?

— Il faut appeler quelqu'un, suggérai-je. Faut les prévenir, pour Monroe.

— Ils sont déjà au courant, objecta-t-elle. Il avait certainement ses papiers sur lui.

— Je ne parlais pas de ça. Il faut leur expliquer ce qui s'est passé. Et ce que ça signifie.

— Nous l'ignorons, répliqua Nina.

— Mais non.

— Je n'ai pas vu l'homme qui est sorti du Knights et qui a tué le flic. Je n'ai que les déclarations des témoins.

— Je sais, lui répondis-je. Mais apparemment, il ressemblait beaucoup au type qui a essayé de nous liquider. Il portait les mêmes vêtements.

— C'est une description très vague. L'employé d'ici n'est sûrement pas très différent.

— Je ne parlais pas que du physique, insistai-je. C'est le genre de type qui entre dans un restaurant et qui continue à tirer en présence de témoins, avec trois personnes qui répliquent. Ne coupe pas les cheveux en quatre. Je crois pas qu'il y en ait beaucoup comme ça dans le coin.

— Qui est-ce, alors ? Tu as quelque chose en tête, et j'aimerais bien savoir ce que c'est.

— Il faut continuer à rouler, dis-je. Pas seulement parce qu'il faut s'éloigner le plus possible du lieu du désastre. Mais parce qu'il y a une femme qu'on doit rencontrer ce soir, et on n'est pas arrivés.

— Où ?

— Au nord. Passe-moi mon sac, j'ai l'adresse.

Mme Campbell n'était pas chez elle.

Cette fois, j'avais prévenu, bien avant d'approcher de San Francisco. Je n'avais pas obtenu de réponse. C'est bizarre comme on s'habitue à l'idée que les maisons ont une mémoire, sont liées en permanence à l'extérieur et transmettent les messages. Cette maison-là n'était pas à notre service. Nous nous y rendîmes donc directement. Nina refusait toujours de contacter le FBI à Los Angeles. Ils étaient au courant pour Monroe ou ne tarderaient pas à l'être. Elle n'avait guère envie de leur faire confiance. J'estimais qu'elle avait tort, qu'il était raisonnable de donner notre position et d'affirmer notre innocence le plus vite possible. Un type bizarre hantait les couloirs de la justice mais cela ne signifiait pas pour autant que toute l'institution était pourrie. Je ne parvins pas à la convaincre. Finalement, nous cessâmes d'en parler. Plus je passais de temps avec Nina, plus je me rendais compte qu'elle possédait des défenses internes, une véritable enceinte de château, avec douve, herse et sans doute réserves de poix bouillante.

La douleur demeurait supportable tant que je me bourrais d'analgésiques. Le problème, c'est que cela commençait à tirer. À l'approche de la banlieue de San Francisco, j'avais l'impression d'avoir été recousu par un type qui ne voulait pas savoir ce qui se passait en dessous du bandage. J'étais donc limité à la lecture de la carte, ce qui constituait sans doute une bonne division du travail. Nina conduisait bien mais n'avait guère le sens de l'orientation. Les inconvénients de l'espace à trois dimensions semblaient l'agacer. Je n'aurais pas aimé la voir au volant d'un tout-terrain. Elle aurait sans doute foncé droit dans tout ce qui lui barrait la route.

— Pourquoi maintenant ? questionna-t-elle enfin. Pourquoi attendre trois mois avant de nous tomber dessus ? Bon, d'accord, tu étais en cavale. Mais ils pouvaient s'en prendre à John et à moi tout de suite.

— Ils ont dû rassembler leurs troupes après l'explosion des Halls.

— Ils n'étaient pas tous sur place. S'ils sont aussi puissants qu'on l'imagine, il y en avait d'autres. Tu crois vraiment que le type que j'ai vu avec Monroe était un des leurs ?

— Oui, et ça me fiche la trouille, admis-je.

— À moi aussi. Mais il est d'autant plus difficile de croire qu'ils ne pouvaient pas nous éliminer avant.

— Ils ont bien essayé ce soir.

— Oui, mais pourquoi pas avant ? réitéra-t-elle.

— Tu travailles pour le FBI. Si on te retrouve dans une décharge, on va commencer à se poser des questions. Je vois bien Monroe se lancer dans une croisade.

— Dans l'intérêt du service, bien sûr. Mais je serais morte quand même.

— Ces gens réfléchissent à long terme, répondis-je. La cabane qu'on a découverte près de Yakima montre bien qu'ils n'ont pas commencé hier. Ils nous auraient laissés nous acharner tant que nous n'étions pas trop dangereux et se seraient débarrassés de nous à la première occasion. Mais tout s'est accéléré lorsque John a liquidé Ferillo. Il a dû tomber sur un sacré machin, et leur foncer dessus. Ils le surveillaient très certainement après la disparition de sa fille. Ils l'ont suivi quand il est sorti de chez DeLong. Peut-être que DeLong était bon pour la retraite, de toute façon, mais à présent John a fait un truc qui les oblige à agir. John, c'est la clé de tout.

— S'il n'appelle pas bientôt, c'est moi qui le tuerai de mes propres mains.

— Chouette, je te donnerai un coup de main.

Il était près de 21 heures lorsque nous approchâmes de la maison. J'appelai de nouveau. Toujours pas de réponse. Ou elle ne répondait pas volontairement ou elle n'était pas chez elle. La première solution n'avait aucun sens. La seconde m'inquiétait.

Nina se gara devant la maison où une seule lampe était allumée, au-dessus de la porte.

— Personne.

— Pas sûr.

Je grimpai les marches et sonnai. Aucune lumière ne s'alluma. Personne ne vint ouvrir.

— Ça ne me dit rien qui vaille. Les personnes âgées ne sortent pas beaucoup.

— On devrait peut-être aller voir les voisins.

Je baissai les yeux sur ma tenue, puis sur la sienne. Son chemisier présentait une tache de sang. La manche de ma veste ne tenait plus qu'à un fil et paraissait souillée à la lumière du lampadaire.

— Excellente idée !

— T'as raison. Alors, qu'est-ce qu'on décide ?

Je sortis une carte de crédit devenue inutile mais que je n'avais pas eu le courage de jeter.

— Oh, super !

Elle se retourna et observa les fenêtres voisines pendant que je glissais la carte dans l'encoignure de la porte.

Cinq minutes plus tard, nous avions la certitude que Mme Campbell ne se trouvait pas chez elle. J'avais eu peur de l'apercevoir avec une hache plantée dans la tête. Toutes les pièces étaient vides, propres, bien rangées.

— Elle est sortie, conclut Nina. Elle a peut-être une vie sociale plus riche que la tienne.

Nous l'attendîmes jusqu'à 21 h 30. Je me levai et fis les cent pas, j'allai dans le couloir, où je vis une petite table de téléphone. Un petit carnet, avec une couverture à motif floral.

Un carnet d'adresses.

Je consultai la lettre « D ». Pas de nom connu. Puis, comprenant que j'aurais sans doute fait de même, je regardai à« M ».

Voilà.

Je composai le numéro. Il était tard. Mme Campbell m'avait dit que Muriel avait des enfants, mais je ne connaissais pas leur âge. J'allai sûrement entendre parler l'un d'eux quand on me répondrait.

— Résidence Dupree.

— Muriel ?

— Qui est à l'appareil ?

— Je m'appelle Ward Hopkins. Nous nous sommes rencontrés...

— Je me souviens de vous. Comment avez-vous obtenu mon numéro ?

— Je suis chez Mme Campbell. Je l'ai trouvé dans son carnet.

— Qu'est-ce que vous faites chez elle ?

— J'avais besoin de lui parler de toute urgence. Je suis venu la voir. Elle n'était pas là. Je me suis inquiété et je suis entré.

— Qu'est-ce qui vous inquiète ? Vous savez quelque chose que je devrais savoir ?

— Muriel, savez-vous où elle est ?

Une pause.

— Attendez un instant.

Le son devint plus assourdi. Des bruits de voix, mais je ne comprenais pas les mots.

— Elle accepte de vous parler, dit Muriel en me laissant bien sentir qu'elle n'était pas d'accord. Vous feriez mieux de venir.

La traversée de la ville dura vingt minutes. Muriel Dupree n'était guère accueillante en ouvrant la porte, mais elle finit par s'écarter. Elle regarda Nina d'un air soupçonneux.

— Qui est-ce ?

— Une amie.

— Elle sait qu'elle a du sang sur son chemisier ?

— Oui, répondit Nina. La journée a été longue. Ward est taché, lui aussi.

— Pour un homme, c'est presque normal.

Soignée, la maison de Mme Dupree était l'une des mieux décorées que j'avais vues depuis longtemps. Le décor fonctionnel et simple d'une personne qui menait une vie rangée. Elle nous conduisit vers une grande cuisine, avec un petit coin salon. Mme Campbell était installée près du chauffage, plus frêle que dans mon souvenir.

— Si ce n'est pas trop indiscret, pourquoi êtes-vous ici ?

— Quelque chose devrait m'en empêcher ?

En jetant un coup d'œil vers Muriel, je compris que Mme Campbell comptait beaucoup pour elle, et que son apparence bourrue cachait quelque chose. De l'inquiétude, sans doute. De la peur, même.

Je m'assis à l'extrémité du divan.

— Madame Campbell, je dois vous poser une question...

— Je sais. Eh bien, allez-y !

— Pourquoi êtes-vous ici ?

— Il se passait de drôles de choses, répondit Muriel. Joan entendait des bruits sous ses fenêtres, la nuit. Dans son quartier, ça n'a rien d'anormal, mais ensuite, un homme est venu chez elle et lui a posé des tas de questions.

— Quand ?

— Le lendemain de votre visite.

— À quoi ressemblait-il ?

— Votre taille. Les épaules un peu plus larges.

— John. Du moins, j'espère. C'est un policier. Il a dû retrouver une vieille liste d'employés.

— Il savait que je travaillais là-bas, c'est sûr, dit Mme Campbell. Mais je n'avais pas la réponse à ses questions. Il est parti. Il a été poli. Pourtant, il n'avait pas l'air de quelqu'un qui traite tout le monde comme ça.

— Qu'est-ce qu'il a demandé sur vous ?

— Ce que vous avez l'intention de me demander. Mais maintenant, je connais les réponses.

— La dernière fois, vous m'aviez parlé d'une famille qui avait accueilli Paul. Dont le chien était mort dans de drôles de circonstances.

— Je m'en souviens.

— Ils s'appelaient Jones ?

Nina se tourna brusquement vers moi.

— Non, répondit Mme Campbell. C'étaient les Wallace. Les Jones, c'est l'autre famille. Celle qui l'a renvoyé lorsqu'ils ont eu une petite fille.

J'étais pris de vertige.

— Comment se fait-il que vous vous en souveniez maintenant ?

— Joan m'a demandé de faire des recherches, répondit doucement Muriel. Après votre départ, elle m'a appelée. Je pensais qu'elle serait furieuse que je vous aie mis en contact avec elle, mais ce n'était pas le cas.

— J'ai suggéré à Muriel de mener une petite enquête pour moi, continua la vieille dame. De retrouver deux de mes anciennes collègues. J'en ai localisé une en Floride, qui se faisait griller la peau comme un crocodile. Et une autre dans le Maine. Elle avait voulu se rapprocher de sa famille, quand les enfants sont morts les premiers. C'est la vie. Avec trois mémoires, on a reconstitué les événements. (Elle se mordit les lèvres.) Alors, que s'est-il passé ?

— Paul les a tuées toutes les deux. On a retrouvé Jessica Jones dans un motel à Los Angeles il y a quatre jours. Et Katelyn Wallace hier matin.

— Où ?

— Au nord. À l'est de Seattle. Il a laissé des disques durs effacés dans leur corps. Comme s'il voulait défaire le passé, tout nettoyer, une sorte de purification.

— Oh, mon Dieu !

Ses mains tremblaient. Muriel approcha et les prit dans les siennes.

— Jessica et Katelyn étaient des enfants dans ses familles d'accueil ? s'enquit Nina. Il les a tuées rien que pour cela ?

— C'étaient des familles qui avaient essayé de l'adopter pour de bon, de lui offrir un véritable foyer, expliquai-je. Mais avec lui, c'était impossible. Il en rejette la faute sur quelqu'un. Il efface son propre disque dur. Il... Madame Campbell, vous savez où vivent les parents de Katelyn Wallace aujourd'hui ?

— Ils sont morts, répondit Muriel. De mort naturelle, voilà cinq ans. Enfin, dans la nature. Sur un voilier qui a coulé dans la baie. Personne n'y a rien vu d'étrange à l'époque.

— Et les Jones ?

— Je l'ignore.

— La police de Los Angeles les a cherchés à Monterey, dit

Nina. Ils n'ont trouvé personne. Les voisins leur ont dit qu'on ne les avait pas vus depuis six semaines. On a supposé qu'ils étaient partis en vacances.

— J'espère que c'est ça, répondis-je.

Je songeai cependant à deux personnes, du même âge, dont on avait trouvé les corps dans une plaine déserte, à sept cents kilomètres au Nord de l'endroit où nous nous trouvions à présent. Que John avait photographiées et qu'il aurait pu retrouver... s'il avait poursuivi une enquête qu'il avait gardée secrète. En l'absence de certitudes, je préférai me taire. John aurait pu aller en Floride, contacter la collègue de la vieille dame et les retrouver grâce à cette piste.

Nina me regardait.

— Comment savais-tu tout ça ?

— Je ne le savais pas, répondis-je d'un ton distrait. Je me demandais simplement pourquoi l'assassin avait piqué une photo des parents de Jessica. Quand on prend un souvenir, un talisman, on préfère quelque chose de plus personnel. Un morceau de corps, un vêtement. Et il s'est contenté d'une photo qui n'appartenait même pas à la victime. D'après Monroe, on avait déjà essayé de la localiser voilà plusieurs mois. Cela ressemble plus à une traque qu'au mode opératoire d'un tueur en série. Et si l'assassin de Jessica n'était pas le même que celui du flic ? Quelles seraient les motivations du tueur de flic ? Simplement de mettre en valeur l'assassin de Jessica. Avec un cadavre de femme dans un motel poussiéreux, les flics n'auraient pas perdu beaucoup de temps sur l'affaire, même avec le disque dur dans la bouche. Mais ça, plus un flic assassiné au grand jour, et toute la Crime débarque, le FBI s'en mêle... d'autant plus que le FBI a déjà été prévenu par un appel anonyme...

— Qu'est-ce qui nous dit que c'est l'Homme Debout qui a tué Jessica ?

— Qu'est-ce qu'il te faut de plus, Nina ? Mme Campbell vient de confirmer le seul lien qui unissait les deux femmes. C'est Paul. Dès que le type a essayé de nous descendre à Fresno et que j'ai pensé que c'était le même qu'à Los Angeles, je ne voyais plus d'autre solution.

— Il y a des milliers d'autres solutions, Ward. Bon, d'accord, le tueur de flic travaille pour les Hommes de Paille. Peut-être. Ou il essaie d'attirer l'attention sur un autre meurtrier. Mais de là à affirmer que c'est ton frère...

Je ne comprenais pas où elle voulait en venir.

— S'ils s'arrangent pour que quelqu'un le coince à leur place, dis-je, c'est qu'il est tellement dézingué, tellement dangereux qu'ils ont besoin de l'aide de la police pour s'en débarrasser.

— Mais pourquoi s'en débarrasser ? Il est des leurs. Il leur fournit des victimes, il les aide à faire sauter des immeubles, il organise des tueries. Pourquoi...

— Parce qu'il fait d'autres trucs... assassiner mes parents, enlever la fille de Zandt, ce qui fait que plusieurs personnes le traquent une arme à la main. Il a fait tuer leur avocat. Il a réduit en fumée leur nid douillet du Montana. Et qui sait ce qu'il manigance ? Si Paul s'intéresse à toi ou si tu l'énerves un peu, je suis sûr que tu ne tarderas pas à entendre parler de lui.

Soudain, je m'aperçus que les deux femmes nous regardaient et que nous criions. Je repris plus calmement :

— Nina, je ne vois pas le problème. Tu as bien entendu que...

— Ward, ça pourrait être John...

— Comment ça ? m'exclamai-je, suffoquant soudain.

— Tu sais à qui veulent s'en prendre les Hommes de Paille ? John. Qui est impliqué dans la vidéo qu'ils ont envoyée ? John. Qui a tué l'un des leurs ? Alors, comment affirmer que ce n'est pas John qui a tué ces femmes ?

— Et pourquoi ?

— Parce qu'elles appartenaient à la vie de l'Homme Debout. Tu sais ce que ton frère lui a fait. Il lui a volé Karen. Il l'a tuée, et il a pris tout son temps. Il l'a kidnappée, et il n'a avoué qu'elle était morte que lorsqu'il a disposé ses os sur une piste destinée à piéger John pour le tuer aussi. Il a détruit la vie de John. Tu crois que John va mettre des limites à sa vengeance ?

J'ouvris la bouche. La refermai aussitôt.

Nina se leva. Elle était furieuse ; je n'avais jamais vu personne dans une telle colère.

— Va au diable, Ward. Je t'attends dans la voiture.

Elle sortit, claqua la porte derrière elle. Je me tournai vers les deux femmes, qui m'observaient, tels deux chats curieux.

— Merci. Il faut que j'y aille.

J'entendis le cri d'un enfant qui appelait à l'étage.

J'étais à la porte avant que Mme Campbell reprenne la parole.

— Vous ne m'avez pas posé la question à laquelle je m'attendais.

— C'est-à-dire ?

— Je ne sais pas comment on attrape les gens, mais je m'imaginais que vous aimeriez savoir où il était allé en dernier.

— Quand ? dis-je sans savoir de quoi elle parlait, m'attendant plus ou moins à entendre Nina partir sans moi.

— À l'époque. La famille qui l'a recueilli. C'est mon amie qui s'en occupait. Elle m'a dit qu'ils étaient allés à Washington, car la mère de la femme se faisait vieille et avait besoin qu'on s'occupe d'elle. La dernière fois que Dianne a eu de leurs nouvelles, c'était un an après leur déménagement. Le mari était parti avec une jeunette qu'il avait rencontrée dans un bar.

— Elle se souvient de leur nom ?

— Oui. Parce qu'il ressemblait au nom du guitariste qui était mort quelques années plus tôt. Mais ça ne s'écrivait pas pareil.

— Qui ?

— Ils s'appelaient Henrickson. Ils habitaient à Snowcalm, quelque chose comme ça, près des Cascades.

Nina conduisit jusqu'à l'aéroport dans un silence sombre et venimeux. Je tentai de lui parler, mais c'était un fantôme, occupé ailleurs ou prisonnier du passé. Je pensais à John Zandt et à ce dont il était capable. Je me souvins d'une phrase qu'il avait prononcée lorsque nous nous étions rencontrés devant l'hôtel à San Francisco, une phrase à laquelle je n'avais pas trouvé beaucoup de sens, sur le coup.

« Parfois, on doit rebrousser chemin. »

Je comprenais mieux maintenant.

Nina se gara et nous descendîmes de voiture. Elle avança droit vers l'escalier et je la suivis en me débattant avec mon sac.

— Nina !

Ma voix résonna contre les murs de béton et me revint droit aux oreilles, plate et forte.

Nina se retourna et me gifla en pleine figure. Surpris, je trébuchai. Elle s'approcha, me frappa, me frappa encore, en criant des mots incompréhensibles. Je tentai de lever le bras gauche pour la repousser, mais la douleur me rendait maladroit et entravait mes mouvements. Elle le remarqua, voulut me viser droit sur l'épaule, mais se retint au dernier moment.

Elle me regarda, de ses yeux si verts, si brillants que j'avais l'impression de les découvrir pour la première fois.

— Ne recommence jamais ! Ne me cache plus jamais rien !

— Nina, je ne sais même pas de quoi tu...

— Je m'en fiche ! Ne recommence jamais. Ne me traite pas comme si j'étais une... gamine à qui on raconte ce qu'on veut. C'est ce que John a fait, et si jamais je le revois, je lui casse la gueule.

— D'accord, mais ne te venge pas...

— Sur ta petite personne ? En deux jours, j'ai été suspendue, mon ex s'est mis à tuer des gens, personne ne sait combien, et mon patron s'est fait descendre sous mon nez ! J'ai encore son sang sur ma chemise, comme on me l'a gentiment fait remarquer. Alors, si jamais tu oses...

Elle cessa de crier, cligna des yeux, et je compris que, si ses yeux paraissaient si brillants, c'est qu'ils étaient humides. Je pris un risque et posai la main sur son épaule. Elle se dégagea méchamment, mais ses yeux redevinrent secs.

— Nina, je suis désolé.

Je comprenais que John l'avait profondément blessée. Elle compensait sur moi. Étant donné la fureur de Nina, il avait de la chance d'être ailleurs !

Elle recula d'un pas, les mains sur les hanches. Elle détourna le regard et poussa un profond soupir.

— Je t'ai fait mal à l'épaule.

— C'est le dernier de mes soucis. J'ai l'impression de m'être écrasé le nez contre un mur. Tu n'y vas pas de main morte avec les gifles.

Elle me regarda, la tête penchée.

— Exact. Maintenant que tu le sais, ne m'oblige pas à recommencer.

— J'essaierai.

— Ça ne suffit pas. Essayer, c'est à la portée de tout le monde, il faudra faire mieux.

— D'accord, répondis-je, très sérieux. Fais-moi confiance. Je ne recommencerai pas.

— Bien, dit-elle, et m'adressa un sourire plus fugitif qu'un battement d'ailes qui me fit néanmoins hérisser les poils de la nuque. Parce que, n'oublie pas, je suis armée.

Elle s'écarta brusquement et se dirigea vers l'escalier.

— Franchement, tu n'es pas comme les autres filles.

— Oh, que si, dit-elle sans que je sache si elle plaisantait ou non. C'est juste que vous, les hommes, vous n'en avez aucune idée.

De justesse, nous réussîmes à prendre le dernier vol pour Seattle. Il était minuit lorsque nous finîmes par louer une voiture. Une carte et deux hamburgers achetés à Tacoma, et nous étions prêts pour le départ.

Je conduisis, en essayant d'oublier mon bras et en laissant Nina faire ce que nous avions décidé dans l'avion. Elle refusait de contacter le FBI, car l'homme qu'elle avait rencontré avec Monroe risquait d'être encore là, mais elle voulait bien appeler quelqu'un.

Elle téléphona à Doug Olbrich et lui parla pendant cinq minutes. J'étais assez occupé par l'échangeur de l'autoroute Seattle-Tacoma pour ne pas comprendre tout ce qui se disait, bien que la conversation me parût positive dans l'ensemble.

Elle raccrocha, regarda dans le vide et, comme la veille, mais un peu moins furieuse, elle tapa sur le tableau de bord.

— Qu'est-ce que ça donne ?

— Ça pourrait être pire. Monroe n'est pas mort.

— Tu plaisantes ?

— Non. Ce saligaud est toujours vivant. Surprenant. Il a plus de cran que je ne le croyais. Il a cinq trous dans le corps, il a passé six heures sur la table d'op, il va très mal. On lui donne vingt pour cent de chances, au mieux. Mais il n'est pas encore mort.

Je me sentais horriblement coupable d'avoir abandonné Monroe, de l'avoir laissé pour mort.

— Tu as eu raison de m'entraîner, conclut-elle. Sinon, je ne serais sans doute plus là.

— Tu as d'autres mauvaises nouvelles ? Je le sens.

— Doug est passé chez moi. Quelqu'un était venu avant lui.

On a tout saccagé et pris tous mes dossiers. Tu avais raison, il était temps de filer.

— Navré.

— Peu importe. L'affaire Gary Johnson commence à peser lourd. Apparemment, l'avocat de Louisiane laisserait un sacré paquet de fric derrière lui, et ça soulèverait pas mal de vent.

— Ah oui, et je me demande bien d'où il souffle.

— Effectivement. Monroe est dans de sales draps, même s'il survit. Tu sais comment ça se passe. Une fois qu'on a soulevé le rocher, il faut bien trouver quelque chose dessous pour se justifier. Je sais que je n'ai rien laissé filer dans l'affaire Johnson, mais Monroe est peut-être tombé sur un nouveau truc. Il tenait à cette affaire. C'est comme ça qu'il a été promu.

Elle se tut et resta silencieuse. Je la laissai en paix, une cigarette à la main, jusqu'à ce que je sois engagé sur la 18, avec la 90 en vue.

— Tu ne lui as pas dit ce que nous savions, repris-je.

— Ce que nous croyons savoir.

— Peu importe. Tu ne lui as rien dit.

— Je sais. Je ne lui ai rien dit parce que je crois qu'à part nous personne n'ira là où il faut.

— Et c'est où ?

— Il y a un endroit pour les types qui enfoncent des trucs dans le crâne des femmes, et je ne parle pas de la prison.

— Tu n'y songes pas sérieusement.

— Pour l'instant, si. Même si c'est John. Et je n'ai rien dit à Doug parce qu'il a mentionné quelque chose en passant... Euh, tu as de l'essence ?

— Je crois.

— La voiture que Monroe a mentionnée, celle qu'on a repérée à Snoqualmie la veille de la mort de Katelyn...

— Oui ?

— Il y a trois heures, un shérif a procédé à des vérifications. Cela n'a rien donné, parce que c'était une voiture louée sous un faux nom, mais Doug a noté les coordonnées et dit que quelqu'un pourrait peut-être aller voir. C'est à environ quatrevingts kilomètres dans les montagnes, après Snoqualmie. Je crois qu'on devrait commencer par là.

— Alors, où on va, exactement ?

Elle regarda la carte, posa un doigt sur un point situé au beau milieu des montagnes.

— Là. Sheffer.

Vers 1 heure du matin, Nina s'endormit, les bras croisés devant elle. Tout en roulant vers l'est, j'écoutais sa respiration. Le paysage était trop sombre mais mon horloge interne ou je ne sais quel organe m'indiquait que l'altitude grimpait. De temps à autre, nous croisions une voiture, un voyageur embarqué vers une autre aventure.

Nous montions toujours et je ralentis à soixante-dix kilomètres heure, puis soixante, car la route devenait de plus en plus sinueuse. Je commençai à avoir froid, des fantômes brumeux étaient suspendus entre les arbres, illuminés par les phares à iode et par la lune qui jouait avec les nuages. Je m'arrêtai un moment pour me repérer. Nina bougea un peu mais ne se réveilla pas et je repartis aussi doucement que possible.

Au-dessus de la crête des montagnes, j'empruntai une sortie vers une route secondaire qui annonçait Sheffer à quinze kilomètres. Après avoir eu l'impression que les montagnes et la forêt n'étaient qu'un décor, je me sentis bientôt dans la peau d'un intrus.

À Sheffer, tout était fermé à 3 h 15 du matin. Je longeai lentement la rue principale, avec le sentiment d'être un envahisseur qui avait choisi le bon moment pour préparer son attaque. Je longeai un marché, un bar, quelques restaurants. Tout au bout, je repérai la pancarte d'un motel.

J'entrai dans le parking et contournai un grand rond-point pour me garer. Aucune lumière à la réception. Hors saison, dans un trou pareil... Pas de sonnette de nuit. Quelques heures de froid dans ma voiture m'attendaient.

Je coupai le moteur et ouvris la portière, me glissai à l'extérieur aussi vite que possible pour ne pas laisser pénétrer le froid, dans l'intention de fumer une dernière cigarette avant d'essayer de m'endormir.

Je m'aperçus alors que quatre voitures étaient garées de l'autre côté du parking. Bien sûr, quoi de plus normal, dans un motel ? Mais je m'intéressais à une en particulier.

Je ne connaissais pas le numéro de plaque que nous cherchions. Nina ne me l'avait pas donné et je l'aurais probablement oublié, de toute façon. Et puis, avions-nous une chance de la voir juste devant un motel ?

Je m'approchai de la première voiture et regardai à l'intérieur. Le siège arrière était couvert d'accessoires de vacances : parkas chaudes, cartes de randonnée et toute une collection d'objets de couleurs vives.

La deuxième se trouvait à une dizaine de mètres. Il faisait un froid glacial et j'avais terminé ma cigarette. Je songeai à rebrousser chemin. Finalement, je m'approchai. Elle ne ressemblait pas à une voiture de location. C'était une énorme bagnole, toute rouillée, couverte de boue. Je regardai quand même à l'intérieur.

Au dernier moment, j'entendis des pas tranquilles et me retournai.

Ensuite, j'eus des étoiles dans les yeux qui s'assombrirent aussitôt.

CHAPITRE 25

Une lumière rouge, tel un phare au plein cœur de la nuit. Un son, puis le silence, un peu comme le flux et le reflux des vagues sur la plage... le genre de bruit que fait le monde lorsqu'il croit que personne ne l'écoute. Un confort embrumé pendant un instant, deux douleurs qui me transpercent, comme deux longues vis enfoncées lentement. Ma douleur à l'épaule, une autre sur la nuque.

Je levai la tête, ouvris un peu plus grand les yeux. La lueur rouge était celle du réveil. Il me fallut un moment pour distinguer les chiffres : 5 heures et des poussières. La pièce était étrangement silencieuse. Le genre de silence où l'on croit que l'on peut entendre la moquette. Une odeur de motel.

J'étais assis sur une chaise, me semblait-il, courbé en deux. Ma tête voguait dans un nuage éthéré, mes pensées chancelaient. Je tentai de me redresser, en vain. Cela m'effraya un peu, avant que je me rende compte que mes poignets et mes chevilles étaient attachés. Cela me fit peur aussi.

Je me contentai donc de tourner la tête. Une douleur me déchira de la tempe à l'épaule et je m'efforçai de ne pas crier. Je n'avais sans doute aucune raison de me retenir. Sauf qu'à se retrouver dans le noir, ligoté à la chaise, on estime avoir suffisamment attiré l'attention comme ça.

J'attendis un moment que les petites étoiles disparaissent. Je réessayai plus lentement, cette fois. La pièce était très sombre, le genre d'obscurité que l'on obtient loin des lumières des villes. Il y avait tout juste assez de clarté pour que mon cœur tambourine lorsque j'avisai une silhouette près de la fenêtre.

Mes lèvres s'écartèrent avec un bruit perceptible, mais je ne dis rien. Je ne pouvais pas parler, peut-être. Je gardai la tête droite et les yeux ouverts, et me rendis compte que la silhouette n'était pas debout mais assise, les jambes croisées sur le bureau.

— Paul ? finis-je par demander.

— Bien sûr que non, répondit aussitôt une voix. Tu crois que tu serais encore vivant si c'était le cas ?

À cet instant, je renonçai à tout espoir. Comment le type du restaurant de Fresno nous avait-il retrouvés, je n'en avais aucune idée, mais je savais que je ne m'en tirerais pas une deuxième fois, attaché à une chaise. Je me demandais où était Nina et espérais qu'elle était toujours en vie.

Un nouveau bruissement, comme lorsque j'avais repris conscience. Le bruit produit par le manteau de l'homme qui descendait du bureau.

Il s'avança de quelques pas et approcha son visage du mien.

— Salut, Ward.

— Espèce d'enfoiré !

C'était John Zandt.

Il s'assit au bord du lit, face à moi, mais sans le moindre geste pour détacher les cordes.

— Où est Nina ?

— Dans la chambre d'à côté. Attachée, comme toi, avec une pancarte « Ne pas déranger » sur la porte.

— Elle criera quand elle se réveillera. À t'en percer les tympans.

— Pas bâillonnée. Et toi, si tu respires un peu trop fort, je te jure que tu ne te réveilleras pas de la semaine. Ou peut-être même jamais.

— John, qu'est-ce que tu fabriques ? Qu'est-ce qui te prend ?

— Rien. Je ne veux pas que tu fasses tout rater.

— Rater quoi ? Ta folie meurtrière ?

— Tu crois que j'ai tué qui ?

— Peter Ferillo, pour commencer.

— Oui, dit-il en reniflant. Lui, c'est vrai.

— Et qui d'autre ?

— Tu crois qu'il y en a d'autres ?

— Sinon, tu ne poserais pas la question. C'est toi qui as tué les femmes ? Jessica et Katelyn ? Pour remonter jusqu'à Paul ?

— Cesse de l'appeler comme ça, il ne mérite pas de nom.

— Il en a un. Autant t'y habituer. Tu les as tuées, oui ou non ?

— Tu me crois capable de tuer une femme ?

— Parce que ça change quelque chose ? Parce que c'est plus normal de tuer un homme ? Si tu commences à faire des distinctions pareilles, il n'y a plus grande différence entre toi et Paul. Une fois que Ferillo a parlé, il n'avait plus qu'à mourir, c'est ça ?

— Oui, quand j'ai su qu'à Los Angeles il avait aidé à organiser le transport des jeunes filles jusqu'aux assassins. Il croyait peut-être qu'on voulait les former comme putes... c'est ce qu'il m'a raconté. Mais tu sais quoi ? Ça suffisait.

Je voyais dans son visage qu'il était incapable de reconsidérer la mort de Ferillo.

— John, détache-moi, nom d'un chien !

— Pas question ! Tu te mettrais en travers de mon chemin. Tu n'es pas prêt.

— Va te faire foutre !

Soudain, il brandit un doigt vers mon visage.

— Qu'est-ce que tu as fait la dernière fois ? Tu as tué l'homme qui a démembré ma fille quand il était dans ta ligne de mire ?

Je ne pouvais que me taire. Il savait que je n'avais pas tiré.

— Il est là, c'est ça ?

— Oui, répondit John. Il cherche quelque chose. Il est persuadé qu'il va tout arranger.

— Il a merdé, c'est ça ? questionnai-je. Ce n'est plus le psychopathe au service des méchants ? Ils l'ont exilé, et maintenant ils veulent sa mort ?

— Pas si bête, il faut le reconnaître.

— Dis-moi, John, j'ai le droit de savoir. Alors, détache-moi ou offre-moi quelque chose à boire, on se gèle ici.

Il alla à la salle de bains. Quelques cliquetis dans le noir, et il réapparut avec un petit verre contenant dix centimètres de liquide ambré. J'ouvris la bouche et il me fit boire. Je toussai mais la chaleur se diffusa dans ma poitrine.

— Il n'est pas dans ce motel ?

— Il y était, avec un autre type. Je suis arrivé en milieu de soirée, et il était déjà parti. Mais il rôde toujours dans le coin.

— Comment tu le sais ?

— Parce qu'il est cinglé. Il pense qu'il a trouvé une baguette magique qui va transformer le monde à son image.

— Quoi ?

— Tu ne me croiras jamais.

— Tu sais que les deux femmes venaient des familles adoptives où il a vécu quand il était gosse ?

— Oui, j'ai retrouvé les gens qui l'avaient placé. J'ai parlé avec la vieille femme de San Francisco. Et j'ai additionné deux et deux.

— Pourquoi Ferillo ?

— C'était une façade pour les Hommes de Paille, une des nombreuses qu'ils ont dans tout le pays. Ils se sont arrangés pour lui éviter un procès il y a quatre ans. Je ne crois pas qu'il ait vraiment compris quels étaient leurs buts, mais il blanchissait de l'argent pour leur compte dans son restaurant. L'appartement dans lequel il est mort appartenait à un certain George Dravecky. Un promoteur bourré de fric. Il ne possédait aucune maison aux Halls, mais c'est lui qui a initié le projet. Il a couvert la mise de fonds de départ. C'est un des leurs.

— Comment tu l'as découvert ?

— Je suis un bon.

— Tu n'es plus flic et tu as refusé de faire appel à Nina. Alors, quelles sont tes sources ?

— Je travaillais souvent avec la police de L.A. Avec un type qui piquait un petit sachet par-ci par-là pour son usage perso. Pas grand-chose, mais, maintenant qu'il a vieilli, il s'est rangé et il ne voudrait pas que ça se sache. Il fait ce que je lui demande.

— Ce ne serait pas Doug Olbrich, par hasard ?

John sourit brièvement. Ce n'était pas agréable à voir.

— Pas si stupide que ça.

— Non, tout juste tendance à faire confiance à des gens qui ne le méritent pas, surtout quand je les prends pour des amis. Olbrich est au courant pour le reste ?

— Non, ce n'est qu'un flic.

— Tu as retrouvé Dravecky ?

— Oui. Il a confirmé des trucs que j'avais déjà devinés. Tu n'as aucune idée de ce à quoi on se frotte.

— Je crois que si.

— Sûrement pas ! J'ai prononcé le nom de Roanoke, pour voir si ça te disait quelque chose. J'ai bien regardé ton visage, pour voir si tu en étais arrivé là tout seul, et je n'y ai rien vu. Comment ça se fait, Ward ? Qu'est-ce que tu as fichu pendant tout ce temps ?

— J'ai essayé de rester en vie.

— Tu t'es planqué ? Et pourquoi ? Une fois que tu es au courant pour ces dingues, il n'y a pas moyen de faire marche arrière. Autant se branler devant la télé. Il n'y a plus de famille heureuse, plus de promenades sur la plage, plus de vie normale. Plus rien à faire, nulle part où aller.

— John, qu'est-ce que tu crois savoir ?

— Les Indiens n'ont pas tué les colons à Roanoke. Ce sont les Hommes de Paille les coupables.

— Quoi ?

— Les Croatoans les connaissaient déjà. Ils ont dit à l'autre groupe de colons que c'était une « autre tribu » qui avait fait le coup, qui avait tué les quinze personnes restées sur place après la seconde expédition. Que cette autre tribu, c'étaient les Hommes de Paille. Leurs ancêtres, en tout cas, qui essayaient d'éliminer tous les Européens avant qu'ils ne prennent possession d'un pays qui leur appartenait depuis bien longtemps. Ils ont exterminé l'expédition suivante, mais ils ont gardé certaines femmes et certains enfants... devine pourquoi. Ils ont fait la même chose avec les Espagnols et les autres. C'est pour ça que le mot Croatoan était gravé sur la cabane. C'était une manière de les accuser. Et maintenant c'est un moyen de dire : « Nous sommes passés par ici » ou « C'est chez nous ».

— Les Hommes de Paille, déjà présents en 1500 ? ironisai-je. Formidable.

— Ils étaient là bien avant. Ils sont arrivés les premiers. Ils ont volé l'Amérique aux autochtones bien avant que le reste du monde sache qu'elle existait. Tu as entendu parler de Oak Island ?

Il avait envie de raconter son histoire et je voulais l'entendre, mais surtout, je souhaitais qu'il continue à parler, au cas où sa voix porterait jusqu'à la chambre voisine, pour que Nina comprenne que j'étais toujours en vie, si elle était éveillée.

— C'est un minuscule rocher, au large de la Nouvelle-Écosse. En 1975, un certain McGinnis a découvert une vieille galerie couverte de dalles taillées dans une roche qu'on ne trouve pas sur place. Depuis, des centaines de gens ont essayé de découvrir ce qu'il y avait au fond. Lorsqu'on l'a creusée, tout a été inondé, car elle donnait dans une autre galerie qui ouvrait sur la mer. On cherche toujours. On a découvert six plates-formes de chêne, à soixante mètres les unes des autres, et on n'a toujours pas touché le fond. Personne ne sait qui l'a creusée, et on a émis toutes sortes d'hypothèses, des pirates aux Vikings ou aux chevaliers du Temple.

— Alors, d'où ça vient ?

— Des Hommes de Paille. Le puits remonte à un millier d'années. C'est là qu'ils ont planqué leur argent lorsqu'ils ont compris que le continent ne leur appartiendrait plus très longtemps.

— Mais qui sont-ils ? m'énervai-je.

— Tout le monde et personne. Ils sont venus de partout, à des époques différentes. Des Phéniciens, des Romains, des Irlandais, des Égyptiens, des Portugais, des Norvégiens. Les Romains ont conquis la moitié du monde, ils ont déplacé des dizaines de milliers d'hommes d'un continent à l'autre. Tu crois qu'ils auraient été incapables de faire un saut à quelques centaines de kilomètres vers l'Atlantique nord ? Ils sont arrivés par poignées, des asociaux qui n'acceptaient pas les nouvelles règles, surtout lorsque le christianisme a mis à mal les vieilles croyances. On retrouve des signes de leur présence dans tout le pays, des indices dont on n'a pas tenu compte. Des objets d'artisanat occidental dans les mauvaises strates, d'anciennes pièces chinoises dans le Nord-Ouest, des légendes sur des gens qui parlaient anglais ou gallois, un tombeau égyptien dans le Grand Canyon, de vieilles inscriptions celtiques dans les roches de Nouvelle-Angleterre, des mégalithes dans le New Hampshire, des légendes sur des Indiens aux cheveux roux en Oregon. Le Nouveau Monde a toujours attiré ceux qui n'aimaient plus le vieux continent, qui estimaient qu'il se laissait corrompre par le virus de la civilisation... Peu à peu, ces groupes sont entrés en contact les uns avec les autres et ont collaboré. De temps en temps, il y avait des fuites... La légende de saint Brendan ou la carte de Piri Reis, qui montrait des zones géographiques dont on prétend qu'elles étaient inconnues à l'époque... Mais tout a toujours été démenti. Les Hommes de Paille voulaient le pays pour eux tout seuls, pour en faire leur royaume, leur refuge, d'autant plus que c'était un bon moyen de s'enrichir.

— Et comment, précisément ?

— Le cuivre. À partir de l'an 3000 avant Jésus-Christ, un demi-million de tonnes de cuivre a été extrait de la péninsule du Michigan. Cinq mille mines, réparties sur plus de deux cents kilomètres, exploitées sur un millénaire.

— Jamais entendu parler.

— Bizarre, hein ? Bien qu'ils aient laissé des millions d'outils et des milliers de trous. Où sont passées ces cinq cent mille tonnes de cuivre ? Elles ont été exportées dans le monde entier, et c'est comme ça que les Hommes de Paille se sont enrichis. Ils avaient le pouvoir de garder leur secret. Lorsque quelqu'un venait les perturber, ils s'en débarrassaient. Ils ont exterminé les Anasazis lorsque leur civilisation leur a semblé trop avancée. Ils ont rayé Roanoke de la carte. Ils ont failli en faire autant avec Jamestown. Ils ont éliminé autant de pionniers que possible. Dans son journal, Patrick Breen, un membre de l'expédition Donner, a fait une drôle de remarque pour le vendredi 18 : « Je n'ai vu aucun étranger aujourd'hui. » Quels étrangers ? Dans tout le reste du journal, il n'est jamais question de ces « étrangers ». Qu'est-ce qu'ils fichaient là bas, dans un endroit si isolé que les membres de l'expédition tombaient comme des mouches et... chose intéressante, commençaient à s'entre-dévorer ? Qui était-ce ?

— Des Hommes de Paille, sans doute, d'après toi.

— Oui. Ils étaient là avant nous. Ils ont toujours été là. Les gens le savaient, les croisaient de temps en temps, mais cela ne coïncidait pas avec nos mythes de la genèse du pays et, peu à peu, on a cessé d'en parler.

— Ils ont renoncé ?

— Bien sûr que non. Mais on ne peut pas se battre contre un afflux de millions de personnes saines, et les Hommes de Paille n'ont jamais été très nombreux. Ils se sont réfugiés dans l'ombre, ils ont mené leurs affaires tranquillement. Ils gagnent leur vie, font ce qu'ils aiment, et, de temps en temps, ils commettent des atrocités, pour garder la main et honorer leurs dieux. C'est leur mode de vie.

— Le meurtre n'est pas un système de croyance.

— Si, Ward. C'est de cela qu'il s'agit. Nous en sommes tous là. Aujourd'hui, on ne tue plus que par haine, par cupidité ou pour infliger un châtiment, mais pendant cent mille ans notre espèce croyait en un type de meurtres liés à la vie et à l'espoir.

— Quels meurtres ?

— Le sacrifice. Nous avons sacrifié des animaux, nous avons sacrifié des hommes. Le sacrifice, c'est un meurtre à visées magiques, et les tueurs en série reproduisent une version erronée de cet instinct. Ils transforment les jeunes adolescentes et les jeunes gens perdus en symboles des dieux : parfaits, intouchables, cruels, et tout leur mode opératoire n'est qu'une version pervertie d'anciens rituels.

— Je ne comprends pas.

— La démarche est la même. Ils accomplissent des préparatifs, choisissent leur victime, l'emmènent dans un endroit secret, puis se lavent, mangent, tentent de communiquer avec elles, en bref les honorent avant le sacrifice. Ils peuvent avoir des relations sexuelles, en partie pour tenter de s'accoupler avec les dieux, mais aussi parce que les dérèglements sexuels sont la seule chose assez forte pour renvoyer l'homme moderne à ses instincts les plus élémentaires. Ensuite, ils les sacrifient, ou les tuent, pour user d'un autre terme. Parfois, ils consomment une partie du corps, pour absorber son pouvoir. Ils conservent souvent un morceau de la victime ou ses vêtements, un peu comme une peau d'ours ou une dent de loup, ils les placent dans un endroit particulier, afin que le défunt reste en vie. Cela ne te rappelle rien ?

— Si, je dois l'avouer.

— Ensuite, ils enterrent le reste, le rendent à la terre ou le distribuent... Le démembrement est un trait caractéristique du sacrifice. Ils restent en sommeil pendant un moment, et le cycle recommence... jusqu'à un nouveau sacrifice.

— Les tueurs en série ne sont pas des prêtres.

— Non, c'est une bande de cinglés, et donc il arrive un moment où le cycle s'emballe. La plupart des assassins savent qu'ils ont tort, tout au fond d'eux. Ils comprennent qu'ils sont victimes d'un dysfonctionnement névrotique qu'ils essaient en vain de comprendre et de maîtriser. Ils s'emballent à la fin, parce qu'ils renoncent à renoncer. Mais pour les Hommes de Paille, cette conduite est acceptable. C'est là toute la différence. Ils pensent que ce qu'ils font est non seulement normal, mais essentiel. Ils estiment que si on tue la bonne personne au bon moment, tout ira bien. C'est l'acte magique par excellence. Ils en sont restés à la croyance originelle qui dit « tuer, c'est bien ».

Il se tut. Belliqueux, il avait le menton en avant, et tout son corps vibrait du refus de voir le monde d'une autre manière. Je le regardai, ne sachant que répondre. Je ne savais pas comment lui expliquer qu'une connaissance partielle est dangereuse, ni que ce qu'on lisait sur Internet était parfois loin de la vérité, ni que vouloir que toutes les informations entrent dans un cadre prédéterminé était une sorte de manie obsessionnelle. Je ne savais pas comment lui expliquer que s'il croyait tout ce qu'il venait de me raconter, c'était qu'il avait perdu la boule. On n'a pas envie de dire ces choses-là à un homme armé qui vous a attaché à une chaise.

— C'est Dravecky qui t'a raconté tout ça ?

— En partie. Il m'a également confirmé que certains au sein de la « tribu », c'est le mot qu'il a utilisé, estimaient que l'Homme Debout était devenu un handicap, et il m'a expliqué ce qu'il était venu faire ici. Un sacrifice qui n'a pas été accompli depuis longtemps, très longtemps.

— Paul croit que les Hommes de Paille le reprendront s'il se calme ?

— Je crois qu'il s'en moque. Il vole de ses propres ailes. Il est du genre à penser que même les Hommes de Paille y vont trop mollo.

— Où est Dravecky ?

— Dans la rivière.

— Formidable. Encore toi, je suppose. Dis-moi, John, c'est toi qui as tué les femmes ou non ?

— Non.

Le mot avait été prononcé immédiatement et simplement. Je ne savais toujours pas quoi penser.

— Alors, qu'est-ce que Paul fiche ici ?

— Tu ne crois pas un mot de ce que je t'ai raconté ? Ça m'est égal.

Il se leva et sortit un objet de sa poche. Un morceau de tissu épais, de soixante centimètres de long.

— Ne fais pas ça...

En un mouvement rapide, il m'avait bâillonné. Il serra fort. Ensuite, il contourna la chaise et s'assit en face de moi, me regardant droit dans les yeux. Je n'avais même pas remarqué que, pendant qu'il parlait, les rideaux avaient commencé à s'éclaircir. L'aube se levait. Dans la lumière grise, je distinguai le bleu intense de ses iris, le cercle noir de la pupille, mais rien de plus.

— Ne te mets pas en travers de mon chemin, Ward. Pour moi, sa mort est bien plus importante que ta vie.

Il vérifia les nœuds, se redressa et se mit à rire.

— Tu veux connaître le clou de l'histoire ? Voilà quarante ans, ils estimaient que la politique démocrate conduisait le pays à la ruine. Cela exigeait le sacrifice suprême, le sacrifice du roi. Le 22 novembre 1963.

Je le regardai. Il m'adressa un clin d'œil.

— Ils ont assassiné Kennedy.

Il se dirigea vers la porte, sortit dans le couloir bleu nuit et disparut.

CHAPITRE 26

Pendant toute la nuit, l'homme armé resta assis, le dos raide, face à la porte. L'autre homme, Kozelek, essaya de lui parler à deux reprises, mais n'aboutit nulle part et renonça. Il était effondré sur une chaise, les yeux dans le vide. Il se leva, alla à la cuisine, où il trouva une bouteille de vin. Il la liquida en vingt minutes et s'endormit. Il ne fit pas de beaux rêves. Il prononça un prénom de femme, deux fois.

Patricia resta allongée sur le divan. Les mains liées derrière le dos, elle ne pouvait guère faire autre chose. Pendant un moment, elle avait gardé les yeux ouverts, mais s'était rendu compte que cela ne changeait rien, si bien qu'elle les referma. Elle ne dormit pas, néanmoins. Elle ne somnola même pas.

Ils se mirent en route dès les premières lueurs. L'homme au fusil, Henrickson, la fit marcher la première. Kozelek trébuchait derrière elle. Il avait la gueule de bois et souffrait à la cheville, mais surtout il semblait avoir renoncé à tout.

Patricia les conduisit vers la rive nord du lac. En passant devant le deuxième bungalow, elle leva les yeux et aperçut son reflet dans la fenêtre poussiéreuse. Elle sourit, au cas où un peu de Bill y planerait encore et où elle n'aurait pas l'occasion de revenir.

— J'espère que vous ne me faites pas tourner en bourrique, dit Henrickson.

Tom s'arrêta, heureux d'avoir un prétexte pour se reposer. Après deux heures de grimpette, il se sentait à bout. Le ciel, un voile bleuté entre les arbres, s'était couvert de sombres nuages qui s'amoncelaient, telles des mottes d'argile. Il avait mal à la tête, mais ne pouvait s'empêcher de faire la comparaison avec la première fois où il était retourné à l'endroit vers lequel ils se dirigeaient. Bien sûr, il n'avait pas envisagé les choses ainsi. Il voulait simplement s'endormir, et l'alcool le lui avait permis. À présent, aussi, il aurait voulu dormir. Ou s'en aller. Il avait cessé de croire bêtement qu'il allait s'en sortir comme une fleur, que sa découverte allait lui sauver la vie.

Henrickson se tenait face à la vieille femme.

— Vous avez raconté aux flics que c'était à une heure de marche de chez vous. À moins que vous ne soyez propriétaire de tout l'État, ça commence à faire beaucoup.

— J'ai menti, dit-elle simplement.

— C'est encore loin ?

— Assez.

— Vous essayez peut-être de nous perdre, grommela Henrickson. Vous trouvez peut-être que c'est une bonne idée. Mais je peux marcher deux fois plus que vous deux mis bout à bout, et je serai encore debout bien après vous. Oh, bien sûr, ça m'empêchera de trouver l'endroit aujourd'hui, mais maintenant que je sais où c'est, j'insisterai. Je finirai par trouver, et tout ce que vous aurez gagné, c'est d'être morts tous les deux et de m'avoir fait perdre un peu de temps.

— Qu'est-ce que ça peut foutre ? s'écria Tom. Si vous voulez le tuer, si vous voulez tuer cette créature, qu'est-ce que ça peut foutre que ce soit aujourd'hui ou la semaine prochaine ?

— Qu'est-ce que vous cherchez ? demanda Patricia en le dévisageant d'un air curieux.

— Vous le savez très bien.

Elle haussa les épaules.

— Il n'y a que des ours. Des animaux qui vivent là depuis la nuit des temps et méritent qu'on les laisse en paix.

Tom regarda Henrickson.

Sans rien dire, celui-ci leur fit signe d'avancer.

Ils se remirent en marche. Finalement, Tom réussit à marcher au même rythme que la vieille dame. Il commença à lui parler et elle semblait écouter. Il lui raconta de sa balade dans les bois, les raisons qui l'avaient amené ici, et il finit par lui confier ce que personne ne savait. Cela sortait lentement, mais il lui était impossible de s'arrêter. Il avoua s'être retourné pour voir la fille sur le siège du passager, salement esquintée ; il lui avait fallu se battre pour ne pas mettre fin à ses jours. Il évoqua les petites indélicatesses avec les comptes de la société pour laquelle il travaillait, qui remonteraient à la surface un jour ou l'autre.

Patricia l'écouta sans dire grand-chose. Il se sentait un peu mieux, mais pas beaucoup, et il comprit que la seule chose qui aurait pu changer, c'était de tout avouer à Sarah. La société, il l'avait volée, sa femme, il l'avait trompée. Le mensonge était pire. Ce soir, quoi qu'il arrivât, il téléphonerait. Elle l'avait aimé, elle l'aimait peut-être encore. Au moins, elle lui dirait que faire, et ce serait peut-être l'absolution qu'il pouvait espérer.

Finalement, tandis que les entrailles de Tom lui signalaient qu'il était midi, ils arrivèrent à destination.

Tom ne savait plus où ils étaient. Pendant un moment, il avait cru que Henrickson avait peut-être raison, que la vieille femme essayait de les perdre. Mais elle n'hésitait jamais un seul instant sur la direction à prendre. Ils avaient progressé lentement mais régulièrement. Elle avait tourné à droite et à gauche, leur avait fait contourner certains obstacles et franchir d'autres. Pour une personne de son âge, elle paraissait dans une forme exceptionnelle. Elle flancha une fois ou deux cependant, glissa et fut incapable de retenir sa chute. Enfin, elle avait commencé à ralentir.

Lorsqu'elle s'arrêta, elle était essoufflée. Elle ébaucha un signe de tête.

— C'est en bas.

Henrickson passa devant elle pour aller au bord du ravin et appela Tom.

— C'est là ? interrogea-t-il.

Tom s'approcha de lui et regarda le lit du courant. Au début, il ne remarqua rien de différent. Puis il repéra le petit coin dans lequel il s'était assis dans le noir, avant d'y retourner le lendemain matin, moins d'une semaine plus tôt.

— Oui, c'est là. C'est là que cela s'est passé.

— Bon, dit Henrickson en s'éloignant du bord et en revenant vers Patricia. Merci.

Ils retournèrent vers le ravin. Cinq minutes plus tard, Henrickson bifurqua vers la gauche, à travers le bosquet. Il s'arrêta quelques instants plus tard.

Tom resta bouche bée. L'homme les avait conduits au tronc tombé en travers du ravin.

— Madame Anders, pourriez-vous dire à Tom ce que nous avons là ?

— Un arbre tombé.

Henrickson hocha la tête, accomplit les derniers mètres qui le séparaient du bord et posa le pied sur le tronc. Il examina l'extrémité et examina l'autre côté, comme si c'était un large pont.

— Les deux extrémités ont été aménagées, constata-t-il en s'accroupissant. Et les branches ont été élaguées. On a modifié l'angle de la chute. Ça m'étonne que vous n'ayez rien remarqué, Tom.

— Je n'étais pas en forme.

Il disait vrai, bien sûr, mais honnêtement il ne comprenait pas comment cela avait pu lui échapper. C'était évident.

— On peut traverser la rivière à gué pour l'instant, expliqua Henrickson, mais au printemps, le chemin se rallonge drôlement, d'un côté comme de l'autre. C'est un pont. Quelqu'un l'a fabriqué. Un de nos amis de la forêt l'a placé ici. L'a renforcé. On est ici, on veut aller de l'autre côté. Alors on construit. La voilà, la preuve, Tom. Je vous avais dit que ça valait le déplacement.

— Comment savez-vous que ce n'est pas un type quelconque ? L'œuvre d'un bûcheron ?

— Il n'y a jamais eu de bûcherons par ici, et je vois mal un homme utiliser des outils de pierre. Un arbre tombé, hein ? reprit-il en regardant Patricia.

— Pour moi, oui. Vous voyez ce qui est dans votre tête, pas devant vos yeux. Vous n'êtes pas le seul, d'ailleurs. Il refit le chemin en sens inverse et sourit.

— Si vous voulez. Mais allons un peu plus loin, on verra bien ce qu'on trouve.

Ils marchèrent pendant dix minutes, le long de la crête du ravin.

Les flancs étaient de plus en plus escarpés, de plus en plus profonds, le courant s'élargissait et grondait, alimenté par les cascades d'hiver, parcimonieuses mais régulières.

Enfin, ils arrivèrent au bord de la crête. Tom suffoqua.

Sous leurs pieds, le sol plongeait. À gauche, la rivière sortait soudain au grand air pour retomber dans un large puits rocheux à soixante mètres en contrebas. Immense tapis caillouteux de conifères enneigés, la forêt s'étendait à l'infini, vers le Canada et au-delà. Tout en haut, on discernait la faible trace d'un réacteur dans la dernière bande de ciel bleu. C'était la seule trace de civilisation. Ailleurs, tout était resté comme si l'homme n'avait jamais existé. Tom observa les nuages qui comblaient l'espace clair puis tourna la tête vers la forêt.

— C'est magnifique.

— Imaginez un peu quand il n'y avait que ça, dit Henrickson d'un ton calme, juste à côté de lui. Quand il n'y avait personne.

Tom se contenta de hocher la tête, paralysé devant ce monde comme il l'était devant les mots. Il secouait la tête lentement, les yeux remplis de larmes, il ne savait pourquoi.

— Je dois vous remercier, Tom, enchaîna Henrickson, retrouvant soudain son accent péquenot. Vous

vous êtes donné du mal, mon vieux, et ça n'a pas été facile pour vous. Vous savez le plus drôle ? Ça me faisait du bien d'avoir quelqu'un à qui parler.

Tom secouait toujours la tête, mais il acquiesça vite. Il leva les yeux, aperçut la forme floue de la vieille dame, les mains toujours liées derrière le dos. Elle lui sourit, tristement, et détourna le regard.

Ensuite, Henrickson posa la main sur l'épaule de Tom et le poussa.

Tom se sentit basculer, puis il prit soudain conscience de ne pas savoir ce qu'il y avait en dessous de lui, comme s'il se retrouvait sur le pont improvisé et que la petite voix intérieure n'était plus là pour le guider. Ensuite, ce fut l'apesanteur de la chute, rapide et brève, avant qu'il commence à heurter des objets. Cette fois, la collision ne s'effectua pas contre des buissons. Dans une succession d'impacts à se briser les os, il n'était plus qu'une poupée de chiffon tourbillonnante. Encore une chute, et il s'écrasa comme un verre qu'on laisse tomber.

Tom se retrouva coincé entre deux gros rochers cachés sous une végétation mousseuse. Il essaya de crier, mais n'émit qu'un gargouillement humide. Son corps était distordu, aplati, ses vêtements déchirés et tachés de sang, et sa jambe gauche avait subi un sort terrible. De l'eau froide coulait sur son pied et sa main gauches, mais il ne sentait rien. Bien qu'il eût eu le crâne et la mâchoire brisés, il voyait toujours et son bras droit fonctionnait encore... un peu.

Pendant les vingt minutes suivantes, il ne parvint qu'à faire une seule chose : sortir son portable de sa poche. Laborieusement, il se déplaça dans le menu et, d'un pouce tremblant et raidi, il réussit à composer :

Vu Bigfoot. Je t'aim...

Ensuite, il mourut. Il n'avait pas envoyé le message. On ne retrouva jamais son corps.

À soixante mètres plus près des cieux, Patricia regardait l'homme, abasourdie.

— Vous étiez obligé de faire ça ?

— Oui, et je n'espère pas que vous compreniez.

— Vous allez me pousser dans le ravin, moi aussi ?

— Un seul, ça suffit, et vous avez encore un travail à accomplir.

— Cet endroit, c'est le seul que je connaisse, et je ne peux pas aller plus loin. Si vous voulez un ours, il va falloir aller le chercher vous-même.

— Si on en arrive là, je saurai bien vous forcer à me dire où ils habitent. Mais pour l'instant, on descend près de la rivière, là où Tom a vu le sien, et on attend.

— Vous croyez qu'ils se promènent dans le coin ?

— Non, mais ils comptent beaucoup pour vous, ce qui me laisse penser que vous comptez pour eux. Quand ils vous sauront ici, ils viendront peut-être vous rendre une petite visite.

— Comme si j'étais une maman ours ? Vous pouvez courir ! Mes propres enfants ne sont pas venus me voir depuis dix-huit mois.

— Patricia, vous commencez à m'énerver avec vos mensonges.

— Ils sauront que je ne suis pas seule.

— Bien sûr. Surtout si je m'occupe un peu de vous. D'après ce que j'ai vu, vous essaierez de ne pas crier, mais ils comprendront quand même que ça ne va pas fort. Et ils accourront.

Elle fixait le sol, terrifiée.

— Je savais que quelqu'un viendrait, finit-elle par dire, mais je pensais que ce serait un chasseur. Un crétin qui veut faire fortune et passer à la télé. Mais vous n'êtes pas là pour ça.

— Non, effectivement.

— Alors, qui êtes-vous ?

— Je m'appelle Paul. Parfois, on m'appelle l'Homme Debout.

CHAPITRE 27

Je m'étais endormi. Incroyable à première vue, mais, comme le coupable qui s'assoupit dans sa cellule, toutes les tensions soudain libérées par l'incarcération à laquelle on ne peut plus échapper, bien attaché sur une chaise, on en est réduit à la passivité.

Une fois réveillé, je ne pus me rendormir. C'était pire. Cela me laissait le temps de penser et de chercher à m'échapper. J'essayai de basculer la chaise, en tentant de la soulever à la force du dos. Un mouvement brusque faillit me faire basculer en avant – la porte ouverte à une mâchoire brisée et à un nez cassé ! Je renonçai. Je ne m'appelle pas Jackie Chan.

Ne rien tenter était encore pire. Je voyais le rideau s'éclaircir, j'entendais le bruit des graviers sous les pneus, des éclats de rire lointains, des claquements, des toux. La douleur au bas du dos augmentait, j'avais l'épaule en feu. J'observais le réveil près du lit, en attendant que chaque chiffre accroisse d'une unité... parfois, je le croyais arrêté tant c'était long, mais, lorsqu'il passait au chiffre supérieur, rien n'avait changé.

L'attente fut interminable jusqu'à 12 h 51, lorsque Nina défonça la porte, avec deux hommes que je n'avais jamais vus.

— C'est sûr qu'il vous ressemble, déclara le plus costaud. (On m'avait dit que c'était le shérif Connelly.

L'autre, un jeune homme audacieux, s'appelait Phil.) Mais on voit bien que vous n'êtes pas lui.

— Il s'appelle Paul.

— On a entendu M. Kozelek l'appeler Jim.

— Il utilise peut-être le nom de Henrickson.

— Oui, ça doit être ça, admit le shérif.

Phil écarquillait les yeux.

— C'est un tueur en série ?

— Oui, et pas des moindres.

Nous étions au poste de police. On nous avait offert du café. Les doigts toujours engourdis, j'avais du mal à tenir ma tasse. Nina n'allait guère mieux. La femme de ménage l'avait trouvée attachée et avait prévenu la police avant de penser à la détacher. Livide, elle paraissait exténuée, décharnée. J'avais envie de retrouver John Zandt et de lui écrabouiller la tête, et pas seulement pour la veille au soir.

En une demi-heure, nous fîmes un résumé succinct de ce qui était arrivé et de ce que nous savions. Dans cette version, c'était l'Homme Debout qui nous avait attaché, et non John. Nina avait bien fait comprendre qu'elle était agent fédéral et dissuadé le shérif d'appeler le FBI. Pour l'instant. Une femme médecin au joli sourire nous avait examinés et m'avait bandé l'épaule avant de partir. J'avais les yeux secs, irrités, et la lumière m'éblouissait.

Phil hocha la tête.

— Bordel de merde !

— Alors, qu'est-ce qu'il fiche à Sheffer ? demanda Connelly. Où est-il parti ?

— Je ne sais pas... mais il m'a raconté des drôles de trucs hier soir. Des histoires de sacrifice. Une sorte d'étrange rite de purification. Il a déjà éliminé tous ceux qui appartenaient à son passé, alors je ne vois pas qui pourrait être le prochain sur la liste. Ou bien des gens avec lesquels il a travaillé.

Connelly regardait par-dessus mon épaule, une drôle d'expression sur le visage.

— M. Kozelek a passé quelque temps dans la forêt, dit-il en se tournant vers moi. Il en est revenu dans un triste état, en prétendant avoir vu quelque chose.

— Quoi donc ? s'enquit Nina.

— Bigfoot.

Surpris, j'éclatai de rire.

— Pour de vrai ?

— Oui, répondit Connelly avec un sourire pincé. C'était un ours, bien sûr. Mais votre frangin a passé beaucoup de temps avec Kozelek. Et je ne vois pas pourquoi, à moins que les histoires de Kozelek l'aient intéressé. Vous voyez une raison à ça ?

Je ne comprenais pas. Je hochai la tête.

Le shérif se mordit les lèvres.

— Phil, tu pourrais passer un coup de fil de ma part à Mme Anders ?

— Pourquoi ?

— Appelle-la, c'est tout. 384931.

Le jeune policier prit un appareil et composa le numéro. Il laissa sonner un instant.

— Pas de réponse.

— Essaie son portable.

Il lui donna le numéro. Phil appela, attendit, hocha la tête.

— Tu l'as vue en ville ce matin ?

— Non.

— Moi non plus. Et j'ai mentionné son nom hier soir. Je crois qu'on devrait aller voir. Phil, va chercher des parkas et des gants pour nos invités. Je vais voir si je peux leur trouver des bottes. Et puis va dans l'armoire et prends quelques armes.

— Lesquelles ?

Connelly me regarda, j'acquiesçai.

— Des gros calibres.

Rapidement, nous nous rendîmes au parking, pour nous apercevoir qu'il avait commencé à pleuvoir. Les policiers ne semblèrent pas le remarquer. Dans le

Nord-Ouest, la pluie, c'est la routine. Connelly se dirigea vers un véhicule et son assistant vers un autre.

— N'essaie pas d'arriver avant moi, lui dit-il. Tu restes derrière, compris ?

Nina et moi montâmes à l'arrière. Connelly s'installa et ferma la portière. Il démarra puis se tourna vers nous :

— C'est bizarre, j'ai vu Henrickson et Kozelek quitter la ville hier soir, vers 20 h 30. C'est là que j'ai relevé le numéro. J'ai vérifié plus tard, je n'ai pas vu la voiture. Mais vous êtes arrivés au petit matin et il était dans le coin pour vous ligoter.

Nous nous taisions.

— C'est ce que je craignais, soupira le shérif. L'autre type. Il va nous poser des problèmes ?

— Je ne sais pas, répondis-je.

— Il est avec vous ou avec eux ?

— Il n'est avec personne.

— Et le reste, c'est la vérité ?

— Pour l'essentiel, murmura Nina.

Connelly passa une vitesse.

— Super. Je suis content que vous soyez venus chez nous.

Il sortit rapidement du parking et s'engagea sur l'asphalte mouillé de la nationale, attendit que son adjoint le rattrape et accéléra. Plus tard, par radio, on lui annonça que, deux minutes après le départ des voitures de patrouille, une serveuse avait aperçu une voiture qui sortait de la cour arrière de Big Frank et nous suivait.

Je passai quinze minutes à essayer de retrouver un peu de sensation dans mes doigts. Nina fit de même. J'avais envie de lui raconter tout ce que John m'avait dit, mais ce n'était pas le moment. Connelly conduisait vite sur la route presque déserte. La pluie s'arrêta, mais ce n'était pas de bon augure. Il faisait de plus en plus froid.

Juste après un petit café, nous bifurquâmes vers une route étroite qui ne semblait pas porter de nom. Nous y étions engagés depuis moins de trente secondes lorsque la voix de l'assistant crachota dans la radio.

— Chef, vous avez raté la route. Cascade Falls est juste derrière...

— Continue à regarder la route et suis-moi, on passe par un autre chemin.

Le trajet fut beaucoup plus long que je ne croyais. D'après ce que j'avais compris, la femme habitait dans un lotissement non loin de la nationale. Et cette route ne semblait mener nulle part. Vingt minutes plus tard, elle se réduisit à un simple chemin enneigé, si bien que le shérif ralentit. Les arbres poussaient jusqu'au bord. Il continuait à rouler. Par la lunette arrière, je voyais l'assistant qui suivait nos traces. Il tenait ses distances de sécurité mais restait malgré tout assez proche pour que je lise la perplexité sur son visage.

Puis, sans raison, Connelly freina. Il regardait vers la droite.

— Shérif, vous êtes sûr de savoir où on va ?

— Oui. En fait, on y est.

Il coupa le moteur et descendit. Lorsque je me retrouvai dehors, avec Nina, l'endroit nous sembla encore plus isolé. De chaque côté, arbres et buissons obstruaient la vue et tout était couvert de neige immaculée. La route se terminait une cinquantaine de mètres plus loin.

Phil s'était garé juste derrière nous.

— Chef, où sommes-nous ?

— Au bout du vieux chemin de chantier. Tu vois ? ajouta-t-il en indiquant un point par-dessus mon épaule.

Avec beaucoup d'efforts, on discernait la silhouette d'un vieux bâtiment en ruine, caché dans les arbres, à une dizaine de mètres.

— D'accord, mais pourquoi ? m'étonnai-je.

Connelly passa son fusil sur son épaule et se mit en marche.

— J'ai parlé avec Mme Anders avant-hier soir. Elle m'a avoué ne pas avoir dit la vérité en indiquant l'endroit où elle avait retrouvé les affaires de M. Kozelek. Elle jugeait qu'il n'avait pas toute sa tête et ne souhaitait pas le voir revenir. Elle m'a appris où se situait le véritable endroit. Si Henrickson l'a kidnappée, ce que je crois, il lui a sans doute demandé de l'y conduire.

— C'est près ?

— Non.

Je remarquai une zone où les arbres paraissaient moins denses, plus jeunes : sans doute un vieux sentier de bûcheron, qui n'était plus entretenu. Plus exploité.

Pour Nina et moi, la marche s'avéra difficile dès le début. Nous ne faisions que monter. Une heure plus tard, plus rien ne laissait penser que nous suivions une piste quelconque. Je n'avais pas remarqué à quel moment le chemin s'était arrêté. Nous étions cernés par des grands arbres, très épais, et le terrain était escarpé. Je n'ai rien du randonneur, comme je l'avais dit à Zandt, et je peinais. Avec la neige, il était difficile de savoir où on posait le pied. Parfois, on tombait sur de la roche, parfois sur quelque chose de solide, et, sans avertissement, on se retrouvait sur les genoux. Il faisait de plus en plus sombre, en grande partie à cause du plafond de sombres nuages. Il ne pleuvait toujours pas. Il faisait froid dès le départ, mais bientôt ces premiers moments m'apparurent comme le comble du confort. Si Kozelek avait passé deux jours dans ce froid, il avait eu de la chance d'y survivre. J'étais sidéré par l'acharnement des pionniers qui avaient creusé des routes dans ce paysage.

— Ça va ?

— Plus ou moins !

Nina et moi marchions quelques mètres en arrière.

— Et vous ?

— Je crois. Il fait un froid... !

Sans compter la fatigue, la faim.

— On est encore loin ?

— Non, marmonna le shérif sans se retourner. À mi-chemin à peu près.

— Merde ! dit Nina, doucement. J'ai horreur de la nature. Ça craint !

Nous continuâmes à marcher. Tranquillement, je confiai à Nina le reste des propos de John. Elle aussi en conclut qu'il avait perdu la tête.

Nous cessâmes bientôt de parler, tant nous étions essoufflés. Phil semblait peiner, lui aussi, mais Connelly conservait un pas régulier. Nous faisions beaucoup de bruit avec nos quatre paires de bottes dans la neige, nos respirations haletantes. La fatigue, le manque de sommeil, la couleur blanche presque en permanence devant mes yeux commencèrent à avoir un effet hypnotique. Je cessai de réfléchir, ne pensant qu'au pas suivant, au prochain rocher, à la pente, aux creux, à l'odeur des aiguilles de pin et de l'écorce dans l'air d'une pureté extravagante. Mon visage perdait de son élasticité, paraissait engourdi au toucher. Quand je clignais des yeux, je voyais un flash lumineux. Je trébuchais de temps à autre. Nina aussi.

— Stop.

Connelly s'exprima d'une voix basse, calme, déterminée.

Tiré de ma rêverie, je levai la tête et m'immobilisai.

— Quoi ? Nous y sommes ?

Il se tourna vers nous mais ne répondit pas. Il scruta la forêt, du côté où nous étions venus puis sur la gauche. Après notre escalade, le silence était bruyant, mes oreilles sifflaient.

— Vous avez entendu quelque chose ? demanda Nina.

Connelly garda le silence pendant vingt secondes.

— Non, rien. J'ai cru voir quelque chose Je me suis retourné pour m'assurer que vous suiviez et j'ai cru apercevoir une ombre, à une vingtaine de mètres, de ce côté.

— Il y a pas mal d'ombres, rétorquai-je, il commence à faire sombre.

— Peut-être. Un autre type pourrait s'intéresser à Henrickson. Il risque d'être dans les parages, lui aussi.

— Ah bon ? Et qui donc ? questionna Phil, soupçonneux.

— Un ancien flic, expliqua Nina. L'Homme Debout lui a salement gâché la vie. (Elle fit quelques mètres dans la direction que Connelly avait indiquée et scruta les arbres.) Il veut sa peau tout autant que nous.

— Il est dangereux ?

— Hum, dis-je. Mais pas pour nous, j'espère.

Soudain, Nina se mit à crier, nous faisant sursauter.

— John ? John, c'est toi ?

Quatre paires d'yeux grands ouverts observaient le paysage. Rien ne semblait bouger.

— Si tu es là, John, viens avec nous. Nous voulons le pincer, nous aussi. Fais les choses correctement. Viens avec nous. Rien ne bougea. Nina hocha la tête.

— Ce ne sont que des ombres. Oh, non, voilà qu'il se met à neiger.

Elle avait raison. Des petits flocons blancs descendaient en spirale.

— J'aurais préféré que vous vous absteniez de crier. Les sons voyagent loin par ici. Je n'ai pas envie que ce type sache qu'on arrive.

— Je sais comment voyagent les sons, répondit Nina. Il y a longtemps qu'il sait qu'on est là. Pas vrai, Ward ?

— Si. Et on doit vous prévenir : ce n'est pas ça qui changera grand-chose. Il ne s'enfuira pas, il ne se cachera pas. Il agira.

Le flic passa la main sur son épaule et prit son fusil, le tint en position de tir et me dévisagea. Bien que Connelly eût dix ou quinze ans de moins que lui, il avait quelque chose de mon père dans le regard : une approbation tranquille, l'impression de ne pas vraiment comprendre ce que signifiait battre en retraite.

— Bon, dit-il, on est prévenus.

Le vent se levait, la neige tourbillonnait autour de son visage.

CHAPITRE 28

Patricia n'avait jamais eu aussi froid de toute sa vie. L'homme lui avait laissé le temps d'enfiler une parka avant de partir et, pendant presque toute la journée, elle l'avait regretté. Quand on bouge, un manteau ne sert à rien, ce sont les parties qu'il ne couvre pas, le visage et les mains, surtout lorsqu'elles sont attachées dans le dos, qui souffrent le plus. Cela ne sert qu'à vous faire transpirer. Mais depuis deux heures qu'ils s'étaient arrêtés, elle était contente de l'avoir. Elle serait probablement morte, sinon. Son nez avait un peu coulé, cela avait formé de minuscules stalactites. Elle avait demandé qu'il lui attache les mains devant, pour avoir moins froid, mais il avait refusé. Elle savait pourquoi. Ses bras et ses épaules commençaient à lui faire mal. Très mal. C'était la première étape de ce qu'il ne manquerait pas de faire s'il n'obtenait pas ce qu'il voulait.

La neige tomba peu après quatre heures. La lumière commençait à décliner et, si certains flocons étincelaient encore, d'autres n'étaient plus que des ombres flottantes. Certains habitants de la région considéraient la neige comme une croix à porter. Pas elle. Même au bout de trois ans, elle lui semblait toujours aussi magique.

L'homme l'avait installée contre la paroi du ravin, ce qui était un bien. Le vent ne venait que d'une seule direction. Il était allé s'asseoir sur la rive basse, de l'autre côté du courant, son fusil sur les genoux, dans un silence total. S'il avait froid, il n'en montrait rien.

Il neigeait depuis vingt minutes déjà, et de plus en plus fort, lorsqu'elle le vit lever les yeux. Il écouta attentivement.

— Vous avez entendu quelque chose ? interrogea-t-elle.

— Au loin.

— Je ne vois pas de quoi vous parlez. Tom a aperçu un ours, c'est tout. Je vous ai conduit ici parce que vous êtes un méchant homme et que je préférais vous emmener dans un endroit où vous gèleriez à mort, avant qu'on vous retrouve.

— Peut-être. Je vous vois bien faire un truc pareil. Je vous aime bien. Vous me rappelez quelqu'un.

— Votre mère ?

— Non, pas elle.

— Elle est toujours vivante ?

Il ne répondit pas, et soudain elle sut que la mère de cet homme était morte, qu'elle n'était pas enterrée dans un lieu conventionnel et qu'il savait où se trouvait la dépouille.

— Vous étiez enfant unique ?

La tête de Henrickson bascula vers elle.

— Je fais bouger mes lèvres pour que mon visage ne se prenne pas en glace, reprit-elle.

Patricia disait vrai. Elle avait parfois constaté qu'on pouvait émouvoir un enfant en lui parlant, en lui parlant sans relâche. Cet homme n'était pas un enfant. C'était un psychopathe. Il fonctionnait peut-être de la même manière.

— Ils vont peut-être nous entendre et venir écouter ce qu'on raconte. Alors, vous étiez enfant unique ?

— Je le suis devenu, dit-il sans émotion. J'ai eu trois mères. Elles sont toutes mortes, c'est ce qui m'a donné de la force. Je suis né dans une forêt, mon père a tué ma mère, et ensuite des gens sont venus et l'ont tué, lui aussi. Ils nous ont gardés, mon frère et moi pendant un moment, et après, ils l'ont gardé lui, et ils se sont débarrassés de moi. Les gens ont essayé de me caser dans des endroits, mais je ne voulais pas, jusqu'à ce que je sois venu vivre près d'ici, avec ma dernière mère.

— Elle vous traitait mal ?

— Patricia, je suis tellement loin de la psychologie de comptoir que vous ne le croiriez pas !

— Alors, je vous rappelle qui ?

— La femme qui a été ma grand-mère pendant un moment. Patricia supposa qu'il s'agissait d'une sorte de compliment.

— Pourquoi tout cela ?

— Tuer, c'est ce que font les animaux. Les carnivores tuent pour se nourrir. Les chiens sauvages tuent les petits des autres chiens sauvages. Les mouches pondent leurs œufs dans la chair des mammifères morts. Elles s'en fichent pas mal. Les esclavagistes arabes de Zanzibar jettent les malades, hommes ou femmes, dans les eaux de la baie, pour ne pas payer de taxes sur des marchandises invendables. Les paysans russes ont vendu des morceaux de corps humains en Sibérie, pendant les hivers terribles des années 1920. Nous sommes des animaux qui inventent des machines volantes pour les lancer contre des immeubles où vivent nos congénères. C'est nous qui commettrons un génocide en bonne et due forme, un jour. Les hommes sont des animaux qui tuent et qui détruisent.

— J'aimerais que vous ayez l'air de trouver ça mal.

— Ce n'est ni mal ni bien. C'est la simple vérité. Notre espèce a envahi l'Europe, où des créatures vivaient depuis des centaines de milliers d'années, et en quelques millénaires elle se l'est appropriée. Comment c'est arrivé, d'après vous ?

— On était mieux adaptés.

— Sur un seul point. Nous avions la volonté de tuer des créatures proches de l'être humain. On a exterminé l'homme de Neandertal, et ensuite on s'est attaqués les uns aux autres. On ne respecte pas les animaux comme les hyènes et les vautours, les charognards. On glorifie les lions, les tigres, les requins, les animaux qui ont du sang frais qui leur dégouline des mâchoires. Le fait que nous ayons des pouces, la parole et de grandes illusions spirituelles n'y change rien. Il n'y a ni mal ni bien. Il n'y a que le comportement qui compte, et le nôtre, c'est de tuer.

— Alors, tuez quelqu'un. Vous l'avez sûrement déjà fait. Il ne répondit pas, ce qui était peut-être pire. Frigorifiée comme elle l'était, Patricia sentit qu'elle avait la chair de poule. Elle était avec quelqu'un qui n'interprétait pas le monde de la même manière que les autres.

— Alors, tuez un autre être humain, nous sommes des millions. Pourquoi ne pas en tuer d'autres ?

— Parce qu'il est temps de faire ça.

— Ce sont vos voix qui vous le disent ?

— Personne n'a fait cela depuis des lustres. On a tué d'autres choses. Des symboles du pouvoir, des femmes, des bébés. Ce sont des succédanés de l'homme sauvage, du véritable sacrifice.

— Nom de Dieu, parce que vous croyez que ça peut marcher ?

— Ça marche.

— Vous tuez un être vivant, et par on ne sait quel miracle, la musique des sphères se réajuste ? Vous y croyez vraiment ?

— C'est la vérité, et si vous étiez née quelques siècles plus tôt, vous le sauriez. Mais on a oublié. Tout le monde... même ceux qui n'auraient pas dû. Maintenant, on ne croit plus qu'aux câbles... On croit que c'est important de choisir un opérateur téléphonique plutôt qu'un autre. On essaye de ne pas marcher sur les failles.

— Vous êtes malade.

— Je ne crois pas. (Ses yeux brillaient dans le crépuscule tombant.) Et votre opinion ne m'intéresse pas.

— Alors, ne me dites plus rien. Je ne veux plus rien entendre.

— Parfait. Mais il faut quand même que vous sachiez quelque chose. La grand-mère dont je vous ai parlé... Elle déglutit.

— Je l'ai tuée. On l'aidait à descendre l'escalier et j e l'ai poussée, avant de me rendre compte que j'en avais l'intention. J'avais douze ans. Je sais que c'est ce qu'elle voulait. Elle est morte très vite, c'était propre. Si vos amis ne se pointent pas très vite, vous allez mourir aussi. Mais ce sera très, très lent. À dix mille kilomètres de là, les gens se retourneront dans leur tombe.

Sans même s'en rendre compte, Patricia s'était recroquevillée et écartée de quelques centimètres. Elle était toujours beaucoup trop près. Parfois, ces dernières années, elle s'était crue prête à mourir. Elle ne voulait pas jouer son jeu, mais, sans Bill, il n'y avait plus grand-chose pour la retenir ici, et il était peut-être temps de danser avec la mort. Blottie dans la neige avec quelqu'un qui semblait à la fois plus et moins qu'humain, elle comprenait son erreur.

La neige tombait dru, il faisait presque nuit, elle était piégée dans la forêt, les mains liées, avec un détraqué.

Elle décida de se taire.

Soudain, il leva les yeux vers la crête du ravin, derrière elle, puis il regarda derrière lui. La bouche légèrement entrouverte, il avait la tête penchée. Il sauta par-dessus le courant et se hissa en haut du ravin, comme s'il n'avait eu besoin que d'un seul pas.

— Ils arrivent.

Cela ne semblait pas l'enchanter. Patricia ignorait de qui il parlait. Il resta sur place un moment, comme pour flairer le vent, puis disparut, telle la lune qui se cache derrière un nuage.

Patricia songea à courir, mais ses jambes étaient trop engourdies et il n'y avait nulle part où aller. Elle se recroquevilla, ferma les yeux et pensa à Verona.

CHAPITRE 29

Cette fois, nous entendîmes tous.

Un bruit sec, pas très proche. Assez distinct pour couvrir les rafales de vent et le son rauque de ma respiration qui résonnait dans ma tête. Connelly se tourna aussitôt.

— Baissez-vous !

Nina posa les mains sur mon dos et me poussa. Nous glissâmes sur le côté, courbés en deux, essayâmes de courir, mais finîmes dans un terrain chaotique avec de la neige jusqu'aux chevilles. Nous nous cachâmes derrière un arbre, tout près d'une excroissance rocheuse, l'arme à la main.

Connelly et son adjoint reculèrent vers nous, fusils en position de tir. La voix de Phil était grave et chancelante, mais ses pas restaient mesurés et stables.

— Vous l'avez vu ?

Le shérif fit un signe négatif mais balaya un arc de trente degrés avec son arme.

Ils passèrent de notre côté du rocher. Lorsqu'ils furent en place, je me retournai... Il n'est pas toujours facile de deviner la direction d'un son dans les bois, et j'avais vu trop de films. Je ne distinguais pas grand-chose. Le flanc de la montagne, des arbres, des rochers, des buissons, de la neige. Le contraste transformait tout en une sorte de dessin d'Escher qui offre plusieurs interprétations, qui se transforme sous vos yeux puis s'amalgame en un tout incompréhensible. Je ne perçus aucun mouvement.

De nouveau, je regardai devant moi. Rien ne bougeait de ce côté-là non plus, à part les flocons de neige. Nous tournions la tête, tout doucement, rien que les yeux et les oreilles. Les secondes s'écoulaient.

Soudain, la tension se relâcha dans mes jambes. Ma main droite, dégantée était glacée, inutile. Je passai mon arme dans la gauche et frottai ma main droite sous le creux de mon bras, en serrant les dents, car le mouvement me fit mal à l'épaule. Je me sentis mieux lorsque je repris l'arme dans la main droite, même si j'avais l'impression que la peau allait geler sur le métal.

— Ce n'est pas John. J'en suis sûr.

— Non, nous sommes tout prêts. C'est l'Homme Debout.

— Qu'est-ce qu'on fait ? murmura Phil.

— On continue à avancer, dit Connelly.

Il révéla un petit instrument qu'il avait dissimulé dans la paume de sa main. Je me demandais comment il se repérait dans le noir. Il poussa un bouton, et un minuscule écran s'éclaira un bref instant.

— Il ne doit pas être à plus de deux ou trois cents mètres.

— Il a dû nous entendre.

— Nous sommes quatre et il est seul, rétorqua Nina. Il ne va pas venir vers nous. Il va attendre que nous nous séparions ou que nous fassions une bêtise quelconque. Et il nous prendra un par un.

Connelly acquiesça.

— Alors, on y va ?

— Restez groupés. Vous croyez qu'il est droit devant nous ?

— Presque.

— Bon, alors, on passe par là, on arrive par la gauche et on le prend de biais. On va où, exactement ?

— C'est une sorte de ravin. On arrive par le haut. Ça descend doucement par le nord de ce côté et beaucoup plus vite de l'autre. Les rives sont assez basses sur la droite, plus hautes vers l'est.

Nina me fixa :

— Qu'est-ce que tu en penses : on le contourne par la droite et on essaye de remonter ?

— Ça devrait marcher.

— Allons-y.

Nous avançâmes plus lentement, en essayant de respirer en silence. En carré, à deux mètres l'un de l'autre, nous veillions à conserver notre formation.

Connelly nous fit prendre à gauche. Le terrain accidenté montait en pente escarpée, et je devais m'aider des mains pour me stabiliser dans les rochers. Exténué, j'avais la tête vide, lessivée. Tout mon corps me faisait mal. Une fois arrivé au sommet, je pivotai au niveau de la taille et tendis la main vers le bas ; Nina la saisit et se hissa.

Le terrain descendait des deux côtés, comme si nous marchions sur la colonne vertébrale d'un animal géant. Nous progressâmes parmi les arbres, accroupis, respirant lentement.

Soudain, dans un froid glacial qui transperçait les oreilles, une bourrasque de vent tonitruante monta de la forêt en contrebas et secoua les branches tout autour de nous.

— Mon Dieu ! s'exclama Nina.

Le vacarme persistait, un vaste séisme qui encerclait un cri glacial. On aurait dit une force à laquelle on ne pouvait s'opposer, et peut-être que l'un de nous se redressa un peu trop, plusieurs d'entre nous, peut-être. Cela suffit.

On entendit un claquement sec et un grognement ; le shérif se retourna brusquement et retomba à plat dos.

J'avais vaguement l'impression que Nina et Phil se resserraient autour de moi, pour venir se protéger derrière les arbres. Je me jetai en avant sur le sol et me glissai au niveau du shérif.

Connelly avait les traits tirés.

— Je vais bien, dit-il.

J'ouvris le haut de sa parka et discernai une tache sombre au niveau du diaphragme, à gauche. Je mis sa main sur la blessure et appuyai très fort. Sa respiration restait régulière. C'était un dur.

En baissant les yeux, je vis Nina accroupie, à quelques mètres, pointant son pistolet dans la direction du coup de feu. L'assistant était assis, le dos à un arbre. Les rafales de vent ne faisaient plus qu'un bruit de vagues.

— Phil, venez ici ! criai-je.

Il se leva. Il y eut deux autres claquements secs.

— Baissez-vous !

Il se laissa tomber sur le ventre et rampa vers moi, à la manière des commandos.

— Chef ! Merde, dit-il en voyant le sang.

— Restez avec lui. Tu l'as vu ? demandai-je à Nina.

— Trop sombre. Il peut très bien nous avoir traqués depuis une demi-heure, pour avoir sa chance.

— À la manière dont Connelly a été touché, le tir devait venir de cette direction, repris-je en indiquant le bas, à droite. Je vais monter le long de la crête, redescendre en boucle et essayer de le surprendre. Si tu vois quelque chose bouger, tire !

— Soit prudent.

— J'essaierai.

J'adressai un signe à Phil pour lui indiquer mes intentions. Il acquiesça et pointa son fusil dans la même direction que Nina.

J'escaladai rapidement les rochers. En haut, j'entendis un autre claquement sec venant du bas, suivi de deux coups de feu tirés par Nina. Elle jura et rechargea son arme.

Je rampai sur une dizaine de mètres, allongé sur le ventre. Froid et nu, le flanc de la montagne descendait à pic. Aucun détail, aucun trait caractéristique auquel se raccrocher. Les formes des troncs, des branches et des roches se répétaient à l'infini et, dès que l'on tournait les yeux, on perdait ses repères. Il fallait absolument garder le contact visuel, tourner la tête lentement.

Je le vis.

L'image était si indistincte que cela aurait pu être une ombre, une illusion d'optique, créée par l'obscurité et la neige. Mais je le revis une fois encore, et j'aurais juré qu'il avait bougé.

Il se trouvait à une trentaine de mètres, exactement là où nous le pensions.

Je rampai encore de quelques mètres le long de la crête, jusqu'à ce que je sois dissimulé par un buisson. Je m'appuyai sur un pied et un genou. S'il ne m'avait pas vu me mettre en position, j'avais mes chances. Je pouvais surgir du bosquet, descendre à toute vitesse vers la droite, me diriger vers de gros arbres touffus devant moi. Et vider mon chargeur en chemin. Et si rien ne me faisait tomber, je pourrais recharger à l'abri des arbres pour l'étape suivante.

Un contre un : aucune raison pour que cela ne tourne pas en ma faveur. Peut-être. Je glissai la main dans ma poche droite afin de m'assurer que les chargeurs étaient en place. Pas de problème. Mon cœur tambourinait, car je savais que c'était un moment où il faut y aller, où la réflexion est moins importante que la rapidité.

Je me déplaçai vers la droite, lentement, un mètre, un mètre cinquante... J'hésitai à me lancer dans la course. Je jetai un dernier coup d'œil sur le côté.

Il y avait quelqu'un.

Une jeune femme. À trois mètres, sur une partie légèrement surélevée. Pieds nus, elle portait un pyjama à fleurs. Elle se tenait entre deux arbres, à demi dans l'ombre, avec les flocons de neige qui tourbillonnaient autour d'elle. Certains se posèrent sur ses épaules et sur ses longs cheveux. Je devinais tout juste ses yeux, la ligne du menton. Jessica Jones...

— Attention, dit-elle, ils sont nombreux.

Et elle avait disparu.

J'étais en déséquilibre, prêt à aller de l'avant, mais je tombai en arrière contre le rocher. Je me figeai un instant, en clignant des yeux, scrutant l'endroit où je l'avais vue. Je regardai à gauche, à droite. Rien.

Je crapahutai jusqu'à l'endroit où elle était apparue. Il n'y avait personne, mais la neige était piétinée. Je crus apercevoir une empreinte, deux peut-être, mais beaucoup trop grosses.

Tout d'un coup, je fus incapable d'agir comme prévu. Je fis demi-tour, me glissai de l'autre côté de la crête et allai rejoindre Nina.

— Qu'est-ce qui t'est arrivé ?.

— Je crois qu'il n'est pas seul, répondis-je, évitant son regard.

— Comment le sais-tu ? Qui est avec lui ?

— Je ne sais pas.

— Qu'est-ce que tu as vu ? Ward, que s'est-il passé ? Je ne répondis pas. J'en étais incapable. Je ne savais que dire. Je m'approchai de Phil, qui était resté près du shérif.

— Comment ça va ?

— Bien, répondit Connelly, qui mentait visiblement. Je n'ai pas besoin de baby-sitter. Coincez-moi ce crétin.

— Ils sont au moins deux, objectai-je. Alors, Phil, on va avoir besoin de vous en bas.

Phil jeta un coup d'œil vers son patron, qui lui adressa un bref signe de tête.

— Arrange-toi pour ne pas te faire descendre, murmura Connelly. La journée a été assez dure comme ça sans que j'aie besoin d'aller prévenir ta mère.

Phil s'approcha de moi, à quatre pattes.

— Il m'a semblé sentir une drôle d'odeur. Vous n'avez rien remarqué ?

— Non, c'est bizarre.

Il haussa les épaules.

Lorsque nous revînmes au niveau de Nina, elle me lança un regard dur.

— Qu'est-ce qu'il y a ? Tu as l'air bizarre.

— Rien. Mais...

Et voilà, un autre tir venu d'en haut et un autre de la gauche.

— Il y a quelqu'un avec lui ? demanda Phil. Qui ?

— Je ne...

Pendant une seconde, l'idée ridicule de John et de Paul s'associant m'effleura l'esprit. Mais non. Alors, qui... ?

Je cessai vite de réfléchir car, telle une ombre fulgurante, un homme remontait la colline vers nous, en tirant pendant sa course.

Nina et moi fîmes feu au même instant, mais nous le manquâmes tous les deux. Phil se roula en boule et se cogna durement contre un arbre. Il le contourna pour tirer mais hésita une seconde de trop. Je me levai et tirai deux fois.

L'homme pivota comme une toupie et tomba à terre. Je tirai encore deux fois, entendit un gémissement. Nina sortit de sa cachette, l'arme à la main, marchant en crabe.

— Nina, reste ici ! Phil, venez avec moi.

Je fis signe à l'adjoint d'avancer le long de la crête. Je courus derrière lui, courbé en deux, et nous nous séparâmes au niveau de Connelly. Une nouvelle série de claquements éclata en provenance de la position du premier homme.

— Merde, je croyais que vous l'aviez eu !

— Alors, c'est qu'ils sont trois.

Nous restâmes immobiles un moment. La forêt semblait de plus en plus sombre, de plus en plus épaisse. Je tremblais, je me sentais vieux. Mon cou me grattait, je tournai vivement la tête à gauche et crus distinguer des silhouettes à travers les arbres, à une vingtaine de mètres, mais c'était impossible, car de nouveau elles ne portaient que des pyjamas, ce qui aurait été pure folie dans un tel endroit, par un tel froid. J'étais exténué, en plein délire, je créais des ombres dans les arbres, j'inventais des images absurdes. Je devais faire attention. Je baissai la tête et pris plusieurs inspirations profondes.

Je levai de nouveau les yeux et, de nouveau, un claquement retentit, juste en face de nous ; quelque chose vint siffler entre nos têtes pour aller rebondir sur le rocher derrière nous. Phil et moi répliquâmes.

Ensuite, j'entendis Nina tirer derrière nous.

— Merde ! m'exclamai-je, pris de panique.

— Phil, restez en position ici. Liquidez-moi ce type, si possible. Je reviens.

— Je ne le lâche pas, dit Phil.

Il s'allongea et rampa un peu plus loin. Il donnait l'impression d'avoir regardé pas mal de films de guerre. Tant mieux.

Je me redressai un peu plus que je n'aurais dû et courus en trébuchant vers l'endroit où devait se tenir Nina. Je ne la voyais pas mais je l'entendais tirer dans les arbres, sur la gauche. Je passai devant le corps du premier homme et aperçus son visage : froid, émacié, dur. Je ne le connaissais pas.

D'autres coups de feu éclatèrent devant moi, plus difficiles à distinguer, car le vent les amalgamait en un son unique. Je me précipitai vers l'origine des tirs sans savoir s'il y avait un ou deux tireurs.

Je plongeai près d'un rocher et faillis me briser la cheville, mais réussis à me retenir de justesse. Je m'enfonçai dans une épaisse couche de neige et j'y pataugeai comme dans du sirop gelé.

Finalement, je rencontrai un sol plus rocailleux. Les tirs avaient cessé, mais je ne voyais toujours personne. – Nina ?

Pas de réponse. Je fis un tour complet et, trois mètres plus loin, alors que je prenais de la vitesse, je me rendis compte que mes poumons étaient vides, que j'étais allongé sur le dos, avec de la neige dans les oreilles et un rocher enfoncé dans le dos.

Quelqu'un surgit de l'ombre d'un arbre. Un pied se posa lourdement sur ma poitrine. Je luttai pour respirer, la douleur de mon dos se propageait dans tout le corps. Je hurlai malgré moi. Le pied appuya un peu plus fort et un visage apparut au-dessus du mien.

Des cheveux courts, des lunettes rondes.

Le type de Fresno. Il plaça le canon froid de son fusil au milieu de mon épaule, pesa de tout son poids.

— Salut, connard, dit-il.

Nina était à une cinquantaine de mètres. Elle avait entendu courir quelqu'un qui ne semblait ralenti ni par les rochers ni par la neige, ni par le terrain accidenté. Cela devait être Paul.

Elle avait donc descendu la pente pour le suivre, tirant sans discrimination, et aperçu quelque chose qui bougeait en contrebas. Quelques instants plus tard, elle s'arrêta, essoufflée, mais ne distingua plus rien.

Elle perçut un cri derrière elle.

— Ward, dit-elle en remontant la pente.

Elle glissa, se coupa la joue sur le rocher. Elle continua.

L'homme enfonça le canon sur ma tempe.

— Alors, c'est toi, le frangin. T'as eu de la chance au restau. Tu t'en tireras pas aussi bien cette fois. T'es pas aussi doué que lui. Un simple amateur.

Je toussai. Je ne pouvais rien faire d'autre.

— Il va mourir ce soir, ajouta le type en faisant tourner le canon, grâce à ton copain.

— Quel copain ?

— Ce type, Zandt. Comment tu t'imagines qu'on vous a retrouvés ? Il a passé un accord.

— Il n'a pas tué Dravecky ?

— Le patron est toujours vivant et en pleine forme. Ton pote pense qu'il va s'en tirer comme une fleur. Il se trompe méchamment.

Il appuya encore plus fort sur ma poitrine. Ses yeux pétillaient derrière les petits cercles de verre. Visiblement, il prenait grand plaisir à me voir suffoquer.

— Alors, adios, tas de merde. Le temps passe...

Je voyais son doigt se resserrer lentement sur la détente, je sentais le sol s'aplatir sous moi, comme s'il se transformait en pierre tombale.

Je fermai les yeux. Je ne voulais pas garder le visage de cet homme pour dernière image.

J'entendis un coup de fusil, tout proche. Puis deux autres, peu après.

J'ouvris les yeux au moment où l'homme tombait en arrière. Je tournai la tête. Nina apparut dans mon champ visuel. Elle s'agenouilla près de moi.

— Ça va ?

Du sang coulait sur une de ses joues.

Je me hissai sur mes coudes. Oui, ça allait, dans le sens où je pouvais encore marcher et où tous mes membres me faisaient mal, ce qui signifiait que je n'avais rien de cassé et que je pouvais me lever.

— Qu'est-ce que tu as au visage ?

— Rien. Qu'est-ce qu'il disait ? Il parlait de John ? J'ai cru entendre son nom ?

— Non, ils en ont après Paul.

Elle m'attrapa le bras et m'aida à me relever. Je vacillai, à peine capable de me tenir debout. Je recouvrai mon équilibre, respirai profondément, les mains sur mes genoux.

Lorsque je me redressai, Nina se pencha vers l'autre type. J'entendis trois coups de feu.

— Nina !

— Un instant...

Le type essayait de se redresser. Du sang coulait de sa cuisse et de la base de son cou. Nina avait pensé qu'il risquait de porter un gilet. Il se déplaçait lentement mais semblait tenir le coup.

Nina lui assena un coup de pied.

— Prends ça pour Monroe, dit-elle d'une voix dure. C'est un connard, mais c'est mon connard.

— C'est un pourri, haleta l'homme avec un vague filet de voix.

— Qui ne l'est pas ? Et puisque vous l'aviez déjà mis au parfum, pourquoi avoir tué un flic ?

— Une assurance. Monroe n'avait pas bougé la première fois.

— Il s'appelait Steve Ryan.

— De toute façon, dit-il en grimaçant, je fais mon boulot, c'est tout.

— Bien, dit Nina.

Elle se retourna et lui tira trois fois dans la tête.

— Tiens, dit-elle en se penchant vers lui, ça, c'est de la part de sa femme.

CHAPITRE 30

Patricia se tenait en chien de fusil depuis près de dix minutes lorsqu'elle entendit courir au-dessus de sa tête. Elle ne savait que faire. Ne pas bouger lui semblait la meilleure idée. Au fond de soi, nous sommes tous persuadés que si nous restons bien tranquilles et que nous ne regardons pas, le monstre ne nous voit pas.

Mais elle voulait savoir.

Elle leva la tête et vit la Faucheuse sauter dans le lit du courant. Indécise au milieu de l'eau, elle semblait se demander ce qu'elle était venue faire ici. Patricia la voyait peser les différentes possibilités.

Puis elle remonta le courant en trottinant et disparut derrière deux grands arbres. Elle n'était pas partie bien loin...

Je fouillai les poches de l'homme et pris toutes ses cartouches. Puis je me rendis compte que je ne voulais pas utiliser l'arme de ce monstre et je les laissai tomber sur sa poitrine.

— Il s'est passé quelque chose.

— Je sais, dit Nina, j'ai entendu les coups de feu.

Nous remontâmes par le même chemin. Il faisait froid, le vent gémissait dans les arbres et je me sentais très loin de chez moi. Je boitais à présent, et l'affreuse douleur du côté droit de mon dos me disait assez que j'avais quelques côtes brisées. J'étais allé plus loin que je croyais. Il me fallut cinq minutes avant que Nina se redresse. Quelqu'un se tenait derrière elle sur la crête.

— Ne tirez pas ! s'exclama Phil. Vous allez bien ? Que s'est-il passé ?

— On en a eu un. Et vous ?

Il hocha la tête et regagna en hâte l'endroit où se trouvait Connelly. Nous le suivîmes.

— J'ai essayé de le suivre, j'ai perdu sa trace. Ensuite, il a tiré, il a failli me décapiter. J'ai riposté et j'ai essayé de trouver un rocher de l'autre côté, mais j'étais devant un ravin profond et j'ai cru que c'était la fin. Je n'avais nulle part où aller... J'aurais peut-être dû tirer plus tôt. Je n'avais jamais essayé de tuer un homme avant. Alors, je me suis redressé à moitié, pour chercher un autre chemin, et c'est là que j'ai vu l'autre type.

— Quel autre type ?

— Je ne sais pas. Il est sorti de nulle part. Je ne l'ai aperçu qu'une fraction de seconde. Il a fait ça... (Phil imita quelqu'un qui appuie un fusil sur son épaule) et tiré avant d'être en position. Un seul coup. J'ai plongé, comme si je tombais. Je n'ai plus rien entendu pendant quelques minutes. Alors, j'ai relevé la tête. Le type au fusil avait disparu. Et il y a un corps, à trois mètres de moi...

— Ce n'est pas vous qui l'avez eu ?

— Non, je viens de vous le dire... Mais quelqu'un s'en est chargé. Je suis allé voir. Une seule balle, en plein milieu du front, comme si on y avait dessiné une cible. Qui ça pouvait bien être ? Qu'est-ce qui se passe ici ?

— Ça doit être John, avançai-je.

— Non, répondit Nina. John est un type de la ville. Je ne le vois pas crapahuter par ici et descendre un de ces types d'une seule balle. Je crois qu'il n'a jamais tiré avec un fusil.

— Qui, alors ?

— L'Homme Debout. C'est forcé. C'est lui que les autres types sont venus tuer, pas nous.

— Je n'y crois pas. Il les aurait laissés nous tuer avant.

— Tu es son frère, Ward, répliqua Nina.

Je ne voyais pas quelle différence cela pouvait bien faire.

Lorsque nous arrivâmes au niveau de Connelly, nous le trouvâmes debout. Appuyé contre un arbre, mais debout.

— Mon Dieu, shérif, asseyez-vous !

— Je vais bien.

— Monsieur, avec tout le respect que je vous dois, vous n'en avez pas l'air. Vous saignez comme un goret...

Le policier baissa les yeux, vit les taches sombres qui commençaient à maculer son pantalon.

— C'est vrai. On ferait mieux de se dépêcher.

Il sortit son GPS de sa poche. Sa main tremblait, pas trop. Une petite lumière sur l'écran, et il nous fit un signe de tête, vers la droite.

— Autant y aller maintenant.

Nous avançâmes à travers les arbres, passâmes devant le corps de l'autre tireur allongé sur le dos. Phil avait raison, celui qui l'avait descendu connaissait son affaire.

Le terrain s'aplanissait un peu et s'incurvait vers la crête, des deux côtés, comme si nous entrions dans un demi-tunnel bordé d'arbres et d'ombres : un vieux lit de rivière, sans doute, ou, mieux encore, un ancien chenal glaciaire. Le vent se renforça de nouveau et nous poussa encore plus vite. Avec un peu de chance, il couvrirait le bruit de nos pas.

Connelly trébucha, bascula en avant et tomba. Je me penchai vers lui.

— Non, allez-y.

J'ôtai mon manteau et le couvris.

Les buissons étaient touffus, immenses boules de coton glaciales et hérissées de pics. On entendit une sorte de cri, en haut, sur la gauche. Je crus que c'était le vent. Les branches basses des arbres oscillaient sans cesse, comme secouées par un dingue.

Nina tendit le bras :

— Par là...

Je regardai. À une cinquantaine de mètres, les troncs laissaient place à un vide. Le bord du gouffre. Forcément.

Phil murmura :

— On descend tout droit ?

— Non, dit Nina. Vous contournez par la droite, assez large. Je fonce tout droit. Ward, tu passes par la gauche. Dès que ça bouge, on tire et on crie.

Nous acquiesçâmes. Phil partit tout de suite, se faufilant dans les buissons aussi silencieusement que possible.

Nina me lança un signe d'avertissement puis se mit en route. Je fis demi-tour et me dirigeai le long de la pente.

Tout allait bien, me dis-je avant d'entendre un coup de feu.

J'étais entre les mains des dieux. J'espérais qu'ils me prêteraient attention et se montreraient cléments.

Nina ralentit. Les cinq minutes de progression l'avaient conduite à une trentaine de mètres. À gauche, elle discernait une ombre vague qui se dirigeait vers le côté du haut vallon. Phil. Il disparut de son champ de vision quelques instants plus tard, derrière les arbres ou sur un terrain en contrebas. Elle ne distinguait pas Ward à sa droite. Le terrain était très escarpé et accidenté de ce côté. Il lui faudrait décrire un grand détour. Elle espérait que personne ne s'était perdu en route. Que personne n'allait mourir. Pas ici, il faisait trop froid.

Il faisait sacrément noir aussi. Les arbres ne lui laissaient plus qu'une voie possible, mais les buissons rendaient l'accès difficile. Elle se baissa derrière un tronc penché, s'appuya sur des arbres. Malgré le vent, elle percevait le bruit de l'eau, un petit gargouillis d'éclaboussures solitaire.

Soudain... bang, le bruit d'un coup de feu.

D'où venait-il ? Pas de la gauche, sinon...

Puis elle perçut un cri, étouffé, indistinct. Il venait de la droite, elle en était sûre. Phil, il était touché.

Oubliant toute prudence, elle avança. Plus de temps à perdre. Elle espérait que Ward avait entendu, lui aussi. Il viendrait vite, elle en était sûre.

Elle tenait son arme devant elle, la tête penchée, à l'abri de la végétation, essayant d'éviter les branches et leurs griffures glaciales.

Quatre pas de plus, et elle s'écroula.

J'étais allé trop loin. Beaucoup trop loin. J'avais bien estimé la distance au début, mais chaque fois que j'essayais de descendre vers le ravin, quelque chose obstruait le chemin. Des arbres, debout ou couchés. Des jeunes plants, trop hauts pour être enjambés. Des roches glissantes qui s'ouvraient soudain en hiatus béants que je ne pouvais franchir. J'étais sans cesse contraint de m'éloigner, sur une crête de plus en plus étroite qui ne menait pas à l'endroit où je devais me rendre.

À la fin, je renonçai, essoufflé, et coupai la pente encore plus loin jusqu'à ce que je trouve un contrefort qui me laissait le champ libre pour un moment. Je ne voyais toujours pas comment descendre, et le temps passait. J'étais trop lent. J'aurais voulu être plus léger. J'aurais voulu que Nina fasse appel aux Feds, à l'armée, aux Éclaireuses. Nous n'avions pour nous couvrir que deux flics, dont l'un tremblait au pied d'un arbre à cinquante mètres de nous.

Finalement, il me sembla trouver un petit passage qui menait de manière erratique vers une étendue de roches nues, vers un espace au sommet que je pensai pouvoir escalader. Ensuite, un coup de feu.

Un cri peut-être aussi, quelques secondes plus tard, mais je n'en étais pas certain.

Je glissai mon arme dans ma poche et me raccrochai aux rochers. J'allais passer par-dessus, quoi qu'il advienne. Je me hissai et me laissai glisser de l'autre côté, où s'étendait un terrain dégagé. Enfin.

Je tombai sur le sol et courus, courus...

Elle tomba aussitôt, essaya de se rattraper, perdit son arbre. La chute fut brève et bruyante, mais elle lui parut longue. Nina se heurta, le ventre en avant, contre quelque chose qui la retourna si violemment qu'elle en eut des vertiges. Elle atterrit sur le sol.

Elle s'assit immédiatement, roula sur le côté et se projeta en avant lorsqu'elle fut certaine de savoir où elle était. À quatre pattes, elle regarda à droite et à gauche, devant et derrière, à la recherche de son arme.

Nina se trouvait dans un endroit sombre et rocailleux, beaucoup plus près de l'eau. Mais où était son calibre ?

Elle espérait qu'il n'était pas resté coincé en haut, dans une crevasse quelconque. Elle en avait besoin, de toute urgence.

À tâtons, elle rampa. Elle avait toujours des vertiges après sa chute. Sous ses mains, le sol froid était couvert de galets. Mouillés. Pointus. Ses yeux se perdaient dans le noir. Il lui était difficile de déterminer ce qui se trouvait devant elle : l'obscurité ou un mur de pierre.

Elle entendit une sorte de grognement. Pas tout près. Un grognement, c'était mauvais signe. À moins que ce soit lui. À moins que Phil ne l'ait eu. Ou le vent. Si ce n'était ni le vent ni l'Homme Debout, cela ne présageait rien de bon.

Et si c'était Ward ? Est-ce que je suis près du ravin ?

Où est mon arme ?

Elle discerna une silhouette devant elle, pâle, mais ce n'était pas de la neige. Elle se concentra. Une vieille femme, emmitouflée dans un grand manteau, de l'autre côté d'un cours d'eau, appuyée contre un haut rocher.

Les yeux écarquillés, elle regardait Nina sans faire le moindre bruit. Elle avait la tête et les épaules couvertes de neige, telle une statue dans un cimetière abandonné, loin des sentiers battus.

La forme et la position de la femme donnèrent enfin à Nina un repère visuel, une clé pour comprendre l'espace environnant. Elle se trouvait au fond d'un ravin, forcément, un vallon aux flancs escarpés et au fond plat, de cinq mètres de large, qui rétrécissait rapidement de chaque côté.

Nina cligna des yeux, pour stabiliser ses vertiges, puis chercha de nouveau son arme en s'efforçant de prendre son temps.

Ouf !

Nina rampa vers le courant, ramassa son pistolet dans l'eau. Elle le secoua, changea de chargeur. Courbée en deux, elle traversa et s'approcha de la femme. Elle parla à voix basse, respirant calmement.

— Vous êtes Patricia Anders ?

La femme la scruta. Elle avait des glaçons dans les cils. Encore un peu, elle était transformée en sucette glacée. Elle sembla bouger la tête, imperceptiblement.

— Madame ?

— Oui, répondit-elle à voix haute.

— Chut... Vous êtes seule ? Il est toujours là ?

— Oui, quelque part.

— Qui ? L'autre ? Tom ou Henrickson, je crois ?

— C'est lui, mais ce n'est pas son vrai nom.

— En fait, si.

Nina s'accroupit près d'elle et suivit le regard de la vieille femme. Elle ne voyait rien que le cours d'eau, qui se nivelait un peu sur le côté gauche.

Un autre gémissement de douleur.

— Ne bougez pas, dit-elle.

Elle comprit soudain pourquoi la position de la vieille dame lui paraissait si étrange. Elle avait les mains liées derrière le dos. Les doigts gourds, Nina défit les nœuds. La corde avait gelé, et il lui fallut un temps fou pour desserrer les liens. Elle finit par y parvenir. Lentement, très lentement, la femme ramena ses bras devant, comme si elle avait peur qu'ils se brisent en mille morceaux.

— Ne bougez pas, répéta Nina.

Courbée en deux, elle contourna le buisson et longea le bord du ravin. Elle ne lâcherait plus son arme, plus jamais, mais elle glissait sur les rochers humides, avec une seule main pour se retenir. Elle s'agrippait aux branches, essayait de se tracter, mais sa progression restait lente. Les ruisselets d'eau transformaient ses mains en glace. Elle mit de longues minutes à parcourir les cinquante mètres vers l'amont, chaque pas était une aventure en soi.

Pourvu que Ward ne tarde plus.

Devant elle, le mur de roches ne s'élevait qu'à deux mètres, deux mètres cinquante, pas plus. Une forme était étendue au pied de la paroi.

C'était Phil, toujours vivant, mais il se tenait la cuisse à deux mains, le corps roulé sur lui-même. Les yeux exorbités par la douleur, il essayait de ne pas faire de bruit, mais un nouveau gémissement lui échappa lorsqu'il la vit.

— Il m'a tiré dessus, lâcha-t-il dans un sifflement éraillé. Henrickson. Il a pris mon fusil.

D'un signe de tête, il indiqua le chemin par lequel Nina était venue.

Mais elle regarda plus loin derrière lui, scrutant les parois du ravin. Peu importait le chemin par lequel la silhouette avait disparu. Il pouvait être revenu par en haut depuis longtemps.

Elle envisagea de longer le courant, d'essayer d'escalader l'une des parois pour remonter, dans l'espoir que l'Homme Debout redescendrait. Ce serait lui qui serait pris au piège, et non elle.

Mais elle s'en savait incapable, une arme à la main, de plus, son dos offrirait une cible idéale à qui savait tuer.

— Gardez le point de compression, conseilla-t-elle.

Elle s'éloigna des parois, cette fois, et marcha au beau milieu du courant, avec de l'eau jusqu'aux genoux, glaciale. Des eaux froides et bruyantes, des eaux tumultueuses, dans le vent hurlant qui charriait des rideaux de neige.

Elle ne pouvait pas se retourner, car le courant était trop imprévisible sous ses pieds. Elle essayait de marcher, au centre, en regardant devant elle, tout en tâchant de ne pas perdre Mme Anders de vue, afin de savoir à quelle distance de son point de départ elle se trouvait. Elle songea à crier, au cas où Ward pourrait l'entendre, mais l'Homme Debout risquait d'être encore plus près et, dans un éclair de lucidité douloureux, elle comprit que son plan « tire et crie » était stupide.

Puis, du coin de l'œil, elle avisa une silhouette sur la gauche. En une fraction de seconde, elle aperçut un fusil sur l'épaule et sut que ce n'était pas Ward. Avec une rapidité qui dépassait sa conscience, elle fit volte-face, leva la main et tira trois fois.

Deux des coups éclatèrent comme des battements de main. Le dernier renvoya un bruit sec de gifle dans les branchages. La forme glissa, tomba le long de la paroi du ravin.

Nina courut dans l'eau, oubliant le froid, oubliant tous les détails, ne songeant qu'à l'homme allongé devant elle. Elle garda son arme pointée vers lui, jusqu'à ce qu'elle ne soit plus à trois mètres.

Une fois, ce n'était jamais assez. Elle devait tirer encore. Son doigt se resserrait sur la détente lorsqu'il se redressa et montra son visage.

— Mon Dieu ! John !

Elle entendit quelqu'un atterrir légèrement à côté d'elle. On lui arracha son arme des mains, un bras se glissa autour de son cou et elle sentit la froideur du métal contre sa tempe.

— Bonsoir, agent Baynam. Excellent travail.

CHAPITRE 31

Je faillis aller au bout du monde.

Si, au dernier moment, je ne m'étais pas retenu de la main gauche, ça n'aurait pas manqué. Je serais allé jusqu'au rocher, j'aurais fait un pas de trop et j'aurais plongé dans la nuit éternelle. Là, suspendu dans le vide, j'eus une vision fugitive de la chute vertigineuse, je sentis la branche se plier et j'entendis le rugissement de l'eau qui bouillonnait, très loin, très loin, tout en bas.

Je me rattrapai et me tournai, dos à la chute, désespéré, terrifié. Mes poumons en feu semblaient remplis de verre pilé. Mes poumons me haïssaient.

Je me penchai et vis que oui, j'étais arrivé au ravin, mais pas au bon endroit. Il mesurait douze mètres de large ici, les parois étaient si abruptes qu'elles paraissaient avoir été tranchées d'un seul coup, avec une hache géante.

Pourtant, c'était le bon ravin.

Je devais rebrousser chemin.

Je restai à quelques mètres de la crête et passai par les buissons. Les arbres étaient un peu plus petits, mais cela ne m'était pas d'un grand secours : la végétation avait eu tout le loisir de prospérer. Avant longtemps, je m'éloignai à nouveau du ravin, forcé de reprendre le chemin par lequel j'étais venu.

Je luttai toujours pour avancer, au pas de course le plus souvent possible. À travers les arbres, je crus apercevoir quelque chose, une vision fugitive, sur le bord. J'avançai, sachant que le gouffre serait encore trop large.

Une fois sur place, je compris.

Il y avait un tronc en travers du ravin, tombé là, qui formait un pont. Difficile de ne pas y voir une invitation. L'autre côté semblait beaucoup plus hospitalier.

J'allai jusqu'à l'extrémité du tronc, lui donnai un coup de pied. C'était solide. De l'autre côté, la rive semblait offrir un passage dégagé vers l'endroit où je devais aller.

À condition que je puisse franchir le gouffre de trois mètres au-dessus du courant glacial et rocailleux, sur un tronc recouvert de dix centimètres de neige.

Laisse tomber. Tu ne serviras à rien le crâne brisé.

Trois coups de fusil retentirent, puis un cri, une voix qui ressemblait à celle de Nina mais n'avait rien d'un cri de triomphe.

Je sautai sur le tronc, pris une profonde inspiration.

Je ne savais que faire, à part traverser au pas de course.

Patricia regardait ce qui se passait devant elle. Henrickson était revenu près du courant, comme sur un film qu'on passe à l'envers. Dans un mouvement lisse, il désarma la jeune femme et lui braqua un pistolet sur la tempe.

Du pied, il poussa le fusil de l'autre homme dans le courant, puis entraîna la femme au milieu de l'eau.

L'homme à terre semblait souffrir mais s'efforçait de le cacher. Les hommes étaient comme ça.

— John, comment tu es arrivé ici ? questionna Nina.

— Dravecky, répondit John non sans une certaine satisfaction... Même les plus grands psychopathes du monde veulent se débarrasser de toi, ajouta-t-il à l'adresse de Henrickson. Tu es le paria des parias. Tu n'as plus nulle part où aller.

— Il y a toujours un endroit, riposta Henrickson. Trouver Dravecky et le zigouiller, pour commencer. Et ensuite, son pote de la NSA à Los Angeles. Tu l'as rencontré, Nina ?

— Oui.

— Je m'en doutais. Ne t'inquiète pas, il est beaucoup moins important qu'on ne le croit.

L'homme à terre bougea brusquement, et soudain il eut une arme à la main. Mais au même instant, Henrickson avait reculé de deux mètres et placé la femme juste devant lui, en bouclier.

— Qu'est-ce que tu vas faire ? La tuer pour m'avoir ?

La jeune femme essaya de s'écarter pour laisser un angle de visée qui ne soit pas abrité par son propre corps, mais l'homme qui la tenait était rapide et efficace.

— Qu'est-ce qui est plus important pour toi ? Me planter une balle dans le corps pour venger Karen, et tuer ta copine flic par la même occasion ? Je devrais peut-être t'épargner la décision et la tuer tout de suite.

L'homme à terre s'était redressé. La main qui tenait l'arme ne semblait pas très stable.

— Tu la tues, et je te tue.

Patricia estima que ses chances étaient quasi nulles, même si le type se découvrait un peu et elle savait que Henrickson en était persuadé, lui aussi, mais que cela ne l'empêcherait pas de tenter le coup.

Soudain, elle se dit : il ne m'a pas regardée.

Henrickson n'avait pas j eté le moindre coup d'œil en sa direction depuis son retour. Cela ne signifiait pas pour autant qu'il l'avait oubliée.

Pouvait-elle réussir ? Pouvait-elle se jeter en avant, se jeter sur lui ? Le déséquilibrer suffisamment pour que le type au fusil puisse tirer ?

Elle n'en était pas certaine, mais cela valait la peine d'essayer.

Lentement, elle déplia ses bras, avec l'impression qu'on enfonçait un câble brûlant dans ses os. Elle tenta de bouger les pieds, il ne se passa pas grand-chose, mais peu importait. Elle n'avait pas besoin d'arriver jusqu'à lui. Il suffisait qu'elle crée la surprise.

Elle se propulsa en avant.

Son corps ne bougea pas d'un pouce. Elle essaya à nouveau. Elle était incapable de bouger, comme si quelque chose la retenait. Elle était gelée sur place, ses jambes étaient si bloquées que...

Non. Quelque chose la retenait.

Elle tourna les yeux. Quelqu'un lui posait la main sur les épaules. Lentement, elle tourna la tête.

Tom Kozelek était accroupi à côté d'elle. Il semblait étrange. Il avait posé ses grandes mains sur ses épaules et la retenait.

— Vous êtes sauvée, lui murmura-t-il à l'oreille. Quelqu'un arrive.

Il la lâcha, se fondit dans le noir et disparut. Il lui sembla entendre un bruit de pas dans l'eau derrière elle.

Pourtant, elle ne pouvait toujours pas bouger. Elle avait les jambes gelées, après tout.

Je fis les trois quarts du chemin, et mon pied glissa comme si j'avais marché sur la neige avec des chaussures de glace. Je jetai les deux mains en avant et fis ma prière.

Je m'écroulai de l'autre côté, des branchages de buisson dans chaque main. Je me hissai, en m'agrippant avec mes pieds et mes mains, comme un chien avec ses pattes. Je poursuivis à travers les rochers, les racines, la neige... et quelque chose pour poser les pieds.

Je courais. Mes poumons ne me faisaient plus mal, ni mon dos, ni mon épaule. Mes pieds se posaient à chaque pas comme si je courais sur une pelouse bien tondue ; les buissons fondaient tels des rêves brumeux et les arbres révélaient un chemin qui avait toujours été là, comme si les montagnes s'étaient galbées pour l'accueillir. Je ne voyais pas grandchose à travers le rideau blanc, mais je savais où je devais être... si j'arrivais à temps.

Je dus monter en zigzag, sur une cinquantaine de mètres seulement. Je contournai par la droite et me dirigeai vers le bord du ravin. Je courais vite, me baissant le plus possible, sans me soucier du bruit. Il était trop tard pour s'inquiéter de cela, comme du reste d'ailleurs.

En haut, je me glissai derrière un arbre et m'accroupis. Je mis un nouveau chargeur, pris une inspiration et me redressai.

— Ward ! dit une voix en bas. Je t'attendais.

J'avançai d'un demi-pas, puis reculai d'autant pour me rapprocher de l'arbre. Je baissai les yeux vers le fond du ravin, pistolet en avant. Au début, je crus que c'était Paul, mais je vis John et compris que ce n'était pas lui qui m'avait appelé.

Nina se trouvait à une trentaine de mètres, sur une ligne diagonale par rapport au ruisseau. Elle se tenait au beau milieu du courant, dans une posture bizarre. Puis je vis un bras d'homme autour de son cou, et un fusil contre sa tempe. C'était Paul.

— Lâche-la.

— Pas avant de la descendre.

— Je te tuerai.

— Je ne crois pas. John ne peut pas et toi non plus.

Il avait raison. Il s'était placé le dos à l'autre flanc du ravin. Comme John et moi étions du même côté, nous ne pouvions l'atteindre sans toucher Nina d'abord.

— Tire, Ward, cria-t-elle.

Je reculai pour me couvrir. Paul tira. Je crus qu'il avait tué Nina et mon cœur cessa de battre, mais je compris qu'il m'avait visé, car la balle vint siffler près de mon visage. L'arme avait aussitôt retrouvé sa place sur la tempe de Nina.

— Oui, vas-y, c'est ton tour...

— Ward ! Tue-le, bon sang ! cria John.

— Je n'ai pas le bon angle.

Je tentai d'avancer le long de la rive, mais Paul pouvait me voir. Il modifia légèrement sa position, tout en restant bien protégé.

— Qu'est-ce que tu vas faire ? criai-je. Retourner à Seattle ? C'est pas la porte à côté, je te préviens.

Il se contenta de rire.

Ce n'était qu'un jeu. Il savait que j'allais venir. Il m'attendait. Il voulait que l'un de nous en arrive là, qu'il soit poussé à la faute irréparable.

Sinon, il le ferait, lui, sans sourciller ; il ne resterait plus que lui et moi, et un homme allongé par terre, qui semblait blessé. Je ne nourrissais pas des sentiments très positifs envers John, mais je risquai de commettre une erreur qui lui coûterait la vie.

John tira.

Il rata sa cible. L'Homme Debout recula d'un pas, entraînant Nina avec lui.

Je scrutai le ravin et compris que, s'il la tuait maintenant et remontait le ruisseau en courant, il pouvait s'échapper avant que je le rattrape. Le temps pressait.

Il allait tuer Nina et s'enfuir.

Elle me regardait toujours. Je sentais qu'elle me disait qu'il était temps d'agir pour le mieux.

Je reculai d'un pas, laissant retomber mes bras un instant. J'avais froid aux mains. Ma tête avait trop froid, elle était à la fois vide et totalement emplie de la simple décision que j'avais à prendre.

Je ne voyais que le visage de Nina.

Soudain, je perçus un mouvement dans la périphérie de mon champ de vision, tout en haut, sur l'autre crête du ravin. Pas sur le bord, juste un peu plus loin. Quelqu'un s'approchait, marchant très doucement.

Je me redressai :

— Va te faire foutre. Ça te ferait trop plaisir !

— Comme tu voudras. (Il me regarda droit dans les yeux, pressa le canon un peu plus fort sur la tempe de Nina.) Je vais le faire à ta place.

De l'autre côté, la silhouette s'approcha encore un peu, presque jusqu'au bord du ravin. Je regardai toujours Paul, m'interdisant de cligner des yeux.

— Ward, tire, sinon, je m'en charge.

— John, surtout, ne bouge pas !

J'attendis un instant. Puis je me déportai vivement sur la gauche.

— Maintenant ! criai-je.

Paul se retourna et recula pour que Nina reste entre lui et moi.

Connelly tira. Il visa avec précision, planta une seule balle au sommet de l'épaule, et disparut de l'autre côté du ravin.

Paul se retourna, le fusil devant lui et, pendant un précieux instant, il se trouva dans ma ligne de mire, sans aucun obstacle. Je tirai à trois reprises. L'épaule, le bras, la jambe.

Il se retourna maladroitement et tenta de retenir Nina, mais elle s'esquiva, lui donna un coup de pied et réussit à lui échapper. Il essaya de se retourner encore mais ne réussit qu'à avancer de quelques pas avant de tomber.

Je descendis la paroi. Je tirai encore en chemin, touchai le corps cette fois, et Paul fut projeté contre le mur. Son arme lui échappa.

Je me mis rapidement entre lui et John. Je ne savais pas si cela changerait quelque chose, mais John ne tira pas.

Je traversai le ruisseau, marchai dans l'eau glaciale jusqu'à l'autre rive. Je m'arrêtai à deux mètres.

Je levai le bras. Pointai mon arme vers lui.

Paul gisait au pied de la paroi. Il saignait abondamment. On avait du mal à croire que c'était lui.

Il me ressemblait tant.

CANNON BEACH

Quatre jours plus tard, nous suivîmes le conseil de Patricia. Arrivés à Portland, nous prîmes la direction de l'ouest, sur la route 6. Il plut tout le long du chemin jusqu'à Washington et il pleuvait encore lorsque nous arrivâmes sur la côte par la forêt de Tillamook. C'est une forêt magnifique. Avec beaucoup d'arbres. Ce n'avait pas toujours été le cas. Elle avait été exploitée pendant des décennies et, en 1933, un gigantesque incendie avait creusé une tranchée en plein milieu. À la fin, plus de cent vingt mille hectares de bois avaient disparu en fumée et l'on disait que des cendres brûlantes tombaient sur les bateaux à cinq cents milles de la côte. Mais le feu finit par être maîtrisé et l'on planta d'autres arbres. Par un étrange coup du sort, la forêt brûla encore en 1939, 1945 et 1951, telle une malédiction qui frappait tous les six ans. Alors la population vint planter d'autres graines : les clubs de jardinage, les scouts, les écologistes, tous passaient leurs week-ends à réparer les dégâts. À présent, elle ressemble à une forêt ordinaire. Si on ne sait rien, on pense qu'elle a toujours été ainsi. Nous sommes comme ça. Parfois.

Il ne nous vint pas à l'idée d'aller faire une promenade. Nous n'y aurions pas pensé, même s'il n'avait pas plu. Nous avions vu assez d'arbres pour un moment.

Nina ne m'avait pas laissé tirer.

J'allais le faire. Vraiment. Je ne voyais pas quel sens cela pourrait avoir autrement. C'était l'homme qui avait tué mes parents et détruit ma vie. Il avait tué la fille de l'homme qui gisait de l'autre côté du ravin. Il avait tué des gens dont je ne saurais jamais le nom, des gens dont on ne saurait jamais plus rien.

Elle arriva derrière moi. Elle ne dit rien, n'essaya pas de me prendre la main, assez proche pour que je sente la chaleur de son souffle sur ma nuque. J'observais l'homme à mes pieds qui essayait de bouger, avec ses mains qui glissaient faiblement contre la roche, telles deux pâles créatures, proches de l'agonie. Je ne sais pas comment fonctionnent les fous, mais ils ont certainement une sacrée force de volonté. C'est sans doute parce qu'il leur manque le contrôle et l'équilibre dont nous jouissons, mais je me leurre peut-être : leur esprit ne se laisse pas impressionner par les angoisses qui nous entravent. Pourtant, la force de volonté ne lui suffisait plus. Il ne pouvait pas bouger, il n'avait pas d'arme.

Je pouvais quand même le tuer. Je le savais. Personne ne me le reprocherait. Connelly observait du haut de la crête. Il avait le visage blafard et j'entendais sa respiration d'ici, mais le canon de son fusil restait stable. Il avait l'air capable de tirer si je ne le faisais pas. Je savais ce que John voulait.

Enfin, je laissai retomber mon bras.

— Abruti de première ! grommela John.

Nina s'approcha de lui, s'accroupit et lui murmura quelque chose à l'oreille. Elle continua à parler pendant un moment et lui prit son arme.

Elle revint près de l'Homme Debout, pendant que j'aidais Connelly à descendre au fond du ravin. Il était horriblement touché, mais moins que je ne le craignais.

En boitant, il m'accompagna jusqu'à l'endroit où Nina disait que se trouvait Phil. L'adjoint essaya de nous venir en aide mais je dus à moitié le porter pour qu'il puisse repartir avec nous. J'appuyai Phil contre la paroi, en face de Paul. Le shérif s'écroula à côté de lui, son arme toujours braquée vers Paul.

Je ne savais pas ce qui allait se passer ensuite. Il neigeait toujours. Un peu moins fort, mais la neige ne semblait pas vouloir s'arrêter. Ni Phil ni Connelly ne pourraient rentrer seuls, et la radio du shérif ne donnait rien. John avait l'air en meilleure forme. À en juger d'après sa manche, Nina n'avait guère fait que lui égratigner le bras. Il refusait de me parler, néanmoins. Il ne me regardait même pas dans les yeux.

Nina alla chercher la vieille dame. Je ne m'étais même pas aperçu de sa présence. Elle semblait avoir aussi froid que si on l'avait découverte dans le permafrost, à côté d'un mammouth laineux. Elles discutèrent un moment, et Nina s'approcha de Connelly et lui demanda son GPS.

— Vous n'en avez pas besoin, dit Patricia, je connais le chemin.

Nina le glissa tout de même dans sa poche. Elle s'approcha de moi, enleva sa parka et me la donna.

Puis, avec la vieille femme, elle commença à remonter le courant.

— Je viens avec vous, déclara John en se redressant sur ses pieds.

— Ça va aller, merci, répliqua Nina.

— Peut-être, mais il y a des ours dans le coin. J'en ai vu un tout à l'heure. Enfin, j'ai vu quelque chose.

Je m'installai sur une grande roche plate, à quelques mètres de Paul, et les regardai partir.

Dans la nuit, il se produisit deux choses que je ne compris pas.

La première fut un incident mineur. Phil et Connelly discutaient à voix basse et je tendis l'oreille.

— Vous avez toujours su, c'est ça ? demanda Phil.

— J'étais avec ton oncle, ce soir-là, dit Connelly.

Il avait l'air de vouloir en dire plus, mais il regarda dans ma direction et s'aperçut que j'écoutais.

Il lança un clin d'œil à Phil et hocha la tête.

Une demi-heure plus tard, ils s'endormirent. Je ne savais pas si c'était une bonne idée, mais ils étaient allongés l'un contre l'autre et se tenaient aussi chaud que possible. J'étais si fatigué que je ne pouvais pas jurer de ne pas m'endormir, moi aussi. Tous deux respiraient fortement. Il faudrait que je surveille bien ça.

J'avais l'impression d'avoir une tête en pierre, en équilibre sur une autre pierre, d'avoir couru pendant trois mois et d'être arrivé au bout de la piste pour constater qu'il n'y avait pas de ruban à franchir. Paul semblait inconscient, mais il tremblait très fort. Il me vint à l'esprit que j'avais toujours une arme à la main. Et que Nina ne savait sans doute pas combien de trous il avait dans le corps. Un de plus, cela ne se verrait pas. Peut-être avais-je le moyen de trouver cette fichue ligne d'arrivée. Tuer Paul serait peut-être ce qui marquerait la fin pour moi.

Je me levai, m'approchai de lui.

Un coup.

Les autres se réveilleraient, mais je pourrais dire qu'il avait bougé.

Je savais pourquoi Nina m'avait retenu. Elle ne voulait pas que je commette un meurtre de sang-froid. Elle estimait aussi que les familles des victimes de l'Homme Debout... les familles des jeunes filles qui avaient disparu à Los Angeles deux ans auparavant et de toutes les autres avaient droit à mieux qu'une exécution sommaire dans un bois, à l'abri des regards. C'était en grande partie ce qui la motivait dans son travail au fil des ans, ce qui la poussait à mettre les méchants hors d'état de nuire. D'accord, nous avions gardé le secret sur les événements des Halls, mais nous n'avions pas d'otages entre les mains.

Cependant, ce ne fut pas pour ces raisons que je baissai mon arme. D'ailleurs, pour être honnête, je ne sais pas pourquoi.

Je me levai, enlevai la parka de Nina et en couvris Paul, en prenant garde de bien le border. Son visage était livide, ses lèvres bleues.

Je m'aperçus que je pleurais.

Je m'assis près de sa tête. Je la mis sur mes genoux, pour lui tenir chaud, et passai mon bras autour des épaules.

Je ne sais pas pourquoi. Je ne comprends pas pourquoi. Je savais combien de gens il avait tués. Je sais qu'il aurait tué Nina, John et moi. Mais c'est comme ça.

Connelly se réveilla mais ne dit rien. Maladroitement assis contre la paroi, je m'endormis moi aussi, d'un sommeil interrompu par les crampes. Ensuite, je fus réveillé par un grondement au-dessus de ma tête.

J'ouvris les yeux : Connelly et Phil se soutenaient l'un l'autre, les yeux levés vers le brancard qui descendait doucement de l'hélicoptère.

Je fus le dernier à être hélitreuillé, le dernier à quitter cet endroit glacial. J'avais une horrible migraine et j'étais si fatigué que ma vision se brouillait. Je montai en spirale dans le vacarme et les tourbillons de neige.

Mal m'en prit, je baissai les yeux une fois et, pendant un instant, dans un nuage de lumière, je distinguai un petit groupe de silhouettes en contrebas, dans le ravin, qui me regardaient m'élever dans le ciel. Je clignai des yeux, essayai de discerner les détails, mais c'était un peu comme s'il n'y avait plus rien à voir.

Ensuite un tourbillon de neige dissimula le sol, et des mains m'attirèrent dans la machine métallique.

Une fois arrivés à l'océan, nous prîmes à droite le long de la côte. La côte n'appartient à personne en Oregon, elle est restée sauvage et on y assiste parfois à d'étranges phénomènes. Autrefois, on trouvait souvent des pains de cire dans le sable et à l'intérieur des terres ; on en découvrit plusieurs tonnes en tout. Certains semblaient porter des symboles qui, je crois, auraient pu être du chinois ancien. Cette partie du récit de Zandt au moins était confirmée, mais je ne croyais pas le reste pour autant. Des symboles, ce ne sont que des symboles. Ils ne décrivent pas forcément la réalité.

Nous ne savions pas où était John. La nuit fatidique, il avait accompagné Patricia et Nina pendant une grande partie du trajet, sans dire mot. Je suppose qu'il avait surveillé leurs arrières. Une pénitence, en quelque sorte. Mais lorsqu'elles s'étaient approchées de la civilisation, il avait disparu. Nina l'avait appelé dans la forêt, mais il n'avait pas répondu.

C'était toujours le même problème avec lui, ce type ne répondait jamais !

Je ne parlai pas à Nina de ce que m'avait raconté le type aux lunettes rondes, ni de ce que John avait fait. Il m'avait sans doute dit la vérité, mais cela ne changeait rien. D'ailleurs, Dravecky risquait de recevoir une nouvelle visite bientôt. John n'aurait jamais dû tuer Ferillo. Il avait franchi une vilaine frontière et ne reviendrait plus jamais de notre côté.

Le reste du trajet ne prit que quarante minutes. Pendant tout ce temps, les pieds sur le tableau de bord, Nina contemplait la mer. Son téléphone sonna juste après Nehalem.

— Doug, dit-elle après la communication.

— Alors ?

— Il n'est pas mort.

— Qui ?

— L'héroïque Charles Monroe accomplit des progrès gigantesques, apparemment. Je l'avais mal jugé.

— Non, c'est faux. Son heure n'était pas arrivée, c'est tout.

De toute façon, c'était une bonne nouvelle.

Nina avait été folle de rage en apprenant que Doug traitait avec John derrière son dos, mais ce n'était rien en comparaison des avantages que cela nous procurait. Nous étions déjà blanchis des incidents qui s'étaient produits dans la forêt au nord de Sheffer. Connelly avait tout arrangé avant que d'autres s'en mêlent. Aux yeux de la loi, nous étions partis juste après que le médecin eut soigné mon épaule. Le shérif et son assistant s'étaient rendus seuls dans la forêt. L'un des types de l'hélicoptère était le neveu de Connelly, il tiendrait sa langue. Connelly avait nos armes, qu'il avait confiées à la balistique afin d'élucider la mort des tireurs et les blessures de Paul. Une arme retrouvée dans la voiture des Hommes de Paille relierait sans doute le type aux lunettes à Charles Monroe. Patricia Anders confirmerait le récit de Connelly. Sacrée bonne femme. J'avais comme l'impression qu'elle manigançait quelque chose avec le shérif, quelque chose dont ils assumaient seuls la responsabilité. Je me suis toujours demandé comment il connaissait l'endroit exact. Peu importe. Tout le monde a ses petits secrets.

— Où est Paul ?

— Sous surveillance policière, dans un hôpital de Los Angeles. Les médecins se demandent encore par quel miracle il a survécu.

— Dieu veille sur les enfants, les ivrognes et les cinglés. Nina sourit.

— Je crois que ce qui sauve Monroe, c'est de savoir qu'on a le Garçon de Courses, bien au chaud, en mille morceaux, avec des gardiens armés qui le surveillent en permanence. Charles a fini par résoudre l'affaire et ses problèmes vont être réglés.

— Ce qui signifie que tout ira bien pour toi aussi ?

— On verra...

Sa voix était posée. Je regardai la route puis me tournai vers elle.

— Qu'est-ce qui ne va pas ?

— Rien, en fait. Doug m'a parlé d'une certaine Jean que j'avais interrogée la semaine dernière. Avant-hier soir, elle est allée à une fête dans une grande maison de Mulholland Drive. Elle est à l'hôpital, avec des brûlures de cigarettes et une mâchoire brisée.

À travers le pare-brise, Nina regardait la route.

— Pourquoi sommes-nous comme ça ?

Je ne détenais pas la réponse.

Nous arrivâmes à Cannon Beach juste avant 17 heures. Nous traversâmes lentement la ville, qui n'était guère plus qu'une rangée de maisons de bois, avec une rue principale, un marché, quelques boutiques d'artisanat. Il faisait sombre et il pleuvait toujours, en cette demi-saison tranquille, mais au nord, nous trouvâmes l'hôtel appelé Dune qui arborait une pancarte « chambres libres ». À en juger d'après le parking vide, nous aurions même l'hôtel à nous seuls.

Nous prîmes deux chambres.

La mienne, très vaste, avec une cheminée, se situait au troisième étage. Une baie vitrée donnant sur la mer couvrait tout le mur d'en face. Je ne voyais que du noir, mais je m'installai à la table près de la fenêtre pour boire une bière. Sur un coup de tête, je sortis mon ordinateur portable – le portable de Bobby – et branchai le câble du modem dans la prise du téléphone. J'ouvris mon navigateur et tapai une adresse.

Quelques secondes plus tard, je l'avais à l'écran. Le site de Jessica. Il était toujours actif. Le Webmaster n'avait pas pris la peine de l'effacer. Il ne s'en soucierait peut-être jamais : quelques mégas de plus sur un serveur, ça ne gênait personne. Cela rejoindrait tout le reste, les souvenirs éphémères, les mots et les images du Net. Était-ce l'immortalité ? Non.

La page d'accueil montrait le beau sourire de Jessica. Le lien sur la Webcam était rompu, il restait une autre page, consacrée à ses hobbies, la composition de chanson, ce qui expliquait la guitare et quelques photographies. Une seule la montrait à moitié nue, et je passai rapidement. Les autres étaient parlantes.

Des photos d'une jeune femme qui menait sa vie, regardait la télévision, lisait des magazines. La véritable jeune femme qu'elle avait toujours été présente, un peu plus que le corps froid dans l'un des tiroirs de la morgue de Los Angeles. J'avais toujours du mal à me défaire de l'idée que je l'avais vue dans la forêt, mais je savais que ce n'était qu'un vilain tour que m'avait joué mon esprit.

J'usai de mes talents de pirate pour entrer dans le serveur lui-même. J'en recopiai le contenu sur mon propre ordinateur. Pour mettre les données à l'abri, au cas où le type déciderait de tout effacer. Lorsque j'eus terminé, je remarquai la présence d'un fichier texte. Je l'ouvris. Il était court. Quelques entrées de journal, qu'elle avait décidé de ne pas relier au site. Les Feds l'avaient sûrement entre les mains. La dernière entrée datait de trois jours avant sa mort. Elle parlait d'un certain Don, qui semblait bien l'aimer et se demandait si elle ne devait pas l'appeler, un jour.

Je fermai l'ordinateur de Bobby et pensai à lui pendant un instant, dans son petit coin secret, tout au fond de ma tête. C'est là qu'ils vont tous ; dans le cimetière de nos esprits. Là, derrière les yeux, on peut toujours les voir. Ce n'est pas forcément un endroit solitaire. On peut aller leur rendre visite de temps en temps.

Le lendemain matin, je me levai tard. Il avait cessé de pleuvoir, mais le vent s'était levé en force. Derrière ma fenêtre, entre des falaises découpées, s'étendait une longue plage, avec du sable gris, de l'eau grise, un ciel gris.

Un peu plus tard, Nina frappa à ma porte.

— Tu es partant pour une petite promenade ?

— Pourquoi ? Parce qu'il fait un temps magnifique ?

Nous errâmes dans les rues désertes, bûmes un ou deux cafés, passâmes quelques heures sur la plage, seuls au monde, parfois ensemble, parfois chacun de son côté. Nous contemplions les vagues qui battaient les rochers, encouragions les oiseaux intrépides qui voguaient dans le chaos orageux. En milieu d'après-midi, le vent devint si violent qu'on pouvait écarter les bras, se pencher en avant et compter sur lui pour vous redresser. C'est ce que nous fîmes, au milieu des tourbillons de sable.

Il se remit à pleuvoir, nous trouvâmes une sorte d'abri au pied d'un rocher, où nous nous réfugiâmes, à une petite distance l'un de l'autre pour contempler la mer. Je compris alors pourquoi nous sommes si sensibles au son des vagues, à la pluie, au vent dans les arbres. Parce qu'ils ne veulent rien dire. Cela n'a rien à voir avec nous. Les éléments échappent à notre contrôle. Ils nous rappellent un temps où, tout au début de notre vie, nous ne comprenions pas les bruits et nous nous contentions de les accepter. Ils nous soulagent un peu de nos tentatives perpétuelles pour changer le monde par des actes magiques ou des pensées sans fin. Des sons absurdes que nous aimons parce qu'ils nous protègent de l'angoisse de l'action, des supputations, des tentatives d'interprétation.

Pendant une heure, nous restâmes sans rien faire ; deux personnes au bout du monde, auquel elles tournent le dos. À la nuit tombante, nous retournâmes à l'hôtel. Je pris une douche, me changeai puis allai frapper à la porte de Nina.

— Oui ?

— Tu veux aller boire un verre quelque part ?

Elle leva les sourcils.

— C'est quoi ? Un rendez-vous galant ?

— Non, pas du tout.

Quelques rues plus loin, nous trouvâmes un bar appelé Red's Tavern où on servait des bières corsées fabriquées au grenier. Un peu plus tard, il commença à se remplir d'habitués, et un orchestre improvisé se forma au fond de la salle. Quelques guitares, une lap-steel, un violon et un washboard ; les gens jouaient un moment, partaient et revenaient, à leur gré. Sous l'éclairage doux et chaud, je m'aperçus pour la première fois que la femme à côté de moi avait des reflets auburn dans les cheveux. Nous écoutions la musique, battions des mains avec les autres, tout en observant les serveuses qui riaient en remplissant les pintes d'une bière aussi claire que de l'eau de source. Je commandai un plat de chili. Cela n'allait pas si mal.

L'orchestre jouait toujours, mais plus doucement lorsque nous partîmes. Nous rentrâmes à l'hôtel après avoir acheté une bouteille de vin en chemin, allumâmes le feu dans ma chambre et entrouvrîmes la fenêtre pour entendre à la fois le bruit des vagues et le crépitement du feu. Assis par terre, le dos contre le lit, nous discutâmes jusque très tard dans la nuit sans nous en apercevoir.

Nous alimentions le feu sans cesse car nous ne voulions pas qu'il s'éteigne, mais à la fin il faisait noir dans la chambre et assez chaud pour que nous n'ayons plus besoin de mots.

Elle fit le premier pas.

Elle est comme ça.

Dans la même collection

Claude Amoz	Le caveau	5741
	Dans la tourbe	5854
Russell Andrews	L'affaire Gideon	7408
Brigitte Aubert	Rapports brefs et étranges avec l'ombre d'un ange	6842
Matthieu Baumier	Les apôtres du néant	6733
William Bayer	Mort d'un magicien	6088
	Pièges de lumière	6492
Stéphanie Benson	Le diable en vert	6952
	La mort en rouge	7776
Laurent Botti	Pleine brume	5579
Nicolas Bouchard	La ville noire	6575
Philippe Bouin	Les croix de paille	6177
	La peste blonde	6360
Serge Brussolo	Le livre du grand secret	5704
Philippe Carrese	Graine de courge	5494
Thomas H. Cook	Les instruments de la nuit	5553
Philippe Cousin	Le pape est dans une pièce noire, et il hurle	5764
Pierre Conesa	Dommages collatéraux	7609
William Diehl	Eurêka	7787
Stephen Dobyns	Persécution	5940
	Sépulture	6359
Thea Dorn	La reine des cerveaux	6705
Stella Duffy	Les effeuilleuses	5797
	Beneath the Blonde	5766
James Elliott	Une femme en danger	4904
	Adieu Eddie !	6682
Linda Fairstein	L'épreuve finale	5785
	Un cas désespéré	6013
	La noyée de l'Hudson	6377
Robert Ferrigno	Frères de sang	7497
Christopher Fowler	Psychoville	5902
Nicci French	Jeux de dupes	5578
	Mémoire piégée	5833
Lisa Gardner	Jusqu'à ce que la mort nous sépare	5742
	La fille cachée	6238
	Tu ne m'échapperas pas	7811
Kathleen George	Voleurs d'enfants	6912
Caroline Graham	Ange de la mort	6511
	Un corbeau au presbytère	7536

Robert Harnum	La dernière sentinelle	6087
	Une ballade américaine	6857
Andrea H. Japp	La voyageuse	5705
	Petits meurtres entre femmes	5986
	Le ventre des lucioles	6361
	Le denier de chair	7406
	La saison barbare	7800
Iris Johansen	Course à mort	7411
	Dernière cible	7642
Brigitte Kernel	Un animal à vif	6608
	Autobiographie d'une tueuse	6871
Yasmina Khadra	Le dingue au bistouri	5985
Andrew Klavan	À la trace	6116
Guillaume Lebeau	L'agonie des sphères	5957
Éric Legastelois	Putain de cargo !	5675
Philip Le Roy	Pour adultes seulement	5771
	Couverture dangereuse	6175
David L. Lindsey	Mercy	3123
Robert Littell	L'amateur	7770
Philippe Lobjois	Putsch rebel club	5998
Colette Lovinger-Richard	Crimes et faux-semblants	6261
	Crimes de sang à Marat-sur-Oise	6510
	Crimes dans la cité impériale	6993
John Lutz	JF partagerait appartement	3335
Bonnie MacDougal	Moralité douteuse	7349
Michael Marshall	Les Hommes de Paille	7407
Anne Matalon	Petit abécédaire des entreprises malheureuses	6660
Jean-Pierre Maurel	Malaver s'en mêle	5875
Nigel McCrery	L'oiseau de nuit	5914
	Effets secondaires	6012
	La toile d'araignée	6333
Val McDermid	Le tueur des ombres	6778
	au lieu d'éxécution	6779
Denise Mina	Garnethill	6574
	Exil	6176
	Résolution	7405
Estelle Monbrun	Meurtre chez tante Léonie	5484
	Meurtre à Petite Plaisance	5812
(avec Anaïs Coste)	Meurtre chez Colette	6978
Françoise Monfort	La baie des innocents	6602
Viviane Moore	Tokyo des ténèbres	6437
Béatrice Nicodème	La mort au doux visage	7314
Gemma O'Connor	Adieu à la chair	7777
Robert B. Parker	La femme perdue	7653
T. Jefferson Parker	Pacific Tempo	3261
	L'été de la peur	3712

Michael Prescott	L'arracheur de visages	6237
	Le tueur des bois	6661
Douglas Preston, Lincoln Child	La chambre des curiosités	7619
Danuta Reah	Toujours la nuit	6442
	L'assassin du parc	6609
	Le col du Serpent	6826
Robert Richardson	Victimes	6248
Philip Rosenberg	La lutte des seigneurs	7608
Greg Rucka	Protection rapprochée	7315
	La pire des trahisons	7537
	Ècran de fumée	7823
Jacques Sadoul	Carré de dames	5925
Walter Satterthwait	Miss Lizzie	6115
John Saul	La présence	5961
Laurent Scalese	L'ombre de Janus	6295
Lisa Scottoline	La minute de vérité	6953
Boris Starling	Vendredi saint	6722
	Vipère noire	7652
Whitley Strieber	Billy	3820
Dominique Sylvain	Travestis	5692
	Techno bobo	6114
	Sœurs de sang	6573
	Vox	6755
Maud Tabachnik	Un été pourri	5483
	La mort quelque part	5691
	L'étoile du Temple	5874
	Le festin de l'araignée	5997
	Gémeaux	6148
	La vie à fleur de terre	6440
	La honte leur appartient	6913
Boston Teran	Méfiez-vous des morts	7410
Carlene Thompson	Tu es si jolie ce soir	5552
	Noir comme le souvenir	3404
	Rhapsodie en noir	5853
	Six de cœur	6732
Charles Todd	Héritage mortel	7340
Fred Vargas	Debout les morts	5482
	Un peu plus loin sur la droite	5690
	Ceux qui vont mourir te saluent	5811
	Sans feu ni lieu	5996
	L'homme à l'envers	6277
	L'homme aux cercles bleus	6201
	Coule la Seine	6994
	Pars vite et reviens tard	7461
Michael White	Rêves de loups	7810

7799

Composition PCA à Rezé
Achevé d'imprimer en France (La Flèche)
par Brodard et Taupin
le 15 décembre 2005. 33180
Dépôt légal décembre 2005. ISBN 2-290-34735-3
1er dépôt légal dans la même collection : août 2005

Éditions J'ai lu
87, quai Panhard - et - Levassor, 75013 Paris
Diffusion France et étranger : Flammarion